PETRA MATTFELDT

MÜNCHEN 72

PETRA MATTFELDT

MÜNCHEN 72

ROMAN

blanvalet

FSC www.fsc.org MIX Papier aus verantwortungsvollen Quellen FSC® C083411

Klimaneutral Druckprodukt ClimatePartner.com/14044-1912-1001

Penguin Random House Verlagsgruppe FSC® N001967

1. Auflage

Neumarkter Straße 28, 81673 München
Redaktion: Kristina Lake-Zapp
Umschlaggestaltung: Johannes Wiebel | punchdesign,
unter Verwendung von Motiven von stock.adobe.com
(Simon Hamacher, aerial333, Piman Khrutmuang)
NG · Herstellung: sam
Satz: Vornehm Mediengestaltung GmbH, München
Druck und Bindung: CPI books GmbH, Leck
Printed in Germany
ISBN 978-3-7645-0808-1
www.blanvalet.de

Ich widme dieses Buch den Teilnehmern des israelischen Teams der Olympischen Spiele 1972 und ihren Angehörigen.

Geleitwort

Es gibt viele Bücher, die die Ereignisse um die Olympischen Spiele von 1972 in München beleuchten. Manche reißerisch, mit einer Ausschlachtung à la Hollywood, andere nah an der Realität oder eben als Sachbuch mit einer chronologischen Auflistung der Ereignisse.

Warum also dieses Buch?

Die Antwort ist einfach: Egal, was ich lese, mir fehlen die verschiedenen Perspektiven. Ich maße mir nicht an, nachvollziehen oder gar nachfühlen zu können, was wer empfunden hat. Ich glaube, die Wahrnehmung eines jeden Einzelnen – ganz gleich, ob er unmittelbar dabei war oder die Ereignisse nur über den Fernseher verfolgte –, veränderte sich vom ersten Moment an und war schon einen Tag später nicht mehr dieselbe.

Aus diesem Grund sind die in diesem Roman handelnden Personen frei erfunden, basieren jedoch auf den Erzählungen und Berichten derer, die dabei waren und denen ich am Ende dieses Buches meinen Dank ausspreche.

Ich habe versucht, die Ereignisse realitätsgetreu wiederzugeben, und hoffe, den Teilnehmerinnen und Teilnehmern selbst und auch deren Angehörigen gerecht zu werden. Es ist meine persönliche Sichtweise auf etwas, was Deutschland verändert haben sollte – einzig bleibt die Frage, ob es genug verändert hat.

MÜNCHEN

Samstag, 26. August 1972, 14.58 Uhr

So lange habe ich auf diesen Tag hingefiebert. Und nun, da er endlich gekommen ist, fühlt er sich unwirklich an.

ANGELIKA NOWAK

Sie war in Versuchung, die schweißnassen Hände an ihrer grünen Hose abzuwischen. Doch Angelika riss sich zusammen. Noch zwei Minuten, dann würden die Ersten sich in Bewegung setzen und in das Stadion Einzug halten. Allein bei dem Gedanken bekam sie eine Gänsehaut.

»Wird schon«, sagte Monika Klinger aufmunternd, eine der Leichtathletinnen, die auch schon an den Olympischen Spielen vor vier Jahren in Mexiko teilgenommen hatte.

Angelikas Hals war zu trocken, als dass sie auch nur einen Ton hätte hervorbringen können. Also nickte sie stumm.

Die Leichtigkeit, die sie in den letzten Tagen gespürt hatte, war wie weggeblasen. Jetzt wurde es ernst. Es würde wirklich losgehen, die Spiele würden beginnen. Seit fünfzig Jahren wäre das Bogenschießen erstmals wieder olympische Disziplin und sie die Einzige, die für das Team der DDR antrat. Die Hoffnungen – oder besser die Erwartungen, die auf ihr lasteten – waren gewaltig.

Sie würden an zweiundzwanzigster Stelle in das Olympiastadion einlaufen. Die Männer in schwarzen Hosen, blauen Sakkos und mit orangefarbenen Krawatten, die Frauen in verschiedenen bunten Tönen, wobei Bluse und Hose die gleiche Farbe hatten. Angelika wäre ein schönes Gelb, Orange oder sogar Rosa lieber gewesen. Doch sie hatte nicht selber wählen dürfen und musste nun in einem knalligen Grün den Einzug der Nationen begehen.

Sie reckte den Hals. Die dänische Fraktion hatte sich soeben in Bewegung gesetzt, danach folgte die wesentlich kleinere Abordnung aus Dahomey, dann würden sie an der Reihe sein. Angelika atmete tief durch. Von hinten wurde ein wenig geschoben. Offenbar drängten die Wartenden. Der Lärm der applaudierenden Zuschauer auf den Rängen schwoll mehr und mehr an. Hier unten zu stehen, unmittelbar vor dem Zugang zum Stadion und mit den Zuschauern über sich, hatte etwas Bedrohliches an sich. Sie zuckte zusammen, als die junge blonde Frau mit dem weißen Schild, auf dem in Großbuchstaben DDR stand, sich kurz umdrehte und ihnen ein Zeichen gab. Die Frau setzte sich in Bewegung, und alle folgten ihr. Angelika klopfte das Herz bis zum Hals. Schritt für Schritt gingen sie durch den dunklen Zugang dem Licht entgegen und betraten das Stadion. Jubel brandete auf. Als sie den Tunnel hinter sich ließen, atmete Angelika erleichtert aus. Die Menschen auf den Rängen boten ein buntes Bild, ihre Mienen verrieten Vorfreude und Begeisterung. Ein Orchester spielte, aus den Lautsprechern schallte die Stimme Joachim Fuchsbergers, den sie aus den Edgar-Wallace-Streifen kannte. Ihre Eltern hatten fast jeden der Filme, die im Westfernsehen ausgestrahlt wurden, gesehen, und ihre Mutter schwärmte für den Schauspieler. Nun sagte ausgerechnet er das Team der DDR an, von dem auch sie ein Teil war. Wenn auch nur ein kleiner. Angelika überlief eine Gänsehaut. Die Sportler marschierten im Takt der Musik und winkten den applaudierenden Zuschauern ebenfalls begeistert zu. Angelika sah nach oben, während sie wie alle anderen Athleten ohne Unterlass winkte. Das Dach des Stadions sah von hier unten wie ein aufgeschnittener Ball aus, der in mehreren Lagen an Drähten befestigt war.

Sie hatte nie zuvor etwas Vergleichbares gesehen, und schon die Konstruktion dieses Bauwerks machte deutlich, dass sie sich hier in einer fremden, für sie ganz neuen Welt befand.

Als sie erfahren hatte, dass sie sich für die Olympischen Spiele qualifizieren durfte, hatte sie ihr Glück kaum fassen können. Und dann, als sie es tatsächlich geschafft hatte, erst recht nicht. Nun war sie schon seit Tagen im olympischen Dorf, und irgendwie fühlte sich alles ganz anders an, als sie es sich vorgestellt hatte. Dabei wusste sie nicht einmal, was genau sie erwartet hatte. Vor allem aber, da war sie sich sicher, hatte sie nicht mit einer solchen Freundlichkeit gerechnet. Diese Olympischen Sommerspiele wurden nicht nur »heitere Spiele« genannt, nein, sie waren es wirklich. Nationale Grenzen schien es unter den Sportlern fast nicht zu geben. In München waren sie eins, eine große Gruppe, die sich ab heute in verschiedenen Disziplinen miteinander messen würde. Angelika konnte es kaum noch erwarten, obwohl das Bogenschießen erst am 7. September beginnen würde. Sie würde alles in diesen Wettkampf legen, wollte zeigen, wie gut sie war. Sie war glücklich, es geschafft zu haben und für die DDR antreten zu dürfen. Vor allem aber hoffte sie, nach diesen Olympischen Spielen den Stolz ihrer Regierung zu genießen und so womöglich die Lebenssituation für sich und ihre Familie zu verbessern. Dabei ging es ihr nicht darum, in eine schönere Wohnung zu ziehen. Für sie war die Plattenbausiedlung in Leipzig vollkommen in Ordnung, und auch ihre Eltern, die beide für die volkseigenen Betriebe arbeiteten, der Vater im Bereich Schwermaschinenbau und die Mutter im Kombinat Verpackung, waren mit dem Leben, das sie führten, zufrieden. Doch Angelika störte sich an den Einschränkungen, die sie genau wie alle anderen, die sie kannte, zu erdulden hatte. Planwirtschaft war das eine. Doch so viele Dinge, die sie im Westfernsehen sah, nicht erwerben zu können und gar nicht erst Zugang zu bekommen widerstrebte ihr. Sie war gerade neunzehn geworden und wollte leben und etwas erleben. Sie wollte schöne Kleidung tragen, wollte Musik hören dürfen, die ihnen verboten war. Sich stets zurücknehmen zu müssen passte ihr einfach nicht. Und mit den Jahren war ihr Widerwille noch gewachsen, auch wenn ihre Eltern sie immer wieder zurechtgewiesen hatten, sie solle nicht so rebellisch sein.

Nach außen hin hatte Angelika sich angepasst, doch was sie wirklich dachte, behielt sie für sich. Denn auch wenn von Seiten der DDR gern so getan wurde, als würde dort ein perfektes System herrschen und die Zeit, da Deutschland noch nicht geteilt gewesen war, vergessen und aus dem Gedächtnis der Menschen gestrichen sein, war dem nicht so. Angelika war acht Jahre alt gewesen, als die Mauer gebaut worden war. Ihre Mutter behauptete stets, die Zeit davor sei auch nicht besser gewesen, doch das bezweifelte Angelika, genau wie viele andere ihres Jahrgangs. Außerdem ging es nicht darum, ob es vor 1961 besser oder schlechter gewesen war, es ging um das Hier und Jetzt. Für Angelika stand fest, dass die DDR sich im Gegensatz zur BRD auf der anderen Seite nicht wirklich entwickelt hatte. Bestimmt war auch dort nicht alles Gold, was glänzte, doch die Menschen »drüben« schienen ein weit weniger reglementiertes Leben zu führen als die in der DDR. Während es im Westen offenbar ein reichhaltiges Angebot an Waren aller Art gab und die Menschen sehen und hören durften, was sie wollten, gab es in der DDR so viele Verbote. Vor allem war es wenig ratsam, eigene Ansichten zu vertreten, die womöglich nicht mit denen der Parteiführung übereinstimmten. Tat man es doch, geriet man schnell unter Beobachtung oder wurde in ein Netz von Befragungen und Maßregelungen verstrickt. Zum Glück hatte Angelika so etwas noch nicht direkt erlebt. Allerdings hatte man den Vater ihrer Freundin Hanna zum Verhör abgeholt, weil der Verdacht bestand, dass dieser sich kritisch zur Parteiführung geäußert hatte. Doch entgegen vieler Schreckensgeschichten war er nach nur zwei

Tagen scheinbar unverletzt wieder auf freien Fuß gesetzt worden. Hanna hatte sich seitdem verändert. Davor hatte Angelika offen über alles mit ihr reden können, nun aber wirkte die Freundin zurückhaltend, ja sogar ein wenig misstrauisch. Als Angelika sie einmal darauf angesprochen hatte, hatte Hanna ihr nur einen prüfenden Blick zugeworfen und war ihr eine direkte Antwort schuldig geblieben. Sie standen zwar noch in Kontakt, doch dieser war deutlich weniger geworden. Angelika würde es nicht wundern, wenn er über kurz oder lang komplett abriss, so wie Hanna sich verhielt. Hier, bei den Olympischen Spielen in München, merkte Angelika nun selbst, wie es sich anfühlte, unter Beobachtung zu stehen, und zwar von einer Seite, von der sie es nie vermutet hätte. Viktor Kramann, ihr Co-Trainer, der für sie eher so etwas wie ein großer Bruder war, hatte sie in einem Gespräch unter vier Augen eindringlich ermahnt, ihren »engen Kontakt zum israelischen Team« einzustellen. Angelika war überrascht gewesen, schließlich konnte man kaum von engem Kontakt zum israelischen Team sprechen, nur weil sie sich mit Roman Gagarin, einem israelischen Ringer, angefreundet hatte. Sie hatte Gagarin gleich am Tag ihrer Ankunft in der Kantine kennengelernt, als ihr ein Apfel vom Tablett gerollt war. Roman hatte ihn in der Luft aufgefangen und neben ihren Teller zurückgelegt.

»Danke«, hatte sie mit einem Lächeln gesagt und überrascht festgestellt, dass er Deutsch konnte. Die meisten hier sprachen Englisch miteinander, was Angelika zwar einigermaßen verstand, doch für eine Unterhaltung reichte es nicht. Anders als die westlichen Sportler hatte sie von klein auf Russisch gelernt, wie die meisten in der DDR.

»Gern geschehen«, hatte Roman erwidert und sie gefragt, woher sie kam. So waren sie ins Gespräch gekommen. Sie hatten sich zusammen an einen Tisch gesetzt, und Angelika hatte erfahren, dass Roman deshalb so gut Deutsch konnte, weil seine Mutter deutsche Wurzeln hatte und während des Krieges nach Russland geflohen war. Seine Mutter hatte darauf bestanden, dass er beide Sprachen lernte. Einige Jahre darauf war seine Familie nach Israel gegangen, und nun trat er als Athlet für das israelische Team an. Angelika hatte Roman auch von sich erzählt, obwohl es ihrer Meinung nach eigentlich gar nichts zu erzählen gab. Sie hatten sich so gut verstanden, dass sie sich für später verabredeten, um gemeinsam das olympische Dorf zu erkunden, von dessen ausgefallener Bauweise Roman geradezu schwärmte. Es war ein schöner Abend gewesen, und so hatten sie sich in den letzten Tagen öfter getroffen.

Allerdings war es keineswegs so, dass Angelika auf Roman stand. Schließlich war er mit seinen achtzehn Jahren ein Jahr jünger als sie selbst, und kleiner als sie war er auch, höchstens eins fünfundsechzig. Aufgrund seines kräftigen Körperbaus wirkte er leicht untersetzt, während sie selbst hochgewachsen und schlank war. Sie mussten schon ein eigenartiges Bild abgeben, wenn man sie zusammen sah, doch sie mochte ihn einfach, und es gefiel ihr, Zeit mit ihm zu verbringen. Zum Glück waren ihre Eltern nicht mit nach München gereist, hatten die beiden sie doch eindringlich vor den Athleten aus anderen Ländern gewarnt. Angelika hatte ihre mahnenden Worte als Gerede abgetan, und nun, da sie Roman kennengelernt hatte, konnte sie deren Vorbehalte noch weniger verstehen. Roman war ein durch und durch netter Mensch, nicht mehr und nicht weniger.

Genau deshalb hatte sie sich auch ziemlich geärgert, als Viktor Kramann sie gerade eben, als die DDR-Athleten sich zum gemeinsamen Einzug ins Stadion aufstellten, zur Seite genommen und ihr deutlich zu verstehen gegeben hatte, sie solle ihre Treffen mit Roman Gagarin sofort einstellen, sonst würde sie es womöglich bereuen. Ob seine Warnung von vorgestern denn nicht genügt habe.

Sie hatte ihn angesehen, erstaunt und erschrocken zugleich,

und er hatte ihren Blick kalt und hart erwidert. Nein, Viktor Kramann scherzte nicht, seine Warnung war ernst gemeint. Was war nur mit ihm los? Seit sie das olympische Dorf betreten hatten, benahm er sich so eigenartig wie nie zuvor. Sonst hatten sie doch immer gemeinsam über Angelikas Trainer Wolfgang gelacht, der mit hochrotem Kopf Befehle brüllte und wütend wurde, wenn Angelika sie nicht sogleich umsetzen konnte, und jetzt begann Viktor auf einmal damit, ihr Vorschriften zu machen? Was ging es ihn überhaupt an, mit wem sie sich traf? Er hatte doch auch nichts dagegen, wenn sie sich zu Hause mit ihren Freunden verabredete. Ja, er war sogar häufig dabei, weil sie ihn gern in ihrer Nähe hatte, doch auf einmal fühlte sie sich von ihm eingeengt.

Wie aus weiter Ferne hörte sie Joachim Fuchsbergers Stimme, der nun laut das französische Team ankündigte, während die Athleten der DDR von der Tartanbahn in Richtung Rasen abbogen und neben den anderen Sportlern Aufstellung nahmen. Wie lange es wohl dauern würde, bis alle Einzug ins Olympiastadion gehalten hatten und sich nach und nach auf dem Rasen aufreihten? Immerhin waren es einhunderteinundzwanzig Nationen, die gegeneinander antraten. Wieder sah sie sich um, wollte alles in sich aufnehmen, was sie an diesem Tag erlebte. Joachim Fuchsberger kündigte die Sportler von Israel an, und wie schon bei den anderen Mannschaften spielte die Kapelle etwas, was den Klängen nach dem Land zuzuordnen war. Angelika reckte den Hals. Als das israelische Team an ihnen vorbeizog, begegnete sie Romans Blick und hob die Hand, um ihm fröhlich zuzuwinken. Er erwiderte die Geste, strahlend, glücklich und offenbar genauso beeindruckt von alldem, was um sie herum geschah, wie Angelika selbst. Sie lachten einander an, dann war er auch schon wieder aus ihrem Blickfeld verschwunden, und die italienischen Sportler zogen an ihnen vorbei.

»Unglaublich, das alles hier, oder?«, fragte Monika, die genau wie Angelika breit lächelte.

Angelika nickte. »Ich hätte nicht gedacht, dass es so beeindruckend ist.«

»Und das Beste kommt erst noch«, stellte Monika fest und lachte laut auf, als sie Angelikas fragenden Gesichtsausdruck sah. »Na, die Wettkämpfe«, erklärte sie und lachte noch lauter.

Angelika stimmte in ihr Lachen mit ein. »Stimmt!«, sagte sie kichernd. »Das hatte ich fast vergessen.«

MÜNCHEN
Samstag, 26. August 1972, 15.37 Uhr

Ich bin froh, in Deutschland zu sein und es selbst zu erleben. Nichts hier ist wie in den Geschichten meiner Familie, die die schlimmsten Erinnerungen an dieses Land hat.

ROMAN GAGARIN

Roman kam aus dem Strahlen nicht mehr heraus. Es erfüllte ihn mit Stolz, das blaue Sakko und die braune Hose des israelischen Teams zu tragen und wie bei einer Parade dem Verlauf der Tartanbahn zu folgen. Er fühlte sich als Teil von etwas Großem, etwas Bedeutsamem, und er wusste, dass er später einmal seinen Kindern, Enkeln und womöglich auch Urenkeln von dem erzählen würde, was er während dieser Tage in München erleben durfte. Begierig saugte er alles in sich auf, was um ihn herum geschah. Für ihn fühlte es sich an, als würden diese Olympischen Spiele seinem Leben eine neue Richtung geben, hatte er doch in den Tagen, die er nun in München war, ein vollkommen anderes Bild von Deutschland bekommen als das, das ihm seine Familie vermittelt hatte. Die Menschen hier waren offen und freundlich, von dem Antisemitismus, vor dem man ihn gewarnt hatte, spürte er nicht das Geringste. Ganz im Gegenteil: Die Feindseligkeiten, die in der Welt tobten, fanden hier, im olympischen Dorf, offenbar keinen Platz. Und das gab Roman Mut. Womöglich würden es genau diese Olympischen Spiele sein, über die man eines Tages sagte, sie hätten die Haltung der Menschen verändert und jahrzehntelang bestehende Feindschaften durchbrochen. Er selbst wünschte sich genau das. Es musste Frieden geben, endlich. Frieden war die Botschaft dieser Zeit, Frieden war es, wovon die Menschen träumten. Gäbe es Frieden, würde vielleicht auch seine Mutter eines Tages die Schrecken der Vergangenheit hinter sich lassen können, sie und so viele andere auch.

Als er noch ein kleiner Junge war, waren es nur Andeutungen gewesen oder eine bestimmte Art, auf die seine Mutter ihn angesehen hatte, wenn sie von ihrer früheren Heimat sprach. Oft hatte sie auch gar kein Wort darüber verlieren wollen. Einmal – er war acht gewesen, vielleicht auch neun – hatte er sie zornig gefragt, warum er eigentlich Deutsch lernen müsse, wenn sie das Land doch offenbar so sehr verabscheute. Er sah noch genau vor sich, wie seine Mutter abrupt in der Bewegung innehielt, einen Stuhl heranzog und sich zu ihm an den Tisch setzte. Sie hatte seine Hände in ihre genommen und ihm erklärt, dass er die Sprache deshalb lernen sollte, weil es ihre Muttersprache war. Sie war Deutsche, genau wie ihre Eltern. Ihre Großeltern waren damals aus Polen nach Deutschland übergesiedelt, in der Hoffnung, dort ein besseres, ein schöneres Leben für sich, vor allem aber für ihre Kinder aufbauen zu können. Und das hatten sie getan. Sie waren fleißige Menschen gewesen, die hart geschuftet hatten für das, was sie besaßen. Sie hatten einen Stoffhandel betrieben, später dann sogar eine angeschlossene Schneiderei. In der Dienerstraße in München hatten sie ein kleines Geschäft betrieben, bevor sie einige Jahre danach in die Theatinerstraße umgezogen waren. Hier hatten sie ihre Umsätze fast verdreifachen und sich weit mehr erlauben können als all die Jahre zuvor. Doch dann war das Geschäft der Familie in der Nacht vom 9. auf den 10. November 1938 von den Nazis in Brand gesteckt worden. Romans Großeltern hatten gerade noch rechtzeitig mit ihrer Familie fliehen können. Sie waren nach Russland gegangen, ein Glück, wenn man überlegte, was in den Jahren bis 1945 in Deutschland geschehen war und wie viele Juden in den Konzentrationslagern ermordet worden waren. Er selbst war in Russland geboren, doch auch dort hatte er die antisemitischen und antijudaistischen Anfeindungen zu spüren bekommen. Heute hatte er das Gefühl, dass ihn genau das auf eine besondere Art geprägt hatte, hatte er doch nur deshalb mit dem Kampfsport begonnen, um sich gegen die Gleichaltrigen verteidigen zu können, die ihn stets spüren ließen, dass er nicht zu ihnen gehörte. Nach Israel waren Roman und seine Familie erst vor knapp drei Jahren übergesiedelt, weil es, wie seine Mutter sagte, an der Zeit war, eine endgültige Heimat zu finden. Heute hatte Roman das Gefühl, es wäre an ihm, die Versöhnung seiner Familie mit den Deutschen einzuläuten. Wenn er wieder nach Hause kam, würde er seiner Mutter von der Herzlichkeit und der Freude berichten, die man ihm hier entgegenbrachte. Er spürte weder Feindseligkeit noch Hass, Angst oder Gewalt. Die Menschen, die seine Familie 1938 vertrieben hatten, waren tot und begraben, und er hoffte, dass auch über die Vergangenheit eine so feste Schicht Erde geschüttet werden konnte, dass man nicht einmal mehr erahnen konnte, was sich darunter befand.

Roman sah hoch und winkte ohne Unterlass den Zuschauern auf den Rängen zu, die applaudierten und so jede einzelne Nation aufs Freundlichste begrüßten. Als er nach links zu den Sportlern blickte, die ihren Einzug bereits beendet und auf dem Rasen ihre Warteposition bezogen hatten, entdeckte er Angelika, die Bogenschützin der DDR-Mannschaft, die er hier kennengelernt hatte. Eine tolle junge Frau, mit der er sich wirklich gut verstand. Hoffentlich bekamen sie in den nächsten Tagen noch die Gelegenheit, weitere gemeinsame Unternehmungen zu starten, denn auch ihre Wettkämpfe würden erst später beginnen. Er selbst durfte ab dem 5. September zeigen, was in ihm steckte, und er war fest entschlossen, überall sein Bestes zu geben und sich die Goldmedaille zu erkämpfen. Roman wusste, dass Israel große Hoffnungen in ihn setzte. Er war jung, stark und ehrgeizig. Und er war ein guter Sportler.

Angelika und er winkten sich fröhlich zu, bis sie aus seinem Blickfeld verschwunden war. Roman sah, wie Henry Herscovici stolz die Flagge ihres Landes schwenkte. Henry hatte Roman erzählt, dass er durchaus mit gemischten Gefühlen nach Deutschland gereist war. Nun jedoch, da ein Jude mit erhobenem Haupt die israelische Fahne durch ein deutsches Stadion tragen durfte, gewann wohl nicht nur Roman den Eindruck, dass ein echter Wandel eingetreten war. Die Nazis hatten alles getan, um die Juden auszurotten, und nun schritten die Kinder ebendieser Juden hier entlang und lieferten damit den Beweis, dass die Nazis ihre Seelen trotz aller Grausamkeit nicht hatten zerstören können. Dieser Gedanke ließ Roman ein Lächeln auf die Lippen treten. Womöglich würde eines Tages auch ihm die Ehre zuteilwerden, die Fahne seines Volkes zu tragen. Und dann würde er den Jüngeren erzählen, dass er schon bei den Olympischen Spielen von München dabei gewesen war, den ersten Spielen nach dem Krieg, die so viele Wunden hatten heilen können. Allein die Vorstellung bewegte ihn tief.

Roman hob abermals den Arm und winkte den Zuschauern zu. Er machte Robert Goldmann aus, den Journalisten, der das israelische Team schon seit dessen Einzug ins olympische Dorf betreute. In den letzten Tagen hatten sie viel miteinander unternommen. Goldmann, der selbst Jude war und genau wie seine Eltern in München lebte, hatte es sich zur Aufgabe gemacht, ihnen so viel wie nur möglich von der Stadt und der Gegend zu zeigen. Neben den üblichen Sehenswürdigkeiten, die sie besichtigt hatten, war Goldmann auch bei der Gedenkfeier im KZ Dachau dabei gewesen, kein fröhlicher Termin wie die anderen, aber ein sehr wichtiger. Roman, der die Schreckensgeschichten über die Taten der Deutschen nur aus den Erzählungen seiner

Mutter kannte, war an diesem Tag in Gedanken bei ihr gewesen. Sobald er wieder nach Hause kam, würde er ihr von dem feierlichen Rahmen und dem neuen Deutschland, das er hier kennenlernen durfte, berichten. Auch wenn er wusste, dass Rachel Gagarin die Gräueltaten der Nazis niemals verzeihen konnte, so hoffte er doch, ihr mit seinen Eindrücken das heutige Deutschland näherbringen zu können, das sich hier präsentieren wollte. Es war regelrecht spürbar, wie bemüht die Veranstalter waren, die Erinnerungen an die Olympiade von 1936 in Berlin vergessen zu machen. Deutschland zeigte sich weltoffen und bunt. Hier war kein Platz für Ideologien und Hass, nur für ein fröhliches Miteinander verschiedener Nationen, die einander respektierten und sich einzig auf sportlicher Ebene miteinander messen wollten.

Roman hob den Arm und winkte Goldmann zu, der jedoch in diesem Moment zur Seite sah, um sich mit einem befreundeten Polizisten zu unterhalten, dessen Name Roman gerade nicht einfiel. Wie alle Sicherheitsleute trug er einen hellblauen Anzug und war so direkt zu erkennen. Roman ließ den Arm sinken. Er würde Goldmann nachher treffen, wenn dieser sich wieder dem israelischen Team anschloss. Sie kannten sich zwar erst kurz, aber Roman hoffte, dass der Kontakt zu dem Journalisten auch nach den Olympischen Spielen weiterbestehen würde.

Nun rief der Stadionsprecher die Abordnung aus Lesotho auf. Roman hatte sie vorhin gesehen und schmunzeln müssen, weil das Team nur aus dem Fahnenträger und zwei weiteren Männern bestand. Da war das israelische Team weit besser aufgestellt, obwohl es auch eher zu den kleineren gehörte. Für Roman bedeutete dies, dass er noch mehr geben würde, um sein Land und sich zu repräsentieren.

MÜNCHEN

Samstag, 26. August 1972, 15.55 Uhr

Ich habe gemischte Gefühle. Was, wenn die Sorglosigkeit trügerisch ist?

ROBERT GOLDMANN

Manfred Hofmanns Gesichtsausdruck verriet nichts Gutes, als er auf ihn zukam.

»Und?«, fragte Robert nur.

Der Polizist schüttelte den Kopf. »Sieber ist wieder mit seinen kompletten Vorschlägen abgeprallt. Noch mal wird er's nicht versuchen. Aber das weißt du nicht von mir«, fügte er eilig hinzu, obwohl das nicht nötig gewesen wäre.

Die beiden kannten sich nun wirklich lange genug. Manfred konnte darauf vertrauen, dass Robert, Journalist hin oder her, Informationen wie diese niemals zu seinem Schaden einsetzen würde.

»Natürlich nicht«, versicherte Robert dennoch. Er wusste nicht, was er von dem Vorgehen der Polizei halten sollte. Alles um die Olympischen Spiele herum war bis ins Kleinste geplant, doch was das Thema Sicherheit anging, war sein Freund Manfred, ein Polizist mit jahrelanger Erfahrung, nicht der Einzige, der erhebliche Bedenken hegte.

Der Polizeipsychologe Georg Sieber hatte während einer Sitzung insgesamt sechsundzwanzig Szenarien möglicher Anschläge aufgezeigt, wofür er allerdings nur ausgelacht worden war. Nun hatte er vorhin noch einmal das Gespräch mit der Polizeispitze gesucht und war offenbar erneut gescheitert. Dabei schienen die Bedrohungen, die Sieber aufgezeigt hatte, in Roberts Augen längst nicht so weit hergeholt, wie der Polizeipräsident meinte. Ein Anschlag »anarchistischer Gewalttäter«, wie die gerade erst verhafteten Baader, Meinhof und Konsorten auf den Fahndungsplakaten genannt wurden, war keineswegs ausgeschlossen, das hatten die vielfachen Überfälle der RAF bewiesen. Die Gewaltbereitschaft war gewachsen, ob man es nun wahrhaben wollte oder nicht. Und ein Zusammentreffen so vieler Nationen bot Terroristen eine geradezu einmalige Gelegenheit. Allerdings ging es nicht nur um die Bedrohung durch linke Kräfte, auch ein Überfall der Araber, wie Sieber ihn unter anderem aufgezeigt hatte, war durchaus denkbar. Bei Großveranstaltungen wie den Olympischen Sommerspielen waren Attacken, ganz gleich welcher Art, nun mal nicht auszuschließen.

Robert hoffte inständig, dass Sieber und Manfred mit ihrer Schwarzmalerei übertrieben und die gelebte Sorglosigkeit am Ende siegen würde. Oder war eine solche Sorglosigkeit naiv, wenn nicht gar überheblich, und würde am Ende womöglich bestraft werden?

»So schön das hier alles sein mag«, holte Manfred ihn aus seinen Gedanken und deutete mit dem Arm auf die Menschenmenge auf den Rängen. »Ich bin froh, wenn es vorbei und ohne Schwierigkeiten über die Bühne gegangen ist.«

»Damit bist du vermutlich nicht allein«, stimmte Robert ihm zu, wenngleich er sich auf die weitere Zeit im olympischen Dorf und mit den Mitgliedern des israelischen Teams freute.

Manfred beugte sich weiter vor und senkte die Stimme. »Ich bin wirklich keiner, der die Hand schnell am Holster hat, aber keine Waffe tragen zu dürfen, weil es nicht ins Bild dieser Veranstaltung passt, ist doch Irrsinn. Genau wie diese lächerlichen Handzeichen, damit wir nur ja kein Aufsehen erregen. Stell dir vor, man bezeichnet uns hier als ›Olys‹, nicht als Polizisten, als wären wir gottverdammte Platzanweiser!«

»Ist das nur deine Meinung oder auch die deiner Kollegen?«

»Das ist etwa fifty-fifty, würde ich sagen. Die jüngeren freuen sich über das gute Wetter und die vielen netten Leute, die sie kennenlernen, die älteren sehen die Sache meist nicht ganz so gelassen.« Manfred lehnte sich noch weiter zu Robert. »Wenn dir irgendwas auffallen sollte, dann sag mir bloß sofort Bescheid, ja?«

»Klar, mach ich. Du müsstest mir allerdings sagen, worauf genau ich achten soll.«

Manfred zuckte die Achseln. »Sieber hat bei den vorgestellten Einsatzlagen auch vor einem möglichen Anschlag auf das israelische Team gewarnt. Ich weiß nicht, ob es konkrete Drohungen gegeben hat, doch Sieber saugt sich so was ja nicht aus den Fingern, auch wenn unser Polizeipräsident genau das zu glauben scheint. Ich hab selbst keine Ahnung, worauf wir achten sollen – vielleicht einfach auf alles, was uns verdächtig erscheint, Leute, die sich seltsam benehmen oder so aussehen, als hätten sie auf dem Gelände nichts zu suchen ...«

»Bisher war alles sehr harmonisch«, stellte Robert fest. »Und auch wenn du es vielleicht nicht hören willst: Olympische Spiele in dieser Form sind wichtig. Sie werden ja nicht umsonst ›Fest des Friedens‹ genannt. Nimm nur den Gedenkgottesdienst in Dachau, als die israelische Abordnung einen Kranz niedergelegt hat. Yakov Springer hat mir erzählt, wie schwer es für ihn war, daran teilzunehmen. Seine ganze Familie wurde damals im besetzten Polen von Deutschen überfallen und im Ghetto Litzmannstadt umgebracht. Springer selbst war gerade achtzehn, als er in die Sowjetunion floh. Er hat den Holocaust als Einziger überlebt. Nun in einem ehemaligen deutschen Konzentrationslager zu stehen und verzeihen zu wollen muss schrecklich für ihn gewesen sein.«

»Das ist mir schon klar«, sagte Manfred leise. »Wirklich,

Robert, mir ist durchaus bewusst, dass es auch für dich eine Auseinandersetzung mit alldem ist, was Nazi-Deutschland dir und deiner Familie angetan hat.« Er schüttelte den Kopf. »Glaub mir, ich will auch nicht, dass die Deutschen mit Sturmgewehren im Anschlag hierstehen und dieses Bild in die Welt getragen wird. Aber was, wenn die Befürchtungen, die manche haben, doch keine Hirngespinste sind?«

Robert nickte. »Daran darf ich nicht einmal denken.«

Manfred sah auf die Uhr. »Ich muss dann mal wieder. Tu mir den Gefallen und gib mir Bescheid, wenn dir auch nur das Geringste auffallen sollte, egal, was.«

»Ich versprech's dir«, versicherte ihm Robert, dann verabschiedeten sie sich voneinander. Der Journalist sah dem befreundeten Polizisten noch kurz nach, dann betrachtete er die Sportler, die auf der Tartanbahn paradierten und fröhlich winkten. Gerade kam die Abordnung aus Mexiko vorbei, in grünen Anzügen mit weißen Überwürfen, die unter dem Applaus des Publikums ihre Sombreros lüftete. Ein schöner Anblick, doch Manfreds Sorge verhinderte, dass Robert das Spektakel genoss. Würden die »heiteren Spiele« wirklich halten, was sie versprachen?

Sein Blick schweifte zu den israelischen Athleten, die er in den letzten Tagen kennengelernt hatte. Mit manchen hatte sich bereits eine Art Freundschaft entwickelt. Er war froh, dass man seine Bewerbung angenommen und ihn als Sportlerbetreuer für das israelische Team ausgewählt hatte, vielleicht weil er selbst Jude und zudem in München geboren war. Seine Eltern waren weit gläubiger als er, doch seine Zugehörigkeit zum Judentum hatte stets einen wichtigen Teil seines Lebens ausgemacht. Wie so viele Juden war auch seine Familie damals aus Nazi-Deutschland geflohen, aber anders als viele andere waren seine Eltern kurz nach dem Krieg zurückgekehrt. Ein Jahr später war er zur Welt gekommen. Wie tief die Erinnerung an das Grauen jedoch noch immer saß, war auch bei seinen Eltern zu spüren.

Er selbst hatte in Deutschland, seiner Heimat, eine gute Kindheit gehabt. Echte Feindseligkeit war ihm nicht begegnet, eher unterschwellig antisemitisches Verhalten. Einmal hatte ihn beispielsweise eine Mitschülerin in der vierten Klasse gefragt, ob er wirklich ein richtiger Jude sei. Als er wissen wollte, wie sie das meinte, hatte sie erwidert: »Ich dachte ja bloß, weil du doch ganz normal aussiehst.« Selbst damals, mit gerade einmal zehn Jahren, hatte er gewusst, dass es besser war, nicht weiter nachzuhaken. Es hatte keinen Sinn, das Gespräch fortzuführen und sie beispielsweise zu fragen, was sie unter »normal« verstand und wie sie sich einen »richtigen Juden« vorstellte. Er hatte oft mitbekommen, wie andere ein absurdes Bild von den Juden zeichneten, insbesondere dann, wenn niemand in der Runde wusste, dass er selbst jüdischen Glaubens war. Deutschland war für ihn in dieser Hinsicht bis heute ein gespaltenes Land, das nur schwer mit seiner eigenen Verunsicherung in Bezug auf die Vergangenheit umzugehen wusste. Deshalb war es ihm so wichtig gewesen, bei diesen Olympischen Spielen dabei sein zu können, dabei zu sein, wenn Deutschland sich als ein demokratisches und weltoffenes Land präsentierte, das sich deutlich von der Vergangenheit abzugrenzen versuchte. So wie alles in diesem Moment auf ihn wirkte, könnte es tatsächlich ein neuer Anfang sein, der die Olympischen Spiele von 1936 in Vergessenheit geraten ließ. Und er war ein Teil davon, war ganz nah dran und konnte in seiner Funktion als Betreuer dem israelischen Team das Deutschland zeigen, das er kannte und das seine Heimat war. Dass sich die Spiele womöglich anders entwickelten, als er es sich erhoffte, dass etwas dran war an Manfreds Befürchtungen, konnte und wollte er sich in diesem Moment einfach nicht vorstellen.

MÜNCHEN

Samstag, 26. August 1972, 16.33 Uhr

Wenn alles gut läuft, könnte das der beste September meines Lebens werden.

MANFRED HOFMANN

»Auch eine?« Volker hielt ihm ein Päckchen HB entgegen, als Manfred auf das Polizeigebäude zuging, vor dem Volker und Claus, zwei seiner Kollegen, standen und sich bei einer Zigarette unterhielten.

»Nein danke, ich habe aufgehört«, lehnte Manfred ab.

»Sterben wirst du sowieso«, sagte Volker zwischen zwei Zügen und lachte.

»Wir reden gerade über den Schwarzseher«, setzte Claus ihn nun ins Bild. »Du bist ja auch lange genug dabei. Was hältst du denn von dem?«

»Wen meinst du?«, fragte Manfred.

»Na, diesen Sieber. Ich wusste nicht mal, dass es Polizeipsychologen gibt, die die da oben beraten sollen. Für mich waren das immer die Heinis, zu denen wir geschickt werden, wenn wir im Dienst jemanden erschossen haben«, bemerkte Volker. »Zum Glück ist mir das bisher erspart geblieben.«

Manfred wiegte den Kopf. »Ich weiß nicht, was ich von dem halten soll. Aber ich finde es unsinnig, jemanden einzustellen, damit er uns berät, nur um dann alles als Gerede abzutun, was er vorschlägt.«

»Ach, komm, Manni. Hast du dir mal angehört, was für Szenarien der sich ausmalt? Wenn du mich fragst, ist das völliger Humbug. Wie soll man so etwas denn schon voraussehen können?«, fragte Claus.

»Da kannst du genauso gut dein Horoskop lesen und deinen Job kündigen, weil da steht, dass du morgen reich wirst. Ich sage dir, der will sich nur aufspielen.« Volker ließ die Zigarette fallen und trat sie aus.

Manfred ließ die beiden stehen, betrat das Gebäude und ging hinauf in den ersten Stock. Oben angekommen, hielt er lächelnd auf den Schreibtisch von Susanne Lerbs zu, eine attraktive, fröhliche Mittdreißigerin, die am liebsten Pullunder in ebenfalls fröhlichen Farben trug. Als Sekretärin wusste sie stets über alles Bescheid, was sich im Präsidium oder jetzt eben hier, bei der Einsatzleitung im Olympiadorf, tat.

»Hallo, Susanne«, sagte Manfred und blieb stehen.

»Manfred, grüß dich!« Sie erwiderte sein Lächeln und strich sich die dunklen Haare aus dem Gesicht. »Na, hast du deine Runde gedreht? Wie ist die Eröffnungsfeier denn so? Man kriegt hier ja leider so gut wie gar nichts davon mit.«

»Die Stimmung ist gut, wirklich. Einigen Leuten werden heute Abend bestimmt vom vielen Klatschen die Hände wund sein.« Er sah sie bedauernd an. »Tut mir leid für dich, dass du hier drinnen sitzen musst.«

Sie zuckte die Schultern. »Immerhin kann ich irgendwann behaupten, dass ich bei den Olympischen Spielen 1972 in München dabei war, mitten im Geschehen.« Sie verzog das Gesicht. »Dass ich überhaupt nichts mitbekommen habe, weil ich die ganze Zeit Berichte und Protokolle getippt habe, muss ich ja nicht erwähnen.«

Manfred nickte zustimmend. »Wo du es gerade ansprichst: Kann ich mal einen Blick in das Protokoll werfen, in dem Georg Sieber die möglichen Einsatzlagen vorgestellt hat?«

»Das ist vertraulich, Manni. Das weißt du doch.«

»Ja, schon. Aber wäre es nicht besser, wenn wir da draußen Bescheid wüssten, worauf wir achten sollen?«

Susanne sah kurz zu der Tür, die in den Besprechungsraum führte, und anschließend in die andere Richtung den Flur entlang, von dem die Großraumbüros abgingen. Dann stieß sie sich vom Schreibtisch ab und rollte mit ihrem Stuhl zu dem halbhohen, abschließbaren Stahlschrank, dessen Schlüssel im Schloss steckte. Sie öffnete ihn und zog eine Hängemappe heraus, die sie Manfred reichte.

»Hier. Aber mach schnell.«

»Danke!« Eilig überflog Manfred die aufgeführten Szenarien. Sieber hatte die Möglichkeit von Anschlägen diverser Terrorgruppen erörtert und warnte beispielsweise davor, dass die IRA britische oder die ETA spanische Olympioniken angreifen könnte. Außerdem warnte er davor, dass es Überfälle der PLO oder kleinerer Splittergruppen auf das israelische Team geben könnte. Aus diesem Grund und zum besseren Schutz der Sportler schlug Sieber vor, diese nicht nach Nationen, sondern nach Sportarten unterzubringen. Seinem Vorschlag war nicht Folge geleistet worden.

Manfred blätterte um. Der Polizeipsychologe hatte akribisch ganze sechsundzwanzig verschiedene Szenarien ausgearbeitet, diverse Angriffsmöglichkeiten zu Ende durchgespielt und Vermeidungsstrategien entwickelt, die das Risiko derartiger Anschläge minimieren könnten. Soweit Manfred wusste, war jedoch keine einzige dieser Vermeidungsstrategien in die Tat umgesetzt worden, obwohl dies seiner Meinung nach kein großes Problem dargestellt hätte. Er klappte die Mappe zu und reichte sie Susanne zurück.

»Danke.«

Sie nahm die Unterlagen und sortierte sie sogleich wieder in die Registratur. »Und? Was meinst du?«, fragte sie, als sie den

Stahlschrank schloss und mit ihrem Stuhl zurück an den Schreibtisch rollte.

Manfred wiegte nachdenklich den Kopf. »Es ist schon wirklich konkret zu Ende gedacht«, urteilte er. »Wenn man das liest, bekommt man schnell das Gefühl, dass außerhalb von München nichts als Hass und Gewalt herrschen.«

Susanne nahm ihre Kaffeetasse und trank einen Schluck. »Möchtest du auch einen?«

Manfred zögerte, entschied dann jedoch, dass ein kleiner Moment für einen Plausch mit Susanne drin war.

»Gern.«

Die Polizeisekretärin stand auf, während Manfred sich auf einen der beiden Besucherstühle vor ihrem Schreibtisch setzte.

»Schwarz, wie immer?«, fragte Susanne, die bereits an die Kaffeemaschine trat, eine frische Tasse umdrehte und die Kanne herauszog.

»Klar. Schwarzer Kaffee soll doch schön machen, und die Hoffnung stirbt zuletzt.«

Susanne schenkte schmunzelnd ein, dann kam sie mit der gefüllten Tasse zurück an den Schreibtisch und stellte sie vor Manfred ab.

»Danke. Das ist nett von dir.« Er trank einen Schluck, während Susanne wieder Platz nahm. Der Kaffee schmeckte bitter. Vermutlich stand er schon eine ganze Weile auf der Heizplatte.

»Denkst du, an dem, was Sieber da vorgestellt hat, könnte etwas dran sein?«, nahm Susanne den Faden wieder auf. »Ich meine, du bist ja auch schon lange genug dabei.«

»Na ja«, begann Manfred und trank einen weiteren Schluck. »Hättest du mich vor einigen Jahren gefragt, hätte ich wohl auch behauptet, er wolle sich nur wichtigmachen. Wenn ich allerdings daran denke, was im Mai in Frankfurt passiert ist, glaube ich, dass wir die Entschlossenheit, mit der manche Irre vorgehen, nicht unterschätzen dürfen.« Er stellte die Tasse ab und fuhr sich gedankenversonnen mit den Fingern durch die dünner werdenden Haare.

»Du meinst den Bombenanschlag auf das Hauptquartier der US-Armee?«, fragte Susanne.

»Ganz genau. Dass die RAF auch Tote in Kauf nimmt, wissen wir spätestens, seit sie Hans Eckhardt ermordet haben. Doch der war Leiter der Sonderkommission Hamburg und Polizist und damit eines der Hassobjekte dieser Leute. Aber ein Bombenanschlag, bei dem ein Haufen Unbeteiligter mit reingezogen wird, ist eine ganz andere Sache. Egal, ob RAF, IRA, PLO, ETA oder was weiß ich wer – für mich sind das alles Fanatiker, die stets einen Finger am Abzug haben. Und nur weil wir hier ›heitere, friedliche‹ Spiele feiern wollen, werden solche Leute nicht weniger gefährlich.«

»Aber Schreiber sieht das anders, und der hat nun mal das Sagen«, stellte Susanne mit einem resignierten Seufzer fest.

»Tja, so sieht's aus. Am Ende wird wahrscheinlich ohnehin nichts passieren, und dann kann der Alte sich feiern lassen, weil er's ja gleich gewusst hat.«

»Aber wenn doch was passiert, sehen wir alt aus, und zwar alle miteinander.«

»Allerdings. Ausrichten können wir trotzdem so gut wie nichts. Ich habe eben mit meinem Freund Robert gesprochen.«

»Dem Journalisten?«

Manfred nickte. Susannes Miene war anzusehen, dass sie es für keine gute Idee hielt, ausgerechnet mit einem Pressevertreter über derartige Dinge zu reden.

»Robert ist in Ordnung«, stellte Manfred klar, als er ihren Blick bemerkte. »Er hat sich als Betreuer für das israelische Team gemeldet und verbringt viel Zeit mit den Athleten. Ich habe ihn gebeten, die Augen offen zu halten und Bescheid zu geben, sollte ihm irgendwas Verdächtiges auffallen, obwohl ich ihm auch nicht sagen konnte, worauf genau er achten soll. Wenn sich jemand mit einem Gewehr nähert, dürfte es zu spät sein, findest du nicht?«

»Fräulein Lerbs? Könnten Sie kurz herkommen?«

Manfred zuckte zusammen, als sich plötzlich eine der Türen öffnete und der Polizeipräsident höchstselbst heraustrat.

»Natürlich.« Susanne sprang auf, schnappte sich Block und Stift und rief Manfred ein eiliges »Tschüss!« zu.

»Tschüss«, erwiderte Manfred, trank den bitteren Kaffee aus, stand auf und verließ das Gebäude.

Im Dorf herrschte weniger Trubel als in den vergangenen Tagen, ganz einfach, weil alle bei der Eröffnungsfeier im Stadion waren. Manfred ließ sich Zeit, dorthin zurückzukehren. Alle Sicherheitskräfte hatten Weisung, bis zum Ende der Eröffnungsfeier zu bleiben und danach für den sicheren Ausgang der Menschen aus dem Stadion Sorge zu tragen. Er sah auf die Uhr. Kurz nach fünf. Mit allem Drum und Dran würde sich die Feier mit Sicherheit noch eine Stunde, vermutlich sogar länger hinziehen. Es bestand also überhaupt kein Grund zur Eile.

M Ü N C H E N

Samstag, 02. September 1972, 14.10 Uhr

Das erste Mal in meinem Leben habe ich das Gefühl, Teil von etwas Großem zu sein.

DJAMAL RAHMAN

Er wäre lieber zu einem der Fußballspiele gegangen, hatte er doch als Kind und Jugendlicher selbst mit Leidenschaft gekickt. Doch das Treffen, zu dem er zusammen mit Luttif und Ahmed gekommen war, fand nun einmal hier beim Volleyball statt.

Er selbst war erst gestern zusammen mit Afif und Adnan in München eingetroffen und hatte in dem Hotel, in dem sie untergebracht waren, eine weitere Dreiergruppe getroffen. Weshalb er und die anderen nach Deutschland gebracht worden waren, wusste Djamal nicht. Niemand hatte ihnen bisher etwas über das Ziel der Operation gesagt. Nur dass sie Teil von etwas Großem sein würden, hatte Luttif erklärt, als er ihnen gestern die Pässe abgenommen hatte.

Nun saß er hier zusammen mit Luttif und Ahmed und wartete. Auf wen, wusste er ebenfalls nicht. Doch es störte ihn nicht, noch im Ungewissen zu sein. Vielmehr erfüllte es ihn mit Stolz, dass man ihn für eine besondere Aufgabe auserwählt hatte und er endlich etwas von dem zum Einsatz bringen konnte, wofür er ausgebildet worden war.

Er war jetzt neunzehn Jahre alt und kannte die Geschichten nur aus den Erzählungen seiner Eltern, Großeltern und all derer, die fünf Jahre vor seiner Geburt dabei gewesen waren, als die Zionisten sie aus Galiläa vertrieben hatten. Wie Hunde hatte man sie fortgejagt und die Palästinenser zu einem Dasein als Flüchtlinge verurteilt. Jeder seines Volkes kannte die Geschichten der Vertreibung, jeder wusste, was geschehen war und was die eigenen Familien zu erleiden hatten. Und jeder von ihnen spürte den Hass auf die Juden in sich züngeln wie Flammen, die immer höher und höher schlugen und schließlich so heiß brannten, dass sie alle anderen Gefühle verglühen ließen.

Schon als Jugendlichem war Djamal klar gewesen, dass es keine Zukunft für ihn gab, wenn sein Volk und er nicht nach Palästina, in ihre Heimat, zurückkehren konnten. Auch wenn er es nie anders gekannt hatte, fühlte sich sein Leben in den Hütten mit den Wellblechdächern, die in Reih und Glied nebeneinanderstanden und in denen es in den Sommermonaten so heiß wie in einem Backofen wurde, einfach falsch an. Er hatte nie hinterfragt, ob es an den Geschichten lag, die die Alten ihm und den anderen Jungs im Lager erzählt hatten, doch sie alle waren in dem Bewusstsein aufgewachsen, dass man ihnen ihre Häuser, ihr Land und ihre Heimat gestohlen hatte und die ganze Welt diesem Unrecht zusah, ohne auch nur einen Finger zu rühren. Es schien einfach niemanden zu kümmern, was ihnen geschah.

Als eine Hilfsorganisation seinem Bruder Farud und ihm vor einigen Jahren angeboten hatte, nach Westdeutschland zu gehen, hatte Djamal nicht lange überlegen müssen. Er wollte nur weg aus dieser Welt, der Armut, dem Leid, das er täglich sah. Doch die zwei Jahre in Deutschland hatten ihm die Augen geöffnet und ihm gezeigt, dass auch dort ein Leben, wie er es sich vorstellte, nicht möglich war. Niemanden scherte es, was sein Bruder und er taten. Oder wie sein Volk im Exil litt. Die Menschen dort waren einzig damit beschäftigt, ihrer Arbeit nachzugehen, ihre Familien zu versorgen, sich abends die Nachrichten anzusehen und zu glauben, sie würden wissen, was in der Welt geschah.

Djamal hatte ihre Sprache gelernt und sich in ihre Kultur eingefunden, doch verstehen konnte er sie bis heute nicht. Also hatten Farud und er irgendwann ihre Sachen gepackt und waren aus der betreuten Unterkunft, die man ihnen zur Verfügung gestellt hatte, verschwunden und in das Flüchtlingscamp in Südbeirut, in dem auch ihre Familie lebte, zurückgekehrt. Der Funken Hoffnung auf ein besseres, ein würdiges Leben war nach der Zeit in Deutschland endgültig erloschen.

Deshalb hatte sich Djamal, als er gerade mal sechzehn war, der Befreiungsbewegung angeschlossen. Alles war ganz einfach gewesen. In seiner Erinnerung hatte man ihm ein Gewehr in die Hand gedrückt und ihm gezeigt, wie man damit umging. Das war alles. Es war das erste Mal in seinem Leben, dass er sich nicht machtlos fühlte, dass er mehr war als der wertlose Flüchtling, der zusammen mit seiner Familie von den Almosen der Hilfsorganisationen lebte, die sich um die palästinensischen Flüchtlinge im Nahen Osten kümmerten. Selbst sie, die Helfer, hatte er im Laufe der Jahre hassen gelernt. Für Djamal waren ihre freundlichen Gesichter, wenn sie ihm zulächelten, während sie das Essen verteilten, nichts als verstellte bösartige Fratzen, die insgeheim über ihn und seinesgleichen lachten. Vermutlich dachten sie, sie hätten es verdient, ein so trauriges, hoffnungsloses Dasein zu führen.

Nun, vielleicht täuschte er sich auch, ergab es doch keinen Sinn, dass Menschen ihre Zeit damit verbrachten, andere zu versorgen, die sie in Wirklichkeit verachteten. Dennoch waren die lächelnden Helfer für ihn zu einem Sinnbild des eigenen Versagens geworden. Warum nur hatte niemand gegen die Vertreibung der Palästinenser aus ihrer Heimat aufbegehrt? Warum hatte der Rest der Welt nichts gegen das zum Himmel schreiende Unrecht getan? Und vor allem: Warum hatten sie sich nicht selbst ausreichend gewehrt?

Diese Gedanken beschäftigten nicht nur ihn. Alle, die er

kannte, dachten genauso, und alle waren wie er besessen von tiefem Groll. Die einzigen Momente, in denen er nicht so empfand, waren beim Fußballspielen auf dem freien Feld am Ende des Lagers, wo sie kaputte Zelte als Tore aufgestellt hatten und miteinander spielten. Dort, in diesem kleinen Bereich, eröffnete sich ihm eine andere Welt, eine Welt, die ihn die Sorgen vergessen ließ und in der er den Schmerz nicht sehen musste, der aus den Augen seiner Eltern sprach. Dort war er glücklich und dehnte die Zeit so lange wie möglich aus, um nur nicht zurück in die Hütte zu müssen, in der seine Familie auf engstem Raum zusammengepfercht war.

Seine Großeltern hatten ihm erzählt, dass sie früher in einem Steinhaus mit einer weißen Treppe gelebt hatten, deren fünf Stufen zu einer kunstvoll verzierten Holztür führten. Hinter dem Haus war ein kleiner Garten gewesen, in dem die Großmutter Gemüse gezogen hatte. Wann immer seine Großeltern ihm davon erzählten, schloss Djamal die Augen und stellte sich das Haus vor. Dann stieg er in seinen Träumen die fünf Stufen hinauf, öffnete die Tür und trat ein. Im Innern war es angenehm kühl, und sobald sich die Tür hinter ihm schloss, hörte er nichts mehr von dem Lärm auf der Straße, sondern nur noch eine Stille, die ihm Frieden schenkte. Er malte sich aus, wie er eine Treppe in das obere Stockwerk hinaufstieg, wo er ein eigenes Zimmer mit einem Bett hatte, auf das er sich legte und davon träumte, eines Tages ein Fußballspieler zu werden, der beste des ganzen Dorfes. Und alle würden kommen, um ihn mit seiner Mannschaft auf einem grünen Rasen spielen zu sehen.

Wenn er dann die Augen wieder öffnete und sich in der kargen Flüchtlingshütte wiederfand, stürmte er sofort nach draußen, weil er es in der engen, staubigen Behausung nicht mehr aushielt. Er hätte laut schreien mögen in der Hoffnung, dass endlich eine Stimme von so vielen dort gehört würde. Eine Stimme – seine Stimme –, die anderen Menschen in der Welt zurief: »Hier bin ich! Seht mich! Seht uns! Hier geschieht ein Unrecht!« Doch er blieb stumm, genau wie alle anderen.

Diese Haltung änderte sich erst, als er sich der Befreiung anschloss und bald ein Teil davon wurde, denn mit dem Gewehr in der Hand war er nicht länger der hungernde Sohn palästinensischer Flüchtlinge. Aus dem Opfer wurde ein Revolutionär, ein Mann, der bereit war, alles zu tun, um der Sache seines Volkes zu dienen. Inzwischen war er schon über drei Jahre bei der Revolution, die seitdem sein Leben bestimmte.

Vor einigen Wochen war Musa, der Mann, der ihn ausgebildet hatte, zu ihm gekommen und hatte ihm mitgeteilt, dass Männer für eine besondere Aufgabe ausgewählt wurden und dass er, Djamal Rahman, zu ihnen gehörte. Er hatte ein Gefühl des Stolzes verspürt, ein Kribbeln auf der Haut, welches anzeigte, dass in diesem Moment etwas ganz Besonderes geschah. Er hatte Musa nicht gefragt, worum es ging, und wenn er ehrlich war, hatte es ihn auch nicht interessiert. Für ihn zählte nur, dass er zu den Auserwählten gehörte. Man traute ihm etwas zu, ließ ihn Teil von etwas sein. Er war wichtig, man schenkte ihm Vertrauen, und es gab für Djamal kein Geschenk auf der Welt, das größer hätte sein können. Inzwischen verstand er, dass seine Deutschlandkenntnisse der Hauptgrund dafür waren. Aber ganz gleich, was man von ihm verlangen würde – er würde es mit Freude tun. Denn endlich war es nicht mehr gleichgültig, ob er da war oder nicht.

Djamal sah auf, als zwei Männer in blauen Trainingsanzügen durch die Reihen auf der Tribüne gingen und sich neben Luttif setzten. Er wusste nicht, ob es die waren, die sie hier treffen sollten. Vermutlich ja, denn Luttif fing sofort an, mit ihnen zu reden. Er nahm an, dass sie Deutsch sprachen, doch was sie sagten, verstand er nicht. Offenbar sollte es auch niemand um sie herum verstehen, denn Luttif beugte sich dicht zu den Männern, um leise reden zu können.

Djamal wusste nicht viel über den Anführer, den er auf Mitte dreißig schätzte, nur das, was die anderen über ihn gesagt hatten. Luttif hatte viele Jahre in Deutschland gelebt und hier Ingenieurwesen studiert, war jedoch auch an bewaffneten Auseinandersetzungen mit dem israelischen Militär beteiligt gewesen. Er wirkte wie ein Mann, der genau wusste, was er wollte, und der klug und entschlossen genug war, dies auch durchzusetzen. Als sie vorhin angekommen waren, hatte Luttif den direkten Weg zu dieser Halle eingeschlagen, was Djamal vermuten ließ, dass er nicht zum ersten Mal hier war. Offenbar kannte er das Gelände und die Begebenheiten vor Ort.

Ahmed, der auf der anderen Seite neben Djamal Platz genommen hatte, warf ihm einen kurzen Blick zu und deutete mit einer Kopfbewegung zu Luttif und den beiden Deutschen. Djamal zuckte nur die Schultern, dann schaute er wieder aufs Spielfeld. Aus den Augenwinkeln sah er, dass Ahmed es ihm gleichtat. Sie würden einfach abwarten, bis Luttif das Gespräch beendet hatte, und anschließend seine Instruktionen befolgen. Denn aus diesem Grund waren sie hier.

M Ü N C H E N

Samstag, 02. September 1972, 14.23 Uhr

Es ist die beste Zeit meines Lebens. Ich mag gar nicht daran denken, dass die Spiele irgendwann enden werden.

ANGELIKA NOWAK

Noch fünf Tage, dann wäre auch sie endlich an der Reihe und könnte zeigen, was in ihr steckte, und hoffentlich am Ende sogar die Goldmedaille erkämpfen. Einerseits fieberte sie dem Tag entgegen, hatte sie doch so viele Jahre genau darauf hingearbeitet, andererseits war ihr schmerzlich bewusst, dass ihr dann nur noch vier weitere Tage blieben, bevor sie nach Hause zurückkehren musste. Aber daran durfte sie jetzt nicht einmal denken.

Seit sie hier war, hatte sie nicht nur viel vom olympischen Dorf gesehen, sondern vor allem die Ausflüge genossen, die sie und die anderen DDR-Sportler hatten unternehmen dürfen. Und doch hatte sie immer wieder gespürt, dass sie nicht so frei agieren durfte wie so viele andere, die an der Olympiade teilnahmen. Im Grunde waren es Kleinigkeiten, die ihr anfangs gar nicht aufgefallen waren. Zwar hatte sie sich an dem Hinweis ihres Co-Trainers Viktor Kramann gestört, dass ihr Kontakt zu Roman Gagarin nicht gewünscht sei, aber sie hatte seine mahnenden Worte lediglich zur Kenntnis genommen und keinen Moment daran gedacht, sich tatsächlich daran zu halten. In München fühlte sie sich so frei wie nie zuvor, obwohl sie auch in Leipzig nur selten das Gefühl hatte, in ihrem Handeln und Denken wirklich eingeschränkt zu sein. Irgendwie fügte sie sich dort einfach ein, schwamm mit dem Strom. Sie störte sich an manchen Einschränkungen, das stimmte. Doch eben nicht so sehr wie andere, die sie kannte und die über nichts anderes zu sprechen schienen als über das, was sie als Unterdrückung empfanden.

In München jedoch sah sie das anders. Hier wurde eine Art von Freiheit gelebt, die sie nie kennengelernt hatte. Eine Freiheit, die ihr so selbstverständlich erschien. Sie war noch nicht einmal zwei Wochen von zu Hause fort, und doch konnte sie sich des Gefühls nicht erwehren, dass sich alles für sie verändert hatte. *Sie* hatte sich verändert, und das so schnell und auf eine Weise, die ihr beinahe Angst machte. Hatte sie wirklich nicht gesehen oder nur nicht sehen wollen, wie fremdbestimmt ihr Leben zuvor gewesen war? Nach ihrer Abschlussprüfung an der allgemeinbildenden polytechnischen Oberschule hatte sie eine Lehre zur Facharbeiterin für Schreibtechnik in dem volkseigenen Betrieb begonnen, in dem auch ihr Vater arbeitete. Letztendlich bedeutete diese Ausbildung nichts weiter als Büroarbeit, was Angelika zwar nicht besonders freute, sie aber auch nicht wirklich störte. Ihre Eltern hatten ihr seinerzeit einfach mitgeteilt, dass es das Beste wäre, eine Lehre in einem volkseigenen Betrieb zu absolvieren, und ihr Vater hatte mit seinem Vorgesetzten gesprochen, um seine Tochter entsprechend dort unterzubringen. Angelika hatte nichts weiter tun müssen, als die Arbeit dort anzutreten und sich einzufügen. Sie tat einfach, was von ihr erwartet wurde, und steckte ihren ganzen Ehrgeiz in den Sport, wofür sie sogar von manchen Lehrpflichten freigestellt wurde. Wer genau dafür sorgte, wusste Angelika nicht, nur dass es nicht ihr Vater war. Sie hatte es mit einem System zu tun, das sie gar nicht richtig durchschaute, und irgendwie war es ihr in Fleisch und Blut übergegangen, immer das zu tun, was man ihr sagte, ohne es zu hinterfragen. Außerdem: Was konnte schon verkehrt daran sein, dass man ihr vieles abnahm, damit sie ihrer Leidenschaft, dem Bogenschießen, frönen konnte?

Nun jedoch, hier in München, mit all den anderen Sportlern, spürte sie, wie sich ihr Denken veränderte. Es war, als würde der frische Wind der Olympischen Spiele einen dumpfen Nebel wegblasen, sodass Angelika die Dinge nun anders wahrnahm. Auch die Gespräche mit Roman, den sie als fröhlichen, wenngleich tiefsinnigen jungen Mann von Treffen zu Treffen besser kennenlernte, ließen sie umdenken. Er hatte ihr von sich und seiner Familie erzählt und ihr erklärt, weshalb er diese Spiele als Aufbruch, als große Chance für die Welt, aber auch für ihn persönlich verstand. Fast kam Angelika sich dumm vor, da sie im Gegensatz zu ihm nie wirklich über das Leben und die Dinge, die sie für sich wollte und die ihr von Bedeutung erschienen, nachgedacht hatte. Sie war oberflächlich gewesen und hatte sich beim kleinsten Anzeichen von Widerstand weggeduckt. Sie hatte gefallen wollen, und wenn das, was sie sagte, womöglich einmal nicht gut ankam, hatte sie den Grund dafür stets bei sich gesucht. Roman und die Geschichte seiner Familie hatten ihr deutlich gemacht, dass es wichtig war, die Dinge zu hinterfragen. Und nun spürte sie, dass sie ihr eigenes Leben und das System, in dem sie lebte, zu hinterfragen begann, vor allem deshalb, weil stets jemand ein Auge auf sie zu haben schien, was ihr zu Hause in Leipzig nie aufgefallen war. Viktor Kramann mochte es gut meinen, doch es störte sie, dass er stets in ihrer Nähe war und ihr vorschrieb, was sie zu tun und zu lassen hatte. Da war zum Beispiel die Sache mit der Presse: Tausende Reporter aus aller Welt waren angereist, um über die Olympischen Spiele zu berichten, und Angelika war schon einige Male angesprochen und gebeten worden, sich zu äußern, wie es ihr gefiel und was sie am besten fand. Allgemeine Fragen, unverfänglich, nichts sagend, dennoch hatte sie nicht ein einziges Mal darauf antworten dürfen. Stets hatte sich Viktor dazwischen geschoben und an ihrer Stelle geantwortet, bevor er freundschaftlich den Arm um sie legte, dem Reporter eine gute Zeit wünschte und sie mit sich zog.

Auch gestern, als sie zusammen mit Nicole und Monika losziehen wollte, um sich die Mode in der Maximilianstraße anzusehen und ein wenig zu bummeln wie alle anderen, war er einfach mitgekommen. Er würde sie gewiss nicht stören, hatte er augenzwinkernd behauptet, aber auch wenn sie nichts gesagt hatte, hatte Angelika seine Anwesenheit sehr wohl als störend empfunden. Wann hatte sie in der DDR schon die Gelegenheit, in ein Geschäft zu spazieren und so wundervolle Kleider anzuprobieren? Doch immer wenn die drei eine der teuren Boutiquen ansteuerten, hatte Viktor abgewiegelt und alles schlechtgeredet, ganz so, als wollte er auf jeden Fall verhindern, dass sie etwas fanden, was ihnen gefiel, und womöglich kauften. Dabei war doch vollkommen klar, dass sie ohnehin nicht das Geld hatten, sich allzu viel zu leisten. Aber ein einziges schönes Kleidungsstück, das man drüben in der DDR nicht bekam, das wäre schon etwas Besonderes gewesen! Es ärgerte Angelika, dass Viktor ein solches Theater machte, nur weil ihm nicht passte, dass der Westen trotz allem, was man ihnen zu Hause eintrichterte, eben doch etwas zu bieten hatte – und wenn es auch nur ein Kleid war.

Nicole und Monika hatten nur die Schultern gezuckt und die Boutiquen links liegen lassen, doch in Angelika war Trotz aufgestiegen, den sie nicht länger zu unterdrücken bereit war. Sie hatte es so satt! Diese ewige Bevormundung ging ihr einfach gegen den Strich. Der Co-Trainer übertrieb es mit seiner Sorge um sie, und deshalb hatte sie den festen Entschluss gefasst, heute noch einmal zur Maximilianstraße zu fahren und sich ein Kleid zu kaufen, selbst wenn er sich auf den Kopf stellte! Sie war zu diesen Olympischen Spielen gereist, um ihr Land im Bogenschießen zu vertreten, und sie würde ihr Bestes geben. Außerhalb der Wettkämpfe jedoch war sie eine junge Frau, die die Zeit hier genießen wollte.

Sie betrat die Halle, in der Volleyball gespielt wurde. Zusammen mit anderen Sportlern hatte sie in den letzten Tagen bereits einige Spiele verfolgt. Unmittelbar hinter dem Eingang blieb sie stehen, dicht gefolgt von Viktor, und verschaffte sich einen Überblick. Die Halle war gut besucht. In einiger Entfernung sah sie auf den Rängen auch Sportler der DDR, die sie sogleich an ihren blauen Trainingsanzügen erkannte. Sie saßen neben drei Männern in Zivilkleidung. Aufgrund ihres fremdländischen Aussehens vermutete Angelika, dass es sich um eines der internationalen Journalistenteams handelte, die über die Spiele berichteten.

»Wollen wir dort rüber?«, fragte Angelika und drehte sich zu Viktor Kramann um, der ihrem Fingerzeig folgte.

Er schüttelte den Kopf. »Lass uns lieber hier unten bleiben«, entschied er.

Angelika seufzte. Den männlichen Sportlern des DDR-Teams war es also offenbar erlaubt, mit ausländischen Reportern zu sprechen, doch für die Frauen antworteten die Trainer. Sie sparte sich einen Kommentar und setzte sich stattdessen auf den Platz, den er ihr zeigte. Eine Weile blieben sie dort sitzen und verfolgten die Partie. Angelika sah unauffällig auf ihre Armbanduhr. Gleich halb drei. Wenn sie noch rechtzeitig vor Geschäftsschluss in der Maximilianstraße sein wollte, musste sie sich bald auf den Weg machen.

»Ich verschwinde«, erklärte sie und stand auf. Sie hatte ihre Worte bewusst gewählt, einfach weil sie Viktors Reaktion sehen wollte.

Sofort erhob auch er sich. »Wir sind doch gerade erst gekommen.«

»Du kannst ja bleiben. Aber ich gehe.«

»Dann komme ich mit«, gab er missmutig von sich.

»Warum? Ich finde den Weg zu meiner Unterkunft auch allein, Viktor.«

»Ich komme trotzdem mit«, entschied er.

Angelika verdrehte die Augen. Sollte er ruhig spüren, wie sehr sie sein Überwachungsgehabe nervte.

»Meinetwegen.« Sie zuckte die Schultern und verließ die Volleyballhalle. Viktor folgte ihr.

»Wo willst du hin?«, fragte er.

»Wie ich schon sagte: zu meiner Unterkunft. Ich will mich noch ein bisschen ausruhen. Ich treffe mich nachher mit Roman.«

»Ganz sicher nicht«, stellte Viktor fest.

Angelika drehte sich um und blickte ihm direkt in die Augen.

»Das hast du nicht zu entscheiden«, sagte sie, so ruhig es ihr möglich war.

»Und ob ich das habe«, hielt er dagegen. Etwas Warnendes schwang in seiner Stimme mit. »Du repräsentierst hier unser Land. Alles, was du tust, fällt auf die DDR zurück.«

»Was tue ich denn, außer mir die Stadt und die Spiele anzusehen und mich mit den anderen Sportlern zu unterhalten, Viktor? Ich laufe keineswegs nackt durch die Gegend oder lasse mich auf wer weiß was ein, auch wenn du mir das offenbar unterstellen möchtest!« Angelika spürte, dass sie rot vor Wut geworden war.

Viktors Blick wurde versöhnlich. »Ach, Angelika. Ich bitte dich. Ich meine es doch nur gut.«

»Ne, Viktor, du meinst es nicht gut. Ich habe keine Ahnung, was du eigentlich von mir willst. Ich mache nichts Falsches, auch wenn du mir ständig das Gefühl gibst.«

»Du weißt nicht, wie andere Sportler ticken, Angelika, bist viel zu vertrauensselig. Wahrscheinlich weil du noch keine schlechten Erfahrungen gemacht hast.«

»Was willst du damit sagen? Dass Roman sich auf mich stürzt, sobald wir allein sind?« Sie tippte mit dem Zeigefinger gegen die Stirn. »Ehrlich, Viktor, du spinnst total.«

»Nein, nein, dieser Roman scheint ein netter Kerl zu sein«, lenkte Viktor weiter ein. »Aber es gibt andere. Und meine Aufgabe ist es, dafür zu sorgen, dass dir nichts geschieht.«

»Trotzdem fühle ich mich mies, wenn du ständig in der Nähe bist.« Angelika senkte den Kopf. »Roman hat mich schon gefragt, ob du mein fester Freund bist. Bist du eifersüchtig, Viktor?«

Der Co-Trainer schüttelte den Kopf.

»Was dann? Warum beobachtest und belauschst du uns?«

»Ich habe euch nicht belauscht.«

Angelika ließ frustriert den Kopf sinken. Dann sah sie wieder auf. »Und was war gestern? Warum sollten wir nicht in die Boutiquen gehen und uns die schönen Kleider ansehen?«

»Es gibt bei uns drüben doch auch schöne Bekleidung«, hielt Viktor dagegen. »Wo würdest du denn diese extravaganten Sachen überhaupt tragen wollen? Das wäre doch reine Geldverschwendung.«

»Aber es ist doch mein Geld, für das ich arbeite und das ich mir zusammengespart habe!« Beinahe hätte sie wütend mit dem Fuß aufgestampft.

»Du führst dich wirklich albern auf, Angelika.« Er fasste ihren Arm. »Ich habe noch was anderes zu tun, als mir deine kindischen Vorhaltungen anzuhören.«

Sie machte sich frei. »Nimm gefälligst deine Hand weg.«

»Ich denke, du wolltest dich ausruhen?«, fragte er gereizt. »Also bitte, da ist der Weg zu deinem Zimmer.«

Angelika funkelte ihn aufgebracht an, dann machte sie kehrt und ging ohne ein weiteres Wort zu der Wohnung, die sie sich mit Nicole und Monika teilte. Sie würde ihm schon zeigen, dass sie sich nicht von ihm bevormunden ließ!

»Bis später!«, rief Viktor ihr nach, doch Angelika warf ihm nur einen finsteren Blick über die Schulter zu und eilte davon.

Die anderen beiden waren nicht da, als sie ihre Unterkunft im Olympiadorf betrat. Sie setzte sich aufs Bett, doch nur ganz kurz, dann stand sie wieder auf, ging auf den Balkon und sah hinaus. Sie war im zweiten Stock untergebracht und hatte von hier aus einen guten Blick auf den Bereich mit den Tischtennisplatten, der für viele als Treffpunkt galt. Oft saßen hier nur Leute, statt wirklich zu spielen, womit sie für Angelika genau die Leichtigkeit und das Lebensgefühl verkörperten, das hier im olympischen Dorf präsent war. Zwar waren die Betonbauten mit den Balkonen ebenso massiv wie die ihr vertrauten Plattenbauten in der DDR, doch schon die versetzte, terrassenförmige Bauart zeigte, dass hier viel mehr Wert auf die Gestaltung und Wirkung des Baus gelegt worden war, denn so hatten zum Beispiel alle Unterkünfte sehr viel mehr Licht, was Angelika sehr gut gefiel. Die klotzigen Bauten waren aber nicht nur praktisch, sondern vor allem auch schön gemacht. Und natürlich trug die Tatsache, dass niemand zuvor darin gelebt hatte, ein Übriges dazu bei. Angelika konnte noch immer die frische Farbe an den Wänden riechen. Viktor stand nicht vor dem Haus und rauchte, wie er es sonst so oft tat. Wenn er ihr tatsächlich gefolgt war, würde er sich nun wahrscheinlich in der Nachbarwohnung aufhalten, wo er während der Spieltage untergebracht war. Nun, das ließe sich leicht überprüfen.

Angelika verließ den Balkon, durchquerte die großzügig geschnittene Wohnung mit zwei Schlafzimmern, Küche und Bad und öffnete die Eingangstür. Mit leisen Schritten ging sie an der Nachbarwohnung vorbei, blieb vor der nächsten Tür stehen und klopfte. Fast im selben Moment streckte Viktor den Kopf aus seiner Unterkunft. Angelika warf ihm einen überraschten Blick zu. Die Tür vor ihr schwang auf.

»Hallo, Anke«, sagte sie zu der Leichtathletin, die sie fragend ansah, und hielt ihr ein Haargummi hin, das sie soeben mit Absicht zerrissen hatte. »Hast du eins für mich übrig? Meine sind alle kaputt.«

»Klar.« Anke verschwand in der Wohnung.

Angelika drehte sich zu Viktor um. »Was ist?«, blaffte sie, worauf er den Kopf zurückzog und die Tür hinter sich schloss.

Anke kam mit zwei Haarbändern zurück, die sie Angelika

reichte. »Hier. Kannst du behalten. Ich habe noch einen ganzen Schwung.«

»Danke.« Angelika wandte sich zum Gehen. Als sie an der Nachbarwohnung vorbeikam, spürte sie geradezu, wie Viktor hinter der Tür stand und lauschte. Am liebsten hätte sie dagegen getreten. Wenigstens konnte sie jetzt sicher sein, dass er dort drinnen war und nur darauf lauerte, dass sie ihre Wohnung verließ. Den Weg über den Flur würde sie also nicht nehmen können, so viel stand fest.

Im Bad machte sie sich frisch, zog sich um und ging erneut auf den Balkon. Zum Glück waren sie im zweiten Stock untergebracht und nicht im neunzehnten. Flink kletterte Angelika über die Brüstung und hielt sich an der unteren Kante fest, bis sie auf dem darunter liegenden Balkon Halt fand. Dann hangelte sie sich vom ersten Stock hinab und ließ sich schließlich auf den Rasen fallen. Unten angekommen, sah sie nach oben. Niemand hatte ihren kleinen Ausbruch bemerkt. Eilig stand sie auf, lief über die Rasenfläche zum Weg und reihte sich dort in die Menschengruppen ein, die noch immer durch das olympische Dorf strömten. Von hier war es nicht weit bis zur U-Bahn.

Sie freute sich diebisch, wie leicht es gewesen war, Viktor auszutricksen. Künftig würde sie überhaupt keine Rücksicht mehr auf ihn nehmen. Genug war genug.

M Ü N C H E N

Samstag, 02. September 1972, 15.15 Uhr

Alles ist gut gegangen. Ich bin froh, dass meine Befürchtungen sich in Luft aufgelöst haben.

MANFRED HOFMANN

Eigentlich begann sein Dienst erst in fünfundvierzig Minuten, doch Manfred war schon seit gut drei Stunden auf dem Gelände. In den letzten Tagen war vieles von ihm abgefallen. Die Anspannung, die er noch vor einer Woche verspürt hatte und die ihn auch nachts nicht losließ, war verschwunden. Wenn er keine Schicht hatte, genoss er es, sich im Olympiadorf aufzuhalten, die Wettkämpfe zu verfolgen und sich mit seinen Kollegen aus sämtlichen Bundesländern auszutauschen. Oft sprach er auch mit Sportlern, Reportern und Funktionären. Er hatte in der letzten Woche wahrscheinlich weit mehr Menschen kennengelernt als in seinem ganzen bisherigen Leben. Es war eine Art Gemeinschaft entstanden, ganz gleich, welcher Nation man angehörte und aus welchem Grund man sich hier aufhielt. Die Olympischen Spiele waren für Manfred zu einer kleinen, eigenen Welt geworden, und aus mancher neu geschlossenen Bekanntschaft hatte sich schon jetzt eine Freundschaft entwickelt. Er hätte nie geglaubt, dass ein Aufeinandertreffen so vieler unterschiedlicher Menschen zu einem so positiven Miteinander führen konnte.

Vor allem Linda, eine der Dolmetscherinnen, gefiel ihm sehr. Sie hatte ihm erzählt, dass ihre Kollegin Silvia hier den Sohn des Königs von Schweden kennengelernt hatte und mit diesem viel Zeit verbrachte. Manfred hatte fast entschuldigend erwidert, dass sie mit seiner Bekanntschaft wohl das weit schlechtere Los gezogen hätte, war er doch bloß ein einfacher Münchner Polizist, aber Linda hatte nur gelacht. Sie wohnte genau wie er in der Stadt, und Manfred war überzeugt, dass sie auch nach den Olympischen Spielen Kontakt halten würden. Insgeheim wünschte er sich, dass sich mehr als nur Freundschaft zwischen ihnen entwickelte. Nachdem ihm seine frühere Verlobte kurz vor der Hochzeit den Laufpass gegeben und sich mit einem seiner besten Freunde davongemacht hatte, hatte er lange Zeit die Finger von Frauen gelassen und nur dann und wann eine kurze Affäre gehabt. Von einer festen Beziehung hatte er nichts wissen wollen, und irgendwie gefiel ihm das Bild des einsamen Wolfes, das er nach außen hin bot. Für Linda würde er jedoch gern etwas daran ändern, zumal er nicht jünger wurde. Er war schon fünfunddreißig, und wenn er noch heiraten und Kinder kriegen wollte, dann sollte er es langsam mal anpacken, wie seine Mutter zu sagen pflegte. Nicht dass die anderen Kinder seine Nachkömmlinge in der Schule fragten, ob der Opa sie heute gebracht hätte. Zwar lachte Manfred über diese Bemerkungen, doch ließen die Worte seiner Mutter ein Bild vor seinem inneren Auge entstehen, das ihm alles andere als gefiel. Lieber würde er den Gedanken an eine Familie komplett aufgeben, als ein zu alter Vater zu sein, der nicht mehr in der Lage war, mit seinen Kindern zu toben.

Linda war sechsundzwanzig und damit ganze neun Jahre jünger als er, aber das hieß ja nicht, dass es nicht passte. Vor allem da sie ähnliche Erfahrungen gemacht hatte wie er. Zwar war sie nicht verlobt gewesen, aber sie hatte Sven, ihren langjährigen Freund, heiraten wollen. Leider hatte sie irgendwann erkennen müssen, dass Sven sein »Woodstock-Leben«, wie Linda es nannte, nie aufgegeben hatte. Kurzum: Sven schlief mit fast jeder Frau, die nicht Nein sagte, und Linda war im gemeinsamen Freundeskreis wohl die Einzige gewesen, die dies nicht wusste. Manfred und sie hatten herrlich miteinander über ihre Ex-Partner hergezogen und sich gegenseitig bestätigt, lieber Single zu bleiben, als sich noch einmal derart hintergehen zu lassen.

Manfred gefiel es, wie klar Linda dies für sich feststellte. Genauso klar formulierte sie, was sie wollte und was nicht, weshalb er zu dem Schluss kam, dass sie im Grunde sehr gut zusammenpassten. Zwar war außer Gesprächen bisher nichts zwischen ihnen gelaufen, aber Manfred war sich sicher, dass er sich in Linda verguckt hatte. Während der Spiele würde er sich weiterhin zurückhalten und ihr keine allzu deutlichen Avancen machen, schließlich mussten seine Kollegen, von denen es hier ja nur so wimmelte, nicht unbedingt mitbekommen, dass sich zwischen Linda und ihm etwas anbahnte. Denn auch wenn er und seine Kollegen während der Spiele eher als nette Helfer in hellblauen Anzügen denn als Polizisten wahrgenommen wurden, waren sie genau das: Polizeibeamte, die für einen reibungslosen Ablauf der Veranstaltung und die Sicherheit sämtlicher Teilnehmer und Besucher sorgen sollten. Eine öffentliche Liebelei passte da nicht ins Bild. Er würde sehen, wohin das führte. Bestimmt würde sich alles von selbst ergeben, wenn die Olympischen Spiele erst einmal vorbei waren und der Ausnahmezustand, der ganz München erfasst hatte, beendet war.

Ein Zusammenstoß mit einer jungen Frau riss ihn jäh aus seinen Gedanken.

»Oh, Entschuldigung«, brachte sie hastig hervor und sah sich nervös um. »Das war meine Schuld.«

»Alles in Ordnung?«, fragte Manfred. Die junge Frau in Zivilkleidung wirkte auf ihn, als hätte sie die Befürchtung, dass ihr jemand folgte.

»Ja, alles bestens.« Wieder warf sie einen Blick über die Schulter. »Ich war nur unachtsam.«

Manfred folgte ihrem Blick. »Suchen Sie jemanden? Kann ich Ihnen helfen?«

Die junge Frau zögerte einen Moment, dann schien sie einen Entschluss zu fassen. »Das können Sie tatsächlich. Sie könnten mich bis zum Tor begleiten, damit ich vom Gelände und zur U-Bahn komme.« Sie hakte sich bei ihm ein und drehte sich noch einmal um.

»Von mir aus gern. Doch verraten Sie mir auch, warum?« Manfred sah sie amüsiert an.

»Können Sie ein Geheimnis für sich bewahren?«, fragte sie in verschwörerischem Tonfall.

»Ich bin Polizist. Also ja, das kann ich. Es sei denn, Sie vertrauen mir an, jemanden ermordet zu haben. Dann muss ich Sie auf der Stelle festnehmen«, gab er scherzhaft zurück und ging mit ihr in Richtung Ausgang.

»Ich bin auf der Flucht«, sagte sie und lachte.

»Auf der Flucht? Vor wem?«

»Vor meinem Trainer. Er kontrolliert jeden meiner Schritte.«

»Haben Sie denn etwas ausgefressen?«, fragte Manfred schmunzelnd.

»Noch nicht«, gab sie ebenfalls schmunzelnd zurück. »Aber ich möchte mich vom Gelände entfernen und in der Maximilianstraße etwas kaufen.«

»Also eine Straftat ist das nicht«, stellte Manfred fest. »Warum sollte Ihr Trainer etwas dagegen haben?«

»Ich bin DDR-Athletin«, gab sie Auskunft. »Und da scheint ein ganz normaler Einkaufsbummel einer Straftat gleichzukommen.«

Manfred hob die Augenbrauen. »Ich verstehe. Na dann, junge Frau, wird es mir ein Vergnügen sein, Ihnen Geleitschutz zu geben.«

Sie strahlte ihn an. »Vielen Dank!«

»Welche Disziplin vertreten Sie?«, fragte Manfred, während sie weitergingen.

Wieder drehte sie sich um.

»Nicht immer umsehen. Das ist zu auffällig«, riet Manfred.

»In Ordnung. Von jetzt an werde ich stur geradeaus blicken«, versprach sie, bevor sie seine Frage beantwortete. »Ich bin Bogenschützin.«

»Bogenschützin«, wiederholte Manfred und pfiff durch die Zähne. »Ein toller Sport. Ich bewundere die Konzentration, die man dafür benötigt.«

»Ist das nicht ganz ähnlich wie auf dem Schießstand?«

»Schon, aber wir müssen schneller sein. Wir müssen zielen und abdrücken, zielen und abdrücken. Im Ernstfall wäre ein Zögern womöglich fatal.«

»Haben Sie schon einmal abgedrückt? Ich meine, haben Sie schon einmal auf einen Menschen geschossen?«

Manfred schüttelte den Kopf. »Nein. Noch kein einziges Mal. Langweilig, was?«

»Ganz im Gegenteil. Ich würde es eher als den Idealfall bezeichnen«, stellte sie fest und sah ihn von der Seite an. »Wie heißen Sie?«

»Manfred Hofmann.«

Sie zog ihren Arm aus seiner Beuge und streckte ihm die Hand entgegen. »Angelika Nowak«, stellte sie sich vor.

»Freut mich, Sie kennenzulernen, Fräulein Nowak.«

»Angelika, bitte.«

»Manfred«, erwiderte er.

Sie hakte sich wieder bei ihm unter.

»Darf ich dich auch etwas fragen?« Manfred sah sie an.

»Sicher.«

»Tut es nicht weh, wenn du die Sehne spannst, den Pfeil loslässt und dieser über deinen Finger schnellt?«

Sie hob die linke Hand und ließ ihn einen Blick auf ihre Fingerknöchel werfen. »Hier. Siehst du die Narbe? Also ja – es tut weh. Zumindest früher. Heute merke ich es nicht mehr.«

Sie hatten den Eingang zum Olympiadorf, der auch gleichzeitig der Ausgang war, erreicht.

»Dann bin ich jetzt schlauer«, stellte Manfred fest. »Also, Angelika. Da wären wir. Zur U-Bahn geht es dort drüben. Es war nett, dich kennenzulernen.«

»Das fand ich auch. Mein Wettkampf beginnt in fünf Tagen. Schau doch zu, wenn du Lust und Zeit hast.«

»Ich werde es auf jeden Fall versuchen.«

»Toll. Ich würde mich freuen.« Sie lächelte ihn an und reichte ihm erneut die Hand.

»Na dann, viel Spaß beim Einkaufen, und gib nicht alles Geld aus. Die Maximilianstraße ist teuer.«

»Keine Sorge, ich werde dran denken«, versprach sie schon im Weggehen und winkte ihm.

»Tschüss!«, rief Manfred ihr nach. Er wartete, bis sie im Getümmel verschwunden war, dann machte er kehrt. Begegnungen wie diese hatte er in der vergangenen Woche zuhauf erlebt, und er genoss die Offenheit der Menschen, mit denen er es hier zu tun hatte. Ein Blick auf die Uhr zeigte ihm, dass es schon fast halb vier war. Da konnte er sich auch gleich zum Dienst melden, anstatt noch eine weitere Runde zu drehen. Er wollte gerade den Weg zum Präsidium einschlagen, als er erneut angesprochen wurde.

»Manfred?«

Hofmann drehte sich um. Vor ihm stand Roman Gagarin, der junge Ringer aus dem israelischen Team, mit dem er sich in den letzten Tagen des Öfteren unterhalten hatte. Er war ein wirklich netter junger Mann, sprach sehr gut Deutsch und hatte ihm erzählt, dass seine Mutter hier in München geboren war.

»Roman!«, gab Manfred erfreut zurück und schüttelte dem Israeli die Hand. »Schön, dich zu sehen.«

»Trittst du gerade deinen Dienst an?«, fragte Roman.

»Ich bin schon ein paar Stunden hier«, antwortete Manfred und sah sich suchend um. »Wo sind denn deine Teamkollegen?«

Roman hob die Hände. »Überall verstreut. Wir haben heute keine gemeinsame Veranstaltung. Ich bin auf dem Weg zu den Gewichthebern. David Berger ist gleich dran, und es wird allerhöchste Zeit, dass unser Team die ersten Medaillen holt. Kommst du mit?«

»Ich muss erst zur Wache und mich anmelden«, sagte Manfred. »Doch wenn nichts weiter ansteht, komme ich nach.«

Gagarin nickte. »Prima. Dann gehe ich schon mal vor. Vielleicht sehen wir uns gleich noch.«

»Ja, vielleicht bis gleich.«

Gagarin hob im Weggehen die Hand, und Manfred ging zur Olympiawache, der Einsatzzentrale der Polizei- und Sicherheitskräfte. Es war richtig gewesen, keine erneute Runde zu drehen. Sonst würde er, obwohl er schon seit Stunden hier auf dem Gelände war, am Ende zu spät zum Dienst kommen.

M Ü N C H E N

Samstag, 02. September 1972, 16.03 Uhr

Noch nie in meinem Leben hatte ich das Gefühl, so fester Bestandteil von etwas Besonderem zu sein.

ROMAN GAGARIN

Er hoffte wirklich, dass David heute besser abschneiden würde als die anderen Sportler des israelischen Teams in den letzten Tagen. Zeev Friedman hatte in der Klasse der Gewichtheber bis achtundfünfzig Kilogramm am Montag im Drücken den achtzehnten Platz belegt, womit er keineswegs zufrieden war. Im Reißen war es der neunte Platz geworden, doch auch das entsprach nicht Friedman eigenen Erwartungen. Vorgestern war Josef Romano in der Klasse bis fünfundsiebzig Kilogramm an der Reihe gewesen, hatte sich jedoch einen Patellasehnenriss zugezogen und konnte sich daher weder im Drücken noch im Reißen qualifizieren. Am 6. September sollte er nach Israel zurückfliegen, um sich dort operieren zu lassen. Roman hoffte, dass Josef bald genesen würde.

Den einzigen echten Erfolg hatte gestern die Leichtathletin Esther Shahamorov verbuchen können, die bei den Zwischenläufen im Hundert-Meter-Lauf der Frauen Vierte geworden war und sich damit für die Halbfinals qualifiziert hatte, wo sie ganz knapp ausgeschieden war. Sie würde jedoch bestimmt übermorgen bei den Läufen über hundert Meter Hürden ebenfalls gut abschneiden.

Heute nun ruhten die Hoffnungen auf David Berger, der in der Klasse bis zweiundachtzig Komma fünf Kilogramm antrat. Roman setzte sich zu den Mitgliedern des Teams. Die Anspannung, die in der Luft hing, war nahezu greifbar. David würde sich gegen die starke Konkurrenz aus Norwegen, Griechenland oder auch Deutschland durchsetzen müssen.

Robert Goldmann, der Journalist, kam von der anderen Seite und setzte sich neben Roman.

»Na, wie sieht's aus? Denkst du, David schafft es heute?«, sprach Goldmann ihn an.

»Ich hoffe es. Doch wenn ich mir die Kerle da vorn so ansehe«, er deutete auf Rolf Milser aus Deutschland, »dann frage ich mich, ob die wirklich in der gleichen Gewichtsklasse sind.«

»Milser hat aber auch Muskelpakete«, stimmte Robert ihm beeindruckt zu. »Doch der Norweger, dieser Leif Jensen, ist noch breiter.«

»David hat den Willen und die Entschlossenheit«, stellte Roman fest. »Gegen die Muskeln von denen wird er es allerdings schwer haben.«

Sie unterhielten sich weiter, während sie das Wettkampfgeschehen verfolgten. Als David Berger an der Reihe war, klatschten sie ihm erst Beifall, dann verstummten sie und verfolgten genau, was geschah. Berger konnte einige Runden mithalten, musste sich jedoch bei einhundertvierzig Kilogramm geschlagen geben. Zu wenig, um einen Medaillenplatz zu erreichen. Sie blieben dennoch bis zum Schluss. Am Ende wurde der Israeli Neunzehnter.

»Sehen wir uns heute Abend?«, wollte Robert wissen, als sie aufstanden und mit den anderen Zuschauern aus der Halle drängten.

»Tut mir leid, heute Abend geht es nicht. Ich bin mit Angelika verabredet«, sagte Roman. »Aber morgen bin ich dabei. Wo fahren wir noch mal hin?«

»An den Chiemsee«, antwortete Robert. »Die Gegend ist wunderschön, und bei dem Sonnenschein wird es bestimmt ein herrlicher Tag.«

Roman nickte begeistert. »Das lasse ich mir bestimmt nicht entgehen.«

Die israelischen Teamkollegen traten zu ihnen. Robert setzte sie kurz über seine Pläne für den heutigen Abend in Kenntnis, dann verabschiedete er sich für eine Stunde, um etwas zu essen.

Roman machte sich auf den Weg zu dem Treffpunkt, den er mit Angelika vereinbart hatte. Es war schon fast neunzehn Uhr. Er hatte sich eigentlich noch umziehen wollen, doch dann wäre er zu spät gekommen. Sie waren bei den Tischtennisplatten verabredet und wollten zusammen in eines der Lokale auf dem Gelände gehen oder sich an einem der vielen Essstände etwas Leckeres besorgen. Es gab hier so vieles, was sie nicht kannten. Roman freute sich auf den Abend. Und so wie er Angelika kennengelernt hatte, würde es ihr nichts ausmachen, dass er noch immer seinen Trainingsanzug trug.

Um Punkt sieben erreichte er die Tischtennisplatten, doch von Angelika war weit und breit nichts zu sehen. Roman setzte sich auf eine der Platten und wartete. Nach etwa zwanzig Minuten stand er auf und fing an, auf und ab zu gehen. Seltsam, dass sie ihn so lange warten ließ. Das passte gar nicht zu ihr. Er blieb noch weitere zehn Minuten, dann machte er sich auf den Weg zu den Unterkünften der DDR, stieg die Treppe hinauf in den zweiten Stock und klopfte an die Tür zu der Wohnung, in der Angelika mit zwei anderen jungen Frauen untergebracht war.

Viktor Kramann, der Trainer, der ihr für gewöhnlich auf Schritt und Tritt folgte, öffnete die Tür.

»Hallo«, sagte Roman, »ist Angelika da?«

»Verdammt, ihr wart verabredet, nicht wahr?«, fragte Viktor mit Bedauern in der Stimme.

»Ja.«

»Angelika geht's nicht so gut. Sie hat sich wohl was eingefangen«, gab der Trainer Auskunft. »Heute wird es wohl nichts mehr werden.«

»Kann ich zu ihr?«, fragte Roman.

»Lieber nicht.« Viktor schüttelte verneinend den Kopf. »Vielleicht ist es etwas Ansteckendes, und dann war's das für dich mit den Olympischen Spielen.«

Roman überlegte kurz. »Ja, stimmt. Könnten Sie ihr bitte sagen, dass ich hier war, und ihr gute Besserung von mir ausrichten?«

»Klar, mache ich. Schönen Abend noch.«

Bevor Roman etwas erwidern konnte, schlug ihm der Trainer die Tür vor der Nase zu. Enttäuscht verließ er das Gebäude. Er hatte sich auf den Abend mit Angelika gefreut. Hoffentlich war es nichts Ernstes, und sie erholte sich schnell wieder. Zwar wusste er, dass Angelikas Wettkämpfe erst am 7. September stattfinden würden und sie daher noch ein wenig Zeit hatte, um sich auszukurieren, doch er mochte jetzt nicht in ihrer Haut stecken.

Er schlug den Weg zur Unterkunft in der Connollystraße ein und legte das letzte Stück im Laufen zurück. Immer zwei Stufen auf einmal nehmend, eilte er die Treppen in den zweiten Stock hinauf, zog seinen Schlüssel hervor und schloss die Tür auf. Als er eintrat, kam ihm im Flur Eliezer Halfin entgegen.

»Ihr seid noch da. Gut. Kann ich doch mitkommen?«

»Na sicher«, stimmte Eliezer zu.

»Schaffe ich es noch, mich umzuziehen?«

»Auf jeden Fall. Robert wollte um acht herkommen und uns abholen.«

Roman sah auf die Uhr – er hatte noch zwanzig Minuten Zeit. »Perfekt«, murmelte er und legte seinen Schlüssel auf das kleine Regal neben der Tür. Er wollte gerade in sein Zimmer gehen, als es klopfte. Roman öffnete.

»Hallo, zusammen«, sagte Robert Goldmann.

»Komm rein«, bat Roman. »Du bist ja ziemlich früh dran.«

»Ich kann heute Abend nicht mitkommen, tut mir leid«, entschuldigte sich der Journalist. »Ich habe eben in der Redaktion angerufen. Es gibt Ärger mit dem Artikel, den ich geschrieben habe.« Er verdrehte die Augen. »Ich muss da noch hin.«

»Schade«, sagte Roman. »Nun bin ich doch dabei, aber du hast keine Zeit.«

»Morgen sehen wir uns ja auf jeden Fall. Ich hole euch um neun Uhr ab, in Ordnung?«

Roman sah zu Eliezer, der sogleich mit dem Kopf nickte. »Neun Uhr ist gut«, befand er.

»Also dann, bis morgen«, sagte Goldmann und wandte sich zum Gehen.

»Bis morgen«, erwiderte Roman und schloss die Tür hinter ihm. »Gebt mir zehn Minuten«, bat er seinen Teamkollegen. »Ich ziehe mich nur schnell um.«

»Kein Grund zur Eile. Jetzt müssen wir uns sowieso erst überlegen, was wir machen, wenn wir ohne Robert losziehen.«

MÜNCHEN

Samstag, 02. September 1972, 20.18 Uhr

Die Ignoranz um mich herum macht mich irre.

ROBERT GOLDMANN

Er war mit seinem brandneuen grünen Audi 80 so schnell wie möglich zur Redaktion gefahren. Sein Artikel hätte eigentlich in der Montagsausgabe abgedruckt werden sollen. Er hatte vorhin nur deshalb kurz in der Redaktion angerufen, um mitzuteilen, dass er den morgigen Sonntag komplett mit dem israelischen Team verbringen würde und nicht zu erreichen sei. Dann aber hatte er von Beate, der Redaktionsassistentin, erfahren, dass sein Artikel komplett gestrichen wurde. Weshalb, konnte sie ihm nicht sagen, obwohl sie doch sonst über alles und jeden Bescheid wusste. Sie hatte ihm mitgeteilt, dass der Chefredakteur noch in seinem Büro sei, und angeboten, ihn durchzustellen, aber das hatte Robert abgelehnt. Er kannte Joachim Koch gut genug, um zu wissen, dass dieser einfach auflegen würde, wenn er hörte, dass Robert am Apparat war. Er musste unbedingt persönlich mit Koch sprechen und den Inhalt seines Artikels verteidigen.

»Ist er noch da?«, fragte Robert gehetzt, als er die Redaktion betrat.

»Dir auch einen guten Abend, Robert«, gab Beate kopfschüttelnd zurück. »Danke der Nachfrage. Nein, ich habe natürlich nichts Besseres zu tun, als meinen Samstagabend in der Redaktion zu verbringen, weil die Artikel der Kollegen wieder einmal verspätet reingekommen sind und dringend abgeändert werden müssen.« Sie sah ihn sauertöpfisch an.

»Tut mir leid, Beate. Aber ich bin auch nicht zum Vergnügen da. Also?« Er nickte mit dem Kopf in Richtung von Kochs Büro.

»Ist er. Aber ich weiß nicht, ob es klug wäre, jetzt da reinzugehen. Wegen deines Artikels mussten wir 'ne ganze Menge umschmeißen.«

Robert stieß vernehmlich die Luft aus, marschierte den Gang entlang und klopfte an.

»Was ist?«, kam es von drinnen.

Robert öffnete die Tür. »Kann ich kurz mit Ihnen sprechen?«, fragte er, noch um Freundlichkeit bemüht.

»Nein! Ich habe Karten fürs Theater, und meine Frau macht mir die Hölle heiß, warum ich nicht endlich komme. Ihnen ist schon bewusst, dass Sie einer der Gründe sind, warum ich noch immer hiersitze?«

Robert ließ den Zornausbruch seines Chefredakteurs an sich abprallen, trat ein, schloss die Tür und setzte sich auf einen der Besucherstühle vor Kochs Schreibtisch.

»Wegen meines Artikels ...«, begann er, wurde jedoch sofort unterbrochen.

»Sie können sich die Mühe sparen.« Koch klappte eine Mappe auf und entnahm ihr das Blatt mit Roberts Artikel. »Der hier wird nicht erscheinen.«

»Und warum nicht?« Robert hatte Mühe, seine Wut zu zügeln.

Den Artikel in den Händen, lehnte sich der Chefredakteur in seinem Schreibtischstuhl zurück. »Weil er Schund ist. Das ist genau die Form von Schwarzmalerei, die die Stimmung im Land nach unten zieht.« Koch deutete mit dem ausgestreckten Arm zum Fenster. »Haben Sie sich mal die Berichterstattungen der anderen Zeitungen angesehen?« Er war lauter geworden. »›Die heiteren Olympischen Spiele‹, ›Mark Spitz in Höchstform‹,

›Ulrike Meyfarth, die junge deutsche Hoffnung‹, ›Heide Rosendahl springt sieben Meter und holt Goldmedaille‹!«

»Sie ist sechs Meter achtundsiebzig gesprungen und keine sieben Meter«, stellte Robert missmutig klar.

»Halten Sie doch den Mund, Sie verdammter Klugscheißer!« Koch knüllte das Blatt Papier zusammen und feuerte es in eine Ecke. »Wenn Sie das so genau wissen, warum zum Teufel schreiben Sie es dann nicht? Ich bekomme hier nur Horrorszenarien aufgezeigt und jede Menge Hirngespinste über wild gewordene Terroristen, die alles niedermetzeln, was sich ihnen in den Weg stellt.«

Robert arbeitete jetzt bereits seit einem Jahr als freiberuflicher Journalist für die Zeitung und hatte schon so einige Ausbrüche des Chefredakteurs erlebt, doch daran gewöhnt hatte er sich nicht. Er stand auf, hob das zusammengeknüllte Blatt Papier auf, strich es glatt und legte es wieder auf den Schreibtisch. »Es sind keine Hirngespinste, sondern sehr realistische Bedrohungen. Und die habe nicht ich mir ausgedacht, sondern ein speziell dafür ausgebildeter Polizeipsychologe, der zum Schutz der Spiele alle möglichen Szenarien durchspielt.«

»Ich habe Sie beauftragt, über die Olympiade zu schreiben, weil Sie die ganze Zeit vor Ort und damit direkt am Geschehen sind. Sie haben durch die Betreuung der Israelis persönliche Einblicke, und ich Idiot bin davon ausgegangen, dass Sie eben diese unseren Lesern näherbringen würden. Aber nein, nicht ein persönliches Erlebnis oder Ereignis! Nur stumpfes Grummeln über mangelhafte Sicherheitsvorkehrungen und die Bloßstellung unserer Münchner Polizei. Sie lassen Manfred Schreiber wie einen Idioten dastehen, der die Sache nicht im Griff hat.« Koch setzte sich wieder aufrechter hin und verschränkte die Hände auf dem Schreibtisch.

»Ich behaupte nicht, dass der Polizeipräsident die Sache nicht im Griff hat«, stellte Robert klar. »Ich sage nur, dass mögliche Bedrohungen womöglich unterschätzt werden, weshalb es klug wäre, nicht ganz so leichtfertig damit umzugehen.« Nun war er es, der zum Fenster deutete. »Ob Sie es wahrhaben wollen oder nicht, es gibt nicht nur Engel und gute Laune da draußen.« Er nahm den Arm wieder runter.

»Wollen Sie mir Naivität unterstellen, Goldmann?« In der Stimme des Chefredakteurs lag etwas Warnendes.

»Keineswegs. Sonst würde ich hier wohl kaum arbeiten.«

Koch nickte nur.

»Wir sind kein Boulevardblatt, das reißerisch in die eine wie die andere Richtung Stimmung macht«, nahm Robert einen neuen Anlauf. »In dem Artikel«, er tippte mit dem Finger auf das zerknitterte Blatt Papier, »steht nichts, was nicht wahr ist.«

»Mensch, Goldmann. Anschläge, Überfälle, Terroristenattentate. Wir sind hier in Deutschland.«

»Ja, in dem Land, in dem die RAF Polizisten erschießt und Bombenanschläge verübt.«

Koch stützte seine Ellbogen auf die Schreibtischplatte und rieb sich die Augen. »Die RAF hat doch nicht das Geringste mit den Olympischen Spielen zu tun«, murmelte er, ohne Robert dabei anzusehen.

»Nein, das nicht. Allerdings stellt sich mir die Frage, wo sonst Menschen so vieler verschiedener Nationen auf einem Haufen sind. Für Fanatiker ist das eine einmalige Gelegenheit. Glauben Sie mir, die sind nicht an verbalen Auseinandersetzungen interessiert. Sie wollen über Gewalt auf sich und ihre Sache aufmerksam machen.«

Koch presste Luft durch die geschlossenen Lippen. »Wenn dem wirklich so wäre, warum ist dann nicht längst etwas passiert, Goldmann? Beispielsweise bei der Eröffnungsfeier. Die Kameras aller Welt waren auf uns gerichtet. Warum hat da keiner zugeschlagen und eine Bombe in die Mitte des Stadions geworfen? Bum!« Er riss theatralisch die Arme in die Luft. »Auf einen Schlag hätten alle aufgeschrien, und es hätte wer weiß wie viele Opfer gegeben. *Das* nenne ich Aufmerksamkeit. Jetzt, da alle mit den Wettkämpfen beschäftigt sind, ist es doch viel schwieriger, einen wirkungsvollen Anschlag zu inszenieren.« Er schüttelte den Kopf. »Ne, Goldmann. Der Zug ist abgefahren, die hätten längst zugeschlagen.«

»Und wenn es genau darum geht, Kollateralschäden zu vermeiden, um nicht die ganze Welt gegen sich aufzubringen?«, ließ Robert nicht locker. »Ich meine, nehmen wir mal eines der Szenarien, die Sieber aufgezeigt hat – einen Anschlag auf das israelische Team, mit dem ich jeden Tag zu tun habe. Nette Menschen wie du und ich, die trotz der schwierigen Vergangenheit mit Deutschland hierhergekommen sind und darauf vertrauen, dass sie bei uns in Sicherheit sind. Was, wenn dieser Sieber auch nur im Ansatz recht behält und Attentäter das israelische Team als Geiseln nehmen? Stellen Sie sich nur vor, was das für eine Botschaft an Israel wäre! Früher haben wir Deutschen euch umgebracht, und heute interessiert uns euer Schicksal noch immer nicht?«

»Jetzt hören Sie aber auf!« Koch haute mit der flachen Hand auf den Tisch. »Ja, ich weiß, dass es genug Alt-Nazis da draußen gibt, Goldmann. So verblendet bin ich nicht. Doch Sie tun ja geradezu so, als wäre es allen anderen scheißegal, was hier geschieht!«

»Nein, Herr Koch. Ich glaube nur, dass das Vertrauen der Israelis in Deutschland aus guten Gründen mehr als fragil ist. Und das kann man ihnen wohl kaum verdenken. Doch es geht hier nicht nur darum. Bei allem guten Willen, die Olympischen Spiele besonders fröhlich und leicht zu gestalten, darf man dennoch die real bestehenden Gefahren nicht aus den Augen verlieren.« Goldmann beugte sich weiter vor. »Ich habe einen Freund bei der Polizei, der wie viele seiner Kollegen mit den bestehenden Sicherheitsmaßnahmen keineswegs einverstanden ist. Die Beamten dürfen ja nicht einmal Waffen tragen! Was sollen sie denn tun, wenn wirklich irgendwelche Terroristen auf das Gelände kommen? Sie höflich bitten, den Ablauf der Olympischen Spiele nicht zu stören?«

»Sie können sich Ihren Sarkasmus sparen, Goldmann«, knurrte Koch und rieb kurz sein Ohrläppchen, wie er es immer tat, wenn ihm etwas durch den Kopf ging.

Goldmann wusste, dass er genau jetzt nachhaken musste.

»Chef, wirklich. Wie sollen wir uns von den anderen Zeitungen unterscheiden, wenn wir doch immer nur ins gleiche Horn blasen? Die Erkenntnisse über mögliche Szenarien sind gesichert, und ich kann eine anonyme Quelle bei der Polizei zitieren. Es geht mir nicht darum, den Leuten Angst zu machen, aber einfach die Augen zu verschließen bringt noch viel weniger. Was, wenn eines der Szenarien eintritt, wir davon wussten und nichts darüber geschrieben haben? Es ist unser Auftrag, die Öffentlichkeit zu informieren!«

Koch beugte sich ebenfalls weiter vor. »Dann habe ich mal eine Gegenfrage, Herr Schlauberger. Was, wenn wir darauf hinweisen und Bedrohungen aufzeigen, weil wir durch Ihre Quellen darüber informiert sind, und dann wirklich genau so ein Fall eintritt? Wird man nicht vollkommen zu Recht behaupten, wir hätten den Terroristen erst unsere Schwachstellen aufgezeigt und sie damit geradezu zum Handeln eingeladen?«

Goldmann legte den Kopf schräg. »Sie wollen mir doch nicht ernsthaft weismachen, dass solche Leute ihre Informationen aus den Zeitungen beziehen. Das ist doch Blödsinn.«

»Ja, ist es. Darüber sind wir uns einig. Doch es wäre ein gefundenes Fressen für die Konkurrenzblätter. Man würde mit dem Finger auf uns zeigen und uns eine Mitschuld zuweisen.«

»Schwachsinn!«

»Schwachsinn, ja?« Koch schüttelte den Kopf. »Ich bin schon weit länger in dieser Branche als Sie, Goldmann. Ich weiß, wo der Hase langläuft.« Er tippte auf das Blatt vor sich. »Dieser Artikel wird nicht erscheinen, und damit basta. Berichten Sie darüber, was für eine wunderbare Zeit die Sportler hier in München haben und wie schön sie alles finden. Mein Gott, Goldmann, stellen Sie sich doch nicht so bescheuert an! Schreiben Sie einfach irgendwas und liefern Sie mir Bilder dazu: Sportler, die Ihnen mit einem Weißbier in der Hand zuprosten oder auf dem Marienplatz das Rathaus bestaunen, Athleten verschiedener Nationen, die sich an den Händen halten oder gemeinsam Brezen verspeisen. Herrgott, Goldmann, lassen Sie sich gefälligst etwas einfallen!«

Robert wurde ernst. »Sie haben meinen Artikel.« Er schob den Stuhl zurück und stand auf. »Das ist es, was ich zu sagen und zu schreiben habe.«

»Gut«, stellte Koch wütend fest. »Sie scheinen nicht auf das Geld angewiesen zu sein, das Sie hier verdienen. Meinetwegen.« Er deutete zur Tür. »Sie haben mich lange genug aufgehalten.«

Goldmann nickte. »Alles klar«, sagte er nur und verließ ohne ein weiteres Wort das Büro des Chefredakteurs. Kurz fragte er sich, ob er nun überhaupt noch hier beschäftigt war, dann zog er die Tür hinter sich zu, atmete geräuschvoll aus und schlenderte langsam durch den Flur zurück zu Beate.

»Du brauchst gar nichts zu sagen«, erklärte sie, als er vor ihrem Schreibtisch stehen blieb. »Ich habe den Alten bis hierher brüllen hören.«

»Dann weißt du ja Bescheid.«

»Wenn du in der Branche was werden willst, Robert, musst du lernen, dich anzupassen.«

»Ist das nicht genau das Gegenteil von Journalismus?« Er hob die Augenbrauen und verzog spöttisch den Mund.

»Du bist nicht Gerd Ruge, und das hier ist nicht *Die Welt*. Du kennst doch die Redensart: Lehrjahre sind keine Herrenjahre. Du musst dir deine Sporen erst verdienen.«

»Und deshalb soll ich in den nächsten Jahren nur das Blabla der anderen nachleiern?«

»Ganz genau. Wenn du willst, dass man dir zuhört und liest,

was du schreibst, musst du erst mal dafür sorgen, dass du ernst genommen wirst.«

Robert sah die Redaktionsassistentin an. Er wusste, dass sie es gut meinte, und vermutlich hatte sie sogar recht mit dem, was sie ihm sagte. Doch sich auf diese Weise anzupassen widerstrebte ihm so sehr, dass er im Grund nicht mal ernsthaft darüber nachdachte. Es war das genaue Gegenteil seiner Motivation, als Journalist arbeiten zu wollen. Wenn er sich derart verbiegen sollte, hätte er auch gleich zum Zirkus gehen können. Nein. Das war definitiv nicht sein Weg.

»Sieh zu, dass du bald hier rauskommst, und mach dir einen schönen Abend, Beate.« Er nickte ihr zu, dann strebte er mit großen Schritten in Richtung Ausgang.

»Du dir auch!«, rief sie ihm hinterher. »Ach, Robert ...«

Er blieb stehen und drehte sich zu ihr um.

»Lieferst du jetzt noch einen neuen Artikel oder nicht?«

Robert zuckte die Achseln. »Keine Ahnung. Vielleicht bin ich inzwischen zur Persona non grata geworden«, überlegte er. »Außerdem hab ich das, was ich schreiben wollte, längst zu Papier gebracht.« Damit öffnete er die Tür und verließ das Redaktionsgebäude.

Draußen blieb er stehen und atmete tief die noch immer warme Luft ein. Es war ein lauer Sommerabend, und mit Sicherheit hätte er mit dem israelischen Team ein paar tolle Stunden verbracht. Der Austausch mit den Sportlern war eine prägende Erfahrung, und er war froh, dass er die Gelegenheit zu diesem Austausch bekam. Er nahm sich vor, die letzte Woche dieser Olympischen Spiele nur noch zu genießen und sich keine Gedanken mehr um Joachim Koch, geschweige denn seine eigene Zukunft zu machen. Vielleicht war es am Ende sogar gut, dass es so gekommen war. Dennoch blieb der schale Beigeschmack, ob er sich soeben womöglich seine Zukunft verspielt oder zumindest selbst Steine in den Weg gelegt haben könnte.

MÜNCHEN

Sonntag, 03. September 1972, 8.55 Uhr

Das, was hier geschieht, rückt mein
Denken in ein neues Licht.

ANGELIKA NOWAK

Sie zwinkerte wegen der Sonne, bevor sie den Bogen anlegte, atmete mehrere Male tief ein und wieder aus, fokussierte das Ziel, spannte die Sehne und ließ den Pfeil wie von einer Schnur gezogen losschnellen. Er bohrte sich zwischen das rote und gelbe Feld. Angelika sah kurz zu ihrem Trainer Wolfgang Beier, der ihr zunickte.

»Gut. Jetzt einen genau in die Mitte und dann eine Reihe, Angelika. Schwarz, Blau, Rot, Gelb. Auf geht's.«

Angelika nickte nur, ließ den Bogen sinken, überstreckte ihren Nacken und bewegte den Kopf nach rechts und links, wie sie es immer tat, wenn sie sich konzentrierte. Aus den Augenwinkeln sah sie, dass Viktor Kramann sich näherte. Sie hob den Bogen, nockte den Pfeil ein und schoss erneut, dieses Mal direkt in die Mitte. Eine glatte Zehn!

»Genau so«, sagte Wolfgang Beier unbeeindruckt. »Und jetzt die Reihe.«

Wieder setzte Angelika an, schoss erst ins Schwarze, dann ins Blaue, ins Rote und den vierten Pfeil knapp auf die Grenze zwischen Rot und Gelb.

»Noch mal«, ordnete Beier knapp an, dessen aufgequollenes

gerötetes Gesicht verriet, dass er auch während des Aufenthalts in der BRD dem Alkohol reichlich zusprach. Angelika wurde jetzt seit sieben Jahren von ihm trainiert. Als man damals ihr Talent erkannte, hatte man ihr den ehemaligen Bogenschützen zugeteilt. Angelika hatte Wolfgang auf alten Fotos gesehen, einen athletischen, schlanken Mann, den man heute kaum noch wiedererkannte. Er war selten freundlich, gab meist nur knappe Anweisungen und lobte wenig, doch das störte Angelika nicht, wusste sie doch, dass Wolfgangs Sachverstand den anderer Trainer weit übertraf.

Ihr früherer Trainer Heinz war ganz anders gewesen, doch ihn hatte man abgezogen, als man ihr Potenzial erkannte. Er wohnte ganz in der Nähe, und sie traf ihn gelegentlich und plauderte mit ihm, wenn sie an dem Gelände, auf dem sie als Kind trainiert hatte, vorbeiging. Heinz machte keinen Hehl daraus, dass es ihm nicht passte, wie mit ihm umgesprungen worden war, und dass er seiner Meinung nach die gleiche Leistung aus Angelika herausgeholt hätte wie Wolfgang Beier. Aber nun ja, es war eben, wie es war. Und auch wenn Angelika es Heinz nie sagen würde, glaubte sie doch, dass es so besser war. Denn eines hatte sie bei Wolfgang Beier über die Jahre hinweg beobachten können: Der Druck von höherer Stelle war immens, und man sah ja, was der mit ihm machte. Immer häufiger suchte er Zuflucht im Alkohol, und mehr als nur einmal hatte er angedeutet, dass ihre Leistung alles war, was für ihn zählte. Nur so konnte er den Erwartungen gerecht werden, die an ihn als Trainer und an sie als Athletin gestellt wurden. Wer genau einen solchen Druck auf ihn ausübte, wusste Angelika nicht. Sie hatte außer Wolfgang Beier und dessen Co-Trainer Viktor Kramann nie jemanden kennengelernt, der sich für ihre sportlichen Leistungen interessierte. Doch dass einiges im Hintergrund lief, ahnte, nein wusste sie. Ihre sportlichen Erfolge waren ein Aushängeschild, denn sie entsprachen genau dem Bild, das die DDR nach außen hin vermitteln wollte.

»Die Reihe noch mal«, wiederholte Wolfgang, während Viktor sich neben ihn stellte und den Trainer und Angelika begrüßte. Wolfgang erwiderte den Gruß, Angelika dagegen legte wortlos an, schoss ins Schwarze, dann ins Blaue, ins Rote und dann mitten ins Gelbe.

»Fantastisch!«, rief Viktor begeistert, doch Angelika warf ihm nur einen vernichtenden Blick zu. Was bildete sich dieser Kerl eigentlich ein? Er hatte sie gestern, als sie vom Einkaufen zurückgekommen war, auf dem Flur abgefangen, am Arm gepackt und in seine Unterkunft gezerrt. Dort hatte er ihr eine schallende Ohrfeige verpasst und sie angeschrien, was sie sich einbilden würde, sich einfach so aus dem Staub zu machen. Er hatte sie als egoistisches Miststück beschimpft, hatte sie angebrüllt, sie hätte ja keine Ahnung, welche Folgen ihre Spielchen für ihn nach sich ziehen würden. Das Treffen mit Roman am Abend könne sie vergessen. Sollte sie sich noch einmal seinen Anweisungen widersetzen, würde er sie in den nächsten Bus nach Hause setzen, ohne dass sie auch nur an einem einzigen Wettkampf teilgenommen hatte.

Angelika war so geschockt gewesen, dass sie überhaupt nicht in der Lage gewesen war zu reagieren. So hatte er sie noch nie behandelt. Ja, sie war öfter mal von ihren Trainern zurechtgewiesen worden, wenn diese ihr eine zu lasche Einstellung beim Training vorgeworfen hatten, doch am Ende hatte sie stets durch ihre Leistung überzeugen und so die vermeintlichen Argumente aushebeln können.

Seit gestern jedoch war alles anders. Sie war noch nie zuvor geohrfeigt worden. Nie. Ihre Eltern hatten nie die Hand gegen sie erhoben, auch nicht, als sie ein Kind gewesen war. Bei manchen ihrer Freunde standen Ohrfeigen sozusagen auf der Tagesordnung, doch nicht im Hause Nowak. Viktor hatte sie gedemütigt, und dafür verachtete sie ihn. Gestern war etwas zwischen ihnen zerbrochen, das wussten sie beide. Sie hatte nur still dagesessen, hatte kein Wort gesagt, als er später in ihrer Unterkunft an die Tür gegangen war und Roman erklärt hatte, dass es ihr nicht gut ginge. Sie hatte den ganzen Abend über geschwiegen und auch ihren Mitbewohnerinnen nichts von dem erzählt, was vorgefallen war. Nicole und Monika hatten keine Fragen gestellt.

Auf Viktors Erklärungsversuche war sie nicht eingegangen. Bevor ihre Mitbewohnerinnen zurückgekehrt waren, war er wie ein Tiger im Käfig in der Wohnung auf und ab gegangen, hatte sich die Haare gerauft und versucht, sein unentschuldbares Verhalten zu erklären. Sie hätte nicht die geringste Ahnung, unter welchem Druck er stehe, hatte er behauptet, und dann hatte er hinzugefügt, dass er sie eigentlich melden müsste und dass das alles kein Spiel sei, sie wisse ja gar nicht, was vor sich ging. Als er schließlich merkte, dass seine Worte nicht die geringste Wirkung zeigten, hatte er ihr in schroffem Tonfall befohlen, am nächsten Morgen um neun Uhr zum Training anzutreten, doch auch darauf hatte sie nicht reagiert, hatte ihn einzig voller Verachtung angeblickt. Als er endlich weg war, hatte sie sich mit Wolfgang Beier in Verbindung gesetzt und ihm mitgeteilt, dass sie bereits um acht Uhr früh mit dem Training beginnen wolle.

Und nun stand sie hier und versuchte, ihr Bestes zu geben, denn eines war ihr heute Nacht klar geworden: Sie würde ihre Leistung bringen und so von sich überzeugen. Nicht für Wolfgang, nicht für Viktor, sondern allein für sich, wenngleich sie nicht wusste, ob sie ihrem Co-Trainer nicht genau damit in die Hände spielte. Im Grunde wusste sie überhaupt nicht mehr, was sie denken und fühlen sollte. Ihr Vertrauen in ihn war ein für alle Mal zerstört, und plötzlich meldete sich eine leise Stimme in ihr, die sie fragte, ob es wirklich nur um Viktor ging. Oder ging es um etwas anderes, Größeres, um ein Regime, das einen Druck ausübte, dessen Grund sie nicht verstand?

»Ich habe Kaffee mitgebracht«, sagte Viktor nun und hielt sowohl Wolfgang als auch Angelika einen Becher hin. Wolfgang griff zu und grummelte einen Dank. Angelika sah Viktor kurz in die Augen, dann nahm sie sich einen neuen Pfeil, legte an und schoss.

»Seid ihr schon länger hier?«, fragte Kramann. »Ich dachte, wir hätten neun Uhr gesagt?«

»Angelika wollte früher anfangen«, erklärte Wolfgang. »Und der Platz war ja frei.«

Der Co-Trainer trat näher an Angelika heran. »Hier. Dein Kaffee.«

»Ich will ihn nicht«, sagte sie, ohne ihn eines Blickes zu würdigen.

»Gibt es etwas, wovon ich wissen sollte?« Wolfgang sah fragend zwischen den beiden hin und her.

»Nein, nichts.« Viktor winkte leicht nervös ab. »Alles in Ordnung. Eine kleine Meinungsverschiedenheit, das ist alles.«

»Eine kleine Meinungsverschiedenheit nennst du das?«, brach es aus Angelika hervor. Viktor schüttelte eilig den Kopf.

»Was ist hier los?«, fragte Wolfgang, jetzt mit mehr Nachdruck.

»Nichts, das sagte ich doch schon. Ich habe überreagiert, weil ich fand, dass Angelika zu wenig trainiert.«

»O nein!« Angelika riss ihm den Kaffeebecher aus der Hand und schleuderte ihn wütend zu Boden. »Du bist nicht mehr ganz richtig im Kopf, das ist los!« Sie sah zu Wolfgang. »Viktor passt nicht, mit wem ich mich umgebe, wenn du es genau wissen willst. Es passt ihm auch nicht, dass ich mir ein neues Kleid kaufen möchte, denn das ist ja schließlich Westkleidung. Also bin ich gestern abgehauen und habe mir trotzdem eins gekauft, und dann ist er durchgedreht.« Sie warf Kramann einen zornigen Blick zu. »Aber eines lass dir gesagt sein, Viktor: Ich kann mich treffen, mit wem ich will, und kaufen, was ich bezahlen kann, solange ich meine Leistung erbringe und vernünftig schieße. Alles andere hat dich verdammt noch mal nicht zu interessieren!« Ihre Stimme überschlug sich. Sie wollte mit ihrer Schimpftirade fortfahren, doch dann bemerkte sie, wie sich Viktors Blick veränderte. Statt Verärgerung lag nun so etwas wie Bedauern in seinen Augen.

»Also immer noch dieser Israeli, ja?«, wollte Wolfgang wissen. »Und du bist abgehauen, ohne uns zu informieren, obwohl es dir untersagt war?« Der Trainer sah sie mit hochgezogenen Augenbrauen an.

»Wie meinst du das?«, fragte Angelika verwundert. Wieso interessierte sich Wolfgang plötzlich dafür, was sie außerhalb des Trainings und der anstehenden Wettbewerbe tat? Und warum nannte er Roman so abfällig »diesen Israeli«?

Er trat auf sie zu. »Es wäre klüger gewesen, du hättest auf Viktor gehört, Angelika.«

»Bitte, Wolfgang, es kommt nicht wieder vor. Das verspreche ich dir«, wandte sich nun Viktor an den Trainer.

»Es ist ja schon vorgekommen«, stellte Wolfgang ruhig fest und sah Kramann an. »Du hast versagt, und du würdest es wahrscheinlich wieder tun. Ich habe immer gesagt, dass du nicht der Richtige für den Posten bist. Du bist zu weich, Viktor. Ich werde ganz bestimmt nicht für eine Göre, die nicht weiß, wo ihr Platz in der Welt ist, meinen Arsch riskieren.«

»Sie ist jung, Wolfgang«, wandte Kramann beschwichtigend ein. »Und sie ist das erste Mal von zu Hause weg. Wir können das noch alles regeln. Es muss nur unter uns dreien bleiben.«

Wolfgang Beier schüttelte den Kopf. »Du kannst einpacken, Angelika. Dein Training ist beendet.«

»Bitte, Wolfgang!« Viktor fasste ihn bei den Schultern. »Überleg doch mal. Sie ist die einzige Bogenschützin, die für uns antritt. Wenn wir die Sache einfach vergessen und Angelika abliefert, wird es auch für dich weitergehen. Für uns«, beharrte er eindringlich.

»Und wenn sie noch mal abhaut, weil sie die Kleider so schön findet?«, spottete Wolfgang.

»Das wird sie nicht. Mensch, Wolfgang, wenn du das durchziehst, sägst du auch den Ast ab, auf dem wir beide sitzen.«

Angelika hatte den Wortwechsel schweigend verfolgt. Ihr war übel. Was passierte hier eigentlich gerade? Sie kam sich verraten vor und ja – einfach dumm. Offenbar spielte sich hinter ihrem Rücken weit mehr ab als das, wovon sie etwas mitbekam. Und schlimmer noch: Sie hatte jetzt niemanden mehr, dem sie vertrauen konnte.

Wolfgang schien zu überlegen. Nach einer ganzen Weile sah er Angelika an. »Das hier ist kein Spiel, Mädchen. Du bist nur hier, weil es von höchster Stelle genehmigt wurde. Doch das ist ganz schnell vorbei, wenn du dir auch nur die kleinste Sache zuschulden kommen lässt.«

Viktor sah sie eindringlich an, als wollte er ihr so zu verstehen geben, dass sie jetzt ja nichts Falsches sagen sollte.

Angelika überlegte kurz. Dann trat sie einen Schritt vor und streckte Viktor die Hand entgegen. »Tut mir leid«, sagte sie. »Ich wollte niemanden in Schwierigkeiten bringen. Es kommt nicht wieder vor.«

Ihrem Co-Trainer stand die Erleichterung ins Gesicht geschrieben. »Schon gut«, sagte er und schüttelte ihre Hand. Dann sah er zu Wolfgang Beier, der die Geste argwöhnisch beäugte.

»Keine Treffen mehr, keine Spaziergänge, klar?«, sagte er zu Angelika.

Sie schüttelte den Kopf. »Nichts mehr. Ich habe es jetzt verstanden.«

Wolfgang war anzusehen, dass er nicht recht wusste, ob er ihr trauen sollte.

»Versprochen«, fügte sie deshalb bekräftigend hinzu.

»Schon gut«, sagte er schließlich. »Jeder macht mal Fehler.«

Angelika zögerte, dann nahm sie wieder ihren Bogen und einen Pfeil zur Hand. »Noch eine Reihe?«, fragte sie.

Wolfgang nickte nur.

Angelika drehte sich zur Zielscheibe und nahm ihr Training wieder auf, doch der Gedanke, dass nichts so war, wie sie bisher geglaubt hatte, wollte ihr nicht mehr aus dem Kopf gehen.

M Ü N C H E N

Sonntag, 03. September 1972, 11.38 Uhr

In zwei Tagen ist es endlich so weit, und mein erster Wettkampf beginnt. Ich kann es kaum noch erwarten.

ROMAN GAGARIN

Kurz bevor sie aufbrachen, schaute Roman bei Angelikas Unterkunft vorbei, um sich zu erkundigen, ob es ihr besser ging. Ihre Mitbewohnerin Nicole öffnete ihm die Tür. Sie sah ihn überrascht an und teilte ihm dann mit, Angelika sei nicht da, sie sei bereits um Viertel vor acht zum Training aufgebrochen. Eigenartigerweise schien Nicole gar nicht mitbekommen zu haben, dass Angelika sich gestern Abend nicht wohlgefühlt hatte, aber vielleicht hatte sie Nicole auch einfach nicht anstecken wollen und sich deshalb zeitig zurückgezogen. Wenn sie nun jedoch trainierte, war es wohl nicht so schlimm gewesen wie befürchtet, dachte Roman und beschloss, sie heute Abend erneut aufzusuchen, wenn er und seine Teamkollegen von ihrem Ausflug an den Chiemsee zurückkehrten. Er freute sich auf den Tag.

Um kurz vor elf kamen sie mit dem Bus in Prien am Chiemsee an und erreichten gerade noch rechtzeitig das Schiff, das sie auf die Herreninsel übersetzte, wo sie das berühmte Schloss Herrenchiemsee besichtigen wollten. Als Robert Goldmann ihm erzählt hatte, dass auf einem kleinen Fleckchen Land inmitten des tiefblauen, in der Sonne glitzernden Sees ein Prachtschloss des bayerischen Märchenkönigs Ludwig II. stand, hatte er angenommen, der Journalist wolle ihn veralbern. Nein, so etwas konnte er sich beim besten Willen nicht vorstellen. Nun jedoch, als er mit den anderen Israelis von Bord ging, sah er, dass der See nicht wirklich ein See war, sondern »das bayerische Meer«, wie er auf dem Schiff eine Gruppe Einheimischer mit klangvoller Aussprache hatte sagen hören. Es war ihm nicht einmal möglich, von einem Ende zum anderen zu sehen. Die Herreninsel, so teilte Robert, der ein Stück vom Ufer entfernt stehen geblieben war, ihnen mit, umfasste eine Fläche von fast zweihundertvierzig Hektar.

Sie schlenderten etwa eine Viertelstunde über die üppig begrünte Insel, bis sie die prachtvollen Außenanlagen des Schlosses erreichten. Von hier aus hatten sie freien Blick auf ein Bauwerk, wie Roman es noch nie zuvor gesehen hatte. Es kam ihm vor wie aus der Zeit gefallen. In Tel Aviv-Jaffa gab es so etwas nicht und auch sonst nirgendwo, wo er bisher gewesen war oder gelebt hatte. Der Stil der Bauten in München unterschied sich bereits deutlich von allem, was er kannte, aber der Anblick dieses im Stil des klassizistischen Barock gehaltenen Schlosses überwältigte ihn förmlich, denn eine solche Zurschaustellung von Prunk und Überfluss war ihm fremd. Allein die Eremitage in Leningrad, die er in seiner Kindheit gesehen hatte, konnte mit diesem Prunk mithalten.

»Ludwig II. hat es nach dem Vorbild des Schlosses von Versailles bauen lassen. Es ist nie fertig geworden«, erklärte Robert Goldmann mit Blick auf das riesige Gemäuer.

»Weshalb nicht? Ist dem König etwa das Geld ausgegangen?«, fragte Roman.

Der Journalist grinste. »Vermutlich wäre das der Fall gewesen, hätte er weiter daran bauen lassen, aber tatsächlich hat sich der Märchenkönig vor der Fertigstellung im Jahr 1886 das Leben genommen.«

Roman ließ den Blick weiter über die hell verputzten Fassaden mit den unzähligen hohen, in der Sonne spiegelnden Bleiglasfenster schweifen. Wie schade, dass dieser Ludwig II. vor der Erfüllung einer Aufgabe, die ihm offenbar sehr wichtig gewesen war, aus dem Leben hatte scheiden müssen, aus welchen Gründen auch immer.

Eine Frau von etwa vierzig Jahren mit straff zurückgebundenen Haaren, die Roman wegen ihrer dunkelblauen Uniform an eine Stewardess erinnerte, kam auf sie zu und begrüßte die kleine Gruppe.

»Das ist Frau Christiansen«, stellte Robert die Frau auf Hebräisch vor. »Sie wird mit uns eine Schlossbesichtigung machen, und ich werde übersetzen.«

Frau Christiansen führte sie durch den Schlosspark, vorbei an Marmorbrunnen und großen Becken mit mythologischen Figuren, die wohl ebenfalls mit Wasser gefüllt werden sollten, heute jedoch bepflanzt waren, weil sie sich schon sehr früh als undicht erwiesen hatten. Laut der Schlossführerin hatten die Renovierungsarbeiten bereits begonnen, erstreckten sich aber zunächst auf das eigentliche Gebäude. Immer wieder machte sie kurze Pausen zwischen den einzelnen Erklärungen, damit Robert übersetzen konnte. Roman war froh, dass er so gut Deutsch verstand, denn so bekam er auch die scherzhaften Anekdoten mit, die Frau Christiansen einbaute und die Robert meist wegließ. Überhaupt hatte er das Gefühl, dass der Journalist heute nicht so locker und entspannt war wie bei den letzten Treffen. Dennoch genoss er die Führung, fand es interessant, die Geschichten über Ludwig II. zu hören, der offenbar einen sehr eigenen Charakter gehabt hatte und geradezu besessen von Prunk und feudalen Bauten gewesen war. Es gab nur Schätzungen darüber, wie viel Geld in seine Schlösser geflossen war, dabei hatte er so zurückgezogen gelebt, dass er sich in manchen davon nur sehr selten aufhielt.

Besonders tragisch fand Roman, dass der Märchenkönig wohl an einer Geisteskrankheit gelitten hatte, die schließlich dazu führte, dass er nur wenige Monate vor seinem Freitod entmündigt worden war. Sein Onkel Luitpold hatte an seiner Stelle die Regierungsgeschäfte übernommen.

Als sie das Schloss betraten, blieb Roman vor Staunen der Mund offen stehen. Der Bau, durch dessen Gänge sie nun schritten, war für ihn Tragik und Schönheit zugleich, ein Teil gelebter Historie, wie er sie so nicht kannte. Die Geschichten, die er von klein auf von den Menschen aus seinem Umfeld gehört hatte, waren so vollkommen anders. In seiner Familie hätte niemand jemals darüber nachgedacht, einem Bauwerk eine andere Bedeutung beizumessen als die, seinen Bewohnern ein Dach über dem Kopf zu bieten. Zwar hatte seine Mutter einige Male erwähnt, wie schön sie das Haus ihrer Eltern damals in der Theatinerstraße mit der Schneiderei unten und der privaten Wohnung oben gefunden und wie wohl sie sich darin gefühlt hatte, bis schließlich in der Reichspogromnacht die Nazis kamen und alles zerstörten, was ihnen lieb und teuer gewesen war. Doch es war ihr nicht um das Haus, das Gebäude an sich, sondern um das Gefühl von Heimat gegangen. Mit Schloss Herrenchiemsee dagegen hatte der Bauherr etwas Einzigartiges, etwas Großartiges erschaffen, doch ein Zuhause war es nie gewesen und würde es wohl auch niemals sein. Roman fragte sich deshalb nach dem Sinn eines solchen Gemäuers. Ein Denkmal zu bauen, das der Erinnerung an eine berühmte Persönlichkeit oder ein historisches Ereignis diente, das konnte er ja noch nachvollziehen, ein Schloss dagegen, das Platz für so viele Familien bot und das dennoch nur aus leeren Gängen und Räumen bestand, ergab für ihn einfach keinen Sinn. Kopfschüttelnd folgte er Frau Christiansen, die ihren israelischen Besuchern die Geschichte des Gebäudes und die sich darum rankenden Überlieferungen nahebrachte.

Die Führung dauerte etwas über eine halbe Stunde. Anschließend verspeisten sie gemeinsam die mitgebrachten »Brotzeitpackerl« mit allerlei regionalen Köstlichkeiten – allesamt koscher, das hatte Robert ihnen versichert. Am Nachmittag wollten sie in kleineren Gruppen die Insel erkunden und sich schließlich um halb fünf wieder am Anleger treffen, um mit dem Schiff zurück aufs Festland überzusetzen.

Roman schloss sich Robert Goldmann an, der schon oft auf der Herreninsel gewesen war. Auch jetzt wirkte der Journalist nachdenklicher als sonst, wenngleich er sich offenbar bemühte, genau das zu überspielen.

»Alles in Ordnung?«, fragte Roman deshalb, als sie am Ufer entlangschlenderten.

»Sicher, ja«, antwortete Robert automatisch, doch dann schüttelte er den Kopf. »Ach was, weshalb lüge ich denn? Es ist nicht alles in Ordnung. Ich habe Ärger mit meinem Chefredakteur. Aber das ist nicht so wichtig.«

»Darf ich fragen, warum?«

Goldmann seufzte. »Ein Artikel von mir wird nicht erscheinen. Und das ärgert mich natürlich.«

»Und aus welchem Grund wird er nicht erscheinen?«

»Weil er nicht ins Bild passt, würde ich sagen.«

»Worum geht's denn darin?« Roman bemerkte, wie der Journalist seinen Blick senkte. »Du musst es mir nicht sagen, wenn du nicht willst.«

»Na ja, ich will hier keine Unruhe schüren«, antwortete Robert ausweichend. »Obwohl, ich finde, du solltest dir selbst ein Urteil bilden können. Es geht um die laschen Sicherheitsvorkehrungen bei den Olympischen Spielen.« Er zögerte. »Ich fürchte, gewisse Gruppierungen könnten ausnutzen, dass alles besonders friedlich ablaufen und nach außen hin auf Biegen und Brechen der Eindruck herrschen soll, alles sei Friede, Freude, Eierkuchen.«

Roman wiegte nachdenklich den Kopf. »Ist es denn nicht so? Ich meine, für mich fühlt es sich genauso an.«

»Das soll es ja auch. Versteh mich bitte nicht falsch, Roman.« Robert sah ihn im Weitergehen an. »Ich will wirklich nicht schwarzmalen, und ich verstehe, weshalb die Organisatoren unbedingt vermeiden wollen, dass auf dem Gelände Sicherheitsbeamte mit Waffen herumlaufen und ebendiese Bilder um die Welt gehen. Mir ist aber auch bewusst, dass das die Gelegenheit für Extremisten ist.«

»Du meinst, wegen uns Juden? Denkst du, die Nazis gehören doch noch nicht der Vergangenheit an?«

»Zum Glück geht es in meinem Artikel nicht darum.« Wieder warf Robert ihm einen Seitenblick zu. »Es tut gut, sagen zu können, dass ich von der Seite aus tatsächlich so gut wie keine Bedrohung sehe. Klar gibt es immer noch Nazis, und sie werden wohl leider niemals aussterben. Allerdings glaube ich nicht, dass sie die wirkliche Bedrohung dieser Zeit darstellen.«

»Sondern?« Roman legte besorgt die Stirn in Falten.

»Extreme Gruppen, deren Denken sich nicht nur gegen ein anderes Volk, sondern auch gegen Regierungen richten. PLO, ETA, IRA, RAF – such dir was aus. Sie alle wollen sich Gehör verschaffen und scheuen nicht davor zurück, zu diesem Zweck Gewalt anzuwenden.«

»Und dein Chefredakteur ist dagegen, dass du darüber schreibst?«

»Genau. Er will wie alle anderen Zeitungen nur die heitere, sonnige Seite der Spiele zeigen, das friedliche Miteinander der verschiedenen Nationen, die sich ausschließlich auf sportlicher Ebene miteinander messen – eine rosarote Seifenblase. Für kritische Gedanken ist da kein Platz.« Robert blieb stehen, und auch Roman verlangsamte seinen Schritt.

»Du bist zwar erst achtzehn, Roman«, sagte Robert und sah ihn ernst an. »Doch durch deine Geschichte und die deiner Familie bist du weit erwachsener als andere junge Menschen deines Alters. Man kann dich nicht mit einem Achtzehnjährigen aus München oder anderen Orten Deutschlands vergleichen. Wir sind die Nachkriegsgeneration. Von denen, die in Deutschland aufgewachsen sind, hat niemand Hunger oder Vertreibung erfahren. Das, was du dagegen in so jungen Jahren erlebt hast, verändert einen Menschen, wie auch die Geschichte meiner eigenen Familie mich früher hat reifen lassen. Deshalb glaube ich, dass du verstehen kannst, weshalb mir so viel Leichtfertigkeit Sorgen bereitet.«

»Ja, ich denke, da ist etwas dran. Ich habe schon früh in meinem Leben Ausgrenzung erfahren«, pflichtete Roman ihm bei. »Es gehörte für mich einfach dazu. Doch ich habe meinen Weg gefunden, damit umzugehen.«

Sie spazierten weiter.

»Ich will nicht aus etwas Gutem Schlechtes machen«, fuhr Goldmann fort, »aber ich sehe die Aufgabe eines Journalisten darin, eine reale, keine rosarote Welt zu zeigen. Außerdem glaube ich wirklich nicht, dass mein Zeitungsartikel Terroristen dazu bringt, etwas zu tun oder zu lassen. Nichtsdestotrotz bin ich der festen Überzeugung, dass man die Frage, ob die richtigen Vorkehrungen getroffen werden, aufwerfen sollte, bevor etwas geschieht, nicht erst danach.«

»Ich verstehe, was du meinst, aber ich verstehe auch die andere Seite«, sagte Roman nachdenklich. »Nimm beispielsweise Yakov Springer. Es war eine große Überwindung für ihn, zu den Olympischen Spielen zu reisen.«

»Ich kenne seine Geschichte«, erklärte Robert. »Er hat mir erzählt, dass seine gesamte Familie von Deutschen umgebracht wurde.«

Roman nickte betroffen. »Ja, mir auch. Und ich glaube, es wäre ihm noch schwerer gefallen, wenn die Deutschen ihn mit Gewehren im Anschlag in Empfang genommen hätten. Zum einen aus dem Misstrauen heraus, ob es nicht womöglich doch ihm als Juden gelten könnte, und zum anderen, weil es eben das Bild einer«, Roman suchte nach den richtigen Worten, »einer möglichen Bedrohung widerspiegelt«, vervollständigte er nach kurzem Zögern seinen Satz.

Robert schwieg eine Weile, dann räumte er ein: »Darüber habe ich bisher noch gar nicht nachgedacht. Ich habe nur gesehen oder vielleicht auch sehen wollen, dass die Organisatoren und Deutschland selbst ausschließlich auf die Außendarstellung achten. Immerhin sind die Kameras der ganzen Welt auf diese Spiele gerichtet.«

»Vielleicht ist das ja tatsächlich der einzige Grund«, überlegte Roman. »Doch irgendwie würde ich gern glauben, dass es eben nicht nur der Kameras wegen ist, sondern auch damit wir Sportler uns wohlfühlen.«

Robert lächelte. »Dann findest du also, ich sollte einen neuen Artikel liefern?«

Roman zuckte die Achseln. »Das ist deine Sache. Aber ich an deiner Stelle würde die Ablehnung deines Redakteurs nicht persönlich nehmen.«

»Wahrscheinlich hast du recht. Was meinst du, hast du Lust auf ein Glas Bier? Es gibt hier einen netten kleinen Biergarten mit Blasmusik und Kellnerinnen, die Dirndl tragen …«

»Bin dabei«, antwortete Roman grinsend.

Roberts Zeitungsartikel erwähnten sie nicht mehr.

MÜNCHEN

Sonntag, 03. September 1972, 11.38 Uhr

Das alles hier ist meine ganz eigene
Form der Realität geworden.

MANFRED HOFMANN

Obwohl er heute freihatte, dachte Manfred nicht im Traum daran, den Tag außerhalb des Olympiageländes zu verbringen. Es war eigenartig, doch im Moment konnte und wollte er sich nicht vorstellen, dass die Spiele morgen in einer Woche enden würden und er in seinen Alltag zurückkehren müsste. Vor allem Linda, mit der er zwischen ihren Dolmetscherterminen immer wieder Zeit verbrachte, würde ihm fehlen. Die Olympischen Spiele hatten sich zu einer Art Parallelwelt für ihn entwickelt, und obwohl er zuvor viele Jahre ganz normal seiner Tätigkeit als Streifenpolizist nachgegangen war, kam es ihm nun so vor, als wäre genau das eine Ewigkeit her und wie ein Buch, das er gelesen und zugeschlagen hatte, während das Hier und Jetzt im Olympiadorf ihm als das einzig Wahre und Echte erschien. Es war schon verrückt.

Anders als in den vergangenen Tagen trug er heute nicht seinen hellblauen Anzug, sondern Jeans und ein kariertes Hemd, sodass er nicht als Sicherheitsbeamter auszumachen war. Andererseits hatte er inzwischen so viele Leute hier kennengelernt, dass er ohnehin nicht inkognito bleiben würde.

Die Olympischen Spiele hatten ihn und im Grunde sein ganzes Leben verändert. Manfred hatte bislang nie viel über sich und sein Leben nachgedacht. Er war eher praktisch orientiert, ein Macher. Auch damals, als seine Entscheidung gefallen war, zur Polizei zu gehen, hatte er sich nach den Anforderungen erkundigt, die Ausbildung absolviert und sich Schritt für Schritt hochgearbeitet. Inzwischen war er Beamter auf Lebenszeit und wurde regelmäßig in den nächsthöheren Dienstgrad gestuft. Große Sprünge auf der Karriereleiter visierte er nicht für sich an. Eine kurze Zeit war das anders gewesen. Er hatte überlegt, Kriminalkommissar zu werden, um Kapitalverbrechen aufzuklären, doch seine Begeisterung dafür war schnell verflogen. Nein, er sah sich einfach nicht in der Rolle des Denkers, der zu rekonstruieren versuchte, was sich an einem Tatort abgespielt hatte, er war vielmehr jemand, der Situationen entschärfte, bevor diese zu eskalieren drohten. Während der Zeit der Olympischen Spiele hatte er das Gefühl, durch seine bloße Anwesenheit zu einem friedlichen Miteinander beizutragen, einem Umgang, der geprägt war von gegenseitigem Respekt. Wenn es nach ihm gegangen wäre, hätte er genau dies auf die Straßen Münchens transportiert, und zwar weit über den Zeitraum der Spiele hinaus. Natürlich wusste er, dass dieser Wunsch naiv war, trotzdem würde er versuchen, seine Erfahrungen hier auf die tägliche Routine auf der Straße zu übertragen. Genau wie er versuchen würde, das, was sich zwischen Linda und ihm anbahnte, in das Leben nach den Spielen mitzunehmen. Es war ihm wichtig, sein Privatleben umzukrempeln, jetzt, da er spürte, wie viel mehr Freude es ihm bereitete, seine Freizeit zu zweit statt allein zu verbringen.

»Hallo, Angelika«, sprach er nun die blonde Frau an, die er gestern zum Ausgang des olympischen Dorfes begleitet hatte. Sie stand an einem der Souvenirstände, wo die Waldi-Dackel, das Maskottchen der Olympischen Spiele, verkauft wurden.

Sie zuckte zusammen und drehte sich erschrocken um.

»Entschuldige. Ich wollte dich nicht erschrecken«, sagte Manfred und hob beschwichtigend die Hände.

Sie sah ihn an, als hätte sie ihn noch nie gesehen.

»Manfred«, erinnerte er sie. »Dein Fluchthelfer«, fügte er dann in verschwörerischem Tonfall hinzu.

»Manfred«, wiederholte sie nach kurzem Zögern. »Fast hätte ich dich ohne deine Uniform gar nicht erkannt. Hallo.«

Manfred sah die Bogenschützin prüfend an. Sie schien völlig verändert zu sein. War sie gestern noch fröhlich, unbedarft, ja geradezu übermütig gewesen, wirkte sie nun stiller, fast schon eingeschüchtert.

»Stimmt etwas nicht?«, fragte er stirnrunzelnd.

»Nein.« Sie schüttelte heftig den Kopf. »Alles in Ordnung.«

Er musterte sie durchdringend. Irgendwie hatte er das Gefühl, sie wolle ihm etwas sagen, traute sich aber nicht recht.

»Ist wirklich alles okay?«, hakte er daher nochmals nach.

Angelika presste die Lippen aufeinander, sah sich verstohlen um und machte dann einen Schritt auf ihn zu. »Du bist doch bei der Polizei?«, flüsterte sie nervös.

»Ja, bin ich. Brauchst du Hilfe?« Seine Stimmung schlug augenblicklich um. Eben noch leicht und beschwingt, spürte er, wie Anspannung in ihm aufstieg.

»Ja. Also ich weiß nicht. Ich«, sie suchte nach Worten, »ich weiß nicht, was ich tun soll.«

»Was ist denn passiert?« Er wollte sich gerade zu ihr beugen, als er aus den Augenwinkeln eine rasche Bewegung wahrnahm.

Ein Mann, den Manfred nicht kannte, tauchte wie aus dem Nichts neben Angelika auf und streckte ihm die Hand entgegen.

»Viktor Kramann«, stellte er sich vor. »Ich bin Angelikas Trainer.«

Manfred nahm die ihm gereichte Rechte. »Manfred Hofmann, freut mich.« Ihm entging nicht, wie Angelika eilig auf Abstand zu ihrem Trainer ging.

»Sind Sie Reporter?«, erkundigte sich Kramann in verbindlichem Tonfall.

Manfred verneinte, ohne Angelika aus den Augen zu lassen. Ihre Blicke trafen sich. Sie wirkte eingeschüchtert, ja fast schon ängstlich auf ihn.

»Sondern?«, drängte Kramann auf Antwort und sah Manfred abwartend an.

»Sondern was?«, erwiderte der nur.

»In welcher Funktion Sie hier sind, meine ich«, erklärte Kramann.

»Ich bin Besucher«, gab Manfred zurück. »Aber aus welchem Grund interessiert Sie das so?«

»Ich wüsste gern, was Sie mit meinem Schützling zu besprechen hatten«, ließ Kramann nicht locker.

»Mit *Ihrem* Schützling«, wiederholte Manfred. »Darf dieser Schützling denn nicht selbst entscheiden, mit wem er ein paar Worte wechselt und mit wem nicht?«

»Nein, ich pflege sehr auf den Umgang zu achten, den die von mir betreuten Sportlerinnen pflegen. Sie sind schließlich nicht zum Vergnügen, sondern wegen ihrer sportlichen Leistungen hier.«

Manfred hielt dem bohrenden Blick seines Gegenübers stand. »Ich merke schon, Sie beide sind ein Paar, oder?«, fragte er provokant.

»Wie kommen Sie darauf?«, fragte Kramann und rückte intuitiv von Angelika ab.

»Na, so wie Sie in unser Gespräch geplatzt sind, ist Ihre Eifersucht doch ziemlich offensichtlich.«

»Nein, wir sind ganz sicher kein Paar.« Kramann lachte gekünstelt auf.

»Nicht?«, fragte Manfred. »Gut. Denn ich hatte gerade vor, mich ein bisschen mit der jungen Dame zu unterhalten. Und bis auf ihren Namen weiß ich noch nichts von ihr. Sie haben doch nichts dagegen?«

Manfred konnte sehen, dass es in Angelikas Trainer arbeitete. Angelikas Miene war wie versteinert. Sie hatte mit ihm sprechen wollen, und sie hatte Angst, das war offensichtlich. Er wusste nicht genau, was er von dieser Konfrontation halten sollte, doch in Gefahr war sie zum jetzigen Zeitpunkt seiner Meinung nach nicht. Was auch immer hier los war – wenn er sich jetzt nicht zurückzog, würde er es vermutlich nur schlimmer machen. Also trat er einen Schritt zurück. »Ich wollte Sie nicht belästigen«, sagte er an Angelika gewandt und streckte ihr die Hand entgegen. »Es war trotzdem nett, Sie kennenzulernen.«

»Ebenfalls«, erklärte sie und schüttelte seine Rechte.

Manfred nickte Kramann zu, dann machte er kehrt und verließ den Souvenirstand.

Im Weiterschlendern überlegte er, was er tun sollte. Gegen zwölf wollte er sich mit Linda bei dem Holzsteg an dem künstlich angelegten Olympiasee treffen, genau wie die letzten Tage auch. Bis dahin war es nicht weit. Sie wusste nicht, ob sie es pünktlich schaffen würde, da sie zuvor noch einen Termin hatte, aber das machte Manfred nichts aus. Es war herrlich sonnig in München, sie hatten wirklich Glück. Nur gestern war es etwas kühler gewesen, ansonsten schien selbst das Wetter während dieser Zeit ausschließlich den besten Eindruck machen zu wollen. Manfred bummelte an den Weiden vorbei, die man überall auf dem Gelände angepflanzt hatte und deren herabhängende Zweige sich nun im leichten Wind bewegten. Am Holzsteg angekommen, suchte er sich einen freien Platz im Gras und setzte sich. Wenn er sich so umsah, konnte er kaum glauben, was hier in den vergangenen Jahren geschaffen worden war. Nichts erinnerte mehr an das platte, trostlose Brachland und den Trümmerberg, ein Überbleibsel aus dem Zweiten Weltkrieg. Dass der See künstlich war, war auf den ersten Blick nicht zu erkennen. Die Arbeiter hatten sich alle Mühe gegeben, mit Hilfe von Pflanzen eine natürliche Kulisse zu schaffen.

Um etwa zehn nach zwölf erblickte er Linda, die sich ihren Weg durch die Besucherströme bahnte. Als sie ihn sah, hob sie die Hand und winkte ihm eifrig. Mit einem strahlenden Lächeln kam sie auf ihn zu. Ein wohliges Gefühl durchströmte Manfred. Er wollte es sich nicht recht eingestehen, aber anscheinend war er tatsächlich dabei, sich in Linda zu verlieben. Ob sie womöglich die Frau fürs Leben war? Es schien ihm nicht ausgeschlossen, gerade weil seine Gefühle weniger einem Feuerwerk glichen, bunt und spektakulär, sondern eher tiefer waren und echt. Und das nach der kurzen Zeit, die sie sich nun kannten. Es wäre wirklich schön, wenn sich mehr daraus entwickelte.

»Hallo«, sagte er, sprang auf und umarmte sie leicht. Sie ließ sich seine Umarmung gefallen und schmiegte sich sogar ein wenig an ihn.

»Hallo«, gab sie dann mit einem breiten Lächeln zurück.

Er schob sie von sich und betrachtete sie bewundernd. Sie trug das fesche blaue Dirndl mit der weißen Schürze, die Uniform der Hostessen und Dolmetscherinnen, das ihre Figur hervorragend zur Geltung brachte.

»Du siehst toll aus«, stieß er schließlich leicht atemlos hervor und atmete tief ihr zitroniges Parfüm ein.

Ihre hellblauen Augen strahlten. Der Wind löste eine Strähne aus dem ordentlichen Knoten, zu dem sie die Haare frisiert hatte. »Du siehst aber auch nicht schlecht aus, so ganz in Zivil. Obwohl ich die hellblaue Uniform und das weiße Käppchen fast ein wenig vermisse.« Sie lachte übermütig auf. »Ich habe jetzt drei Stunden frei. Wollen wir irgendwo etwas essen?«, schlug sie vor.

»Ja, gern. Worauf hast du Lust?«

»Ich weiß nicht.« Sie schaute sich um. »Lass uns einfach sehen, was uns so ins Auge springt.«

Manfred nahm ihre Hand und zog sie mit sich, doch sosehr er auch versuchte, sich ganz auf Linda zu konzentrieren, spürte er deutlich, dass ihn die Begegnung mit Angelika und deren Trainer noch immer beschäftigte.

»Alles in Ordnung?«, fragte Linda, die offenbar merkte, dass etwas nicht stimmte, und sah ihn besorgt an. »Du wirkst so nachdenklich.«

Manfred blieb stehen. »Ich weiß, es klingt kitschig«, sagte er dann, »aber ich habe tatsächlich das Gefühl, wir würden uns eine Ewigkeit kennen, so schnell, wie du mich durchschaust.« Er deutete auf die Tische am Fuß des Olympiaturms, die zu einem Wienerwald-Restaurant gehörten und von denen aus man einen herrlichen Blick auf den See hatte. »Hast du Lust auf ein Radler und ein halbes Hendl?«, fragte er. »Mit feuchter Kehle redet es sich besser.«

Als Linda nickte, steuerte er einen freien Tisch an, rückte ihr den Stuhl zurecht und reichte ihr die Speisekarte. Nachdem die Bedienung ihre Bestellung aufgenommen und die Getränke gebracht hatte, lehnte Manfred sich zurück und erzählte ihr von der Begegnung mit Angelika, wie er diese gestern zum Tor begleitet und ihr den Weg zur U-Bahn gezeigt hatte. Anschließend schilderte er ihr ausführlich, wie seltsam sie sich heute am Souvenirstand benommen hatte, und dass ihr Gespräch abrupt von ihrem Trainer, einem gewissen Viktor Kramann, unterbrochen worden war.

»Es war irgendwie eigenartig«, endete er. »Ich hatte fast den Eindruck, dass sie Angst vor ihm hat.«

»Vor ihrem eigenen Trainer?«, fragte Linda nach.

»Ja. Seltsam, nicht wahr?« Manfred nickte und trank einen Schluck Radler. »Gestern war sie noch total übermütig. Heute wirkte sie eingeschüchtert und richtiggehend verschreckt.«

»Vielleicht hat sie Ärger gekriegt, weil sie sich einfach so aus dem Staub gemacht hat?«, überlegte Linda.

»Kann ich mir gut vorstellen.«

Die Bedienung brachte ihr Essen, für Manfred ein Brathähnchen mit Kartoffelsalat, für Linda eine Leberknödelsuppe mit zwei Scheiben Graubrot. Sie wünschte den beiden einen guten Appetit und wandte sich dann den Gästen am Nebentisch zu.

»Du sagst, sie ist Bogenschützin?«, fragte Linda, nachdem sie über die heiße Suppe geblasen und einen Löffel Brühe genommen hatte.

»Ja, im Team der DDR«, antwortete Manfred und rückte seinem knusprig braunen Hendl zu Leibe.

Linda wiegte den Kopf. »Ich weiß ja nicht, was da dran ist, aber man hört immer wieder, dass es auf der anderen Seite der Mauer ordentlich Druck gibt.«

Manfred nickte. »Bevor dieser Kramann kam, wollte sie mir etwas sagen«, fuhr er nachdenklich fort. »Es war eigenartig. Sie hat sich vergewissert, dass ich Polizist bin, ganz so, als wolle sie mich um Hilfe bitten.«

»Aber wobei?«

»Das ist es ja, ich habe keine Ahnung.«

»Glaubst du, man hat ihr etwas angetan, und sie will Anzeige erstatten?«

Manfred zuckte die Achseln. »Möglich. Ich weiß es wirklich nicht. Wie gesagt, ich habe sie ja nur ganz flüchtig kennengelernt.«

»Aber es beschäftigt dich.«

Er schob seinen Teller von sich, obwohl er kaum etwas gegessen hatte. »Ja, das stimmt. Doch ich kann ja schlecht hingehen und sie darauf ansprechen. Dieser Kramann passt auf sie auf wie ein Schießhund.«

Linda kaute nachdenklich ein Stück Leberknödel und schluckte. »Soll ich es mal versuchen?«, fragte sie dann.

Manfred sah sie überrascht an. »Wie meinst du das?«

»Na ja, so von Frau zu Frau. Ich könnte ganz zwanglos Kontakt zu ihr aufnehmen, und wenn dieser Kramann ihr mal nicht auf den Fersen ist, sage ich ihr, dass ich deine Freundin bin und du mich geschickt hast.«

Manfred lächelte breit und nahm ihre Hand.

»Was ist?«, fragte Linda.

»Du hast gesagt, dass du meine Freundin bist.«

»Bin ich das denn nicht? Ich meine …« Weiter kam sie nicht, denn nun lehnte er sich über den kleinen Tisch und gab ihr einen langen Kuss.

»O doch, das bist du«, bestätigte er, nachdem er sich von ihr gelöst hatte, und nickte bekräftigend. »Und ich fände es großartig, wenn du Kontakt zu Angelika aufnehmen würdest. Quasi in geheimer Mission.«

»James Bond kann einpacken.« Sie lachte auf, glücklich und ein wenig überrascht zugleich. »Nein, im Ernst«, sagte sie dann. »Ich finde es schön, dir helfen zu können.«

»Danke. Es ist schön, dass es dich gibt«, sagte Manfred und das meinte er genau so.

Sie blieben noch einen Moment sitzen und leerten ihre Gläser, dann winkte Manfred der Bedienung, um die Rechnung zu begleichen. Als er bezahlt hatte, stand er auf. »Komm«, sagte er zu Linda. »Suchen wir Angelika, damit ich dir zeigen kann, wer sie ist.«

Zusammen verließen sie die Terrasse der Gaststätte und schlenderten um den See zurück zu den Ständen, wo Manfred die junge Frau zuletzt gesehen hatte.

Es dauerte mehr als eine halbe Stunde, bevor sie die junge Bogenschützin in Begleitung ihres Trainers am Rande der Tartanbahn entdeckten, wo die beiden den gerade stattfindenden Fünfkampf der Frauen betrachteten. Heide Rosendahl lieferte sich ein enges Rennen mit Burglinde Pollak aus der DDR und Mary Peters aus Großbritannien.

»Da vorn ist sie. Die große blonde Frau. Und der Kerl daneben ist ihr Trainer«, erklärte Manfred und nickte in die entsprechende Richtung.

»Die im blauen Trainingsanzug?«, hakte Linda nach.

»Genau.«

»Vielleicht sollten wir warten, bis sie mal auf die Toilette muss. Dann kann ich ihr dorthin folgen und mit ihr sprechen«, schlug Linda vor.

»Gute Idee. So machen wir's! Sag ihr, sie soll Kontakt zu mir aufnehmen, falls wirklich etwas im Argen ist. Am besten per Brief …«, setzte er nachdenklich hinzu.

»Wie soll sie das denn anstellen? Dazu braucht sie erst mal deine Adresse und eine Post …«

»Auf den Fluren sind überall Feuerlöscher«, fiel Manfred ihr ins Wort. »Sie soll dir sagen, wo genau sie untergebracht ist, und mir auf dem Flur einen Brief hinter den Feuerlöscher klemmen. Ich werde heute Abend um acht Uhr eine Runde drehen und nachsehen. Wenn ich keinen Brief finde, lasse ich sie in Ruhe. Wenn aber einer da ist, werde ich ihr auf demselben Weg antworten. Sie soll gegen neun Uhr nachsehen.«

»Manfred«, sagte Linda und stieß ihn kurz an. Manfred sah, wie sich Angelika und Viktor Kramann in Bewegung setzten.

Eine Weile folgten sie den beiden in sicherem Abstand, doch zu Manfreds Bedauern steuerte Angelika nirgendwo eine Toilette an.

»Hey, Linda!«, rief eine junge Frau Manfreds Begleiterin zu.

»Ach, Sibille, hallo«, erwiderte Linda und begrüßte die drei jungen Frauen, die Sibille begleiteten, mit Namen. Anscheinend waren sie Kolleginnen.

Manfred sagte kurz »Hallo« in die Runde, dann sah er an den jungen Frauen vorbei, weil er auf keinen Fall Angelika und ihren Trainer aus den Augen verlieren wollte. Viktor hielt Angelika soeben die Tür zur Volleyballhalle auf.

»Wir wollen nachher noch zum Asiaten«, sagte Sibille an Linda gewandt. »Kommst du mit?«

»Ja, warum nicht«, antwortete Linda. Ihr Blick schweifte zu Manfred. Plötzlich schien ihr eine Idee zu kommen. »Könntet ihr mir vielleicht kurz helfen?«

Die vier jungen Frauen sahen Linda fragend an.

»Klar, wobei?«, wollte Jutta wissen, die sich mit Sibille ein Zimmer teilte.

»Ich möchte gern mit einer der Sportlerinnen sprechen, aber ihr blöder Trainer lässt sie nicht aus den Augen. Könnt ihr ihn vielleicht ablenken, damit ich ihr etwas zuflüstern kann?«

»Klar«, willigte Sibille sofort ein. »Was sollen wir ihm sagen?«

Linda grinste breit. »Er sieht mit seinem Schnauzer ein bisschen aus wie Mark Spitz, allerdings nicht ganz so gut. Ihr könntet so tun, als ob ihr ihn für das Schwimmer-Ass haltet, und ihn um ein Autogramm bitten. Es dauert ja nur einen Moment.«

Die jungen Frauen tauschten Blicke. »Wir sind dabei«, entschied Jutta kichernd.

»Eine klasse Idee«, befand Manfred. »Ich warte hier. In Ordnung?«

»Na klar. Lass uns Mädels mal machen.« Linda zwinkerte ihm zu und ging dann mit ihren Kolleginnen zur Volleyballhalle hinüber.

Es dauerte keine zehn Minuten, bis sie wieder herauskamen. Sie lachten und feixten, anscheinend war ihr Plan gelungen.

»Danke«, sagte Manfred, als sie bei ihm stehen blieben. »Wie ist es gelaufen?«

»War spaßig. Der hat vielleicht ein Gesicht gemacht, als Bille ihn gebeten hat, auf ihrem Unterarm zu unterschreiben!« Jutta prustete los. Sie hakte sich bei ihrer Kollegin unter und setzte sich in Bewegung. »Dann bis später, Linda.«

»Ja, bis nachher«, gab Linda zurück. »Ich bin um sechs bei deinem Zimmer, Bille.«

»Super, bis dann.« Die vier jungen Frauen gingen davon. Linda nahm Manfreds Hand und zog ihn zu einer freien Bank.

»Erzähl mal«, forderte Manfred sie auf. »Konntest du mit ihr sprechen?«

»Ja.« Linda nickte. »Und wenn du mich fragst: Dein Eindruck hat dich nicht getrogen.«

»Wie hat sie reagiert?«, fragte Manfred.

»Na ja, eigentlich hat sie nur zugehört, dann hat sie genickt und mir gesagt, wo sie untergebracht ist. Ich glaube wirklich, dass da nachher eine Nachricht für dich hinter dem Feuerlöscher klemmen wird. Ich schlage vor, wir gehen da gleich mal hin und sehen uns um, damit du dich schon ein wenig auskennst.«

»Du bist wirklich sensationell, weißt du das?« Manfred legte den Arm um ihre Schulter und zog sie an sich.

»Na klar weiß ich das!« Linda gab ihm lachend einen Kuss, dann machten sie sich zusammen auf den Weg zu den Unterkünften der DDR-Sportlerinnen.

MÜNCHEN

Sonntag, 03. September 1972, 12.30 Uhr

Was auch immer in den nächsten Tagen geschehen wird – ich weiß, dass es meinem Leben einen Sinn gibt.

DJAMAL RAHMAN

Wieder waren sie auf dem Gelände des Olympiaparks unterwegs, dieses Mal aufgeteilt in vier Zweiergruppen. Djamal hatte die Ehre, Luttif begleiten zu dürfen. Es war offensichtlich, dass Luttif noch mehr zu sagen hatte als Yusuf, was Djamal mit Stolz erfüllte. Luttif hatte ihn ausgewählt, und das war etwas ganz Besonderes.

Am gestrigen Abend hatte Adnan beim Essen gefragt, was eigentlich ihre Aufgabe hier in Deutschland sein würde. Yusuf hatte erklärt, sie seien hier, um für Palästina einzustehen, dann hatte er Adnan angeblickt und ihn mit fester Stimme gefragt, ob er hierzu bereit sei oder nicht. Adnan hatte entschlossen genickt und sich beeilt zu versichern, dass es das Einzige sei, was für ihn zähle. Dann hatte er geschwiegen, wie die anderen auch. Es war besser, nicht allzu viel zu wissen, so viel stand fest, und obwohl Djamal zuvor selbst gern erfahren hätte, was genau sie zu tun hatten, schwieg auch er. Yusufs abweisende Antwort hatte ihn zum Nachdenken gebracht. Yusuf hatte ja recht. Was auch immer sie für Palästina tun sollten, Djamal würde nicht zögern, es zu erledigen. Und nur das zählte.

Während Luttif und Djamal gemessenen Schritts durch das

olympische Dorf schlenderten, erzählte Luttif dem Jüngeren etwas über die Architektur und die besondere Bauweise. »Brutalismus« nannte man diese klotzige Bauweise mit unverkleidetem Sichtbeton, doch die Bezeichnung war dem Material geschuldet, nicht weil sie auf den Betrachter »brutal« wirkte, auch wenn das mitunter tatsächlich so war. Das Dorf galt als städtebauliches Experiment, als »Stadt in der Stadt«. Nach den Spielen sollte es zu einem ganz normalen Münchner Wohngebiet werden, und Djamal konnte sich gut vorstellen, wie es wäre, hier zu wohnen. Friedlich und trotz des vielen Betons idyllisch, denn die Bauten waren sehr abwechslungsreich gestaltet, nach Farben unterteilt, und überall gab es Kästen mit Pflanzen und sogar einen See, in dem man baden konnte. Autos fuhren hier keine, alles war unterkellert mit einer riesigen Tiefgarage. Djamal hörte aufmerksam zu und konnte kaum genug bekommen von Luttifs Schilderungen. Die Bildung dieses Mannes faszinierte ihn. Woher wusste Luttif all das?

Jetzt steuerte Luttif auf einen Mann zu, der ihnen entgegenkam. Djamal schätzte ihn auf etwa Mitte bis Ende zwanzig. Dem Aussehen nach war er Deutscher. Luttif und der Mann begrüßten sich freundschaftlich. Luttif stellte ihn Djamal als »Bernd Willmann« vor. Willmann und Djamal schüttelten sich die Hand. Luttif erklärte Djamal, dass sie viele Monate in München zusammengearbeitet hatten, dann wandte er sich wieder Willmann zu.

Djamal verfolgte das Gespräch der beiden aufmerksam, doch es war nur ein allgemeines Geplänkel, so dass er schon bald auf Durchzug stellte. Endlich verabschiedeten sie sich voneinander, und Bernd ging weiter.

»Ihr habt zusammengearbeitet? In München? Etwa hier im Dorf?«, fragte Djamal überrascht.

»Ja. Ich war hier eine ganze Weile als Bauingenieur tätig«, erwiderte Luttif wie selbstverständlich.

»Aha«, antwortete Djamal. Jetzt war klar, woher Luttif sein

Wissen hatte. Djamal war schwer beeindruckt von der Tatsache, dass ein Mann seines Volkes so klug und gebildet war, um bei einem solchen Projekt in Deutschland mitwirken zu können. Während seiner zwei Jahre in diesem Land hatte er nie das Gefühl gehabt, den Ansprüchen hier zu genügen. Womöglich war er einfach nicht so schlau wie Luttif oder aber weniger ehrgeizig. Ersteres stand für ihn fest, doch bei Letzterem verhielt es sich aus Djamals Sicht anders. Er hatte Ehrgeiz, und zwar großen. Trotzdem war es für ihn nie eine Option gewesen, einen Beruf zu ergreifen, der ihm in der westlichen Welt Anerkennung und eine Möglichkeit zum Geldverdienen eingebracht hätte. Und wüsste er nicht, dass Luttif genau wie er selbst voll und ganz hinter der Sache der Palästinenser stand, hätte er ihn vermutlich dafür verurteilt, Bildung erlangt zu haben, die nur dazu dienen konnte, für sich selbst einen Vorteil zu erzielen, nicht jedoch für seine Brüder, Schwestern und sein Volk. Doch dass Luttifs und seine Ziele die gleichen waren, davon war Djamal fest überzeugt. Und es faszinierte ihn, mit welcher Selbstverständlichkeit Luttif sich in dieser fremden Gesellschaft zurechtfand und offenbar sogar Freundschaften geschlossen hatte. Denn dass dieser Bernd sich gefreut hatte, Luttif vorhin zu sehen, daran bestand kein Zweifel.

Djamal fragte sich, ob er selbst wohl auch in der Lage wäre, die Menschen um sich herum so weit zu täuschen, dass er wie einer von ihnen wirkte. *Einer von ihnen*. Einer, der keine Flucht und Vertreibung kannte, einer, der Wünsche hatte und von der Zukunft träumte, einer, der im Leben einen anderen Antrieb hatte als blanken Hass und den Gedanken an Rache.

Sie gingen am Rand des Sees entlang. Auf dem grünen Rasen am Ufer hatten sich Menschen in kleinen Gruppen niedergelassen, die miteinander sprachen, lachten und offenbar einfach ihr Leben und die gemeinsame Zeit genossen. Djamal wusste nicht, was er bei ihrem Anblick empfinden sollte. Eine junge Frau, die mit einer anderen auf einer Decke saß und plaudernd auf den See blickte, erinnerte ihn an seine Schwester Basima, obwohl die junge Frau am Wasser wahrscheinlich um einige Jahre älter war. Was würde Basima denken, wenn sie jetzt hier wäre? Wäre sie in der Lage, den Schmerz ihrer Familie und ihres Volkes für eine Weile zu vergessen und ebenso gelöst und frei zu sein wie die Menschen hier? Würde sie es genießen, in der Sonne zu sitzen, fernab der engen Flüchtlingsunterkünfte, dem Staub, Hunger und der Verzweiflung? Sie war jetzt sechzehn Jahre alt und würde schon bald vermählt werden und Kinder bekommen. Wie würde es um ihre Zukunft bestellt sein? Hatte sich auch seine Mutter diese Frage gestellt, als sie Basima, seinen Bruder Farud und ihn zur Welt brachte? Welche Hoffnungen hatte sie mit der Geburt ihrer Kinder verbunden, welches Leben hatte sie sich für sie ausgemalt? Oder war da nichts als Verzweiflung gewesen, weil sie wusste, dass es ihnen niemals gelänge, dem Leid des Flüchtlingslagers zu entfliehen?

Gedankenverloren ging Djamal neben Luttif her, dann blieb er stehen, um etwa einem Dutzend jungen Männern zuzuschauen, die etwas abseits auf einer Wiese Fußball spielten. Luttif folgte seinem Blick.

»Du spielst auch, nicht wahr?«

»Als Kind habe ich gern gespielt. Ich habe sogar davon geträumt, ein berühmter Fußballer zu werden, der überall auf der Welt unterwegs ist und dessen Name jeder kennt. Doch das ist schon lange her.«

Sie gingen weiter bis zum Rand des provisorischen Feldes. »Möchtest du gern mitspielen? Ich könnte fragen, ob sie noch jemanden brauchen«, bot Luttif an.

Djamal zögerte. Er war ganz bestimmt nicht zum Fußballspielen nach Deutschland gebracht worden. Ja, wenn er ehrlich war, hatte er große Lust, mal wieder einen Ball zu treten, doch wäre es nicht falsch, etwas rein zum Vergnügen zu tun? Hatte er nicht eine andere Aufgabe zu erledigen, wie immer diese aussehen mochte? Noch bevor er eine Entscheidung getroffen hatte, ging Luttif auf die Männer zu und sprach sie an, womit er Djamal die Entscheidung abnahm. Djamal konnte nicht hören, was gesagt wurde, doch ihren Gesten konnte er entnehmen, dass die Männer, die er nur wenig älter schätzte als sich selbst, Luttif und ihn zum Mitmachen einluden.

Sie verteilten sich auf die beiden Teams, und Djamal schüttelte seinen Mitspielern zur Begrüßung die Hand. Obwohl er Deutsch gelernt hatte und sogar recht gut sprach, benutzte er die Sprache kaum. Es fühlte sich einfach falsch für ihn an, Deutsch zu sprechen und sich dadurch ein Stück weit von seiner eigenen Herkunft zu entfernen.

Derjenige, der den Ball hatte, spielte ihn Djamal zu, der ihn annahm und sogleich an einen der anderen weitergab. Nur wenige Augenblicke später waren sie mitten im Spiel, und auch Djamal fiel in seiner eigenen Sprache in die Rufe der anderen mit ein, die den Ball einforderten oder ihre Teamkollegen anfeuerten. Nach nur wenigen Minuten erkämpfte sich Djamal den Ball und schoss ihn zu seinem Mitspieler, der ihn mit einem gezielten Schuss in dem provisorisch errichteten Tor versenkte. Djamals Mannschaft jubelte auf, die Männer liefen aufeinander zu, umarmten sich und freuten sich über den gemeinsamen Erfolg. Es war eigenartig, doch in diesem Augenblick fühlte Djamal sich überhaupt nicht fremd. Er war von einem Moment zum anderen Teil eines Teams geworden, einfach so, obwohl er weder die gleiche Herkunft noch je zuvor mit ihnen zu tun gehabt hatte. Sie kannten ihn genauso wenig wie er sie, dennoch hatten sie über das Spiel eine Verbindung zueinander gefunden. Wieder kam Djamal an den Ball, dribbelte sowohl Luttif als auch einen anderen aus dessen Team aus, spielte ab, rannte vor, bekam den Ball erneut und schoss selbst ein Tor. Die anderen in seiner Mannschaft gratulierten und freuten sich mit ihm, dann sagten sie etwas zu Luttif.

»Djamal!«, rief dieser ihm auf Arabisch zu. »Sie haben gesagt, sie wollen dich gar nicht mehr weglassen.«

Djamal zögerte, entschied sich dann jedoch, bei der arabischen Sprache zu bleiben. »In Ordnung«, rief er beinahe übermütig zurück. »Wenn ich bleibe, dann bringe ich ihnen das Fußballspielen bei.«

Luttif übersetzte, worauf die anderen Mitspieler lachten. Einer von ihnen reckte den ausgestreckten Daumen in die Höhe.

Sie blieben fast eine halbe Stunde, und als sie das Spiel beendeten, hatte Djamals Mannschaft die andere mit vier zu drei geschlagen. Die Männer ließen Luttif übersetzen, sie würden sich auch in den nächsten Tagen zum Fußballspielen treffen. Es wäre toll, wenn Djamal und Luttif ebenfalls kämen. Anschließend schlenderten sie weiter.

Luttif erklärte ihm dies und das und deutete immer wieder auf architektonische Besonderheiten. Nach einer Weile kamen sie an einer Vierergruppe junger Männer vorbei, die angeregt miteinander sprachen. An dem Aufdruck auf ihren Trainingsanzügen konnte Djamal erkennen, dass es sich um Israelis handelte. Djamal spürte, wie er sich verspannte. Er warf Luttif einen verstohlenen Blick zu, der ungerührt sein Lächeln beibehielt, ganz so, als wäre es das Normalste der Welt, dicht an dicht mit den verhassten Zionisten zu sein. Am liebsten hätte er etwas gesagt, aber Luttif warf ihm einen Blick zu, der ihm zu verstehen gab, dass er genau wusste, was sein junger Freund gerade dachte.

»Komm«, sagte er und legte den Arm um Djamals Schultern. »Holen wir uns etwas zu trinken, und dann machen wir uns auf den Rückweg ins Hotel, in Ordnung?«

»In Ordnung«, stimmte Djamal zu, obwohl die kurze Begegnung noch immer etwas in ihm arbeiten ließ. So fröhlich und leicht die Zeit während des Fußballspiels gewesen war, so schwierig fand er es in diesem Augenblick, das palästinensische Blut in seinen Adern wieder ruhig fließen zu lassen. Er hatte das Gefühl, er müsse etwas tun, irgendetwas, obwohl er nicht wusste, was. Kurz wandte er den Kopf noch einmal um, aber Luttif führte ihn einfach weiter.

»Alles zu seiner Zeit«, sagte er, und Djamal war versucht, ihn zu fragen, wie er das meinte. Doch er tat es nicht, denn auch die Antwort käme zu der Zeit, die dafür richtig war.

Diese Erkenntnis ließ die Ruhe in seinen Körper zurückkehren.

MÜNCHEN

Montag, 04. September 1972, 7.10 Uhr

Ich weiß nicht mehr, was ich denken und fühlen soll. Der Boden unter mir schwankt, und ich finde keinen Halt.

ANGELIKA NOWAK

Angelika verließ mit Monika und Nicole ihre Unterkunft und wollte gerade die Tür hinter sich zuziehen, als Roman die Stufen heraufkam und den Flur betrat.

»Guten Morgen«, rief er, noch bevor er die drei jungen Frauen erreichte. »Geht es dir wieder gut?«

»Roman, wie schön!« Angelika freute sich, den jungen Israeli zu sehen. Um vor ihren beiden Teamkolleginnen kein Aufsehen zu erregen, beeilte sie sich, ihm zu versichern: »Ach, das war nicht der Rede wert. Ich bin manchmal etwas wetterfühlig, und es ist momentan ja ziemlich warm.«

Monika und Nicole warfen ihr einen fragenden Blick zu, doch sie ließen sich nichts anmerken.

»Kommst du nach?«, fragte Nicole, an Angelika gewandt.

Angelika nickte. »Ja, geht ruhig schon vor.« Als sich die beiden jungen Frauen in Bewegung setzten, lächelte sie Roman an. »Möchtest du reinkommen?«

»Gern. Wir können aber auch spazieren gehen«, schlug Roman vor.

»Gute Idee«, stimmte Angelika zu, doch dann dachte sie an

das, was sie gestern Abend erreicht hatte, und überlegte es sich anders. »Eigentlich wäre ich sowieso noch gern auf eine zweite Tasse Kaffee zum Frühstück geblieben«, sagte sie zu Roman. »Lass uns doch zusammen eine trinken.« Sie trat ein und hielt ihm die Tür auf. Er folgte ihr durch den Flur in die kleine Küche, wo sie ihn bat, am Küchentisch Platz zu nehmen, während sie eine Kanne mit Wasser füllte, um einen frischen Filterkaffee aufzusetzen.

Sie war froh, dass er gekommen war. Bevor sie gestern Abend noch einmal zu Viktor gegangen war, hatte er vor der Tür gestanden, hatte geklopft und ihren Namen gerufen. Doch Angelika hatte sich ganz still verhalten und keinen Mucks von sich gegeben, bis er unverrichteter Dinge wieder abgezogen war. Zwar hätte sie ihn auch da schon gern gesprochen, doch nach der Nachricht, die ihr die Freundin von Manfred, dem Polizisten, überbracht hatte, war es ihr wichtiger gewesen, erst einmal abzuwarten. Zum Glück hatten Monika und Nicole ihr die Ausrede abgenommen, dass sie müde sei und keine Lust hätte, mit ihnen über das Gelände zu schlendern. Sobald ihre Mitbewohnerinnen fort gewesen waren, hatte sie sich hingesetzt und einen Brief an Manfred geschrieben, den sie wie vereinbart hinter dem Feuerlöscher versteckt hatte. Später, Nicole und Monika waren bereits heimgekehrt, hatte sie behauptet, nun doch noch ein wenig frische Luft schnappen zu wollen, und war zum Feuerlöscher gegangen. Tatsächlich hatte Manfred ihr eine Nachricht hinterlassen, die sie eilig in der Hosentasche verschwinden ließ. Nach einer Weile war sie wieder hineingegangen, hatte sich im Bad eingeschlossen und seine Antwort dort gelesen. Sie hätte Luftsprünge machen können, dass Manfred ein so aufmerksamer Beobachter war. Bestimmt wäre es nicht vielen Menschen aufgefallen, wie verändert sie von einem Tag auf den anderen gewesen war, aber Manfred hatte es bemerkt, und er hatte ihr seine Hilfe angeboten, obwohl er sie kaum kannte.

Seit Viktors Ohrfeige hatte sie so viel nachgedacht, dass Kopfschmerz ihr ständiger Begleiter geworden war. Vor allem aber hatte das Verhalten ihrer beiden Trainer sie zum Umdenken bewegt. Nichts war mehr wie zuvor, und mit jeder Minute schien sie mehr den Boden unter den Füßen zu verlieren. Ihre Welt geriet zunehmend ins Wanken, und das, was sie nie zuvor für möglich gehalten hätte, trat ein: Sie zweifelte, ob sie weiterhin in der DDR leben wollte.

So oft hatte sie Geschichten Gleichaltriger gehört, die mit den Einschränkungen, die sie durch das Regime erfuhren, nicht umgehen konnten oder wollten. Sie hatte einige Male mit ihren Eltern darüber sprechen wollen, doch diese hatten sich stets bedeckt gehalten und waren nicht weiter darauf eingegangen, ganz so, als wollten sie nicht über etwas sprechen, was nicht sein durfte. Nun jedoch, da Angelika am eigenen Leib zu spüren bekommen hatte, wie groß der Druck war, den ein System, das sie nicht durchschaute, auf sie und offenbar in sehr viel größerem Maße auf ihre Trainer ausübte, konnte sie die Fragen nicht länger ausblenden, die ihr auf der Seele brannten. Sie hatte Viktor für einen guten Freund gehalten, und nun hatte sie erfahren müssen, dass er nur bei ihr war, um sie zu überwachen. Und nun war ihr auch noch klar geworden, dass ihr Trainer Wolfgang offenbar weit mehr als ihr Co-Trainer Viktor allein deshalb an ihrem Erfolg interessiert war, weil er untrennbar mit seinem eigenen Weiterkommen verbunden war. Ihn interessierte nur Angelika, die Sportlerin, der Mensch Angelika war ihm dagegen völlig gleich.

Angelika fühlte sich nicht nur hintergangen, mehr noch fragte sie sich, was mit ihr geschehen würde, wenn sie versagte. Was, wenn sie in drei Tagen nicht in der Lage wäre, ihre Leistung abzurufen? Vorher hatte sie sich nur daran gestört, dass sie mit keinem der ausländischen Reporter sprechen sollte und jedes ihrer Worte auf die Goldwaage gelegt wurde. Sie hatte gedacht, man wolle sie davor schützen, etwas Falsches zu sagen, was sie bei den ausländischen Medien womöglich in ein unvorteilhaftes Licht rückte. Auf die Idee, dass es ausschließlich um den Schutz des Regimes ging und nicht im Mindesten um sie selbst, wäre sie niemals gekommen. Nun fühlte sie sich einfach nur noch naiv und dumm. Aber was, fragte sie sich seit gestern immer wieder, sollte sie nun tun? Würde sich etwas ändern, wenn sie Spitzenleistungen brachte und womöglich sogar eine Goldmedaille einheimste? Würde das ihr Leben besser machen oder wenigstens konstant auf dem Level halten, auf dem es bislang gewesen war? Vor allem aber: Was würde sich ändern, wenn es ihr nicht gelang?

Nicole oder Monika wollte sie sich nicht anvertrauen, wer vermochte schon zu sagen, auf wessen Seite sie standen oder für wen sie arbeiteten? Schließlich hätte sie auch niemals gedacht, dass Viktor und Wolfgang als Spitzel für die DDR-Führung tätig waren! Sie hatte überhaupt keine Ahnung mehr, wem sie noch glauben konnte. Was, wenn Nicole und Monika ebenfalls den Auftrag bekommen hatten, Angelika auszuspionieren? Wie weit würden sie gehen, wenn es zu ihrem eigenen Vorteil gereichte?

Mit diesen Fragen im Kopf war sie gestern Abend noch einmal zu Viktor in die Nachbarwohnung gegangen und hatte diesen um ein Gespräch gebeten. Natürlich hatte sie ihm nichts von Manfred gesagt. Stattdessen hatte sie behauptet, sie würde das, was zwischen ihnen stand, gern aus der Welt schaffen. Viktor hatte sich erleichtert über die Annäherung gezeigt und ihr versichert, ihm wäre nichts wichtiger, als dass sie beide wieder ins Reine miteinander kamen. Sie hatten sich fast zwei Stunden lang unterhalten. Angelika hatte zwar nicht wirklich viel darüber erfahren, worin genau Viktors Aufgabe bestand und was er wann und wem zu melden hatte, doch er hatte Andeutungen gemacht. Anscheinend war er seinerzeit gar nicht ihretwegen, sondern vielmehr wegen Wolfgang eingesetzt worden. Wolfgang war früher ein überaus erfolgreicher Sportler gewesen und hatte ordentlich von der Unterstützung der Führung profitiert, weshalb davon auszugehen war, dass er Angelika in deren Sinne trainieren würde. Allerdings bereitete Wolfgang der Spitze aus einem anderen Grund Sorgen: Er sprach zu gern und zu oft dem Alkohol zu. Es musste auf jeden Fall vermieden werden, dass dieses persönliche Problem zu einem Problem der Führung wurde. Aus diesem Grund hatte man Viktor als eine Art Aufpasser für den Trainer eingesetzt. Als sich Angelikas Leistungen mit der Zeit immer mehr gesteigert hatten und damit gewisse Siegeshoffnungen verknüpft wurden, waren Viktors Aufgaben sozusagen stillschweigend erweitert worden. Gleichzeitig hatte man ihm deutlich gemacht, dass es unbedingt notwendig war, Angelika genau den richtigen Weg vorzugeben.

Viktor hatte mehrfach beteuert, dass die Freundschaft zu ihr nie gespielt gewesen war, er hatte sich wirklich wie ihr großer Bruder gefühlt, aber es wurde von ihm verlangt, dass er regelmäßig Bericht über ihr Verhalten erstattete. Wer Viktor womit unter Druck setzte und wem genau er Bericht erstattete, konnte – oder wollte – er nicht sagen.

Angelika war hellhörig geworden, als Viktor in einem Nebensatz herausgerutscht war, dass gerade hier in München von den »Kräften vor Ort«, wie er sie nannte, sehr genau beobachtet wurde, wer wann und wie mit den Sportlern der DDR in Kontakt trat. Immer wieder, ob nun bewusst oder nicht, war er darauf zu sprechen gekommen, dass die Befürchtung nahelag, dass der eine oder andere Sportler versuchen würde, die Olympischen Spiele zur Flucht zu nutzen.

Angelika hatte nur den Kopf geschüttelt und dreist behauptet, das könnte sie sich nun gar nicht vorstellen, schließlich hätten sie doch in der DDR, vor allem als Spitzensportler, alles, was man sich nur wünschen konnte. Sie hatte gelogen, dass sich die Balken bogen, hatte sie doch keine Ahnung, was geschehen würde, wenn sie sich nicht so verhielt, wie es von ihr erwartet wurde. Wenn sie nur wüsste, womit er unter Druck gesetzt wurde, könnte sie ihm vielleicht helfen, allerdings war sie sich immer noch unsicher, ob sie ihm wirklich vertrauen konnte.

Sie fühle sich nicht unfrei in der DDR, hatte sie entrüstet behauptet, allerdings wünsche sie sich die Freiheit zu sprechen, mit wem sie wollte, und dass man ihr aus einer völlig unbegründeten Sorge heraus verbot, sich mit Roman Gagarin zu treffen, mit dem sie sich einfach nur gut verstand, nicht mehr und nicht weniger, könne sie nicht nachvollziehen.

Letztendlich hatte Viktor ihr erlaubt, sich mit Roman zu treffen, wenngleich er darum bat, dies nicht in aller Öffentlichkeit zu tun. Er wollte nicht, dass die anderen sie sahen und er schlussendlich dafür zur Rechenschaft gezogen wurde. Angelika hatte es ihm versprochen und freute sich nun, dass sie mit Roman in ihrer Unterkunft einen Kaffee trinken durfte, ohne dass Viktor ihr deswegen Vorwürfe machte.

Sie nahm zwei Tassen aus dem Küchenregal und wollte ihm gerade einschenken, als er ablehnte. »Möchtest du keinen?«, fragte sie verwundert.

»Einfach ein Wasser, wenn du hast.«

»Na klar.«

Angelika holte eine Wasserflasche aus dem Kühlschrank und füllte ein Glas, das sie vor ihn auf den kleinen Tisch stellte, dann nahm sie ihre eigene Tasse und setzte sich Roman gegenüber.

»Was war denn los am Samstag?«, wollte er wissen.

»Wie ich schon sagte: Mir war einfach nur ein bisschen komisch. Ist längst wieder gut.«

»Ich dachte schon, du würdest mir aus dem Weg gehen.«

»Unsinn! Dazu hätte ich doch gar keinen Grund. Ganz im Gegenteil: Ich hoffe, dass wir diese Woche noch viel Zeit miteinander verbringen können.«

»Ja, das wäre schön«, stimmte Roman zu und trank einen Schluck.

»Bist du schon nervös wegen morgen?«, fragte Angelika und blies über ihren dampfenden Kaffee.

»Und wie.« Roman hielt seine flache Hand hoch und tat so, als würde er zittern. »Ehrlich gesagt kann ich es kaum noch erwarten. Mein erster Wettkampf bei den Olympischen Spielen. Es kommt mir vor wie ein Traum.«

»Ich weiß genau, was du meinst. Allein bei dem Gedanken, dass es in drei Tagen auch bei mir so weit ist, wird mir ganz schlecht vor Aufregung.«

»Siehst du morgen früh um halb zehn bei mir zu?«, fragte Roman.

»Das lasse ich mir bestimmt nicht entgehen«, versicherte sie ihm. »Schließlich will ich dabei sein, wenn du eine Medaille bekommst. Und wenn du mich dann im Publikum entdeckst, musst du mir einmal damit zuwinken, ja?«

»Versprochen.« Roman grinste schief. »Ich habe gestern noch einen Brief an meine Mutter geschrieben und ihr ausführlich von den Spielen berichtet. Ich möchte, dass sie sich die Stimmung hier vorstellen kann, wie friedlich alles ist und wie aufgeschlossen und freundlich die Menschen miteinander umgehen. Dich habe ich übrigens auch erwähnt.«

»Mich?«

Roman nickte.

Angelika sah, wie sich seine Ohren röteten, fast so, als wäre er verlegen. »Was hast du denn über mich geschrieben?«, wollte sie wissen.

»Nun, zum Beispiel dass es auch deine ersten Olympischen Spiele sind und dass du offenbar genauso sportbegeistert bist wie ich. Wer weiß, vielleicht kommst du ja mal nach Israel und lernst sie kennen …«

»Ehrlich gesagt halte ich das für ziemlich unwahrscheinlich.« Angelika schwieg einen Moment, dann fügte sie leise hinzu: »Es ist für uns in der DDR nicht einfach, rein zum Vergnügen irgendwohin zu reisen.«

»Dann sperrt man euch also tatsächlich dort ein?«, hakte Roman nach. »Irgendwie habe ich das bisher nicht so richtig geglaubt. Vermutlich weil ich den Sinn nicht ganz verstehe. Ich meine, weshalb sollte man nicht in seine Heimat zurückkehren wollen, wenn man für eine Weile fort war?«

»Eine wirklich gute Frage. Vor allem weil diese eingeschränkte Freiheit viele überhaupt erst dazu bringt, an Flucht zu denken, um das System hinter sich zu lassen.«

Roman sah sie einen Moment lang schweigend an, dann erkundigte er sich: »Ist alles in Ordnung mit dir, Angelika?«

»Aber sicher. Wieso fragst du?«

»Irgendwie wirkst du verändert auf mich. Ernster, würde ich sagen.«

»Aber nein, es ist nichts«, log sie. Was hätte sie auch sagen sollen? Dass ihre Welt seit zwei Tagen nicht mehr die gleiche war?

»Ich wollte dir nicht zu nahe treten«, entschuldigte sich Roman.

»Aber das tust du ja gar nicht. Ich …« Sie zögerte. »Du hast recht«, stieß sie dann hervor. »Ich war nicht krank, Roman. Mein Trainer wollte nur nicht, dass ich mich mit dir treffe.« Sie verstummte, erschrocken über sich selbst.

»Was? Warum nicht? Was habe ich denn getan?« Roman sah sie überrascht an.

»Nichts. Du bist nur eben kein DDR-Bürger. Und wer weiß, auf welch schreckliche Ideen du mich bringst?« Sie verdrehte die Augen.

»Meinst du das jetzt ernst?«, fragte Roman nach. »Oder ist das ein Scherz?«

Angelika seufzte. »Es ist leider kein Scherz. Ich weiß im Moment selbst nicht mehr, was ich denken soll.« Und dann sprudelte es förmlich aus ihr heraus. Sie erzählte ihm, wie sie ihren Co-Trainer am Samstagnachmittag ausgetrickst hatte, um unbemerkt in der Maximilianstraße einkaufen gehen zu können, und wie er darauf reagiert hatte. Außerdem berichtete sie vom Training am gestrigen Morgen und davon, dass sie Viktor am Abend aufgesucht hatte, um die Angelegenheit mit ihm zu bereinigen. Nur den Kontakt zu Manfred ließ sie unerwähnt.

»Du hast Angst, nicht wahr?«, fragte Roman betroffen, als sie endete.

Angelika nickte. »Und ich weiß nicht mehr, wie ich mich verhalten soll.« Sie konnte nicht verhindern, dass ihr die Tränen kamen.

Roman sah es, stand auf und nahm sie in die Arme. Eine ganze Weile hielt er sie so, während sie ihren Tränen freien Lauf ließ.

»Was würdest du denn an meiner Stelle tun?«, fragte sie Roman, als sie sich wieder gefangen und mit einem Stück Küchenrolle die Nase geputzt hatte.

Er schüttelte den Kopf und setzte sich wieder hin. »Das weiß ich wirklich nicht. Für meine Familie und mich stellte sich zeit meines Lebens immer nur die Frage, ob wir dort, wo wir waren, erwünscht sind. Niemals hat uns jemand mit Zwang an einem Ort zu halten versucht.«

»Also genau genommen das Gegenteil von meinem Leben und dem meiner Familie.« Angelika lächelte ihn aus traurigen Augen an.

Wieder schwiegen sie einen langen Moment. Dann sagte Roman: »Ich glaube, ich könnte das nicht.«

»Was?«

»Mich einsperren lassen. Ich meine, wenn ich die Geschichte meines Volkes bedenke, das allein zum Zweck der Vernichtung in Zwangslager gesteckt wurde, ist es ja naheliegend, dass ich hier, in Deutschland, noch mal einen ganz anderen Blick auf die Dinge habe. So ist es bei dir natürlich nicht. Ich glaube allerdings, du liegst richtig mit deiner Vermutung, dass deine Regierung mit ihrer Politik genau das Gegenteil von dem erreicht, was sie will. Wenn wir eingesperrt werden, reagieren wir Menschen nun mal unweigerlich mit dem Gedanken an Flucht. Rein instinktiv. Das

Regime schneidet sich also ins eigene Fleisch. So sagt man doch, oder nicht?«

»Doch«, stellte Angelika fest. »Genau so sagt man das.« Sie sah Roman von der Seite an. »Würdest du fliehen wollen?«

»Du meinst, wäre ich an deiner Stelle?«

Angelika nickte.

»Was ist mit deinen Eltern? Habt ihr ein enges Verhältnis?«

»Ich lebe bei ihnen. Sie sind komplett in das System der DDR eingebunden, würde ich sagen.«

»Hätten Sie irgendwelche Repressalien zu befürchten, wenn du den Aufbruch wagen würdest?«

»Ich weiß nicht. Vielleicht.« Sie knetete unsicher ihre Finger, die vor ihr auf dem Tisch lagen. »Und das will ich natürlich nicht riskieren. Vielleicht würde man sie auch nur befragen, ob sie etwas von meinen Plänen gewusst haben, und das können sie guten Gewissens verneinen.« Sie runzelte die Stirn. »Gerade fällt mir etwas ein, was mein Vater mal gesagt hat.«

Er sah sie interessiert an.

»Es ist jetzt ungefähr zwei Jahre her«, erinnerte sich Angelika. »Mein Vater sagte, egal, was komme, ich solle immer meinen eigenen Weg gehen. Meine Eltern hatten schon in Leipzig gelebt, bevor die Mauer gebaut wurde. Sie hätten gehen können, aber das haben sie nicht getan. Ich dagegen hatte nicht mehr die Wahl, zu gehen oder zu bleiben.« Sie hielt Romans Blick fest. »Eigenartig, dass mir das jetzt wieder einfällt.«

»Es klingt fast so, als hätte dein Vater geahnt, dass du irgendwann in diese Situation kommst.«

»Ja, genauso erscheint es mir jetzt auch.«

»Wenn du wirklich das vorhaben solltest, wonach es jetzt klingt, solltest du nicht mehr allzu lange zögern«, stellte Roman fest. »Hier in München hast du weit bessere Chancen, Hilfe bei der Flucht zu bekommen, als wenn du erst wieder zu Hause bist.«

»Ja, ich weiß. Es ist nur so …« Sie verstummte.

»Es ist nur wie?«, drängte Roman, als sie nicht weitersprach.

»Noch vor zwei Tagen hätte ich nicht im Traum daran gedacht, jemals die DDR zu verlassen. Und nun denke ich an fast nichts anderes mehr. Immer wieder gehen mir Bemerkungen meiner Eltern durch den Kopf, Kleinigkeiten nur, trotzdem habe ich mittlerweile das Gefühl, sie hätten mir damit über die Jahre etwas sagen wollen.«

»Vielleicht wollten sie das ja tatsächlich.«

»Und warum haben sie es nicht direkt ausgesprochen? Dann wüsste ich jetzt nämlich, was ich zu tun habe!«

Roman legte seine Hand auf ihre rastlosen Finger. »Vielleicht wollten sie erreichen, dass du selbst eine Entscheidung triffst.«

Angelika überlegte. »Weißt du, was auch eigenartig war?«

»Was?«

»Der Abschied von meiner Mutter, als ich mit der Gruppe nach München aufgebrochen bin. Sie hat mich angesehen, mich umarmt und gesagt, wir würden uns wiedersehen, und ich solle nur fest genug an mich glauben.«

»Das klingt wirklich, als hätte sie dir damit mehr zu verstehen geben wollen«, stellte Roman fest.

»Ja, allerdings. Doch ich Idiotin habe es überhaupt nicht kapiert. Genauso wenig wie ich kapiert habe, warum meine Mutter immer sagte, ich solle vorsichtig sein, sobald ich aus dem Haus ging, dabei hat sie sich einfach ständig Sorgen um mich gemacht.«

»Und was willst du jetzt tun? Ich meine, kann ich dir irgendwie helfen?«

Angelika überlegte. »Es ist lieb von dir, dass du das fragst. Erst mal werde ich meine Eltern anrufen. Ich muss einfach sicher sein, dass das, was ich tue, für sie in Ordnung ist. Aber du könntest tatsächlich etwas für mich tun.« Sie musterte Roman prüfend. Sollte sie ihm wirklich von Manfred erzählen? Ja, entschied sie dann. Manchmal musste man eben ein Risiko eingehen. »Es ist so«, begann sie etwas zögernd. »Es gibt einen Polizisten, den ich am Samstag ganz zufällig kennengelernt habe. Wir haben nur ein paar Worte gewechselt, und gestern habe ich ihn dann wiedergetroffen, ebenfalls durch Zufall. Viktor ist direkt dazwischengegangen, er wollte nicht, dass ich mit Manfred spreche.«

»Na, wenigstens scheint dieser Viktor nicht nur gegen mich etwas zu haben«, scherzte Roman in dem Versuch, die angespannte Stimmung aufzulockern.

Angelika lächelte. Dann erzählte sie Roman, wie Manfred über seine Freundin Kontakt zu ihr aufgenommen hatte und von den Briefen.

»Was hast du ihm geschrieben?«, fragte Roman gespannt.

»Nur dass ich von meinen Trainern unter Druck gesetzt werde und nicht mehr die Möglichkeit habe, mich in München frei zu bewegen. Nichts Konkretes. Und er hat mir geantwortet, er werde sich heute wieder melden.«

Roman überlegte. »Und jetzt? Ich meine, hat unser Gespräch etwas für dich geändert?«

»Ja, das hat es«, antwortete Angelika. »Ich weiß nun, dass ich nicht mehr nach Hause zurückkehren möchte.«

Roman nickte. »Verstehe. Aber wie kann ich dir denn nun konkret helfen?«

Angelika stand auf und fing an, in der kleinen Küche auf und ab zu gehen. »Ich würde Manfred gern einen weiteren Brief schreiben und ihm mitteilen, dass ich hierbleiben möchte. Die Spiele sind bald vorbei, es wäre daher gut, wenn du ihm meine Nachricht überbringst. Ich fürchte, ich verliere sonst kostbare Zeit.«

»Schreib den Brief, und ich bringe ihn diesem Manfred.« Roman stand ebenfalls auf. »Wie heißt er denn mit Nachnamen?«

Angelika schlug die Hand vor den Mund. »Ach herrje, das weiß ich gar nicht.«

Roman sah sie etwas ratlos an. »Es gibt bestimmt einige Polizisten hier, die Manfred heißen. Ich kenne auch einen. Er ist mit dem Journalisten befreundet, der unser Team betreut. Ein seltener Name ist es also nicht.«

»Vielleicht sollte ich den Brief dann lieber hinter dem Feuerlöscher platzieren und schreiben, dass er sich mit dir in Verbindung setzen soll. Natürlich nur, wenn du damit einverstanden bist. Ich möchte dich nicht ausnutzen.«

»Ich fühle mich bestimmt nicht von dir ausgenutzt«, versicherte Roman. »Außerdem hätte ich ja auch was davon.«

»Ach ja?«, fragte Angelika. »Und was?«

»Na, wenn du in Freiheit leben würdest, könntest du doch irgendwann mal nach Tel Aviv-Jaffa kommen und meine Familie und mich besuchen. Wir haben die schönsten Sonnenuntergänge, die du je sehen wirst, direkt über dem Mittelmeer.«

Angelika blieb stehen und schloss ihn spontan in die Arme. »Darauf freue ich mich heute schon!«

M Ü N C H E N

Montag, 04. September 1972, 7.32 Uhr

Wäre es einfacher für mich, angepasster zu sein? Oder verliere ich dadurch meinen eigenen Weg aus den Augen?

ROBERT GOLDMANN

Er schlug die Zeitung mit gemischten Gefühlen auf. Dass sein Artikel nicht erschienen wäre, war klar. Doch was würde stattdessen über die Spiele in der Zeitung stehen? Robert starrte auf die fetten Schlagzeilen, die ihm entgegensprangen:

KANNENBERG TRIUMPHIERT, ROSENDAHL VERPASST ZWEITE GOLDMEDAILLE
Ein Artikel von Hartmut Juncker

Robert verdrehte die Augen. Er hatte nichts gegen Hartmut, ganz im Gegenteil. Er war ein netter Kerl. Doch mit Journalismus, wie Robert ihn verstand, hatte Hartmuts Schreibe seiner Meinung nach nicht das Geringste zu tun. Trotzdem las er den Artikel:

Geher Bernd Kannenberg hat sich mit einer eindrucksvollen Leistung im Gehen über 50 km seine Goldmedaille erkämpft. Nachdem er am 31.08. über die 20 km hatte aufgeben müssen, ist der 30-Jährige stark zurückgekommen. Seinen eigenen Weltrekord, den er im Mai 1972 aufgestellt hatte, konnte er nicht erneut unterbieten, dennoch zeigte er sich nach dem Wettkampf sichtbar erleichtert. Christoph Höhne, Olympiasieger von 1968 aus der DDR, erreichte nur den 14. Platz.

Heide Rosendahl konnte nach dem eindrucksvollen Gewinn der Goldmedaille im Weitsprung im Fünfkampf der Frauen nicht erneut das oberste Treppchen erringen. Gegen die starke Mary Peters aus Großbritannien war sie in allen fünf Kategorien unterlegen und belegte einen guten zweiten Platz vor der DDR-Athletin Burglinde Pollak. Peters wurde insgesamt in vier der fünf Disziplinen Erste, nur im 100-Meter-Hürdenlauf belegte sie den zweiten Platz.

Am 10.09. hat Rosendahl die Chance auf eine weitere Goldmedaille. Gemeinsam mit Christiane Krause, Ingrid Mickler und Annegret Richter tritt sie bei den 4-mal-100-Meter-Sprints an. Vorher muss sich das Team am 09.09. in den Vorläufen qualifizieren. Deutschland drückt die Daumen!

MARK SPITZ AUCH ÜBER 100 METER FREISTIL UNBEZWINGBAR, STEINBACH WIRD ACHTER

Mark Spitz bleibt der Athlet der Olympischen Spiele 72. Im Finale der Männer über 100-Meter-Freistil holte er sich nicht nur seine nun schon sechste Goldmedaille dieser Olympischen Spiele, sondern stellte dabei auch den sechsten Weltrekord auf. Klaus Steinbach, der sich bis ins Finale gekämpft hatte, musste sich gegen die zu starke Konkurrenz geschlagen geben und wurde nur Achter.

Heute Abend hat Spitz die Chance, gemeinsam mit seinem Team um Tom Bruce, Mike Stamm und Jerry Heidenreich seine siebte Goldmedaille in 4-mal-100-Meter-Lagen zu holen. Wir drücken unseren Athleten Andreas Weber,

Walter Kusch, Lutz Stoklasa und Klaus Steinbach die Daumen, die für die Bundesrepublik Deutschland an den Start gehen.

VERFOLGER SETZEN SICH DIE KRONE AUF, THIMM BEI DBB-SIEG MIT 26 PUNKTEN

Die Radfahr-Männer der Vierermannschaft Verfolgung durften gestern jubeln. Nach dominanten Auftritten in der Ausscheidungsrunde und dem Halbfinale ließen Jürgen Colombo, Günter Haritz, Udo Hempel und Günther Schumacher der Konkurrenz aus der DDR und Großbritannien keine Chance und holten überlegen Gold für Deutschland.

Die deutsche Basketballnationalmannschaft konnte die Gruppenphase mit einem souveränen 72:62-Sieg gegen den Senegal beenden. In der olympischen Basketballhalle gab die Mannschaft eine gute Vorstellung. Bester Werfer war Norbert Thimm mit 26 Punkten. Morgen spielt das Team in der Zwischenrunde gegen Australien um die Plätze 9 bis 12. Ebenfalls in der Gruppe sind Spanien und Polen.

MÜNCHEN ZEIGT SICH VON SEINER BESTEN SEITE

Die Olympischen Spiele können bislang ihren hohen Ansprüchen mehr als gerecht werden. Vielfach wurde das natürliche und offene Design des Olympiaparks gelobt, ebenso wie das überaus freundliche Ambiente. Die zahlreichen Sehenswürdigkeiten und Kulturprogramme sorgen für ein willkommenes Gefühl bei den Athleten. Endlich erhält die Metropole München die Aufmerksamkeit, die sie schon seit Langem verdient. Die Olympischen Spiele 1972 werden der Welt lange in Erinnerung bleiben.

Robert faltete die Zeitung zusammen. Tja, das war es also, was die Welt lesen wollte. Es war ihm durchaus bewusst, dass er mit seinem Artikel davon so weit weg gewesen wäre wie die Sonne vom Mond. Stöhnend griff er zum Hörer und rief Beate in der Redaktion an.

»Hallo, Beate, hier spricht Robert. Robert Goldmann.«

»Guten Morgen, Robert. Du hast Glück, ich komme gerade zur Tür rein. Was kann ich für dich tun?«

»Na ja, ich denke, ich will einfach wissen, woran ich bin. Also kurz gesagt: Arbeite ich noch für die Zeitung oder nicht?«

»Ich habe schon mit deinem Anruf gerechnet.« Ihrer Stimme war anzuhören, dass sie lächelte. »Keine Sorge«, beruhigte sie ihn dann. »Du kennst den Chef ja. Er fährt hoch und poltert los, doch ebenso schnell beruhigt er sich auch wieder. Du musst dir also keine Gedanken machen«, erklärte sie.

»Also denkst du, ich sollte ruhig einen Artikel fertig machen?«

»Sicher. Er wartet noch immer auf deine persönlichen Einblicke ins israelische Team. Mach einfach etwas Schönes daraus, gib die positiven Eindrücke der Athleten wieder. Du bist ein guter Schreiber, Robert. So schwer kann das doch nicht sein.«

Ihm lag eine Erwiderung auf den Lippen, aber er schluckte sie hinunter.

»Geht klar, Beate. Ich frage die Sportler, ob sie einverstanden sind, dass ich sie zitiere, dann mache ich was fertig.«

»Klasse. Und nun werfe ich dich aus der Leitung und setze erst mal einen Kaffee auf. Ohne Kaffee ist mit dem Chef gar nicht gut Kirschen essen.«

»Danke, Beate. Wirklich. Ich weiß deine Hilfe zu schätzen.«

»Keine Ursache. Und vergiss nicht: immer positiv bleiben und freundliche, sonnige Spiele darstellen. Dann schreibt sich der Artikel wie von selbst.«

»Ich nehme einfach jede Tiefe aus den Gedanken und Überzeugungen der Athleten heraus und schreibe blanken Kitsch«, gab Robert mit einem tiefen Seufzer zurück.

»Wunderbar«, entgegnete Beate ungeachtet des Zynismus, der in Roberts Stimme mitschwang. »Damit schaffst du es bestimmt auf die Titelseite. Mach's gut, Robert.« Ohne seinen Gruß abzuwarten, legte sie auf.

Robert legte ebenfalls den Hörer auf die Gabel zurück, rückte seinen Stuhl gerade, spannte ein Blatt in die Triumph-Schreibmaschine und ließ die Hände über der Tastatur schweben. Jegliche Tiefe rausnehmen, ging es ihm durch den Kopf.

Er atmete tief durch, dann begann er zu schreiben und zwang sich auszublenden, wie falsch es sich anfühlte, einen solchen Mist zu tippen. Er stand noch am Anfang einer möglichen Karriere, und es wäre falsch, unbedingt mit dem Kopf durch die Wand zu wollen. Damit würde er sich auf ewig die Chance verbauen, das zu schreiben, was für ihn wichtig war. Nein, er musste sich in Geduld üben, auch wenn er genau das am wenigsten konnte. Auf jeden Fall aber musste er vermeiden, den recht dünnen Ast abzusägen, auf dem er saß. Er würde einfach die Zähne zusammenbeißen und tun, was von ihm verlangt wurde. Vorerst. Sobald er sich einen Namen gemacht und sich als Journalist etabliert hatte, wäre damit Schluss. Das schwor er sich jetzt schon. Aber der Punkt war noch nicht gekommen.

DIE HEITEREN OLYMPISCHEN SPIELE UND DER NEUE DEUTSCHE WEG, titelte er und atmete nochmals durch. Jegliche Tiefe rausnehmen, ging es ihm durch den Kopf, bevor er fortfuhr und erneut die Tasten anschlug. Und als er an Roman, den jungen israelischen Ringer mit der positiven Lebenseinstellung dachte, fiel es ihm tatsächlich nicht so schwer wie gedacht, den Artikel so zu verfassen, wie sein Chefredakteur ihn sich wünschte. Vielleicht lag es ja einfach nur an ihm selbst, dass er stets Schwarz in Schwarz malte.

MÜNCHEN

Montag, 04. September 1972, 9.07 Uhr

Ich bin Polizist geworden, um Menschen zu helfen. Das steht für mich über allem anderen.

MANFRED HOFMANN

Überrascht zog Manfred einen weiteren Brief hervor, als er seinen hinter dem Feuerlöscher verstecken wollte. Er hatte Angelika geschrieben, dass er ab Mittag offiziell wieder im Dienst sein würde und vorher noch ein Gespräch mit seinem Gruppenleiter führen wollte, um ihre Situation zu besprechen. Ohne seine Nachricht zu deponieren, nahm er das zusammengefaltete Blatt Papier, ließ es blitzschnell in der Hosentasche verschwinden und eilte über die Treppen wieder nach unten. Keinesfalls wollte er riskieren, dass Viktor Kramann, der die Unterkunft genau neben Angelikas hatte, ihn sah. Unten angekommen, entfernte er sich, so rasch er konnte, von dem Wohngebäude und blieb erst stehen, als er ein gutes Stück außer Sichtweite war. Dann entfaltete er Angelikas Brief und begann zu lesen:

Lieber Manfred,
seit gestern habe ich viel nachgedacht und auch mit einem Freund, den ich hier kennengelernt habe, über die Sache gesprochen. Sein Name ist Roman Gagarin. Er sitzt neben mir, während ich diese Zeilen schreibe, und er hat angeboten, als eine Art Bote zwischen uns zu fungieren. Mein

Co-Trainer Viktor kennt ihn. Ich habe ihm gestern Abend die Erlaubnis abgerungen, weiterhin Kontakt zu Roman haben zu dürfen unter der Voraussetzung, dass dieser nicht öffentlich ist. Schon aufgrund dieser Aussage gehe ich davon aus, dass ich unter Beobachtung stehe – und zwar nicht nur von Seiten meiner Trainer. Mir sind einige Gerüchte von anderen Sportlern meines Teams zu Ohren gekommen, dass es in München Spitzel gibt, die in der BRD leben, tatsächlich aber für die DDR arbeiten. Ich weiß also nicht, wem ich trauen kann – außer dir und Roman.

Ich hoffe, es ist nicht zu viel verlangt, wenn ich dich bitte, Kontakt zu Roman aufzunehmen. Ich kenne ja nicht einmal deinen Nachnamen, und es gibt bestimmt eine ganze Menge »Manfreds« bei der Polizei.

Es fällt mir nicht leicht, das zu schreiben, aber ich habe die Entscheidung getroffen, nicht in die DDR zurückzukehren, obwohl meine Eltern, die meine einzigen Angehörigen sind, dort leben. Ich weiß, dass sie mich verstehen werden.

Meine Wettkämpfe finden erst in drei Tagen, am 7. September, statt, und wenn ich mich ruhig verhalte, wird vorher niemand etwas von meinen Plänen bemerken. Kannst du mir helfen, oder kennst du Leute, die dafür sorgen können, dass ich nicht zurückmuss?

Sofern es mein Training erlaubt, werde ich immer nach der vollen Stunde zum Feuerlöscher gehen und nachsehen, ob du mir geantwortet hast, oder in Kontakt mit Roman bleiben. Vielen Dank für alles! Selbst wenn du nichts für mich tun kannst, weiß ich deinen Einsatz zu schätzen und danke dir, dass du es zumindest versucht hast.

Liebe Grüße

Angelika

Manfred ließ das Blatt sinken, dann faltete er es nachdenklich zusammen. Roman Gagarin war also ein Freund der jungen Frau. So klein war die Welt. Er kannte Roman durch seinen Freund Robert, der das israelische Team betreute. Es würde also ein Leichtes für ihn sein, sich mit dem jungen Ringer auszutauschen.

Manfred steckte den Brief zurück in die Hosentasche und machte sich auf direktem Weg zur Einsatzzentrale auf dem Gelände. Er ging im Kopf die Polizisten, die er kannte, und deren Funktionen durch, doch ihm wollte beim besten Willen niemand einfallen, der für so etwas zuständig sein könnte. Wen sprach man an, wenn man einer Person aus der DDR zur Flucht verhelfen wollte, und wie ging so etwas vonstatten? War es in der Kürze der Zeit, bis die Olympischen Spiele endeten, überhaupt organisatorisch machbar? Schließlich waren sie in der Bundesrepublik Deutschland, und der Amtsschimmel wieherte Manfreds Meinung nach weit lauter als anderorts. Fragen über Fragen wirbelten durch seinen Kopf, und er hatte nicht die geringste Ahnung, wo er Antworten darauf finden sollte, wusste nur, dass er alles tun würde, um Angelika die Freiheit zu ermöglichen. Bloß wie?

In der Einsatzzentrale ging er schnurstracks zu Susanne Lerbs. Wenn ihm jemand die richtigen Ansprechpartner nennen konnte, dann sie.

»Guten Morgen, Susanne«, grüßte er und blieb vor ihrem Schreibtisch stehen.

»Manni, guten Morgen. Hast du nicht erst heute Mittag Dienst?«, fragte die Polizeisekretärin überrascht, dann trat ein Lächeln auf ihr Gesicht. »Ah, ich verstehe. Die schöne Dolmetscherin, nicht wahr?«

Manfred erwiderte ihr Lächeln. »Da könnte was Wahres dran sein.«

»Ich gönne es dir.« Sie stieß sich an der Tischkante ab und rollte mit ihrem Schreibtischstuhl ein kleines Stück zurück, um die Beine zu strecken. »Was führt dich zu mir?«, fragte sie dann.

»Ich kann dir gern einen Kaffee anbieten, doch viel Zeit habe ich nicht für dich.« Sie deutete auf einen Stapel Unterlagen. »Das muss ich alles noch abtippen und Durchschläge davon machen.«

»Ich will dich auch gar nicht aufhalten«, versicherte Manfred. »Nur eine Frage: An wen kann ich mich wenden, wenn jemand Hilfe bei der Einreise in die BRD benötigt?«

»Kommt drauf an, was du mit ›Einreise‹ meinst«, erwiderte Susanne und sah ihn skeptisch an. »Reden wir hier von einem Asylverfahren oder etwas ganz anderem? Wo kommt denn dieser Jemand her?«

Manfred sah sich um und vergewisserte sich, dass niemand ihr Gespräch mithörte. »Aus der DDR.«

Susanne stieß einen leisen Pfiff aus. »Mensch, Manni, lass bloß die Finger von so was.« Sie runzelte die Stirn. »Oder geht es dabei um deine neue Flamme? Ich dachte, die käme von hier?«

»Linda?« Manfred schüttelte den Kopf. »Nein, um die geht's nicht. Die wohnt genau wie wir in München.«

»Und um wen geht's dann?«

»Es ist nicht böse gemeint, Susanne, doch ich habe versprochen, nichts zu sagen«, druckste er, da er Angelikas Identität so lange wie möglich geheim halten wollte.

»Verstehe«, erwiderte die Sekretärin gedehnt. »Also … Das Beste wäre wohl, ich würde Martin Langreder darauf ansprechen. Ich weiß, dass der sich um solche Dinge kümmert oder zumindest mal gekümmert hat.«

»Martin Langreder?«, wiederholte Manfred und schüttelte den Kopf. »Ich glaube, ich habe kein Gesicht zu dem Namen.«

»So ein Großer, Schlaksiger. Der war in letzter Zeit immer mal wieder hier. Gesehen hast du ihn bestimmt schon. Ist ein ganz ruhiger Kollege, aber sehr nett.«

»Ist er jetzt auch da?«

»Moment …« Susanne stand auf und ging zu dem Dienstplan, der hinter ihr an der Wand angebracht war. Sie hob das erste

Blatt und fuhr mit dem Zeigefinger eine Zeile entlang. »Martin hat um zehn Uhr Dienst. Er müsste also bald hier auftauchen.«

»Danke, Susanne.«

»Soll ich ihm was ausrichten, oder kommst du später noch mal vorbei?«

Manfred wollte gerade etwas erwidern, als Susanne mit dem Finger über seine Schulter zeigte. »Warte, das kannst du dir sparen.«

Manfred drehte sich um. Ein großer, dunkelhaariger Mann in der hellblauen Uniform der Olys kam auf sie zu.

»Morgen, Susanne«, grüßte er, dann sah er Manfred an. »Kollege.«

Manfred streckte ihm die Hand entgegen. »Manfred Hofmann«, stellte er sich vor.

»Martin Langreder«, erwiderte der andere, und sie schüttelten sich die Hände.

»Manfred würde gern kurz mit dir sprechen, Martin«, sagte Susanne.

Sein Polizeikollege sah ihn fragend an. »Ach ja? Wie kann ich helfen?«

»Können wir irgendwo in Ruhe miteinander reden?«, fragte Manfred. »Ich habe Susanne schon lange genug von der Arbeit abgehalten.«

»Klar. Ich muss mich nur erst einstempeln.« Martin ging zur Stempeluhr und steckte seine Karte ein. »Von mir aus können wir«, sagte er anschließend. »Susanne, richtest du Heinz bitte aus, dass ich die erste Runde ohne ihn drehe? In einer halben Stunde bin ich zurück.«

Susanne nickte. »Aber sicher, das mache ich.«

»Danke.«

Zusammen verließen die beiden Männer die Einsatzzentrale.

»Also«, begann Langreder, als sie sich draußen unter die Leute mischten. »Was kann ich für dich tun, Kollege?«

Manfred zog ihn in eine ruhige Ecke und beugte sich zu ihm. »Ich kenne jemanden, der als Sportler im Team der DDR ist und nach den Spielen nicht wieder nach Hause möchte.«

Martin sah ihn prüfend an. »Lehn dich lieber nicht zu weit aus dem Fenster«, riet er ihm dann. »Die Spitzel von denen sind hier überall. Die wollen um jeden Preis verhindern, dass ihre Sportler München schätzen lernen und nicht mehr zurückmöchten.«

»Also bist du noch aktiv? Susanne sagte nur, du hättest Erfahrung auf diesem Gebiet …«

»Ich hab nie aufgehört«, erwiderte Martin. »Um wen geht's denn konkret?«

»Solange ich nicht weiß, ob die Person das wirklich durchziehen möchte, will ich keinen Namen nennen.«

»Verstehe. In erster Linie solltest du vermeiden, unnötig Staub aufzuwirbeln. Ist das Gerücht erst mal in der Welt, hat der Betroffene es schwer, aus der Schraubzwinge wieder rauszukommen.«

»Kannst du mir einen kurzen Überblick geben, wie so was ablaufen könnte?«

»Sicher. Also erst mal besteht auf ganz legalem Wege die Möglichkeit, einen Antrag auf dauerhafte Ausreise einzureichen.«

»Und das ist erfolgreich?«

Martin grinste. »Natürlich nicht. Die wollen nur die loswerden, die Kosten verursachen.« Manfred sah Martin fragend an. »Rentner«, erklärte Martin. »Sie bringen dem Staat nichts mehr ein.«

»Verstehe. Und was gilt für alle anderen?«

»Für die ist es nicht so einfach. Die da drüben arbeiten nicht schneller als wir, es kann Monate oder Jahre dauern, bis so ein Antrag durch ist.«

»Jahre?«, fragte Manfred. »Aber die Person möchte so schnell wie möglich da raus.«

»Das ist nicht machbar. Dein Sportler wird noch eine Weile

in der DDR bleiben müssen und in der Zeit sicherlich kein Liebling des Regimes sein. Seine Karriere kann er sich abschminken.«

Manfred schüttelte den Kopf. »Es muss doch noch einen anderen Weg geben.«

»Natürlich, aber der ist nicht sauber. Welche Informationen hat dein Freund, und was taugen sie?«

»Informationen?« Manfred sah Martin verständnislos an.

»Na klar. Was kann er uns dafür bieten, dass wir ihm helfen?«

Das wurde ja immer besser! Manfred atmete tief durch, dann sagte er: »Ich fürchte, keine. Er will einfach nur weg von da.«

»Und was hätten wir davon? Ich meine, so was zieht für gewöhnlich jede Menge Ärger nach sich.« Sie setzten sich wieder in Bewegung. »Überleg doch mal«, fuhr Martin fort. »Die DDR-Leutchen kommen mit ihrer gesamten Entourage hierher, und wir machen ihnen ihre Sportler abspenstig. Was glaubst du wohl, wie begeistert die darüber sein werden?« Er verzog das Gesicht zu einer spöttischen Grimasse. »Nein, nein, der Kerl muss schon irgendwas mitbringen, was den Ärger lohnt.«

Manfred schwieg eine Weile, bevor er nachdenklich entgegnete: »Ich fürchte wirklich, da ist nichts. Er will einfach nur in Freiheit leben und ohne den Druck, den die da drüben ausüben. Denkst du wirklich, da ist nichts zu machen?«

Martin zuckte die Achseln. Aus den Augenwinkeln sah Manfred, wie sich seine Lippen zu einem schiefen Lächeln verzogen. »Na ja, wir sind die Guten«, lenkte er ein. »Bestimmt können wir trotzdem was machen. Wenn er schon mal hier ist, dürfte es ja kein allzu großes Problem sein.«

Manfred wusste nicht, was er davon halten sollte. »Also, wie kann so was laufen?«, fragte er schließlich. Dass Martin offenbar ein Tauschgeschäft im Sinn gehabt hatte, behagte ihm gar nicht.

»Wie ist denn der Status deines Bekannten?«, fragte Martin. »Hat er Familie in der DDR, ist er allein, hat er hier Freunde oder Bekannte, bei denen er unterkommen könnte?«

»Seine Eltern leben drüben. Soweit ich weiß, hat er hier niemanden«, antwortete Manfred.

»Und will er auch seine Eltern rüberholen?«

Manfred zuckte die Schultern. »Ich glaube nicht.«

»Gut«, befand Martin. »Denn das wäre ein ganz anderes, weit größeres Problem und nicht mal eben schnell gemacht. Wenn dein Freund hier bei den Olympischen Spielen ist, hat er die größte Schwierigkeit nämlich schon überwunden: den ›antifaschistischen Schutzwall‹, wie das Ostregime die Mauer gern nennt. Der Rest dürfte im Grunde ein Kinderspiel sein. Eine kleine Ablenkung und ein bisschen Verwirrung, und schon verschwindet er auf Nimmerwiedersehen. Allerdings darf nichts offiziell mit uns in Verbindung gebracht werden. Sonst ist die Kacke am Dampfen.«

Manfred verlangsamte seinen Schritt und ließ den Blick über den zwei Meter hohen Sicherheitszaun schweifen, der das Areal umgab. Dahinter ging der normale Münchner Alltag weiter. Ein Leben diesseits und jenseits des Zauns. Ein Leben diesseits und jenseits der Mauer. Er drehte sich zu Martin um.

»Was muss ich tun?«, fragte er entschlossen.

»Erst mal gar nichts. Gib mir den Namen, und ich nehme unauffällig Kontakt zu ihm auf, um mich zu überzeugen, dass er die Wahrheit sagt und nicht möglicherweise ein Spitzel ist, der uns auffliegen lassen will.«

»Er ist kein Spitzel«, versicherte Manfred.

»Und das weißt du woher?«

»Weil er sich erst jetzt zur Flucht entschieden hat. Anscheinend hatte er Ärger mit seinen Trainern.«

»So ganz spontan?« Martin blieb kopfschüttelnd stehen. »Das glaub ich nicht. Meiner Erfahrung nach geht dem Wunsch nach einem freien Leben in der BRD ein reifliches Abwägen von Für und Wider voraus. Was, wenn dein Freund es sich vielleicht nicht gründlich genug überlegt hat? Was, wenn wir alles angehen und er es sich anders überlegt? Dann stehen wir am Ende mehr als nur dumm da.« Auch er schaute nun auf den Zaun, hinter dem sich die Trainings- und Aufwärmplätze befanden. Die ersten Sportler trainierten bereits. »Ist deinem Sportlerfreund eigentlich klar, dass seine Karriere mit dem Tag, an dem er in die BRD flieht, beendet ist?«

»Darüber haben wir noch nicht gesprochen.«

Martin setzte sich wieder in Bewegung. »Ich will dir nicht zu nahe treten, Manfred, aber irgendwie hab ich das Gefühl, du weißt nicht allzu viel über die Motive von diesem Kerl.«

»Du hast recht«, gestand Manfred ein. »Und im Grunde geht es mich auch überhaupt nichts an. Er hat mich um meine Hilfe gebeten, und die will ich ihm geben.«

Martin schüttelte erneut den Kopf. »Ne, mein Freund, so läuft das nicht. Du bist Polizist, und alles, was du tust, fällt auf deinen Arbeitgeber zurück, die Bundesrepublik Deutschland. Wenn ich dir einen Rat geben darf, vergiss den Scheiß. Sprich mit deinem Kumpel und sag ihm, du hast es versucht, kannst ihm aber nicht helfen. Bei der Sache könntest du deinen Job verlieren. Die Probleme von dem Kerl sind nicht deine, also mach sie nicht dazu.«

»Und wenn ich nicht als Polizist handle, sondern als Privatperson?«

»Dann musst du auch das Problem als dein privates ansehen.«

Mit gesenktem Kopf ging Manfred weiter. »Es muss doch irgendeine Möglichkeit geben ...« Plötzlich spürte er Martins Hand auf seiner Schulter.

»Gib mir Bescheid, wenn du inoffiziell Hilfe brauchst. Susanne weiß, wo ich zu finden bin.« Er drehte sich um und schlug den Rückweg zur Einsatzzentrale ein. »Ich muss mich beeilen. Mein Partner Heinz wartet bestimmt schon auf mich.«

»Wie kommst du darauf, dass ich's ohne deine Hilfe durchziehe?«, rief Manfred ihm hinterher.

Martin blieb stehen. »Ist nur so ein Gefühl. Du bist nicht der Typ, der einfach so aufgibt.«

Manfred sah ihm nach. Wirklich schlau wurde er aus seinem Kollegen nicht. Kurz überlegte er, was er tun sollte. Gestern war sein erster Gedanke gewesen, sich bei seinem Bereichsleiter zu erkundigen, wie man Angelika helfen könnte, nun jedoch fürchtete er, dass das nicht sonderlich klug wäre. Was, wenn aufflog, dass ein Polizist einer DDR-Sportlerin zur Flucht verhelfen wollte? Es würde einen Riesenwirbel geben, der ihn am Ende seinen Job kostete, für den er viele Jahre hart gearbeitet hatte. Nach dem Gespräch mit Martin war ihm klar, dass er als Privatperson handeln musste, ohne die Unterstützung seiner Kollegen von der Polizei. Was kein gutes Gefühl war. Gedankenverloren schlenderte er weiter am Zaun entlang und bemerkte Linda erst, als sie direkt vor ihm stand.

»Erde an Manfred! Kannst du mich hören?«

Er zuckte zusammen. »Linda!«

»Ja, allerdings. Ich winke dir schon eine ganze Weile zu, doch du hast einfach durch mich hindurchgesehen.« Sie schlang die Arme um seinen Hals und küsste ihn auf den Mund. »Ist was? Du wirkst, als wärst du ganz woanders.«

Manfred erwiderte ihren Kuss und atmete tief ihren zitronigen Duft ein, doch heute konnte er sich gar nicht recht darauf konzentrieren. »Ja«, gab er zu, »ich war wirklich nicht ganz da. Entschuldige.«

»Lag das an dem Gespräch mit deinem Kollegen eben? Ihr wirktet ja ziemlich ernst.«

Manfred wollte gerade antworten, als er in einiger Entfernung drei Sportler des israelischen Teams vorbeigehen sah. Er reckte den Hals, um zu sehen, ob sich auch Roman Gagarin darunter befand.

»Du, Linda, ich möchte dich nicht abwimmeln, aber ich habe da jemanden entdeckt, mit dem ich unbedingt reden muss. Sehen wir uns heute Mittag?«

Sie schaute ihn verwirrt an, aber sie nickte.

Manfred setzte sich in Bewegung, um die drei Israelis einzuholen. »Gleiche Zeit, gleicher Ort?«, fragte er schon im Laufen und sah, wie sie erneut nickte. »Roman!«, rief er laut, als er noch etwa fünf oder sechs Meter von den Männern entfernt war. Sofort drehte der Ringer sich um. Auch seine beiden Kollegen blieben stehen.

»Kann ich kurz mit dir sprechen?«, fragte Manfred im Näherkommen und nickte den beiden anderen Männern zu.

Roman sagte etwas zu seinen Begleitern, dann schloss er sich Manfred an, der den Weg zum See einschlug.

»Es geht um Angelika«, sagte Manfred so leise, dass nur Roman ihn verstehen konnte. Dieser stoppte abrupt.

»Dann bist du der Polizist, den sie kennengelernt hat?«

»Ja, das bin ich.«

Roman konnte sich ein breites Grinsen nicht verkneifen. »Und ich habe mich schon gefragt, wie viele Polizisten es hier wohl gibt, die Manfred heißen.« Dann wurde seine Miene ernst. »Kannst du ihr helfen?«

»Ich weiß es nicht«, gab Manfred ehrlich zur Antwort. »Offen gesagt kommt das alles ziemlich überraschend für mich.«

»Ich glaube, für Angelika auch«, stellte Roman nachdenklich fest.

»Und genau das ist das Problem«, sagte Manfred. »Genauer gesagt eines von vielen. Ich bin mir nicht sicher, ob sie das alles wirklich zu Ende gedacht hat.«

»Das kann ich dir ehrlich gesagt auch nicht beantworten.« Der junge Ringer setzte Manfred mit knappen Worten über das ins Bild, was Angelika ihm am gestrigen Abend anvertraut hatte.

»Dann ist sie also Einzelkind und geht aufgrund einiger dubioser Andeutungen ihrer Eltern davon aus, dass diese ihre Flucht gutheißen würden«, stellte Manfred fest, als der Ringer geendet hatte. »Ist ihr eigentlich bewusst, dass eine Flucht das Ende ihrer sportlichen Karriere bedeutet?« Roman zuckte die Schultern.

Sie erreichten den See und gingen nun langsam den schmalen Fußweg entlang, der darum herumführte.

»Sie muss sich zu hundert, nein zu tausend Prozent sicher sein, dass es das ist, was sie will«, fuhr Manfred fort. »Und noch etwas muss ihr bewusst sein: Auch wenn sie dann in der BRD lebt, wird man sie nicht so leicht aufgeben. Gut möglich, dass man versuchen wird, sie zurückzuholen. Angelika wird zumindest für die nächsten Jahre ein Leben führen müssen, bei dem sie ständig über die Schulter sieht. Selbst wenn es ihr gelingt, ihren Bewachern zu entkommen, weiß niemand, was anschließend auf sie zukommt.«

»Denkst du wirklich, dass es so schlimm werden könnte?«

»Ja«, sagte Manfred. »Ehrlich gesagt bin ich davon sogar überzeugt. Bestimmt gibt es Mittel und Wege, dem zu entkommen, aber das Leben, das sie kennt, wird ein für alle Mal vorbei sein. Daran gibt es nichts zu rütteln.«

»Ich werde mit ihr sprechen«, versprach Roman, »und es ihr genauso deutlich sagen, wie du es mir jetzt gesagt hast.«

»Gut. Tu das. Ich habe ab ein Uhr offiziell Dienst und bin dann bis heute Abend hier. Wollen wir uns später noch mal treffen?«

»Wir gehen heute Abend ins Theater zu *Anatevka*. Das will ich auf keinen Fall verpassen. Aber ich werde versuchen, vorher noch ein Gespräch mit Angelika zu führen. Wenn es dir recht ist, komme ich entweder am frühen Abend oder gleich morgen früh zum Polizeigebäude.«

»Prima, das passt. Du kannst gern in die Einsatzzentrale kommen, allerdings werde ich morgen nicht vor neun Uhr dort sein. Sagen wir doch einfach, du kommst um zehn?«, schlug Manfred vor.

»Zehn Uhr«, überlegte Roman. »Ja, das klappt noch. Aber nicht später. Morgen ist nämlich mein großer Tag, da habe ich endlich meinen ersten Wettkampf.«

Manfred pfiff durch die Zähne. »Wenn ich es irgendwie einrichten kann, werde ich kommen und zusehen«, versprach er.

»Danke.« Roman strahlte über das ganze Gesicht. »Ich hoffe nur, dass ich heute Nacht vor Aufregung überhaupt schlafen kann.«

»Ach, wenn ihr euch heute Abend ein so wundervolles Musical wie *Anatevka* anseht, dann träumst du einfach davon. Ich war auch schon einmal im Deutschen Theater, hat mir gut gefallen.« Manfred reichte Roman die Hand. »Ich finde es großartig, dass du Angelika zu helfen versuchst, obwohl du sie erst hier kennengelernt hast. Das würde nicht jeder tun.«

»Du schon«, gab Roman freundlich zurück und schüttelte Manfred die Rechte. »Dann bis morgen, Manfred.«

»Ja, bis morgen, Roman. Und viel Spaß heute Abend.«

»Danke«, gab der Israeli zurück und eilte seinen Teamkameraden hinterher. Manfred sah ihm nach. Die Freude des jungen Mannes auf den bevorstehenden Wettkampf war mitreißend. Auf keinen Fall würde Manfred sich dieses Ereignis morgen entgehen lassen, komme, was da wolle.

M Ü N C H E N

Dienstag, 05. September 1972, 4.05 Uhr

Ich bin entschlossener als je zuvor und werde alles tun für mein geliebtes Palästina, meine Heimat.

DJAMAL RAHMAN

Der Trainingsanzug, den er hatte anziehen müssen, war ihm mindestens eine, eher zwei Nummern zu groß. Doch Djamal wollte die Ärmel nicht umkrempeln, weil er fand, dass er dann albern aussah. Und es war ja auch unwichtig, solange ihn das Kleidungsstück nicht an dem hinderte, was er vorhatte.

Seit gestern Abend wussten sie alle, was das Ziel ihres Einsatzes war. Sie waren im Bahnhofsrestaurant gemeinsam essen gegangen, und Luttif hatte ihnen mitgeteilt, dass das Warten nun ein Ende hatte. Djamal hatte ein Kribbeln in den Fingerspitzen gespürt und Gänsehaut bekommen, als ihr Anführer ihnen endlich mitteilte, was man von ihnen erwartete. Sie würden die israelische Delegation als Geiseln nehmen und so die Freilassung von über zweihundert ihrer palästinensischen Freunde erzwingen. Die Welt würde ihnen dabei zusehen und begreifen, dass Palästina nicht länger schweigen würde angesichts des Unrechts, das ihm zugefügt wurde. Gewehrsalven würden die Menschen erzittern lassen, und jeder würde wissen, dass die Zeit ihrer Flucht vorbei war. Dann wären sie nicht mehr klein und unsichtbar für die Welt. Sie würden aus dem Schatten treten und alle auf das an ihnen begangene Verbrechen aufmerksam machen. Endlich konnte er etwas gegen die verhassten Israelis tun. Endlich! Wie lange hatte er darauf gewartet!

Nun hielten sie mit ihren bis obenhin mit Waffen gefüllten Sporttaschen auf den Zaun zu, über den sie klettern wollten, um auf das Gelände des Olympiadorfs zu kommen. Der Zaun war nicht besonders hoch, es wäre ein Leichtes, ihn zu überwinden. Alles um sie herum war vollkommen ruhig, Djamal hörte nur seinen eigenen Atem und das Blut, das in seinen Ohren rauschte. Obwohl es angenehm kühl zu dieser frühen Stunde war, hatte Djamal das Gefühl, als würde er am ganzen Körper glühen.

»Legt die Taschen ab«, befahl Luttif. »Denawi, du gehst als Erster rüber.«

Adnan, dessen Operationsname »Denawi« war, zögerte keinen Augenblick, fasste in das Gitter und kletterte hinauf, während Luttif sein Bein nahm und ihn stützte. Von jetzt an würden sie sich nur noch mit ihren Decknamen ansprechen, Luttif nannte sich »Issa«, Yusuf »Tony«, Afif »Paolo«. Mohammed war »Badran«, Jamal »Samir«, Ahmed »Abu Halla«. Er selbst hieß »Salah«.

Djamal zuckte zusammen, als wie aus dem Nichts eine Gruppe von Männern hinter ihnen auftauchte. Erschrocken sah er erst zu Luttif, dann zu Yusuf. Luttif bückte sich und kontrollierte den Reißverschluss seiner Sporttasche, in der sich, wie in allen anderen Taschen auch, Waffen befanden.

»Hey guys, wait!«, rief einer der Männer, offenbar ein Amerikaner, der genau wie seine Begleiter sichtlich angetrunken war, zu ihnen herüber. *»We'll help you and you'll help us«*, lallte er und lachte auf.

Djamal schluckte, während Luttif sich langsam wieder aufrichtete.

»Okay. Let's do it«, sagte er, nahm seine Sporttasche und warf sie Adnan über den Zaun zu. Djamal sah es und tat es ihm gleich.

Einer der Amerikaner trat zu Djamal und verschränkte die

Hände so, dass Djamal hineintreten und mit Schwung über den Zaun kommen konnte. Auf der anderen Seite angekommen, sah er zu, wie sich die Amerikaner und seine Leute wechselseitig halfen. Als alle drüben waren, winkten die Amerikaner ihnen lachend und torkelten lallend in die andere Richtung. Luttif rief ihnen einen Dank zu. Er wartete, bis sie weg waren, dann machte er ihnen ein Zeichen. »*Yallah!* Kommt! Gehen wir.«

Djamal kam es vor, als wäre das, was er gerade erlebte, ein Traum. Die Szene soeben am Zaun machte alles noch unglaubwürdiger. Doch es war real. Er war hier. Und wie seine Begleiter wusste er genau, was seine Aufgabe war. Luttif hatte sie genau instruiert. Nun führte er sie auf direktem Weg zu einem der Gebäude, zog einen Schlüssel hervor und schloss auf. Niemand fragte, woher er den Schlüssel bekommen hatte. Wie gut Luttif vorbereitet war!, stellte Djamal mit einem Gefühl der Bewunderung fest. Wie sicher er sie alle zu führen verstand, damit sie ihr gemeinsames Ziel erreichten.

Adnan hatte die Aufgabe, am Eingang zu warten und das Gebäude von außen zu sichern, während die sieben anderen die Stufen hinaufliefen. Vor der ersten Tür blieben sie stehen, öffneten ihre Sporttaschen und holten die Waffen hervor. Dann stellten sie sich, die Kalaschnikows nach oben gerichtet, rechts und links von der Tür auf.

Djamals Herz klopfte so laut, dass er dachte, alle anderen müssten es hören. Luttif legte sein Ohr an die Tür. Djamal konnte nicht genau erkennen, ob er auch für dieses Schloss einen Schlüssel hatte oder wie er die Tür öffnete, doch schon im nächsten Moment sprang sie auf, und Luttif stürmte hinein. Die anderen folgten. Offenbar war ihr Eindringen bereits bemerkt worden, denn schon im Flur sah Djamal, wie sich ein Mann, nur mit Unterwäsche bekleidet, auf Luttif stürzte und diesen hinauszudrängen versuchte. Yusuf eilte ihm zu Hilfe, sie rangen miteinander. Luttif versuchte, sich aus dem Griff des Israelis zu befreien.

Mohammed und Ahmed stürmten hinzu und prügelten auf den Israeli ein. Durch den Lärm alarmiert, kam ein weiterer Israeli hinzu. Djamal riss sein Gewehr hoch und stieß es dem Israeli direkt ins Gesicht. Ein Schuss fiel, und von einem Moment auf den anderen bewegte sich keiner mehr. Djamal sah, dass der Israeli, der Luttif angegriffen hatte, eine Kugel quer durch die Wange abbekommen hatte. Eine Sekunde später holte Luttif aus und schlug den anderen Israeli mit dem Gewehr zu Boden.

»Kein weiterer Schuss, wenn es nicht unbedingt sein muss«, ordnete er an und sah zu Ahmed, der die Kugel auf den Israeli abgefeuert hatte. Dieser nickte stumm.

Der getroffene Israeli hielt sich die blutende Wange. Djamal konnte sehen, dass er vollkommen geschockt war.

Auf Englisch befahl Luttif den beiden, keinen weiteren Widerstand zu leisten, da sie die nächsten Kugeln bestimmt nicht überleben würden. Dann drückte er dem mit der durchschossenen Wange ein Tuch in die Hand und forderte ihn auf, sie zur Unterkunft der anderen Israelis zu bringen. Der Mann zögerte. Erst als Luttif die Kalaschnikow auf den Kopf seines Teamkollegen richtete, tat er, was von ihm verlangt wurde.

Sie stießen die nur mit Unterwäsche bekleideten Männer vor sich her über den Flur. An der dritten Tür blieb der Mann mit der Schusswunde stehen. Plötzlich wurde diese geöffnet, und ein Mann, offenbar durch die Geräusche geweckt, trat heraus. Als er sie sah, gab er Afif einen kräftigen Stoß, warf sich herum und lief los. Der Israeli mit der Schusswunde drehte sich blitzschnell um und warf sich Yusuf, der die Verfolgung aufnehmen wollte, in den Weg.

Schüsse fielen, und Luttif brüllte: »Hinterher!«

Sofort nahm Djamal die Verfolgung auf und stürmte hinter dem Flüchtenden her die Treppen hinunter. Der Israeli rannte um sein Leben. Djamal war ihm dicht auf den Fersen, legte an und feuerte, doch der Mann rannte einfach im Zickzack weiter, ohne sich umzudrehen, bis er die Tiefgarage erreichte und aus Djamals Blickfeld verschwand. Djamal blieb stehen und ließ keuchend die Waffe sinken. Als sich sein Atem wieder beruhigte, versuchte er, Schritte zu hören, aber alles blieb still. Gebückt ging er von Fahrzeug zu Fahrzeug und spähte darunter, in der Hoffnung, dass der Mann sich dort versteckte – vergeblich. Der Israeli war nirgendwo zu sehen.

Am Ende der Tiefgarage blieb Djamal stehen. Was sollte er nur tun? Noch einmal schritt er die gesamte Fläche ab, bückte sich wieder und wieder, dann kehrte er zurück in das Haus in der Connollystraße 31 mit seiner blauen Eingangstür. Auf dem Flur war niemand mehr. Er eilte zum dritten Apartment und klopfte. Sofort öffnete Afif ihm die Tür.

»Er ist weg«, stieß Djamal hervor und starrte auf einen am Boden liegenden Mann, dessen Körper von Kugeln durchsiebt war. Es war der mit der durchschossenen Wange. Einen Moment haftete Djamals Blick auf dem Leichnam. Er war zum Kämpfen ausgebildet worden, doch niemand hatte ihnen für diesen Einsatz einen Schießbefehl gegeben.

Der Anblick des zerfetzten Körpers vor seinen Füßen veränderte alles. Nicht dass er es besonders schockierend fand, den Mann, der dem anderen zur Flucht verholfen hatte, tot hier liegen zu sehen, es war vielmehr der Gedanke, dass sich ihre Lage dadurch veränderte. Natürlich war jedem von ihnen klar gewesen, dass es Tote geben könnte, schwer bewaffnet, wie sie hier hineingekommen waren. Doch da es nicht das Ziel gewesen war, die Israelis zu töten, war schon jetzt klar, dass trotz der guten Vorbereitung leider nicht alles so lief, wie sie es sich vorgestellt hatten. Diese Erkenntnis beunruhigte Djamal, wenngleich sie nichts an seiner Entschlossenheit änderte. Er stieg über den Leichnam hinweg und trat in den angrenzenden Raum, in dem sich zehn Israelis und seine eigenen Leute befanden. Adnan – »Denawi« – hatte seinen Wachposten vor dem Haus verlassen und war zu ihnen nach oben gekommen. Auch hier lag ein Mann auf dem Boden, in der Mitte des Raumes, angeschossen, während die anderen rechts und links aufgereiht auf den Betten saßen.

»Er ist entkommen, Issa«, sagte Djamal zu Luttif, was dieser mit einem Kopfnicken zur Kenntnis nahm.

»Unser Freund braucht Hilfe«, meldete sich einer der Israelis zu Wort und bat darum, den in der Mitte Liegenden zu versorgen. Luttif und Yusuf tauschten einen Blick.

»Wenn ihr nicht tut, was wir euch sagen, geht es euch genauso wie dem da«, stellte Yusuf fest und sah die Geiseln, die mit gesenkten Köpfen dasaßen, der Reihe nach an.

»Salah«, sprach Luttif Djamal nun mit dem Namen an, den er bei dieser Operation trug.

Djamal blickte auf. »Ja, Issa?«

»Du bleibst zusammen mit Denawi hier und passt auf«, ordnete er an.

Djamal nickte nur. Dann verließen Yusuf und Luttif zusammen das Zimmer.

Djamal blieb im Türrahmen stehen. Er wusste nicht, was als Nächstes geschehen würde, und konnte somit nur die weiteren Anweisungen der Anführer abwarten. Das Hochgefühl von vorhin, der Stolz, endlich etwas tun zu können, war verschwunden. Gestern Abend hatte Luttif es ihnen allen noch einmal deutlich gesagt: Niemand sollte getötet und am besten kein einziger Schuss abgegeben werden. Und wenn, dann nur in die Luft, um deutlich zu machen, dass es ihnen ernst war. Nun aber, mit der Leiche im Flur und dem schwer verletzten Israeli vor ihm auf dem Boden, war die Situation eine andere, und Djamal ahnte, nein er wusste, dass sich dadurch alles verändert hatte.

MÜNCHEN

Dienstag, 05. September 1972, 4.55 Uhr

Ich weiß nicht, was geschehen ist. Es ist wie ein Albtraum, und ich ringe darum, endlich aufzuwachen.

ROMAN GAGARIN

Roman konnte nicht anders, als starr auf Josef Romano zu blicken, der mit dem Gesicht nach unten vor ihm auf dem Boden in der Mitte des Zimmers lag, schwer verletzt und so stark blutend, dass für ihn schon bald jede Hilfe zu spät käme. Wie konnte das nur geschehen? Und vor allem, was war geschehen? Er hatte Geräusche wahrgenommen, die ihn aus dem Schlaf gerissen hatten. Im ersten Moment dachte er, jemand hätte draußen ein Feuerwerk gezündet oder ein Auto mit einer Fehlzündung wäre losgefahren. Doch bevor er auch nur einen einigermaßen klaren Gedanken hatte fassen können, waren mehrere vermummte Männer ins Zimmer gestürmt, hatten ihn und seine Kollegen mit Gewehrkolben geschlagen und sie angeschrien, dass sie sich auf den Boden knien sollten, sonst würden sie erschossen. Dann hatte man sie aus dem Schlafzimmer hierhergetrieben, vorbei an Mosche Weinbergers von Kugeln durchsiebtem Körper auf dem Flur. Der Araber hinter ihm hatte ihn weitergestoßen und ihn genau wie die anderen dorthin gezwungen, wo sie nun saßen und keine andere Wahl hatten, als Josef beim Verbluten zuzusehen.

Die beiden, die offenbar die Anführer waren und von den

anderen mit »Issa« und »Tony« angesprochen wurden, hatten soeben das Zimmer verlassen. Verstohlen blickte Roman zu dem Terroristen hinüber, der im Türrahmen stand. Issa, der im gelben Pullover, hatte ihn »Salah« genannt und den anderen, der sie bewachen sollte, »Denawi«. Dann sah er wieder auf den am Boden liegenden Josef, der leise stöhnte. Sie mussten ihm helfen, mussten irgendetwas tun!

»Lasst uns seine Blutung stillen«, bat André Spitzer, der Fechttrainer, der ganz hinten saß, die Geiselnehmer.

Die beiden Bewacher antworteten nicht.

»Please, let us help him«, wiederholte Spitzer nun auf Englisch. *»We do whatever you want. No more people have to die.«*

»Shut up!«, rief der, den sie Denawi nannten.

»Please«, versuchte Spitzer es erneut, doch Denawi hob sein Gewehr und zielte auf den Fechter. *»Stop talking or you're the next.«*

Issa, der mit dem gelben Pullover und dem weißen Hut, kam wieder herein, durchquerte das Zimmer und trat hinaus auf den Balkon.

»Was ist hier los?«, hörte Roman jemanden auf Deutsch von unten heraufrufen.

»Wir haben Geiseln«, gab Issa zurück.

»Was wollt ihr?«

»Fang auf!«

Kurz darauf kam der Araber wieder herein und schloss die Balkontür hinter sich. Romans und sein Blick trafen sich. Kurz glaubte Roman, dass dieser Issa ihm etwas sagen wollte, doch nach kurzem Zögern stieg er wortlos über Josefs blutenden Körper hinweg und verließ den Raum.

Roman sah zur Balkontür. Würde gleich ein Einsatzkommando der Polizei hereinstürmen und sie befreien, nun, da Issa offenbar kundgetan hatte, um was es ging? Offenbar hatte er das, was die Geiselnehmer forderten, aufgeschrieben und zu dem

Mann unten hinuntergeworfen. Würde die Hilfe für Josef rechtzeitig kommen? Roman hoffte es inständig. Er hatte heraushören können, dass es sich um Araber handelte. Weshalb sie ausgerechnet sie, die Israelis, in ihre Gewalt gebracht hatten, lag auf der Hand. Jeder, der die Situation im Nahen Osten auch nur im Ansatz verfolgt hatte, wusste, dass sie in ihren Augen die »verhassten Zionisten« waren, die den Palästinensern das Land weggenommen hatten. Doch was genau wollten diese Männer mit der Geiselnahme erzwingen? Dass das Volk Israel abzog und ihnen Palästina zurückgab? Roman schüttelte unwillkürlich den Kopf bei diesem Gedanken. Was versuchten sie dann zu erpressen? Geld? Glaubten diese Männer, dass die israelische Regierung Lösegeld für sie bezahlen würde, weil sie mit ihrer Delegation die Elite der israelischen Sportler darstellten? Konnte das wirklich sein? Oder ging es hier um etwas ganz anderes? Roman konnte sich keinen Reim darauf machen. Er wusste nur, dass die Helfer sich nicht mehr viel Zeit lassen durften, sonst käme für Josef Romano jede Hilfe zu spät.

Er sah zu dem Mann im Türrahmen, Salah. Was wohl in ihm vorging? Empfand er es als Genugtuung, sie dort aufgereiht sitzen zu sehen, in Unterwäsche? Gab es ihm ein Gefühl von Macht, sie mit der Waffe in der Hand in Schach zu halten? Was würde seine Mutter über ihn denken, wenn sie ihn so sah? Wäre sie abgestoßen von seinem Verhalten und würde ihn womöglich ohrfeigen, weil er sich für so etwas hergab? Romans Mutter würde genau das tun, davon war er überzeugt. Sie war eine stolze Frau und behielt das, was sie dachte und fühlte, oft für sich. Doch wenn er etwas tat, was sie nicht gutheißen konnte, ließ sie es ihn spüren, ohne dabei laut zu werden oder zu schimpfen. Nein. Sie teilte ihm ruhig mit, wie sehr sie sein Verhalten enttäusche, was um ein Vielfaches schlimmer war. In Romans Vorstellung waren die meisten, wenn nicht gar alle Mütter so wie seine eigene. Sie wollten, dass ihre Kinder das Richtige taten. Ahnte Salahs Mutter, was ihr Sohn hier tat? Und wenn sie es erfuhr, wie würde sie darauf reagieren? Vielleicht würde sie sein Verhalten ja auch gutheißen, ihn sogar bejubeln. Eine absurde Vorstellung.

»Was wollt ihr von uns?«, hörte er sich auf einmal selbst sagen und zuckte erschrocken zusammen. Er hatte unbewusst Deutsch gesprochen, obwohl er keine Ahnung hatte, ob der junge Geiselnehmer ihn verstehen würde. Salah sah ihn an, antwortete jedoch nicht. Dennoch war sich Roman sicher, dass er ihn verstanden hatte.

Er machte erneut den Mund auf, doch ein kurzes Kopfschütteln von André Spitzer genügte, um ihn zum Verstummen zu bringen. Also senkte er den Kopf und starrte wortlos vor sich hin.

Nach einer Weile hörte er draußen jemanden rufen und blickte kaum merklich auf. Dieser Salah hatte offenbar ebenfalls etwas gehört, denn er machte einen Schritt in den Flur und rief: »Issa?« Dann sagte er etwas, was Roman nicht verstand.

Kurz darauf betrat der Mann im gelben Pullover das Zimmer und ging erneut auf den Balkon.

»Wie viele Geiseln habt ihr bei euch?«, hörte Roman eine Stimme von unten.

»Elf«, rief Issa zurück.

»Lasst die Leute frei, und wir unterhalten uns«, forderte die Stimme nun.

»Ihr denkt, dass wir es nicht ernst meinen?«, gab Issa zurück. »Achtet auf den Eingang. Wir bringen euch was raus.« Damit kam er wieder herein und schloss die Balkontür hinter sich. Er erteilte seinen Leuten auf Arabisch einige Befehle und ging zurück in den Flur. Roman hörte, wie die Wohnungstür geöffnet wurde, dann sah er, wie zwei der Geiselnehmer Mosche Weinbergers Leichnam nach draußen trugen. Eine Weile geschah nichts.

»Was reden die da draußen, Roman?«, fragte Spitzer flüsternd. Roman wollte gerade antworten, als Denawi das Gewehr auf ihn richtete und ihn so zum Schweigen brachte. Salah und Denawi behielten ihre Position an der Tür bei. Nach einer Weile hörte Roman Schritte und kurz darauf die Stimme von Issa, der den anderen etwas mitteilte. Salah nickte in den Flur hinein, dann wandte er sich wieder den Geiseln zu.

Romans Blick fiel auf den Körper von Josef Romano. Sein Magen krampfte sich zusammen, als er sah, dass er nicht mehr atmete. Er beugte sich vor und legte die Hand auf Josefs Rücken, in der Hoffnung, dass er sich täuschte.

»Lass das! Hände weg!«, rief Denawi und riss das Gewehr erneut hoch.

Roman zog langsam die Hand zurück. »Er ist tot«, stieß er knapp hervor und spürte, wie eine einzelne Träne seine Wange hinablief.

MÜNCHEN

Dienstag, 05. September 1972, 6.10 Uhr

Es darf nicht sein, dass das geschehen ist. Es darf einfach nicht sein.

MANFRED HOFMANN

Manfred hatte geflucht, als vor nicht einmal einer halben Stunde das Telefon geläutet und ihn unsanft aus dem Schlaf gerissen hatte. Als er jedoch hörte, worum es ging, war er sofort hellwach, wenn er auch nicht ganz begreifen konnte, was man ihm gerade mitteilte. Schockiert legte er auf. Er war in Versuchung, sofort Robert anzurufen. Immerhin ging es, wenn Manfred es richtig verstanden hatte, um eine Geiselnahme genau der Sportler, die sein Journalistenfreund während der Olympischen Spiele betreute. Allerdings waren die Informationen bestimmt noch nicht gesichert und außerdem gewiss nicht für jemanden außerhalb der Polizei bestimmt. Also zog er sich nur, so schnell es ging, an und raste mit seinem Opel Kadett B zur Einsatzzentrale im olympischen Dorf. Dort angekommen, nahm er immer zwei Stufen auf einmal, um so rasch wie möglich in den oberen Stock zu gelangen.

Susanne Lerbs war anzusehen, dass sie ebenfalls nicht die Zeit gehabt hatte, sich in Ruhe fertig zu machen. Ihre Haare waren längst nicht so akkurat wie sonst frisiert, und auch ihre Kleidung wirkte eher so, als hätte sie sich eilig etwas aus dem Schrank geschnappt und übergeworfen. Anders als die übrigen Polizisten im olympischen Dorf trug die Polizeisekretärin Zivilkleidung und war sehr darauf bedacht, stets das Beste aus ihrem Typ herauszuholen. Doch das war ihr heute aus verständlichen Gründen offenbar einerlei.

»Manfred, gut, dass du da bist«, stieß Susanne hervor und drückte ihm eine Tasse Kaffee in die Hand. Ihre Stimme zitterte. »Hier. Nimm einen Schluck und dann geh gleich rein. Einige sind schon da.«

»Danke.« Manfred trank hastig einen Schluck, zuckte jedoch zurück, weil der Kaffee so heiß war, dass er sich die Zunge verbrannte. »Hab ich das wirklich richtig verstanden?«

»Eine Geiselnahme«, sagte Susanne. »Viel mehr weiß ich auch nicht. Nur dass es bereits einen Toten gegeben hat.«

»Was?« Manfred sah sie entsetzt an.

»Nun geh schon«, forderte sie ihn auf und deutete zum Besprechungsraum hinüber. »Schreiber muss auch jeden Moment kommen.«

Den Kaffee in der Hand, betrat Manfred, ohne zu klopfen, den Konferenzraum, in dem bereits acht seiner Kollegen saßen. Er nickte ihnen zu, dann nahm er auf dem ersten freien Stuhl Platz.

»Gibt es schon irgendwelche gesicherten Erkenntnisse?«, fragte er Lothar Klingenbeil, der zu seiner Rechten saß.

»Sie haben …«, begann Lothar, wurde aber dann unterbrochen, weil Polizeipräsident Manfred Schreiber, Ordnungsbeauftragter der Olympischen Sommerspiele 1972, höchstselbst den Raum betrat.

»Guten Morgen, meine Herren«, sagte Schreiber und nahm am Kopf des Tisches Platz. Kurz nach ihm kamen zwei weitere Kollegen herein und setzten sich ebenfalls.

»Meine Herren«, begann der Polizeipräsident nun. »Nach den bisherigen Erkenntnissen hat sich Folgendes ereignet: Gegen 4.20 Uhr am heutigen Morgen hat sich eine noch nicht bekannte

Anzahl Terroristen Zutritt zum Gelände des olympischen Dorfes verschafft und kurz darauf eine ebenfalls noch nicht gesicherte Anzahl Geiseln in ihre Gewalt gebracht. Ersten Angaben zufolge könnte es sich um neun bis vierzehn Personen der israelischen Delegation handeln. Um 4.55 Uhr erreichte uns der erste Notruf, bei dem Schüsse gemeldet wurden. Hierauf wurde ein Kollege zu dem Gebäude in der Connollystraße 31 geschickt, um nach dem Rechten zu sehen. Diesem wurde von einem maskierten Mann auf einem der Balkone ein Flugblatt zugeworfen, auf dem die Terroristen die Freilassung von zweihundertzweiunddreißig in Israel gefangenen Palästinensern sowie der deutschen RAF-Terroristen Andreas Baader und Ulrike Meinhof und des Japaners Kōzō Okamoto bis heute früh, neun Uhr, fordern. Außerdem wollen sie freies Geleit und ein aufgetanktes Flugzeug, ansonsten drohen sie mit der Erschießung aller Geiseln«, fasste Schreiber die Fakten zusammen.

»Aber sonst geht's noch? Die Freilassung von über zweihundert Terroristen und ein Flugzeug? Und im Himmel ist Jahrmarkt, oder wie?«, fragte nun Volker Siemens, der mit Manfred zusammen die Ausbildung gemacht hatte.

»Die Entschlossenheit der Geiselnehmer ist durchaus ernst zu nehmen«, erklärte Ludwig Perl, der rechts neben Manfred Schreiber saß und als Erster Polizeihauptkommissar der ranghöchste Polizist im gehobenen Dienst war. »Es hat bereits einen Toten gegeben.« Perl räusperte sich. »Sie haben den Trainer des Ringerteams, Mosche Weinberger, erschossen und um 5.30 Uhr halb nackt vor die Tür gelegt.«

Die Polizisten wechselten Blicke. In diesem Moment hätte man eine Stecknadel auf den Boden fallen hören können.

»Sie, meine Herren«, setzte nun Schreiber wieder an, »sind allesamt diensterprobt und haben teilweise Erfahrungen mit Geiselnahmen. Sie werden sowohl die Koordination des weiteren Vorgehens übernehmen als auch in das taktische Vorgehen einbezogen sein. Die Sicherheit der weiteren Geiseln hat für uns oberste Priorität.«

»Und was sollen wir konkret tun?«, fragte Lothar Klingenbeil nach.

»Es gilt verschiedene Szenarien zu entwerfen, die uns helfen, die Terroristen entweder zur Aufgabe zu bewegen oder aber die Geiseln auf anderem Wege zu befreien. Unversehrt, wie sich von selbst versteht.«

Manfred hob die Hand.

»Sie müssen sich nicht melden«, teilte Schreiber ihm mit. »Kollege Hofmann, nicht wahr?«

»Manfred Hofmann. Ich wollte fragen, ob es nicht klug wäre, Georg Sieber in diesen Kreis mit einzubeziehen.«

»Ich wüsste nicht, was das nützen sollte.« Schreiber zog in einer Mischung aus Verwunderung und Missbilligung die Augenbrauen hoch.

»Bei allem Respekt, doch soweit ich weiß, hat er in seiner Funktion als Polizeipsychologe ein solches oder ähnliches Szenario vorausgesagt, oder nicht?« Manfred wählte seine Worte mit Bedacht, wollte er doch unbedingt vermeiden, dass am Ende Susanne Ärger bekam. Schreiber war nicht dumm, er konnte sich mit Sicherheit zusammenreimen, dass sie ihn einen Blick auf die von Sieber dargestellten Szenarien hatte werfen lassen – ebendie Einsatzlagen, die Schreiber so vehement abgebügelt hatte.

»Wie kommen Sie denn darauf, Kollege Hofmann?«, fragte Schreiber, und tatsächlich lag etwas Warnendes in seiner Stimme.

»Das habe ich gehört.« Er sah sich in der Runde um. »Ihr doch auch, Kollegen, oder nicht?«

Einige von ihnen nickten oder murmelten etwas Beipflichtendes.

Schreiber zögerte kaum merklich, dann erwiderte er mit entschiedener Stimme: »Zum einen kann ich mich nicht erinnern, dass ein solches Szenario je aufgeworfen wurde, und zum anderen«, er hielt kurz inne und ließ die Augen über die im Raum Versammelten schweifen, »nützt es jetzt auch nichts, darüber zu spekulieren, was man hätte tun können. Das Kind ist in den Brunnen gefallen, und es ist unsere Aufgabe, dafür zu sorgen, dass es dennoch überlebt.«

Manfred sparte sich einen Kommentar und sagte nur: »Wenn dieser Sieber eine derartige Situation auch nur ansatzweise für möglich gehalten hat, wäre es doch sinnvoll, mit ihm zu sprechen, wie wir seines Erachtens damit umgehen sollten, oder nicht?«

»Zunächst einmal«, stellte Schreiber fest, »muss das Internationale Olympische Komitee alarmiert werden und natürlich die israelische Regierung. Das werde ich selbst übernehmen. Der Kollege Heinz Hohensinn, der sich noch in einer anderen Besprechung bezüglich dieser Angelegenheit befindet, wird die Einsatzleitung übernehmen. Sie alle unterstehen ihm und haben ihm zu berichten.« Er sah die Anwesenden an. »Noch Fragen?«

Allgemeines Kopfschütteln.

»Gut. Sie bleiben hier und halten sich für weitere Befehle bereit. Es gilt, verschiedene Möglichkeiten durchzuspielen, wie die Situation geklärt werden kann. Besprechen Sie das und finden Sie Lösungen, meine Herren.« Damit stand Schreiber auf und verließ ohne ein weiteres Wort den Raum.

Einen Moment sagte niemand etwas, dann fragte Lothar in die Runde: »Weiß irgendeiner von euch, was genau wir tun sollen? Der ganze Scheiß hätte doch vermieden werden können, wenn man vorher entsprechende Sicherheitsvorkehrungen getroffen hätte. Und nun sollen wir die Karre aus dem Dreck ziehen, wo die Kacke längst am Dampfen ist.«

»Markige Worte bringen uns jetzt nicht weiter«, stellte Ludwig Perl fest. »Wenn du keinen Hebel hast, um die Zeit zurückzudrehen, können wir auf solche Hinweise verzichten.«

»Aber Lothar hat recht!«, stärkte Manfred seinem Kollegen

den Rücken. »Wir wissen doch alle, dass Schreiber sich über die Bedenken von diesem Sieber lustig gemacht hat, und nun ist genau das eingetreten, was er vorhergesagt hat. Szenario 21, wenn ich richtig informiert bin.«

»Vorhaltungen zu machen und die Sache zu bewerten wird zu einem späteren Zeitpunkt von Belang sein«, entgegnete Perl. »Aber das ist weder unsere Aufgabe noch der richtige Moment für so was. Während wir darüber sprechen, was hätte anders laufen können und müssen, fürchten israelische Geiseln um ihr Leben. Darauf sollten wir uns konzentrieren.«

Manfred nickte. Plötzlich schoss ihm die Frage durch den Kopf, ob er womöglich einige der Geiseln kannte. Was war mit Roman Gagarin, dem Ringer? Seinem Kontakt zu Angelika? »Wissen wir schon die Namen derjenigen, die von den Terroristen festgehalten werden?«, fragte er, um einen ruhigen Tonfall bemüht.

Ludwig Perl schüttelte den Kopf. »Wir wissen nur, dass der Tote Mosche Weinberger heißt. Er war Trainer der Ringer, soweit ich weiß.«

Manfred überkam eine Gänsehaut. *Die Ringer.* Das erhöhte die Wahrscheinlichkeit, dass der junge Mann in diesem Augenblick ebenfalls um sein Leben bangte.

»Also«, fuhr Perl fort. »Wer von euch hat schon Erfahrungen mit Geiselnahmen gemacht?«

Manfred und zwei seiner Kollegen, darunter auch Volker, meldeten sich.

»Aber nicht mit Geiselnahmen von Terroristen«, sagte Manfred, »sondern mit Bankräubern, die sich so den Weg freipressen wollten.«

»Und wie ist die Sache ausgegangen?«, fragte Perl.

»Einer von ihnen wurde erschossen, der andere festgenommen. Den Geiseln ist bei dem Banküberfall nichts passiert.«

»Gut«, befand Perl. »Eben das ist unser Ziel.«

»Wie sollen wir konkret vorgehen?«, wollte Volker wissen.

»Nun, genauso wie bei den vorherigen Geiselnahmen. Herrgott, lassen Sie sich etwas einfallen!«, brauste Perl auf.

Manfred schwieg. Sein Blick schweifte durch die Runde.

Keiner seiner Kollegen schien zu wissen, was von ihnen erwartet wurde, und er ging davon aus, dass ihm die Ratlosigkeit genauso ins Gesicht geschrieben stand wie seinen Kollegen.

M Ü N C H E N

Dienstag, 05. September 1972, 8.05 Uhr

Ich hoffe inständig, dass es nur üble Gerüchte sind. Alles andere darf ich nicht einmal denken.

ROBERT GOLDMANN

Immer zwei Stufen auf einmal nehmend, eilte Robert die Stufen der Einsatzzentrale hinauf. Unten am Eingang hatte man ihn aufhalten wollen, doch als er sagte, dass er mit Manfred Hofmann verabredet sei und dieser ihn erwarte, hatte man ihn durchgelassen.

Die Stimmung war drastisch umgeschlagen: Hatte er die anderen Tage völlig unbehelligt in die Olympiawache spazieren können, in der die Ordnungskräfte gemächlich ihrer täglichen Routine folgten, herrschte nun ein aufgeregtes, nervöses Treiben. Alle schwirrten durcheinander wie in einem Bienenstock, ohne dass Robert irgendein System dahinter erkennen konnte.

»Tag, Susanne«, sagte er, als er auf die Polizeisekretärin zuging, die er durch Manfred kennengelernt hatte.

»Robert? Wie bist du reingekommen? Außer für Polizisten herrscht ein absolutes Betretungsverbot.«

»Ich hab gelogen, wenn du's genau wissen willst«, gab er zurück. »Wo ist Manfred? Kann ich ihn sprechen? Es ist dringend.«

»Nein, ausgeschlossen.« Sie deutete mit dem Kopf zum Konferenzraum. »Hier ist die Hölle los, wie du dir sicher vorstellen kannst, und Manfred gehört zum Einsatzteam.«

»Also stimmt es? Bislang gibt es nur Gerüchte, keiner weiß etwas Genaues.«

»Ich kann dir nichts sagen, Robert, wirklich nicht. Tut mir leid.« Die Sekretärin schüttelte vehement den Kopf.

»Bitte, Susanne. Ich habe gehört, dass ein Teil des israelischen Teams als Geiseln festgehalten wird.«

Susanne machte eine hektische Geste in Richtung Tür. »Ich kann nichts für dich tun, so gern ich dir helfen würde, Robert. Und jetzt raus mit dir.«

Er zögerte.

»Sofort«, setzte sie nach, nun in ernstem Ton. Sie griff nach dem Telefonhörer. »Sonst gebe ich Bescheid, und du fliegst hochkant raus.«

Robert hob beschwichtigend die Hände. »Immer mit der Ruhe, Susanne. Außerdem frage ich nicht als Reporter. Es geht mir um die Menschen, wenn du verstehst, was ich meine.«

Sie nickte. »Uns allen hier geht es um die Menschen, Robert. Und nun zwing mich nicht, etwas zu tun, was ich nicht tun will, und geh.«

Robert drehte sich um und setzte sich in Bewegung, doch dann hielt er inne und warf ihr einen Blick über die Schulter zu. »Kannst du Manfred wenigstens ausrichten, dass ich draußen auf ihn warte? Wenn er es irgendwie hinbekommt …« Weiter kam er nicht, denn die Polizeisekretärin nahm einen Zettel vom Schreibtisch und verschwand damit in Richtung Konferenzraum.

Vor der Tür blieb sie stehen und fasste einen Polizisten am Arm, der gerade herauskam.

»Der Mann dort vorn möchte gehen.« Sie deutete auf Robert. »Bitte bring ihn raus und sorg dafür, dass er nicht wiederkommt, ja?«

Der Polizist nickte und trat auf Robert zu, der sich anschickte, die Treppe hinunter zum Ausgang zu gehen. Der Beamte folgte ihm.

Draußen vor der Tür blieb er stehen und überlegte, was er nun tun sollte.

»Kollegen?«, hörte er den Polizisten hinter sich zu den zwei Wachposten am Eingang sagen. »Der bleibt von jetzt an draußen, okay?«

»Geht klar.« Die beiden nickten. Dort würde er also bestimmt nicht wieder reinkommen.

Missmutig entfernte er sich ein paar Schritte von der Olympiawache.

»Hast du was in Erfahrung bringen können?«, sprach ihn ein Reporter an, der für das deutsche Fernsehen arbeitete.

Robert schüttelte den Kopf. »Nichts.« Aus den Augenwinkeln sah er, wie einige Männer herbeieilten. Robert drehte sich um und erkannte Walther Tröger, den Bürgermeister des olympischen Dorfes, sowie Willi Daume, den Chef des Nationalen Olympischen Komitees flankiert von mehreren Sicherheitskräften. Sie stießen Robert grob zur Seite und betraten dann die Einsatzzentrale. Kurz darauf fuhr ein Wagen vor, aus dem Bayerns Innenminister Bruno Merk ausstieg, der von Sicherheitskräften ins Gebäude begleitet wurde. Robert und der Fernsehreporter tauschten einen Blick.

»Es sind also nicht nur irgendwelche Gerüchte«, stellte der Reporter fest, machte kehrt und eilte davon.

Mehrere Einsatzkräfte kamen aus dem Gebäude und forderten die umstehenden Menschen auf, den Bereich vor der Wache zu räumen.

»Gehen Sie zurück und machen Sie den Platz hier frei«, sagte ein Polizist zu Robert, der wie angewurzelt stehen blieb, dann drängte er zusammen mit seinen Kollegen die Umstehenden zurück. Den Beamten wurden Mikrofone entgegengehalten, Reporter stellten Fragen. Doch außer der neuerlichen Aufforderung, den Eingang zur Einsatzzentrale freizugeben, erwiderten die Polizisten nichts.

Ein weiterer Wagen fuhr heran und stoppte kurz vor den wartenden Leuten. Ein Mann im Anzug kam aus dem Gebäude und eilte auf das Auto zu, aus dem nun zwei Sicherheitsleute und Bundesinnenminister Hans-Dietrich Genscher ausstiegen. Der Mann im Anzug eilte auf ihn zu und streckte ihm die Hand entgegen.

»Heinz Hohensinn«, stellte er sich dem Bundesinnenminister vor. »Ich bin der Einsatzleiter. Bitte, Herr Minister, folgen Sie mir.«

Die Sicherheitskräfte hielten die vordrängenden Reporter davon ab, näher an den Minister heranzukommen. Fotoapparate klickten, Kameras surrten, und einer der Reporter schaffte es, an den Sicherheitskräften vorbeizukommen und sein Mikrofon nah an Genscher heranzubringen.

»Eine Stellungnahme, bitte, Herr Minister. Stimmt es, dass es Geiseln gibt? Was sind die Forderungen der Terroristen?«

Ein Sicherheitsbeamter schob den Reporter unsanft beiseite, und schon im nächsten Moment war Hans-Dietrich Genscher zusammen mit Hohensinn in der Olympiawache verschwunden.

Robert sah sich um. An verschiedenen Stellen positionierten sich die Reporter vor den Kameras und berichteten über Genschers Ankunft und das Wenige, was bisher feststand. Es war ein einziges Chaos. Robert überlegte fieberhaft, was er tun sollte. Er musste herausfinden, ob das gesamte israelische Team betroffen war, denn dann könnte er versuchen, den anderen, die um ihre Teamkollegen bangten, in diesen Stunden beizustehen. Momentan wusste er nicht einmal, wo sich diejenigen aufhielten, die sich nicht in der Gewalt der Geiselnehmer befanden. Es machte ihn schier wahnsinnig, keinerlei Informationen zu haben. Robert suchte den Blickkontakt zu einem der Polizisten, die nun vor der Tür der Einsatzzentrale standen, um sämtlichen Unbefugten den Zutritt zu verwehren. Die beiden Wachleute von vorhin waren nirgendwo zu sehen. Robert hob den Arm und machte ein paar Schritte auf sie zu.

»Mein Name ist Robert Goldmann«, sagte er. »Ich bin einer der Betreuer des israelischen Teams.«

Der Polizist schüttelte den Kopf. »Wir haben Anweisung, niemanden durchzulassen.«

»Aber vielleicht kann ich helfen«, versuchte Robert es erneut. »Wenn nicht alle in Geiselhaft sind, sollte jemand da sein, der übersetzen kann.«

»Wir kommen zurecht«, wies der Polizist ihn ab.

»Können Sie mir nicht wenigstens sagen …«

»Zurück jetzt! Keiner kommt mehr durch die Absperrung!«

»Aber ich will doch nur helfen.« Robert ließ nicht locker.

»Gehen Sie hinter die Absperrung. Wenn Ihre Hilfe gebraucht wird, geben wir Ihnen Bescheid.«

Robert trat ein paar Schritte zurück. Er sah, wie eine junge Polizeibeamtin, patrouilliert von zwei männlichen Kollegen, die Einsatzzentrale betrat. Kurz entstand erneut Tumult am Eingang: Die Polizistin kam wieder heraus, gefolgt von Walther Tröger, Bundesinnenminister Hans-Dietrich Genscher, Willi Daume, Innenminister Bruno Merk, Polizeipräsident Schreiber, Heinz Hohensinn und Manfred Hofmann. Robert hob den Arm und hoffte, Manfreds Aufmerksamkeit auf sich zu ziehen, der aber stapfte nur mit grimmiger Miene hinter den anderen her. Zusammen gingen sie in Richtung Connollystraße, wo sich die Unterkünfte des israelischen Teams befanden, und waren im nächsten Moment aus seinem Blickfeld verschwunden.

Robert blieb mit der leisen Hoffnung zurück, womöglich später etwas von Manfred zu erfahren – wenn sich denn überhaupt die Gelegenheit ergab, nah genug an den Freund heranzukommen.

MÜNCHEN

Dienstag, 05. September 1972, 8.30 Uhr

Es ist ein verdammtes Chaos. Und je mehr Leute sich einschalten, desto unübersichtlicher wird es.

MANFRED HOFMANN

Zusammen mit Anneliese Graes, der Polizeikollegin, die bereits mit einem der Geiselnehmer gesprochen hatte, begleitete Manfred die Politiker, den Polizeipräsidenten und den Einsatzleiter bis kurz vor das Haus in der Connollystraße 31, vor dem der Terrorist mit dem gelben Pullover und dem weißen Hut, der sich Issa nannte, schon auf die Verhandler wartete. Das Ultimatum, das die Geiselnehmer gestellt hatten, würde bereits in weniger als einer halben Stunde ablaufen, und es war nicht einmal im Ansatz eine Lösung zu erkennen.

Die Forderungen der Geiselnehmer waren an die israelische Regierung übermittelt worden, und die abschlägige Antwort hatte nicht lange auf sich warten lassen, wie Manfred und den anderen Polizisten, die der direkten Weisung der Einsatzleitung unterstanden, mitgeteilt worden war. Die israelische Ministerpräsidentin Golda Meir hatte nicht einmal mit ihrem Stab beraten müssen, sondern sogleich sämtliche Forderungen der Geiselnehmer zurückgewiesen. Nicht ein einziger palästinensischer Terrorist würde für das Leben der Geiseln freigelassen werden. Keiner! Die Ministerpräsidentin machte deutlich, dass es keinerlei Verhandlungen geben würde, teilte jedoch mit, dass Tzwi

Zamir, Leiter des israelischen Geheimdienstes Mossad, bereits im Flieger auf dem Weg nach Deutschland sei. Der Polizeipräsident hatte getobt vor Wut, machte Israel doch damit mehr als deutlich, dass es den Deutschen die Beendigung der Geiselnahme und die Klärung der Situation nicht zutraute.

Manfred war genau wie seine Kollegen der Ansicht, dass die Israelis mit ihrer Einschätzung richtiglagen, hatten die deutschen Behörden ihre Überforderung, ja geradezu Unfähigkeit im Umgang mit der Situation doch überdeutlich gemacht, aber er behielt seine Meinung für sich. Es lag auf der Hand, dass die Deutschen die Sicherheitslage völlig falsch eingeschätzt hatten. Sämtliche Bedenken, die vor den Olympischen Spielen an die Organisatoren herangetragen worden waren, hatten sie schlichtweg in den Wind geschossen und alles ignoriert, was in irgendeiner Form nicht in das Bild der heiteren Spiele zu passen schien. Und genau das rächte sich nun auf die bitterste Art, die man sich nur vorstellen konnte. Ganz gleich, ob es den Politikern gelingen würde, eine wie auch immer geartete Vereinbarung mit den Geiselnehmern zu erzielen, es konnte nichts mehr daran ändern, dass bereits ein Mensch – ein Israeli – gestorben war. Ob es bei einem Toten bleiben würde, konnte zum jetzigen Zeitpunkt wohl niemand mit Gewissheit sagen.

Es war ein einziges Desaster, und in der gesamten Führung schien es nicht einen Menschen zu geben, der wusste, was zu tun war. Alles wirkte auf Manfred improvisiert und behelfsmäßig. Allein die Tatsache, dass er in den engeren Kreis der Einsatztruppe berufen worden war, nur weil er früher einmal bei einer Geiselnahme in einer Bank dabei gewesen war, bereitete ihm Bauchschmerzen. Sein Kollege Thomas und er waren damals irgendwie in die Sache hineingeschlittert, einfach weil sie als Erste vor Ort gewesen waren. Er hatte intuitiv gehandelt und getan, was er für richtig hielt, hatte mit einem der beiden Bankräuber gesprochen, während der andere im Gebäude die Geiseln mit Waffen bedrohte. Manfred hatte schnell gemerkt, dass der junge Mann mit der Maske über dem Kopf alles andere als ein Profi war. Anscheinend hatte er sich Hals über Kopf in diesen Bankraub gestürzt und nicht weiter über die Folgen nachgedacht, weshalb Manfred ihn zur Aufgabe überreden konnte. Der andere dagegen, der die Geiseln festhielt, war weit weniger einsichtig und eher impulsiv. Als die beiden schließlich die Bank verließen, um in das bereitstehende Fluchtauto zu steigen, hielt der impulsive eine der Bankangestellten wie einen Schutzschild vor sich und verlor die Nerven, als die junge Frau ihn zurückstieß und flüchtete. Daraufhin feuerte er auf die hinter ihren Fahrzeugen stehenden Polizeibeamten. Einer der Kollegen reagierte instinktiv und erwiderte das Feuer. Ob es ein Glückstreffer oder der Kollege wirklich ein so guter Schütze war, konnte Manfred nicht sagen, doch die Kugel traf den Bankräuber direkt in die Stirn. Der andere riss die Arme hoch und gab auf.

Mehr Erfahrung mit Geiselnahmen hatte Manfred nicht. Und dass die Geiselnehmer hier ein ganz anderes Kaliber waren als die beiden jungen Kerle, die die Bank hatten erleichtern wollen, stand für ihn außer Frage. Schreiber und Perl mussten wirklich verzweifelt sein, wenn sie glaubten, dass Männer wie Manfred die Situation unter Kontrolle bringen konnten.

»Weshalb bist du überhaupt zu diesem Geiselnehmer gegangen und hast mit ihm gesprochen?«, fragte Hofmann seine Kollegin Anneliese Graes, die genau wie er unablässig den Blick auf die Verhandlungen gerichtet hielt, ohne dass sie aus dieser Entfernung etwas hätten verstehen können. Doch allein der Anblick des Geiselnehmers mit der Kalaschnikow in der Hand machte deutlich, wie ernst die Situation war. »Ich meine, hast du Erfahrung mit solchen Sachen oder bist speziell dafür ausgebildet?«

Anneliese, eine zierliche blonde Frau mit modischer Brille, schüttelte nur den Kopf. »Nein, nichts dergleichen. Aber einer musste mit ihm sprechen, und es hat sich sonst keiner von unseren Leuten gemeldet.«

Manfred schnaubte. »Das kann doch nicht wahr sein! Ich meine, hast du nicht auch das Gefühl, dass im Grunde keiner eine Ahnung hat, was zu tun ist?«

Anneliese zuckte die Schultern. »Ich kann zwar nicht sagen, wie ich mir eine Geiselnahme vorgestellt habe, doch so ganz sicher nicht. Dieser Issa ist ein höflicher, gebildeter Mann. Er spricht sehr gut Deutsch, weiß sich auszudrücken. Wie gesagt, ich habe keine Ahnung, was ich erwartet hatte. Aber ganz bestimmt nicht das.«

»Hat er gesagt, wie es den Geiseln geht?«

»Einer ist seinen Angaben nach verletzt.«

»Und wie viele befinden sich in der Gewalt der Terroristen?«

Sie zuckte die Schultern. »Das weiß ich nicht. Auch nicht, mit welcher Anzahl von Terroristen wir es zu tun haben.«

»Glauben die denn ernsthaft, mit ihren absurden Forderungen durchzukommen? Oder sind das einfach nur Wahnsinnige?«

»Vielleicht sind sie wahnsinnig, möglich. Doch in erster Linie sind sie zu allem entschlossen. Das haben sie mit der Tötung des Ringertrainers gezeigt.«

Manfred nickte. »Hoffentlich können wir wenigstens die anderen retten.«

Anstelle einer Antwort starrte Anneliese stumm auf die fünf Deutschen, die mit Issa vor dem Gebäude standen und mit ihm verhandelten.

»Hast du eine Zigarette?«, fragte Manfred. »Ich habe eigentlich aufgehört, doch heute …«

Anneliese zog ein Päckchen Roth-Händle hervor, hielt es Manfred hin und nahm sich dann selbst eine Zigarette. Gemeinsam zogen sie tief den Rauch ein, während ihre Blicke weiter auf den Verhandlungspartnern ruhten.

Manfred konnte sehen, dass vor allem Walther Tröger und

Hans-Dietrich Genscher mit diesem Issa sprachen. Er versuchte, die Körperhaltung der Verhandlungspartner zu deuten, was ihm jedoch nicht gelang.

Es dauerte etwa fünfzehn Minuten, dann kam die Gruppe zurück.

»Das Ultimatum ist bis zwölf Uhr verlängert«, erklärte Schreiber knapp.

Gemeinsam kehrten sie in die Olympiawache zurück. Dort angekommen, verschwanden der Polizeipräsident, der Einsatzleiter und die Politiker im Konferenzraum und schlossen die Tür, während Manfred und Anneliese Graes bei Susanne Lerbs blieben, die hektisch die Telefone bediente.

»Die Drähte laufen heiß«, stöhnte sie und sah die beiden Polizisten hilflos an. Ihr sonst so ordentlicher Haarknoten im Nacken glich mittlerweile einem gerupften Pferdeschwanz, die für sie so typische Fröhlichkeit war Nervosität gewichen, auf ihrem knallgelben Pullunder prangte ein großer Kaffeefleck. »Die Presse löchert mich, und mittlerweile rufen auch Angehörige der israelischen Sportler an – verdammt noch mal, was soll ich denen bloß sagen?« Sie wirkte völlig aufgelöst, obwohl sie, so lange Manfred sie kannte, stets den Überblick bewahrt hatte.

Manfred trat hinter ihren Schreibtisch und zog die Glaskanne von der Warmhalteplatte. Heute schenkte er der Polizeisekretärin eine Tasse Kaffee ein, und er fügte ordentlich Milch und Zucker hinzu. »Für die Nerven«, flüsterte er und stellte das dampfende Getränk vor Susanne auf den Schreibtisch.

Susanne warf ihm einen dankbaren Blick zu und trank einen großen Schluck, dann nahm sie den nächsten Anruf entgegen.

Kurz darauf kamen die Politiker aus dem Konferenzraum. Nun waren nur noch der Polizeipräsident und der Einsatzleiter drinnen. Anneliese Graes und Manfred wurden hineingerufen, wenig später folgten die Polizisten, die schon vorhin zusammengekommen waren.

Als alle vollzählig waren, ergriff der Polizeipräsident das Wort: »Ich habe mir nunmehr ein Bild von dem Anführer, der sich selbst Issa nennt, machen können. Er hat im Stakkato, sehr cool und sehr entschlossen, fast fanatisch, seine Forderungen gestellt.« Schreiber hob den Blick. »Es gibt noch einen weiteren Mann, der Issa in etwa gleichgestellt ist, einen gewissen ›Tony‹. Während der Verhandlungen kam er mit einer Kalaschnikow in der einen und einer Handgranate in der anderen Hand hinzu. Außerdem konnten wir einen Terroristen oben auf dem Balkon ausmachen. Sie sind also mindestens zu dritt«, stellte Schreiber fest. »Das Ultimatum wurde bis um 12.00 Uhr heute Mittag verlängert. Sollten die Forderungen bis dahin nicht erfüllt sein, werden sie beginnen, Geiseln zu erschießen.«

»Unser Bundesinnenminister Hans-Dietrich Genscher hat sich als Ersatzgeisel angeboten, was jedoch von den Geiselnehmern abgelehnt wurde«, brachte sich nun Einsatzleiter Hohensinn ein. »Unser vordringlichstes Ziel ist es, Zeit zu gewinnen«, fuhr er fort. »Aus diesem Grund möchten wir Frau Graes bitten, unverzüglich zu dem Gebäude zurückzukehren und sich mit diesem Issa auszutauschen.«

Die Polizistin stand auf.

»Ist es nicht gefährlich für die Kollegin, sich einfach so in die Hände der Geiselnehmer zu begeben?«, fragte Lothar.

»Er wird mir nichts tun«, beruhigte Graes, »aber danke für die Sorge, Kollege. Hätte Issa mir etwas antun wollen, hätte er dies längst getan. Es geht ihm nicht um wahlloses Töten, es geht ihm um die Sache der Palästinenser.«

»Sprechen Sie mit ihm«, forderte Schreiber nun. »Sagen Sie ihm, dass wir Essen und Trinken zur Verfügung stellen, alles, was die Geiseln brauchen.«

Graes nickte und verließ den Raum.

»Gibt es so etwas wie einen Einsatzplan?«, fragte Manfred, als sich die Tür hinter ihr geschlossen hatte. »Ich glaube, ich kann auch für die Kollegen sprechen, wenn ich sage, dass wir nicht recht wissen, was wir tun sollen.«

»Halten Sie sich einfach bereit«, ordnete Hohensinn an. »Sie bekommen Bescheid, sobald das weitere Vorgehen festgelegt ist. Das wäre es für den Moment.«

Manfreds beklommenes Gefühl wurde noch stärker, als er zusammen mit den Kollegen die Einsatzzentrale verließ.

M Ü N C H E N

Dienstag, 05. September 1972, 8.42 Uhr

Niemand scheint irgendetwas zu wissen. Ich habe das Gefühl, verrückt zu werden vor Angst.

ANGELIKA NOWAK

Monika schaltete den Fernseher an, um zusammen mit Nicole, Angelika und Viktor die Nachrichten zu verfolgen. Der Co-Trainer hatte aufgeregt bei ihnen geklopft und ihnen mitgeteilt, dass es Gerüchte um eine Geiselnahme des israelischen Teams gab.

»Das, was die Deutschen unbedingt hatten vermeiden wollen, ist eingetreten«, sagte der Sprecher in die Kamera. »Aus den heiteren Olympischen Spielen sind Spiele des Terrors geworden. Die Geiselnehmer fordern offenbar die Freilassung palästinensischer Terroristen und haben ein Ultimatum zur Erfüllung ihrer Forderungen bis heute Mittag, zwölf Uhr, gesetzt. Nach Ablauf dieser Frist, so kündigten sie an, sollen die Geiseln hingerichtet werden. Unbestätigten Angaben zufolge befinden sich dreizehn Mitglieder des israelischen Teams in der Gewalt der Terroristen.« Man sah, dass dem Nachrichtensprecher ein Blatt Papier hereingereicht wurde, von dem er nun ablas: »Die israelische Ministerpräsidentin Golda Meir hat sich soeben im israelischen Fernsehen zu den Vorfällen geäußert und mitgeteilt, dass den Forderungen der Geiselnehmer unter keinen Umständen entsprochen würde. Israel darf sich nicht erpressen lassen, sonst könne sich kein Israeli außerhalb seines eigenen Landes mehr sicher fühlen, so Meir gegenüber den Kollegen des israelischen Fernsehens.«

Angelika spürte, wie ihre Hände zu zittern begangen. »Weiß man schon die Namen der Geiseln?«

Viktor schüttelte den Kopf. »Soweit ich weiß, wurde hierzu bisher nichts gesagt.«

Angelika presste die Lippen aufeinander. Sie sah Romans Gesicht vor sich. Erst gestern hatte sie noch mit ihm gesprochen. Er hatte ihr von seinem Gespräch mit Manfred Hofmann, wie der Polizist mit vollem Namen hieß, erzählt. Ohne zu zögern, hatte Roman sich angeboten, als Kurier zwischen ihr und Hofmann zu fungieren. Und nun wusste sie nicht, ob auch sein Leben in Gefahr war.

Wieder wurde dem Nachrichtensprecher ein Blatt hereingereicht.

»Soeben erhalten wir die Mitteilung, wer sich unter den Geiseln befindet. Es handelt sich um Josef Romano, einunddreißig Jahre, Gewichtheber im Mittelgewicht, David Berger, sechsundzwanzig Jahre, leichtes Schwergewicht, Zeev Friedman, ebenfalls sechsundzwanzig, Bantamgewicht, Roman Gagarin, Ringer und mit achtzehn Jahren der Zweitjüngste der israelischen Mannschaft.«

Angelika schlug die Hände vor den Mund, als der Sprecher Romans Namen nannte. Er zählte weiter auf, wer unter den Gefangenen war, doch Angelika hörte die Stimme nur noch wie durch eine dicke Wolldecke. Roman war eine der Geiseln. Das konnte nicht sein, das durfte nicht sein.

»Die deutsche Regierung hat mitgeteilt, alles in ihrer Macht Stehende zu tun, um das Leben der Geiseln nicht zu gefährden«, fuhr der Sprecher fort. »Dennoch ist bereits ein Todesopfer zu beklagen. Der Trainer des israelischen Ringerteams, Mosche Weinberger, wurde in den frühen Morgenstunden während des Überfalls von den Geiselnehmern mit mehreren Schüssen getötet und vor seiner Unterkunft in der Connollystraße 31 abgelegt. Erst eine Stunde später wurde der Leichnam in einen Krankenwagen geladen und fortgebracht. Trotzdem gehen die Wettkämpfe offenbar wie geplant weiter, was für große Irritationen bei den Beobachtern sorgt. Wir werden unser Programm immer wieder unterbrechen und Sie über das aktuelle Geschehen auf dem Laufenden halten, meine Damen und Herren.«

Angelika stand auf. Ihr wurde schwarz vor Augen. Sie taumelte, dann rannte sie ins Badezimmer, riss den Toilettendeckel hoch und übergab sich. Monika folgte ihr und hielt ihr die Haare zur Seite. Es dauerte eine Weile, bis Angelikas Magen sich so weit beruhigt hatte, dass sie nicht mehr würgen musste. Kraftlos sackte sie zu Boden.

»Die holen ihn da raus, Angelika. Ganz bestimmt. Ihm wird nichts passieren«, versuchte Monika ihr gut zuzureden.

»Sein Trainer ist schon tot«, stammelte Angelika unter Tränen. »Was, wenn sie nicht kriegen, was sie wollen, und Roman der Nächste ist?«

»Daran darfst du nicht einmal denken. Alles wird gut. Ganz bestimmt.« Monika strich ihr über den Kopf, dann füllte sie ein sauberes Zahnputzglas mit Wasser. »Hier, trink, und versuch, langsam aufzustehen. Leg dich ein bisschen aufs Bett. Wenn sich etwas tut, sage ich dir Bescheid.«

Angelika zitterte am ganzen Körper, doch mit Monikas Hilfe gelang es ihr, sich hochzurappeln.

»Ich übernehme«, sagte Viktor zu Monika, dann legte er Angelika den Arm um die Schultern und führte sie ins Schlafzimmer, wo er sie aufs Bett setzte. Nicole fasste ihre Füße und hob sie hoch, während Monika die Decke über sie breitete.

»Ich mache dir einen Tee«, bot Nicole an und verließ das Schlafzimmer.

»Ich werde versuchen, etwas herauszubekommen«, versprach Viktor, der neben dem Bett stehen geblieben war. »Vielleicht wissen die Trainer der anderen Teams etwas. Ich komme so bald wie möglich wieder. Kommt ihr klar ohne mich?«

Monika nickte.

»Danke«, flüsterte Angelika. Als er weg war, schweifte ihr Blick zu Monika. »Machst du das Radio an, bitte?«

»Willst du dir das wirklich anhören?«, fragte Monika ungläubig.

Als Angelika bejahte, ging sie hinaus und kam mit dem Transistorradio in der Hand zurück. Sie schaltete es ein und stellte die Antenne so, dass das Rauschen nur noch minimal zu hören war. Sogleich dröhnte die Stimme des Radioreporters mit einer Zusammenfassung dessen, was man über die Geiselnahme im olympischen Dorf bisher wusste, durch das kleine Schlafzimmer.

Nicole brachte den Tee, dann kehrte sie mit Monika ins Wohnzimmer zurück.

Angelikas Herz klopfte so heftig, als wollte es aus ihrer Brust springen. Immer wenn ein Bericht endete, stellte sie einen neuen Sender ein in der Hoffnung, dass hier bereits neue Fakten präsentiert wurden. Doch letztendlich erzählten alle Berichterstatter genau das, was sie schon aus dem Fernsehen erfahren hatte. Irgendwann musste sie eingeschlafen sein, denn als sie die Augen wieder aufschlug, spielte Musik. Der Tee, den Nicole ihr hingestellt hatte, war kalt. Sofort wanderten ihre Gedanken wieder zu Roman.

Angelika drehte so lange am Empfang, bis sie einen Sender fand, der die neuesten Entwicklungen brachte. Die Stimme eines Nachrichtensprechers teilte mit, dass Manfred Schreiber, der Polizeipräsident, eine Erklärung abgegeben hatte, wonach den Geiselnehmern Geldmittel in ungenannter Höhe im Austausch für die Geiseln angeboten worden waren. Dieses Angebot wurde jedoch von den Terroristen abgelehnt. Sie beständen weiter auf die Freilassung der zweihundertzweiunddreißig Palästinenser sowie zweier Mitglieder der RAF und eines japanischen Terroristen und bekräftigten, dass sie um zwölf Uhr alle Geiseln hinrichten würden, sofern man ihre Forderungen nicht erfüllte.

Angelika sah auf die Uhr. Es war acht Minuten vor zwölf.

M Ü N C H E N

Dienstag, 05. September 1972, 11.52 Uhr

Ich trauere um Mosche und Josef, doch ich glaube nicht, dass wir anderen ebenfalls sterben werden. Wir werden das hier überleben. Es muss einfach so sein.

ROMAN GAGARIN

Roman sah kurz zu David Berger, dessen Gesicht erhebliche Verletzungen aufwies. Doch in Lebensgefahr war er deshalb nicht. Berger hatte vorhin leise auf Hebräisch vorgeschlagen, dass sie versuchen sollten, die beiden Bewacher zu überwältigen. Immerhin hatten sie nichts mehr zu verlieren. Doch dieser Denawi hatte ihn offenbar verstanden, denn er war auf David zugestürmt und hatte diesen mit seinem Maschinengewehr brutal zu Boden geprügelt. Danach hatte er gebrüllt, wenn Berger noch ein einziges Wort sagen würde, wäre er der Nächste, dem die anderen beim Sterben zusehen müssten. Dann hatte er das Zimmer verlassen und war bisher nicht wiederaufgetaucht. Damit war Salah der einzige Bewacher, der sie im Auge behielt. Doch Roman war sich sicher, dass die anderen Palästinenser sich entweder auf dem Flur oder im Nebenzimmer aufhielten. Sie hätten keine Chance, den Terroristen zu entfliehen.

Roman hörte, dass im Nebenzimmer der Fernsehapparat lief, und lauschte angestrengt. Wenn er es richtig verstand, ging es tatsächlich um die Berichterstattung über die Geiselnahme. Er warf einen Blick durch die offene Tür auf den Flur und sah, wie

Issa, der Anführer, die Wohnung verließ, wie er es in den vergangenen Stunden immer wieder getan hatte. Vielleicht, so hoffte Roman, weil sich nun eine Klärung abzeichnete und der ganze Horror womöglich ein Ende fand. Roman hoffte es so sehr.

Er sah zu André Spitzer, dem Fechttrainer, hinüber. Nachdem die Wettkämpfe seines Fechtteams beendet waren, war er für ein paar Tage bei seiner Frau und Tochter in den Niederlanden gewesen und erst gestern zurückgekommen. Roman hatte Spitzer als klugen, ruhigen Menschen kennengelernt, der im besonderen Maß für die Völkerverständigung eintrat. Er hatte ihm erzählt, dass er in Israel von Stadt zu Stadt gegangen war, um für den Fechtsport zu werben. Sein Ziel war es, über den Sport Respekt für den Gegner zu lehren, nicht über Aggressivität. Das hatte er auch damit bewiesen, dass er nach einem der Wettkämpfe zum libanesischen Team gegangen war und dieses gefragt hatte, wie es bisher abgeschnitten habe. Roman hatte ihn dafür bewundert. Er selbst hätte sich das nie getraut, immerhin lag Israel mit dem Libanon im Krieg. Spitzer hatte ihm erklärt, dass es im Sport eben darum gehen sollte: über sportliche Leistungen Brücken zu schlagen, die alle anderen Konflikte überwinden konnten. Die libanesischen Sportler schienen das genauso zu sehen, denn sie hatten ihm freundlich Auskunft erteilt und ihm anschließend Glück gewünscht. War es nicht schon deshalb vollkommen verkehrt, dass einer wie Spitzer, dem die Verständigung so unglaublich wichtig war und der offenbar versuchte, mit den ihm möglichen Mitteln einen Weg aus dem ewigen Kriegsgeschehen herauszufinden, nun hiersaß und von Palästinensern festgehalten wurde, die damit drohten, sie alle zu töten? Und was hatte er selbst getan, um einen solchen Hass zu verdienen? Er war Jude, ein verhasster Zionist, was vermutlich in den Augen der Terroristen Grund genug war. Roman konnte nicht nachvollziehen, wie Hass sich so sehr auf eine Gruppe oder ein ganzes Volk beziehen und wie ein Flächenbrand ausweiten konnte. Wenn er an die Geschichte seiner eigenen Familie dachte, müsste er Hass auf die Deutschen verspüren, müsste sie aus tiefstem Herzen verachten, aber das tat er nicht. Er konnte und wollte dieses Denken überwinden und wie André eine Brücke der Verständigung bauen. Eine Brücke, über die auch seine Mutter würde gehen können. Diejenigen, die seiner Familie und seinem Volk damals so Schreckliches angetan hatten, waren zum Teil bereits tot. Tot und begraben. Und genauso sollte man den Hass begraben. Vielleicht bot diese furchtbare Situation den Deutschen eine Gelegenheit zu beweisen, wie sehr sie ihr Unrecht von damals bereuten, weshalb sie nun alles taten, damit kein Jude in Deutschland jemals wieder seines Glaubens wegen Opfer von Gewalt wurde. Oder dachte Roman da zu weit? Wollte er womöglich nur etwas Höheres, etwas Richtiges in dem sehen, was hier und heute geschah? Er wusste es nicht.

Sein Blick fiel auf Salah, der sich mittlerweile einen Stuhl geholt hatte.

»Wie spät ist es?«, fragte Roman ihn auf Deutsch, weil er meinte, dass dieser vorhin genau verstanden hatte, was Issa mit dem Mann unter dem Balkon besprochen hatte. Es war bestimmt schon später als halb zehn, der Wettkampf der Ringer würde ohne ihn stattgefunden haben. Ob das Internationale Olympische Komitee wohl eine Ausnahme machen und ihn später antreten lassen würde?

»Warum?«, gab Salah zurück. »Willst du wissen, wie lange ihr noch zu leben habt?« Es klang verächtlich.

Roman schüttelte den Kopf. »Nein. Weil heute mein Wettkampf ist und ich hoffe, rechtzeitig hier raus zu sein, um noch daran teilnehmen zu können.«

Salah war die Überraschung über Romans Worte anzusehen.

»Wenn wir bekommen, was wir wollen, werden wir keinem von euch etwas tun«, gab er zurück.

Roman hörte, wie jemand mit schnellen Schritten durch den

Flur eilte. Denawi erschien neben Salah und sagte etwas auf Arabisch. Salah nickte nur.

»Halt deinen Mund«, befahl er Roman nun. »Sonst kannst du dich zu deinem toten Freund gesellen.«

Roman schwieg. Anfangs hatte er noch versucht, nicht auf Josefs toten Körper zu sehen, inzwischen aber hatte er sich an den Anblick gewöhnt, so schockierend er auch sein mochte.

Roman dachte an den gestrigen Abend. Die *Anatevka*-Aufführung war wunderbar gewesen, genau wie das anschließende Essen mit seinen Kollegen. Sie hatten sich angeregt unterhalten und sehr viel gelacht, vor allem hatten sie sich über die zungenbrecherischen Namen einiger bayerischer Gerichte amüsiert und über die bayerischen Bedienungen gestaunt, die bis zu zehn riesige Bierkrüge auf einmal tragen konnten. Es war, als wären seitdem nicht nur einige Stunden vergangen, sondern als wären sie in einer ganz anderen Zeit, an einem ganz anderen Ort gewesen. Roman wischte sich mit dem Handrücken über die Augen, dann schweiften seine Gedanken zu Angelika. Wie verblüfft sie gewesen war, als er ihr mitteilte, dass es sich um ein und denselben Manfred handelte, den sie auf ganz unterschiedlichem Wege kennengelernt hatten. Roman hatte heute wieder zu ihm gehen wollen, um ihm Angelikas Nachricht auszurichten.

Ob sie wohl wusste, was hier los war? Vielleicht hatte sie ja noch gar nichts davon mitbekommen und wartete nun auf ihn, enttäuscht, dass er sich nicht wie vereinbart mit ihr traf. Wie um alles in der Welt sollte er nun mit ihr in Kontakt treten? Die Geiselnehmer würden ihn bestimmt nicht mit ihr telefonieren lassen.

Er sah zu dem Papierblock hinüber, auf dessen Blätter er den Brief an seine Mutter geschrieben hatte. Er hatte darin auch Angelika erwähnt und wie sehr er sich wünschte, dass er sie nach dem Ende der Olympischen Spiele seiner Familie vorstellen könnte. Dass sie aus der DDR kam und sich mit Fluchtgedanken trug, hatte er nicht erwähnt.

Er war nicht mehr dazu gekommen, den Brief abzuschicken, er steckte noch in seiner Jackentasche, da er ihn gleich heute früh vor seinem Wettkampf hatte einwerfen wollen.

Er fragte sich, ob er den Brief nach dem, was sich gerade hier abspielte, tatsächlich abschicken oder ob er ihn vielleicht wieder aufreißen und eine weitere Seite hinzufügen sollte, auf der er seiner Mutter von den schrecklichen Dingen erzählte, die er nun erlebte? Ob man in Tel Aviv mitbekam, was hier geschah? Vermutlich. Schließlich war eine Geiselnahme immer eine tragische Sensation, die die Öffentlichkeit fesselte. Und da sie allesamt aus Israel stammten, wäre ihnen weltweite Aufmerksamkeit gewiss. War es nicht genau das, was die Geiselnehmer erreichen wollten?

MÜNCHEN

Dienstag, 05. September 1972, 11.57 Uhr

Die Blicke der Welt sind auf uns gerichtet. Alle hören nun, was sie nie hören wollten und wovor sie Augen und Ohren verschlossen haben.

DJAMAL RAHMAN

Djamal sah auf, als Luttif zur Tür hereinkam und sich kurz mit Yusuf besprach. Dann nickte Yusuf und ging in den Nebenraum zu den anderen, während Luttif sich zu Djamal beugte und ihm ins Ohr flüsterte, dass das Ultimatum um eine weitere Stunde verlängert worden sei. Djamal nickte schweigend und blickte wieder auf die Israelis, die stumm dasaßen und vor sich hin starrten. Noch eine Stunde also. Ob es dann geschafft wäre? Ob sie dann heimkehren könnten mit dem Wissen, ihr Ziel erreicht und sich den Respekt verdient zu haben, den er sich so sehr wünschte?

Seine Augen schweiften zu dem toten Israeli zu den Füßen der anderen. Auch wenn er es sich nicht eingestehen wollte, ließ ihn der Anblick nicht kalt. Es war keine Frage für ihn, ob er bereit war, für Palästina zu töten und auch selbst in den Tod zu gehen. Keinen Moment würde er zögern. Doch er wollte Mann gegen Mann kämpfen, mit Fäusten, mit Messern, mit Schusswaffen. Er war ein Soldat und wollte gegen Soldaten der Israelis vorgehen, nicht jedoch gegen unbewaffnete Sportler. Auch wenn sie Juden waren, die er zeit seines Lebens zutiefst verabscheut, ja gehasst hatte, rief der Anblick des nur mit Unterwäsche bekleideten Mannes Betroffenheit in ihm hervor. Sie hatten die Israelis im Schlaf überrascht und in ihre Gewalt gebracht, aber es hatte niemand verletzt werden sollen. Und so groß sein Hass auf Israel und die Menschen, die ihnen, den Palästinensern, das Land geraubt hatten, auch war – es fühlte sich einfach nicht richtig an, was hier geschah.

Er war mit Krieg, Waffen, Unruhen und Ängsten aufgewachsen. Es war ihm in Fleisch und Blut übergegangen, dass es einen dauerhaften Frieden niemals geben konnte. Nichtsdestotrotz hatte er immer das Gefühl gehabt, dass es falsch war, wenn unbeteiligte Zivilisten Kriegshandlungen zum Opfer fielen und Menschen in ein noch tieferes Leid gestoßen wurden, die nichts weiter wollten, als dass sie und ihre Familien überlebten und in Sicherheit waren.

Es war falsch, vollkommen falsch, wenn Unschuldige verletzt wurden oder gar ihr Leben ließen. Das hatte Djamal immer wieder gedacht, wenn der Konflikt zwischen den Palästinensern und den Juden eskalierte und unschuldige Opfer zu beklagen waren. Doch er hatte stets nur die Seite der Palästinenser gesehen, hatte deren Leid erfahren, was seinen Hass auf die Juden mehr und mehr genährt hatte. Doch nun, da er hiersaß und den Mann am Boden liegen sah, den sie erschossen hatten, kamen ihm Zweifel an dem, was er tat. Hatte dieser Mann es wirklich verdient zu sterben, nur weil er Jude war? Was bot er für ein Bild: ein junger Mann, der mit einer Kalaschnikow in der Hand dasaß, bereit, auf unbewaffnete Zivilisten zu schießen?

Sein Blick fiel auf den Sportler, der ihn vorhin nach der Uhrzeit gefragt hatte. Wie alt er wohl war? Vermutlich in seinem Alter, womöglich sogar jünger. Er hatte gehofft, dass er nicht zu spät zu seinem ersten Wettkampf kommen würde. Ein Wettkampf! Die Welt, in der dieser junge Mann lebte, war Djamal vollkommen fremd. Plötzlich musste er an das Fußballspiel mit den Deutschen denken, an dem er mit Luttif teilgenommen hatte.

Auch das war einfach nur ein Wettkampf gewesen, ein harmloser Wettkampf, bei dem es keine Feinde gegeben und der ihm großen Spaß gemacht hatte. Was hätte er wohl gedacht, wenn in diesem Moment ein Soldat gekommen wäre und gedroht hätte, sie alle umzubringen? Er hätte diesen Mann verachtet, für die Schwäche, einen ehrlichen Kampf zu scheuen. War also das, was er hier tat, wirklich etwas, worauf er am Ende stolz sein konnte?

Der etwa gleichaltrige Israeli, der Deutsch sprach, schaute hoch, als hätte er bemerkt, dass Djamal ihn ansah. Es lag etwas Fragendes in seinem Blick, doch er sagte nichts. Djamal zögerte, dann stand er auf und ging ins Nebenzimmer.

»Wir sollten ihnen zu trinken geben«, sagte er zu Luttif.

»Warum? Sollen sie doch dursten«, hielt Yusuf dagegen.

»Weil wir Palästinenser sind und unseren Stolz haben. Wir sind nicht diejenigen, die feige und unmenschlich sind«, entgegnete Djamal.

Luttif und Yusuf tauschten einen kurzen Blick.

»Er hat recht«, befand Luttif dann. »Gebt ihnen zu trinken. Niemand soll über uns sagen können, dass wir ebenso unmenschlich sind wie unsere Feinde.« Er legte die Hand auf Djamals Schulter. »Geh zurück auf deinen Platz. Wir bringen gleich das Wasser.«

Djamal nickte nur, und in diesem Moment spürte er, dass der Stolz zurückkam und damit das Gefühl, das Richtige zu tun.

MÜNCHEN

Dienstag, 05. September 1972, 12.17 Uhr

Nichts tun zu können raubt mir fast den Verstand.

ROBERT GOLDMANN

Er hatte lange vor der Einsatzzentrale ausgeharrt in der Hoffnung, dass Manfred herauskäme und er die Gelegenheit hätte, mit dem Freund zu sprechen. Doch dieser hatte Robert nicht einmal bemerkt, als er laut seinen Namen gerufen hatte, sondern war mit ernster Miene weitergegangen, ohne auch nur aufzusehen.

In den vergangenen Stunden hatte es so viele Gerüchte rund um die Geiselnahme gegeben, dass kein Journalist, der seine Aufgabe ernst nahm, auch nur im Ansatz zu berichten vermochte, was wahr war und was nicht. So hatte es bereits vor zwei Stunden geheißen, dass eine angebliche Befreiungsaktion israelischer Spezialkräfte bevorstände, weil man von israelischer Regierungsseite nicht an die Kompetenz der Deutschen glaubte, eine solche Situation in den Griff zu bekommen. Zwar hatte Polizeipräsident Schreiber inzwischen zweimal von Falschmeldungen gesprochen und keinen weiteren Kommentar geben wollen, allerdings hatte er eine solche Operation auch nicht kategorisch ausgeschlossen, was die Gerüchte zusätzlich anheizte. Außerdem war mal von zehn Geiseln und zwanzig Terroristen die Rede, dann wieder von sechsundzwanzig Geiseln und einundzwanzig Terroristen, obwohl bereits die Namen von zehn Israelis zusätzlich zu dem verstorbenen Mosche Weinberger genannt worden waren. Robert hoffte, dass das Durcheinander lediglich eine Folge von Sensationslust und Übertreibungen der Berichterstatter war, konnte jedoch die Befürchtung nicht ganz wegschieben, dass die Situation den eingerichteten Krisenstab vollkommen überforderte und im Grunde keiner mehr wusste, welche Angaben überhaupt stimmten.

Vor etwa einer Stunde war der Botschafter Eliashiv Ben-Horin mit einer Bundeswehrmaschine auf dem Flughafen Fürstenfeldbruck gelandet und mit einem Hubschrauber zum Krisenstab gebracht worden. Wie Alfons Zeisel, ein Reporter des Bayerischen Rundfunks, von einer Quelle im Innern der Einsatzzentrale erfahren haben wollte, hatte man Ben-Horin einen eigenen Raum mit Standleitung zur Verfügung gestellt, damit er die israelische Regierung über das Geschehen auf dem Laufenden halten konnte. Kurz darauf hatte Robert beobachtet, wie mehrere Polizisten ausschwärmten und sich an die versammelten Reporter wandten. Sie hatten die wichtigsten Fernsehsender vor Ort aufgefordert, keine weiteren Live-Aufnahmen vom olympischen Dorf zu zeigen. Um das Leben der Geiseln und einen möglichen geplanten Einsatz nicht zu gefährden, wollte man eine Nachrichtensperre durchsetzen, doch bei den vielen Kamerateams, die rund um die Connollystraße 31 im Einsatz waren, konnte man dieses Vorhaben von vornherein als aussichtslos betrachten. Abgesehen davon hatte der US-Sender ABC längst ein Superteleobjektiv von dem zweihunderteinundneunzig Meter hohen Olympiaturm auf das Dach des besetzten Hauses gerichtet. Der ABC-Reporter John Wilcox hatte sich zudem in den fast gegenüberliegenden Zimmern des burmesischen Fußballteams eingenistet und schickte von dort aus Bilder an seinen Sender. Außerdem übertrug der britische Sender ITV die Ereignisse live, genau wie das israelische Fernsehen. Der späte Versuch der Polizei, eine Nachrichtensperre durchzusetzen, war also geradezu lachhaft.

Robert hatte vorhin vom Münzfernsprecher aus in der Redaktion angerufen und mit seinem Chefredakteur sprechen wollen, war doch exakt der Fall eingetreten, den er in dem abgelehnten Zeitungsartikel beschrieben hatte. Joachim Koch war angeblich zu beschäftigt gewesen, um das Telefonat anzunehmen. Beate hatte ihm abgeraten, in die Redaktion zu kommen.

»Hier ist die Hölle los«, hatte die Redaktionsassistentin ihm mit atemloser Stimme mitgeteilt. Sie hätten sämtliche Druckerpressen angehalten, um die Blätter mit den neuen Schlagzeilen zu füllen und dann auf Hochtouren wieder zum Laufen zu bringen.

Robert überlegte, was er tun könnte. Er hatte vorhin versucht, zum restlichen israelischen Team vorzudringen, war aber nicht durchgelassen worden. Überhaupt war zum jetzigen Zeitpunkt nicht klar, wo sich der Rest der Delegation aufhielt, und bei dem Chaos, das momentan herrschte, würde es vermutlich auch nicht möglich sein, eine vernünftige Auskunft zu bekommen. Also ging er stattdessen zu Alfons Zeisel, der sein Mikrofon in der einen und eine Zigarette in der anderen Hand hielt.

Als der Reporter des Bayerischen Rundfunks ihn näher kommen sah, blies er den Rauch aus. »Na, Robert, immer noch hier?«

»Ja. Es will mir einfach nicht gelingen, irgendetwas in Erfahrung zu bringen«, antwortete Robert kopfschüttelnd. »Weißt du denn schon was Neues?«

»Nein«, gab Zeisel zurück. »Wir warten nach wie vor auf die Bestätigung, dass die Spiele endlich unterbrochen werden. Doch bisher gehen die Wettkämpfe weiter, als wäre nichts passiert.«

»Das kann doch nicht deren Ernst sein! Da hinten«, er deutete mit dem ausgestreckten Arm in Richtung Connollystraße, »bangen Menschen um ihr Leben. Einer ist schon tot. Und die lassen die Wettkämpfe einfach weiterlaufen?«

»Unbestätigten Angaben zufolge sollen es inzwischen bereits zwei Tote sein.«

Robert schluckte schwer. »Weiß man, wer der zweite ist?«

Zeisel schüttelte den Kopf. »Nein. Ein Name wurde nicht genannt. Nur dass ein weiterer Israeli wohl versucht hätte, die Geiselnehmer anzugreifen, und dabei erschossen wurde.«

»Wie glaubwürdig ist die Angabe?«

»Gesichert ist hier schon seit Stunden nichts mehr«, stellte Zeisel fest. »Doch meine Quelle ist zuverlässig. Der Anführer, dieser Issa, hat es wohl dieser Anneliese Graes gesagt, der Polizeibeamtin, die als Kontaktperson dient.«

Robert rieb sich die Augen. »Das darf doch nicht wahr sein.«

»Wenn du mich fragst, ist hier alles längst aus dem Ruder gelaufen. Du hast es doch mitbekommen. Die Polizeibeamten haben uns gebeten, nicht weiter live zu berichten. Dann sind sie unverrichteter Dinge wieder abgezogen, und das war's. Die Wettkämpfe gehen weiter, und die Polizei weiß nicht mit alldem umzugehen. Es ist ein Trauerspiel.«

»Weißt du, was mir gerade klar geworden ist?«, fragte Robert bedrückt. »Dass jüdisches Leben in Deutschland einfach nicht zählt. Hier nicht und vermutlich auch nirgendwo anders auf der Welt. Es ist gleichgültig.«

Zeisel sah ihn nur an. Robert konnte sehen, dass er nach einer Erwiderung suchte, doch es schien ihm nichts Passendes einzufallen.

»Ich muss los«, sagte er nach einem kurzen Moment, nickte dem Fernsehreporter zu und machte sich auf den Weg zum Ausgang. Er stieg in seinen Audi 80, den er an der Lerchenauer Straße geparkt hatte, und fuhr zum Haus seiner Eltern, weil er sich fragte, wie sie die schrecklichen Ereignisse aufnahmen. Er traf nur seine Mutter an.

»Wie geht es dir?«, fragte er, denn er konnte sehen, dass sie geweint hatte.

»Ich bete für die Menschen, die gefangen gehalten werden. Genau wie ganz Israel für sie betet.«

»Wo ist Vater?«

»Er ist mit den anderen Männern zur Synagoge aufgebrochen. Sie wollen gemeinsam für die Geiseln beten.« Sie machte einen Schritt auf ihn zu. »Geh auch du dorthin, Robert.«

Er überlegte kurz. Sollte er als Journalist nicht weiter vor Ort sein, um die neuesten Entwicklungen in Erfahrung zu bringen, oder aber in die Redaktion gehen und darauf bestehen, dass man seinen Artikel brachte, der exakt vor dem warnte, was nun eingetreten war? Nein, es war jetzt nicht die Zeit, sich um seine eigene Karriere zu kümmern, während Menschen seines Volkes um ihr Leben bangten. Er würde seinem Vater beistehen. Entschlossen gab er seiner Mutter einen Kuss auf die Wange und nickte.

»Ich werde später wiederkommen«, versprach er. Dann eilte er davon, um rechtzeitig zum Gottesdienstbeginn die Synagoge in der Reichenbachstraße zu erreichen.

Als er dort ankam, sollte gerade die Tür geschlossen werden. Robert trat ein und ging so weit nach vorn durch, bis er seinen Vater Uri entdeckte, neben dem er Platz nahm. Uri Goldmann wirkte aufgewühlt, jedoch nicht traurig, sondern eher wütend. Vater und Sohn warfen einander einen Blick zu, dann begann der Gottesdienst mit den achtzehn Bittstellungen, die die Gläubigen an Adonai richteten. Plötzlich sprang Roberts Vater auf.

»Schluss damit!«, rief er laut.

Robert und die anderen Männer erschraken, es wurde augenblicklich still. Der Rabbi sah Roberts Vater schockiert an und klappte den Mund auf, um etwas zu sagen, doch Uri Goldmann kam ihm zuvor.

»Ich habe genug davon!«, rief er laut. »Es reicht!« Er ließ seinen Blick über die Gemeinde schweifen. Niemand gab einen Mucks von sich. Die Unterbrechung des Gebets war etwas so Ungeheuerliches, dass die Männer sprachlos waren.

»Als die Nazis kamen«, sagte Uri laut, »haben wir uns in dieser Synagoge zusammengefunden. Wir haben uns hier getroffen und mit unseren Eltern und Großeltern gebetet, dass uns nichts geschehen möge. Hier, in dieser Synagoge, haben wir darum gefleht, doch wir wurden nicht erhört. Die Nazis kamen trotzdem, sie brandschatzten, plünderten, mordeten, schändeten und töteten. Und wir sind fortgerannt und hatten nichts als unsere Gebete.« Robert zupfte am Jackett seines Vaters in der Hoffnung, dass dieser sich wieder setzen würde. Doch das tat er nicht.

»Wir haben uns weggeduckt und gehofft, das Unaussprechliche würde nicht geschehen«, fuhr Uri Goldmann laut fort. »Wir haben es ertragen, haben nichts dagegen getan. Und nun, mehr als dreißig Jahre später, sitzen wir wieder hier und beten und flehen um das Leben unserer Brüder, die nur aus einem einzigen Grund dem Tode ins Auge blicken: weil sie Juden sind!« Er ballte die Hand zur Faust. »Wir müssen aufhören, uns zu ducken. Wir müssen aufhören, immer nur zu beten und zu schweigen. Wir müssen aufhören, uns vor der Welt zu verstecken. Wir sollten die jüdische Flagge holen und durch die Straßen Münchens tragen, um zu zeigen, dass es uns gibt. Wir sind Juden, wir sind Menschen, und wir sind hier! Ihr werdet uns nicht vertreiben!«

»Das können wir nicht tun«, begehrte nun Asael Blumberg auf. »Was ist nur in dich gefahren, Uri?«

»Hast du es nicht gesehen, Asael?«, gab Roberts Vater aufgebracht zurück. »Die Spiele gehen weiter. Unsere Leute werden ermordet, doch die Verantwortlichen tun einfach so, als wäre nichts geschehen. Wir zählen nicht, weil wir nicht sichtbar sind.«

Robert schluckte bei den Worten seines Vaters. Das, was er aussprach, war genau der Gedanke, der auch ihm vorhin gekommen war.

»Robert«, wandte sich sein Vater mit fester Stimme an ihn. »Hol die jüdische Flagge aus dem Schrank. Mein Sohn und ich werden auf die Straße gehen, und jeder von euch kann sich uns anschließen. Wir werden nicht mehr still sein, wir werden nicht mehr schweigen.«

Robert wusste nicht, wie er reagieren wollte. Ihm war keineswegs wohl dabei, die jüdische Fahne zu holen und sich damit über alles hinwegzusetzen, was man ihn in diesen heiligen Räumen gelehrt hatte. Doch noch weniger wollte er seinem Vater, einem überaus gläubigen Mann und weit mehr dem Judentum verbunden als er selbst, in den Rücken fallen. Also stand er auf und ging entschlossenen Schrittes nach vorn, während die Blicke der Anwesenden auf ihm ruhten. Er öffnete die Tür zum Nebenraum und nahm die Flagge aus dem Schrank. Als er wieder herauskam, hörte er, wie der Rabbi zu seinem Vater sagte: »Das könnt ihr nicht tun.«

»O doch, wir können«, hielt Uri Goldmann dagegen. »Und wir müssen. Denn wir sind die Einzigen, die nicht länger zulassen werden, dass alle einfach wegsehen.« Damit stand er auf und nahm seinem Sohn die Flagge ab. Mehrere Männer erhoben sich, bereit, ihnen zu folgen. Robert stellte sich an die Seite seines Vaters. Gemeinsam verließen sie die Synagoge.

Aus den Augenwinkeln nahm Robert wahr, dass sich immer mehr Mitglieder anschlossen, bis sie, nahezu vollständig, auf die Reichenbachstraße traten.

Schulter an Schulter zogen die Juden durch die Straßen der Stadt, ein in dieser Art nie dagewesener Akt. Der Mut seines Vaters erfüllte Robert mit Stolz. Die Blicke der Menschen, an denen sie vorbeiliefen, spiegelten Überraschung wie Solidarität wider. Robert spürte, wie er am ganzen Körper Gänsehaut bekam, als sein Vater seinen Arm nahm, ihn ansah und ihm dankend zunickte. Noch nie hatte er eine solche Verbindung zu seinem Volk gespürt, noch nie eine solche Verbundenheit untereinander.

Der Zug endete auf dem Odeonsplatz, wo der Rabbiner Hans Grünewald und Hans Lamm als Sprecher der jüdischen Gemeinde vortraten und das Wort an die Menschen richteten. Sie forderten die sofortige Unterbrechung der Olympischen Spiele, was von den Menschen mit lautem Klatschen begrüßt wurde. Robert sah sich um. Er wusste nicht, ob das, was sie getan hatten, am Ende etwas bringen würde. Doch es fühlte sich richtig an, das Schweigen endlich gebrochen zu haben.

MÜNCHEN

Dienstag, 05. September 1972, 12.32 Uhr

Es ist nur noch eine Frage der Zeit, bis entweder einer von denen oder einer unserer Leute die Nerven verliert.

MANFRED HOFMANN

»Meine Herren«, begann Polizeivizepräsident Georg Wolf, als alle versammelt waren. »Zu meinem Bedauern muss ich Ihnen mitteilen, dass die Panzerfahrzeuge aufgrund der Bauweise des Gebäudes nicht bis zur Connollystraße vordringen können.« Er atmete geräuschvoll aus. »Da das Ultimatum bereits zweimal verlängert wurde, müssen wir uns darauf einstellen, um dreizehn Uhr den Befehl zur Erstürmung zu erteilen.« Während er sprach, ließ er einen Kugelschreiber zwischen seinen Fingern kreisen. »Wir haben vorhin mit zwei Mitarbeitern der Bauleitung gesprochen«, fuhr er fort. »Das Gebäude besteht aus vorproduzierten Betonplatten und ist somit für die Terroristen leicht zu verteidigen, da die Außenwände des Apartments allesamt absolut massiv sind. Es könnten lediglich die Türen und Fenster zerschlagen oder auch gesprengt werden. Dass dabei eine erhebliche Gefahr besteht, die Geiseln zu verletzen oder sogar zu töten, muss ich Ihnen nicht erklären. Dennoch sollten wir uns darauf einstellen, diese Option in Erwägung zu ziehen.«

»Wann wird darüber entschieden?«, fragte Manfred.

»Es kommt darauf an, wie sich die Verhandlungen weiter gestalten«, antwortete Wolf ausweichend. »Vermittelt durch die

Kollegin Graes, wurde dem Anführer, diesem Issa, ein Anruf nach Kairo gestattet. Wir haben einen Übersetzer hier und hätten das Gespräch mithören können, allerdings hat Issa unter der Nummer niemanden erreicht. Es hat also kein Gespräch stattgefunden. Ob der Anruf womöglich nur als Signal an jemanden diente, können wir nicht sagen.«

»Demnach sind wir so schlau wie vorher«, stellte Lothar Klingenbeil missmutig fest.

Der Polizeivizepräsident nickte. »Bundeskanzler Willy Brandt hat nochmals mit Premierministerin Golda Meir telefoniert, leider ohne Erfolg. Israel bleibt bei seinem Standpunkt, nicht mit Terroristen zu verhandeln. Botschafter Eliashiv Ben-Horin hat den Kabinettsbeschluss überbracht, dass man den deutschen Behörden vertraue und unsere Entscheidungen zum weiteren Vorgehen akzeptieren und unterstützen werde. Die Gerüchte um eine Stürmung durch ein israelisches Einsatzkommando sind somit haltlos. Es ist an uns, die Sache in den Griff zu kriegen.«

»Worum sollen wir verhandeln, wenn diese Terroristen an ihren Forderungen festhalten und wir nichts haben, was wir ihnen anbieten können?«, fragte Lothar.

»Wie ich schon sagte: Wir müssen damit rechnen, dass das um dreizehn Uhr ablaufende Ultimatum nicht mehr verlängert wird.« Wieder spielte Georg Wolf mit dem Kugelschreiber. »Geplant ist, dass Präzisionsschützen eingesetzt werden, um die Geiselnehmer auszuschalten. Jedoch konnte bisher nicht abschließend festgestellt werden, um wie viele Terroristen es sich handelt. Unseren Beobachtungsposten zufolge zeigen sich immer wieder Männer am Fenster oder auf dem Balkon. Scheinbar handelt es sich um ein und dieselben Personen, die sich offenbar zwischendurch umziehen. Vermutlich wollen sie so den Eindruck erwecken, dass wir es mit einer größeren Gruppe zu tun haben. Gesichert wissen wir bislang von mindestens vier Terroristen, es können aber auch mehr sein.«

»Da wir nicht mal die genaue Anzahl der Geiselnehmer kennen, ist es geradezu unmöglich, alle auszuschalten, bevor sie die Geiseln erschießen«, brachte sich nun Ludwig Perl ein. »Die Einsatzleitung hat daher beschlossen, sechsunddreißig speziell auf Festnahmen ausgebildete Männer zum Sturm einzusetzen und ihnen durch die Präzisionsschützen bei der Erstürmung Feuerschutz zu geben.«

»Es gibt eine Spezialeinheit für einen solchen Einsatz?«, fragte Manfred erleichtert und gleichzeitig überrascht.

»Die Kollegen sind Sonderfahnder unserer Münchner Polizei«, erklärte der Polizeivizepräsident.

»Sonderfahnder? Aber haben sie jemals die Erstürmung eines besetzten Gebäudes trainiert?«, hakte Manfred nach.

Wolf zögerte, dann schüttelte er den Kopf. »Aus diesem Grund hoffen wir nach wie vor auf eine andere Lösung.«

»Verstehe«, antwortete Manfred knapp. Die Erleichterung, die er eben noch verspürt hatte, verflog schlagartig. Anscheinend war tatsächlich niemand auf eine solche Situation vorbereitet. Er selbst hatte etliche Male mit Präzisionsgewehren trainiert, allerdings aus eigener Motivation heraus. Er war gut, sogar weit besser als die anderen, das wusste er. Aus diesem Grund fragte er sich, anhand welcher Kriterien man die Präzisionsschützen ausgewählt hatte.

Beinahe im selben Moment sagte der Polizeivizepräsident: »Ich habe hier die Liste der Schützen, die für diese Aufgabe ausgewählt wurden. Von den Männern hier im Raum stehen auch zwei darauf. Kollege Hofmann, Kollege Klingenbeil, bitte halten Sie sich bereit.«

Manfred und Lothar tauschten einen kurzen Blick und nickten.

»Sie werden gleich in den genauen Ablaufplan eingeweiht. Alle anderen Mitglieder dieses Krisenstabs können sich vorerst wieder auf die Büros verteilen. Wir informieren Sie, sobald sich etwas Neues ergibt.«

Alle standen auf und verließen nach und nach den Raum. Einzig Lothar, Manfred und Polizeivizepräsident Wolf blieben zurück und warteten, bis der letzte Kollege die Tür von außen geschlossen hatte.

»Kollegen, da Sie nicht nur mit dem Präzisionsgewehr umgehen können, sondern auch die Einzigen waren, die sich hier eben eingebracht haben, will ich ganz offen mit Ihnen sprechen. Der Krisenstab ist nicht gerade das Gelbe vom Ei, wenn ich das mal so salopp formulieren darf.«

»Darf ich auch ganz offen sein?«, fragte Manfred.

»Bitte?«

»Seit dieser Mist angefangen hat, frage ich mich, wann endlich jemand kommt, der das Ganze in die Hand nimmt und weiß, was zu tun ist. Lothar und ich sind schon lange dabei, das stimmt. Allerdings wurde ich nie zum Präzisionsschützen ausgebildet, sondern habe mir diese Fertigkeit selbst angeeignet.«

»Das Ergebnis zählt«, stellte Wolf fest.

»Im Grunde schon«, stimmte Manfred zu. »Aber ich wurde nie auf einen antiterroristischen Einsatz vorbereitet und bin auch kein Experte bei Geiselnahmen. Ich habe immer nur getan, was ich für richtig gehalten habe, und ich bezweifle, dass mein Wissen über das der Kollegen hinausgeht. Geht's dir nicht genauso, Lothar?«

»Du sprichst mir aus der Seele«, pflichtete ihm sein Kollege bei.

»Ich meine«, fuhr Manfred fort, »nehmen wir beispielsweise die Leute vom Mossad. Soweit man hört, sind das echte Kampfmaschinen. Vor allem aber wissen sie, wie man mit solchen Typen umgeht. Die haben die Erfahrung. Wir hier in Deutschland haben nichts Vergleichbares. Warum also nehmen wir die angebotene Hilfe nicht an und lassen die Israelis versuchen, ihre Leute zu befreien?« Manfred zögerte, den nächsten Gedanken auszusprechen, dann tat er es doch. »Ich will ganz ehrlich sein:

Wenn diese Nummer hier schiefgeht, nur weil wir Deutschen vorher alle Bedenken in den Wind geschossen haben und jetzt nicht in der Lage sind, die Situation ohne weitere Tote zu klären, wird uns das auf die Füße fallen, Chef.«

»Und Sie denken, besser man zeigt mit dem Finger auf den Mossad als auf uns?«, fragte Wolf und zog die Augenbrauen in die Höhe.

Manfred schüttelte den Kopf. »Ich meine nicht, dass wir versuchen sollten, unsere eigene Haut zu retten, damit wir nicht so mies dastehen«, erklärte er dann. »Aber besser, wir gestehen uns jetzt ein, dass die Sache aus dem Ruder gelaufen ist, und lassen die ran, die Ahnung davon haben, als nachher auf einen Haufen toter Geiseln zu blicken und erklären zu müssen, warum wir die Hilfe derer, die etwas hätten machen können, ausgeschlagen haben.«

Georg Wolf räusperte sich. »Sie sind deshalb hier, weil Sie in Situationen, in denen gehandelt werden musste, genau dies getan haben«, setzte er sich über Manfreds Bedenken hinweg. »Wenn Sie uns in dieser Situation nicht unterstützen wollen, werde ich mich nach einem Ersatz für Sie umsehen, Kollege Hofmann.«

»Verstehe«, sagte Manfred bedächtig. »Nein, ich möchte dabeibleiben.«

»Das Gleiche gilt für mich«, teilte Lothar Wolf mit.

»Gut, dann wäre das geklärt. Sie erhalten die weiteren Instruktionen vom Einsatzleiter«, kündigte der Polizeivizepräsident an und nahm die Unterlagen, die vor ihm lagen. »Er wird Ihnen alles Weitere mitteilen.« Damit ging er zur Tür hinaus.

»Na dann«, sagte Lothar, als er weg war. »Anscheinend sollten wir unsere Bedenken künftig wohl besser für uns behalten.«

Manfred zuckte die Achseln. Hier lief etwas wirklich gründlich schief.

M Ü N C H E N

Dienstag, 05. September 1972, 12.48 Uhr

Nicht zu wissen, was geschieht und ob es Roman gut geht, lässt mich kaum noch atmen.

ANGELIKA NOWAK

Angelika hatte Viktor gebeten, zur Einsatzzentrale der Polizei gehen zu dürfen in der Hoffnung, dort etwas zum aktuellen Stand der Geiselnahme zu erfahren. Die ganze Zeit über im Apartment zu hocken und die Meldungen zu hören, die kaum etwas Neues brachten, machten sie schier wahnsinnig.

Viktor hatte Verständnis gezeigt und angeboten, sie zu begleiten. Dieses Mal hatte Angelika seine Unterstützung dankbar angenommen.

Weit waren sie jedoch nicht gekommen, denn der Bereich vor der Olympiawache war abgesperrt worden, der Zutritt unmöglich.

Angelika entdeckte Linda, die Freundin von Manfred, die sie in der Volleyballhalle angesprochen hatte. Doch sie wollte sie lieber nicht auf sich aufmerksam machen, weil sie fürchtete, dass Viktor die junge Frau wiedererkennen könnte und dies Fragen nach sich zöge. Ganz abgesehen davon, glaubte Angelika nicht, dass Linda mehr Informationen hatte als sie selbst, denn auch sie stand in der Menge jener, die von den Polizisten am Weitergehen gehindert wurden.

»Ich werde noch verrückt«, stellte Angelika fest und sah Viktor hilfesuchend an.

»Warte«, sagte dieser und tauchte in der Menge unter. Offenbar hatte er jemanden gesehen, der ihnen vielleicht weiterhelfen konnte.

Angelika blickte sich um, aber der Co-Trainer war verschwunden. Kurze Zeit später kehrte er zurück und berührte ihren Arm.

»Komm«, forderte er sie auf, nahm ihre Hand und zog sie hinter sich her durch die versammelten Menschen, dann blieb er vor einem Mann stehen.

»Du kennst doch Heiko Fischer, Angelika?«, stellte er die beiden einander vor.

Sie reichte ihrem Gegenüber die Hand. »Aber sicher. Sie haben mich vor Beginn der Olympischen Spiele interviewt«, antwortete Angelika. »Freut mich, Sie wiederzusehen.«

»Hallo«, sagte Fischer und erwiderte den Handschlag.

»Heiko berichtet für unser DDR-Fernsehen und hat sich mit seinem Kamerateam nicht weit von dem Gebäude positioniert, in dem die Geiseln festgehalten werden. Von dort hat man direkten Blick auf das Geschehen.«

»Wirklich?«, fragte Angelika sichtlich aufgeregt. »Dann wissen Sie, wie es den Geiseln geht und was sich gerade abspielt?«

»Wir haben ein Richtmikrofon besorgt und auf den Hof ausgerichtet. So können wir fast jedes Wort mithören, das vor der Tür mit dem Anführer gesprochen wird. Wenn Sie wollen, können Sie mitkommen.«

Angelika warf Viktor einen fragenden Blick zu. Der Co-Trainer nickte.

»Na dann, kommen Sie. Das Ultimatum der Geiselnehmer wurde auf dreizehn Uhr verlängert.« Heiko Fischer sah auf die Uhr. »Das sind noch gut zehn Minuten. Wir sollten uns beeilen.«

Angelika und Viktor folgten dem Journalisten den hinter den Betonblöcken gelegenen Weg entlang und die Stufen hinauf zu einer Wohnung, die in Bauweise und Aufmachung eine exakte Kopie der Unterkunft war, in der Angelika, Nicole und Monika wohnten.

»Hallo«, sagte Angelika beim Eintreten zu den zwei Männern, die auf Stühlen hinter der offenen Balkontür saßen.

»Das sind Angelika Nowak und ihr Trainer Viktor Kramann. Sie gucken uns ein bisschen zu.«

»Hallo«, gaben die beiden Männer kurz angebunden zurück. Der eine hatte dichtes schwarzes Haar und einen Vollbart, der andere trug eine große Hornbrille und einen braunen Cordhut, der zu seinem Anzug passte. Er hielt einen kleinen Block und einen Stift in der Hand, mit dem er unentwegt auf die bereits dicht beschriebene Seite kritzelte. Er nickte Viktor zu, der von einem Moment auf den anderen nervös wirkte. Hatte sie diesen Mann nicht schon einmal mit ihrem Co-Trainer sprechen sehen? Sie glaubte es, doch sicher war sie nicht.

Der Mann mit den schwarzen Haaren sagte zu Heiko: »Du, da unten tut sich gleich was. Dieser Issa war schon zweimal draußen vor dem Haus und hat verlangt, dass die Polizistin, die als Kontaktperson fungiert, herkommen soll. Keine Ahnung, warum die noch nicht da ist. Der Kerl scheint langsam unruhig zu werden.«

»Anneliese Graes meinst du«, stellte Heiko Fischer fest. »Ich habe vorhin gesehen, dass sie in die Einsatzzentrale gegangen ist.«

»Na, hoffentlich sagt ihr einer von den Kollegen Bescheid, denn dieser Issa macht nicht gerade den geduldigsten Eindruck.«

»Darf ich mal sehen?«, fragte Angelika und deutete auf die auf ein Stativ geschraubte Kamera mit dem Superteleobjektiv, die auf die Connollystraße 31 ausgerichtet war.

»Sicher. Ich bin übrigens Dirk«, stellte sich der schwarzhaarige Mann vor und machte ihr Platz.

»Angelika«, gab sie zurück und warf einen Blick durch die Kamera, richtete sich dann aber wieder auf, weil sie fand, dass man auch ohne eine gute Sicht auf das Geschehen hatte.

»Ist es nicht eigenartig«, fragte sie dann, »dass wir von hier aus einfach so zugucken können? Ich meine, warum unterbindet man das nicht?«

Heiko Fischer zuckte die Achseln. »Vor ein paar Stunden stand da nur eine Handvoll Polizisten, die haben jeden durchgelassen.« Er deutete nach links. »Da vorn sind die Kollegen von ABC, direkt gegenüber von der Wohnung, in der die Geiseln festgehalten werden. Als wir vorhin das Richtmikrofon dorthin schwenkten, konnten wir hören, wie deren Reporter, dieser John Wilcox, sagte, er könne auf diese Entfernung sogar die Kette erkennen, die dieser Issa um den Hals trägt. Von Sicherheitsabstand kann hier also wirklich keine Rede sein.«

Angelika wusste nicht, wie sie die Worte des Journalisten bewerten sollte. War es ein gutes Zeichen, dass die deutschen Behörden offenbar keine allzu große Gefahr in den Geiselnehmern sahen?

»Wartet«, schaltete sich Dirk ein, setzte eilig die Kopfhörer auf und richtete das Mikrofon aus. »Die Graes kommt.«

Angelika sah auf die Uhr. Es war 12.57 Uhr. Zusammen mit Viktor stellte sie sich auf den Balkon und wartete gespannt. Sie sah, wie sich eine Polizeibeamtin in hellblauer Uniform dem Mann mit dem gelben Pullover näherte. Sie wirkte nicht im Mindesten angespannt, ganz im Gegenteil. Man hatte fast den Eindruck, sie würde in privater Runde einen alten Bekannten treffen und nicht einen zu allem entschlossenen Geiselnehmer. Die Polizistin zog ein Päckchen Roth-Händle hervor, hielt es dem Geiselnehmer hin und steckte sich dann selbst eine Zigarette in den Mund. Der Mann in dem gelben Pullover beugte sich vor und gab ihr Feuer, dann zündete er auch seine Zigarette an.

Auf Angelika wirkte die Szene unwirklich. Sie passte nicht zu dem, was im Fernsehen berichtet wurde. Handelte es sich womöglich um Falschmeldungen, und es gab längst eine Einigung? Wie war dieses entspannte, ja fast schon vertraute Miteinander zu bewerten?

Heiko sah Dirk an, der sich den linken Kopfhörer ans Ohr drückte. »Verstehst du, was sie reden?«, wollte er wissen.

»Dieser Issa sagt, dass er einverstanden ist«, berichtete Dirk. »Das Ultimatum ist bis fünfzehn Uhr verlängert.« Er horchte, dann fügte er hinzu: »Die Polizistin bedankt sich bei ihm und erkundigt sich nach dem Zustand der Geiseln. Angeblich geht es ihnen gut.«

Angelika warf Viktor einen kurzen Blick zu.

»Die Geiseln und seine eigenen Leute bekommen langsam Hunger, sie möchten etwas zu essen haben. Graes fragt, ob ihm etwas Bestimmtes vorschwebt.« Dirk schnaubte verächtlich. »Wahrscheinlich tauschen sie gleich noch Kochrezepte aus.«

Angelika sah, wie die Polizistin ihre Zigarette auf den Boden warf und austrat, während der Mann in dem gelben Pullover ins Haus zurückging.

»Kann man auch hören, was in dem Gebäude gesprochen wird?«, erkundigte sie sich.

»Theoretisch ja, sobald die Balkontür offen ist. Als einer von denen vorhin rauskam, um vom Balkon zu schauen, hat drinnen jemand irgendwas auf Arabisch gesagt. Was, konnte ich natürlich nicht verstehen.«

Angelika sah auf, weil sie eine Bewegung auf dem Balkon wahrnahm. Auch Dirk hatte sie offenbar bemerkt, denn er richtete sogleich das Mikrofon neu aus.

»Was ist?«, fragte Heiko Fischer.

»Die Balkontür ist aufgegangen«, erklärte Dirk und presste den Kopfhörer wieder ans Ohr. »Leise! Sie reden.« Er lauschte einen Moment. »Dieser Issa ist reingekommen und hat den Geiseln auf Englisch gesagt, dass sie gleich was zu essen bekommen.« Wieder horchte er.

Angelika war so angespannt, dass sie kaum ruhig stehen konnte.

»Jetzt fragt offenbar eine der Geiseln, ob die Wettkämpfe verschoben wurden. Einer der Araber sagt etwas, vermutlich zu diesem Issa.« Er konzentrierte sich wieder auf seinen Kopfhörer.

»Jetzt hat der, der eben mit Issa gesprochen hat, der Geisel auf Deutsch geantwortet.«

Die Balkontür wurde geschlossen.

»Auf Deutsch? Wirklich? Was hat er gesagt?«, fragte Angelika aufgeregt.

Dirk nahm den Kopfhörer ab. »Das konnte ich nicht genau verstehen«, antwortete er, »aber ich bin überzeugt, dass zwei von denen Deutsch gesprochen haben, offenbar eine der Geiseln und ein Terrorist.«

»Roman«, sagte Angelika aufgeregt zu Viktor. »Das muss Roman gewesen sein. Er spricht Deutsch, und heute wäre sein erster Wettkampf gewesen. Er war es, Viktor, er ist am Leben!« Angelika kehrte ins Zimmer zurück und ließ sich kraftlos in einen der Sessel fallen.

Der Mann im Cordanzug trat zu Viktor. »Können wir uns kurz unterhalten?«

Angelika bemerkte, wie der Co-Trainer den Rücken straffte.

»Sicher«, gab Viktor zurück. Die beiden verließen den Balkon und anschließend auch die Wohnung. Angelika wusste nicht, was sie davon halten sollte. Einerseits glaubte sie, den Mann in dem Cordanzug schon einmal mit Viktor gesehen zu haben. Andererseits hatten die beiden bislang nicht den Eindruck gemacht, sich zu kennen.

Angelika stand auf und kehrte zurück auf den Balkon. »Wer ist das eigentlich?«, fragte sie Heiko.

»Claus meinst du? Claus Adler«, gab er dann Auskunft. »Ruhiger Typ. Redet nur selten, deshalb weiß ich auch nicht viel über ihn. Er ist Journalist und als Korrespondent viel in der BRD. Interviewt Sportler von überall, manchmal ist er auch in anderen Bereichen unterwegs. Ein Eigenbrötler, stimmt's, Dirk?«

Der Angesprochene nickte. »Schon, aber einer, der weiß, was er sagt. Er macht vielleicht nicht oft den Mund auf, aber wenn, dann kommt wenigstens kein Mist raus.«

»Ich frage mich die ganze Zeit, wo ich ihn schon mal gesehen haben könnte«, überlegte Angelika laut. »Er kommt mir irgendwie bekannt vor.« Sie sah nachdenklich in die Richtung, in die Viktor und dieser Claus Adler verschwunden waren. Claus' Frage war ihr seltsam vorgekommen, und Viktors Reaktion erst recht. Er hatte unsicher gewirkt, beinahe ein wenig unterwürfig.

»Kann ich mal eure Toilette benutzen?«, bat sie.

»Sicher. Neben der Eingangstür rechts.«

»Ich weiß«, sagte sie. »Unsere Wohnung sieht genauso aus wie die hier.« Damit verließ sie den Balkon und ging durchs Wohnzimmer auf den Flur. Hinter der Apartmenttür vernahm sie Stimmen. Offenbar standen dort Viktor und Claus und sprachen miteinander.

Angelika schlich über den Flur und presste das Ohr ans Türblatt.

»Die Aktion ›Flamme‹ muss ein Erfolg werden«, hörte sie Claus Adler sagen. »Da sind wir uns doch wohl hoffentlich einig?«

Sie zuckte zusammen, als in diesem Moment der Schlüssel von außen ins Schloss gesteckt wurde. Eilig huschte sie zur Toilette und sperrte so leise wie möglich von innen die Tür ab, dann ließ sie sich schwer atmend gegen die Wand sacken. Aktion »Flamme«. Was konnte damit nur gemeint sein?

Sie hörte, wie die Eingangstür wieder geschlossen wurde, dann Schritte. Angelika zählte bis dreißig, drückte die Toilettenspülung und wusch sich die Hände. Anschließend schloss sie auf und kehrte ins Wohnzimmer zurück. Dort wartete Viktor bereits auf sie, während Claus Adler wieder seinen Platz auf dem Balkon eingenommen hatte. Sie setzte ein Lächeln auf.

»Da bist du ja«, stellte Viktor fest. »Ich dachte schon, du wärst ohne mich gegangen.«

»Wie kommst du denn darauf? Ich war nur rasch auf der Toilette.«

»Was meinst du? Können wir?«

»Ja, von mir aus gern«, gab Angelika noch immer lächelnd zurück. »Vielen Dank, dass du das hier möglich gemacht hast, Viktor. Jetzt bin ich wirklich beruhigt.«

»Das freut mich.« Er nickte ihr zu und wandte sich dann zum Balkon.

»Also, vielen Dank, Jungs. Angelika und ich gehen jetzt wieder.«

»Alles klar«, sagte Heiko. »Macht's gut, und falls wir uns nicht mehr sehen sollten: viel Erfolg beim Wettkampf, Angelika!«

»Danke schön! Wenn ich die Goldmedaille hole, werdet ihr ja hoffentlich darüber berichten.«

Sie verließen die Wohnung. Angelika hatte gemischte Gefühle. Einerseits war sie erleichtert, weil sie fest davon ausging, dass es Roman gewesen war, der auf Deutsch gesprochen hatte. Ihr Freund lebte also noch. Andererseits bereitete dieser Claus Adler ihr Kopfzerbrechen. War er es, der Druck auf ihre Trainer ausübte? Was mochte er vor der Tür mit Viktor besprochen haben, und was steckte hinter dieser Aktion »Flamme«?

Irgendwie hatte sie den Eindruck, gar nicht mehr zu wissen, was wirklich um sie herum vorging.

MÜNCHEN

Dienstag, 05. September 1972, 15.30 Uhr

Ich habe nie zuvor so deutlich in meinem Leben gespürt, wie wichtig mein jüdischer Glaube für meine Identität ist.

ROBERT GOLDMANN

Noch bevor sich die Demonstration seiner Glaubensbrüder aufgelöst hatte, war Robert zu seinem Auto zurückgeeilt und zur Redaktion gefahren. Er hatte nur kurz mit Joachim Koch sprechen können. Beate hatte recht gehabt: Es war dort wirklich die Hölle los. Robert hatte wissen wollen, was nun mit seinem Artikel geschah, aber Koch war ihm über den Mund gefahren und hatte ihn umgehend zurück ins olympische Dorf geschickt.

»Dort spielt die Musik, Goldmann«, hatte er geblafft, »sehen Sie zu, dass Sie was Anständiges zu Papier bringen. Für irgendwelche Eitelkeiten ist jetzt nicht die richtige Zeit.« Robert kannte den Chefredakteur inzwischen gut genug, um zu wissen, dass er sicher nicht mit einer Entschuldigung zu rechnen hatte, dennoch wäre ein einlenkendes Wort, das Zugeständnis, dass er mit dem, was er in seinem Artikel schilderte, recht behalten hatte, angebracht gewesen. Aber gut. Koch war eben Koch, und Robert als kleiner freier Journalist würde daran nichts ändern können. Dennoch spürte er, wie er zunehmend den Respekt vor seinem Vorgesetzten verlor, war Joachim Koch doch nicht in der Lage, über seinen Schatten zu springen.

Es war kurz nach halb vier, als Robert das olympische Dorf erreichte. Er ging direkt zur Einsatzzentrale der Polizei, in der Hoffnung, etwas über die aktuelle Situation zu erfahren. Sein letzter Stand war, dass das Ultimatum der Geiselnehmer bereits um dreizehn Uhr abgelaufen war. Seinem Eindruck nach war die Lage jedoch unverändert.

Robert blieb stehen und versuchte, sich einen Überblick zu verschaffen. Ein Stück entfernt sah er Alfons Zeisel, den Reporter des Bayerischen Rundfunks, der sich soeben eine Zigarette ansteckte.

»Alfons«, sprach Robert ihn an, »wie sieht's aus? Gibt's was Neues?«

»Robert. Da bist du ja wieder.« Der BR-Mann nahm einen tiefen Zug von seiner Zigarette. »Das Ultimatum wurde zunächst bis fünfzehn Uhr und vor gut einer halben Stunde noch einmal auf siebzehn Uhr verlängert. Manfred Schreiber und Walther Tröger haben hartnäckig mit diesem Issa verhandelt.« Er warf einen Blick auf die Uhr. »Nach Angaben meiner Quelle will die Polizei Zeit gewinnen, um den Einsatz zur Erstürmung koordinieren zu können.«

»Weißt du, wann sie stürmen wollen?«

Zeisel schüttelte den Kopf.

»Und seit wann sind die Spiele unterbrochen?«, setzte Robert nun mit seiner nächsten Frage nach, weil er dieses Detail in seinem nächsten Zeitungsartikel erwähnen wollte. Er plante, einen chronologischen Ablauf der Geschehnisse wiederzugeben.

»Bisher noch gar nicht. Die Wettkämpfe finden planmäßig statt. Laut meiner Quelle werden die Spiele deshalb nicht unterbrochen, weil die Organisatoren ein Chaos befürchten, wenn die all die Menschen aus dem Olympiastadion strömen und dann wahrscheinlich nichts Besseres zu tun haben, als hier vorbeizukommen und sich einen Eindruck zu verschaffen, wie es bei der Geiselnahme läuft.«

Robert sah Alfons fassungslos an. »Das kann doch nicht deren Ernst sein? Ich meine, wie makaber ist es, die Spiele einfach so weiterlaufen zu lassen, während nur einen Steinwurf entfernt Menschen um ihr Leben fürchten müssen?«

Zeisel zuckte die Achseln. »Frag mich nicht, wie das zu bewerten ist. Ich sage nur, was passiert.« Er inhalierte tief. »Die haben inzwischen was zu essen bekommen«, fuhr er fort, nachdem er den Rauch ausgeblasen hatte. »Die Polizei wollte die Geiselnehmer austricksen und hat das Essen auf mehrere Boxen verteilt. Zwei Beamte, als Köche verkleidet, sollten es in die Wohnung bringen, aber dieser Issa hat jede Box einzeln hochgetragen«, sagte Zeisel. »Ganz schön naiv von den Polizisten. Die dachten anscheinend wirklich, die Geiselnehmer fallen auf so was rein. Immerhin war das Ding hier doch ganz offensichtlich von langer Hand vorbereitet. Dass die Polizei dann glaubt, den Kerlen mit so einem Taschenspielertrick beizukommen, ist schon mehr als fragwürdig.«

»Ich finde das *gesamte* Verhalten der hiesigen Behörden mehr als fragwürdig«, stimmte Robert zu. »Weißt du, ob es einen Plan gibt, wie sie verhindern wollen, dass die Geiseln während der Erstürmung verletzt werden?«

Zeisel zog abermals an der Zigarette und zuckte die Achseln. »Soweit ich weiß, nicht. Aber meinem Kontakt gelingt es nur sporadisch, mich auf dem Laufenden zu halten. Die werden bestimmt einen ausgeklügelten Plan haben.«

»Wenn du meinst.« Der sarkastische Unterton war Roberts Bemerkung gut anzuhören.

»Mal bloß nicht den Teufel an die Wand.« Zeisel, der offenbar auf etwas aufmerksam geworden war, sah an Robert vorbei. »Entschuldige mich einen Moment.« Er hob kurz den Arm und ging dann auf einen Polizisten zu, der nicht mit der hellblauen Anzuguniform der Olys bekleidet war, sondern eine klassische Polizeiuniform trug. Robert sah, wie die beiden die Köpfe zusammensteckten und miteinander sprachen. Kurz darauf kam Zeisel zu ihm zurück.

»So«, sagte er. »Und schon hat sich unser Gespräch von eben erledigt. IOC-Präsident Avery Brundage wird gleich offiziell mitteilen, dass die Olympischen Spiele unterbrochen werden. Die bereits laufenden Wettkämpfe werden noch zu Ende gebracht. Doch dann ist erst einmal Schluss, bis die Geiselnahme ein Ende gefunden hat.«

»Klingt mir nach der ersten richtigen Entscheidung heute«, kommentierte Robert.

»Ich muss los.« Zeisel klopfte ihm auf die Schulter. »Wir sehen uns später.«

Robert nickte. Vor der Wache kam Bewegung auf. Mehrere Dutzend Polizisten strömten aus der Einsatzzentrale. Von der anderen Seite kamen einige Transporter angefahren, auf die die Polizisten zueilten. Robert ging ein Stück näher heran, um besser erkennen zu können, was geschah.

Die Ladeklappen der Transporter wurden geöffnet, zwei der Polizisten stiegen hinauf, um ihren wartenden Kollegen Metallabsperrungen herunterzureichen. Offenbar sollten sie verhindern, dass Schaulustige aus dem Stadion in den Bereich um die Connollystraße strömten.

Mit gemischten Gefühlen sah Robert den Beamten zu und fragte sich, ob diese Maßnahme nicht schon viel früher hätte erfolgen müssen. Nun, jetzt war es ohnehin zu spät, sich darüber Gedanken zu machen.

Während die Polizisten die Barrieren abluden und forttrugen, entdeckte Robert Linda, die Dolmetscherin, die sein Freund Manfred während der Olympischen Spiele kennengelernt und ihm vor einigen Tagen vorgestellt hatte. Eine hübsche, sympathische Frau, mit der Manni hoffentlich mehr Glück haben würde als mit seiner Ex-Verlobten. Er wollte gerade auf sie zugehen, als lauter werdende Sprechchöre zu ihnen herüberschallten.

»Helft, helft, helft den Israelis! Helft, helft, helft den Israelis!«, tönte es wie in einer Endlosschleife zu ihm herüber.

Robert reckte den Hals und sah einen ganzen Schwarm von Menschen auf das Olympiagelände zukommen, die unaufhörlich ihre Forderung riefen. Vermutlich war es die Demonstration, die er vorhin selbst mit angeführt hatte, denn er konnte die israelische Flagge erkennen, die eifrig hin und her geschwenkt wurde.

Robert betrachtete die sich nähernden Menschen. Es mussten Hunderte sein, die sich dem Protestmarsch angeschlossen hatten. Ein warmes Gefühl durchströmte ihn. Der Zuspruch all dieser Menschen war tröstlich für ihn. Womöglich hatte er sich geirrt, und es war dem Rest der Welt doch nicht gleichgültig, was mit den Israelis geschah. Hoffnung keimte in ihm auf. Vielleicht würde doch noch alles gut werden.

MÜNCHEN

Dienstag, 05. September 1972, 15.35 Uhr

Der Schock ist Hoffnung gewichen, die Hoffnung nun der Resignation.

ROMAN GAGARIN

Wie viele Stunden saßen sie nun schon hier und starrten auf den leblosen Körper von Josef Romano? Acht, zehn oder sogar zwölf? Roman wusste es nicht. Er hatte während des stummen Wartens jegliches Zeitgefühl verloren. Draußen war es hell, doch das bedeutete nicht, dass es nicht bereits früher Abend geworden war.

Vor einigen Stunden hatte er noch geglaubt, dass dieser Albtraum bald ein Ende finden würde, zumal man draußen anscheinend endlich darauf aufmerksam geworden war, was sich in dieser Wohnung abspielte. Doch die Stunden hatten sich hingezogen, ohne dass jemand gekommen wäre, um ihnen zu helfen. Einzig die Tatsache, dass man ihnen Essen hatte bringen lassen, belegte für Roman, dass es doch noch Menschen gab, die sich dafür interessierten, was mit ihnen geschah. Doch warum mussten sie immer noch hier ausharren? Warum tat denn niemand etwas? Warum griff niemand ein und kam ihnen zu Hilfe? Welchen Plan verfolgte man dort draußen? War man bereit, die Forderungen dieser Terroristen zu erfüllen, und brauchte nur noch ein wenig Zeit, alles Erforderliche auf den Weg zu bringen? Wie sahen die Forderungen, die die Geiselnehmer stellten, überhaupt aus? Würde man diese Männer wirklich ungeschoren davonkommen lassen, wenn das alles hier vorbei war, obwohl sie seinen Trainer Mosche Weinberger und seinen Freund, den Gewichtheber Josef Romano, getötet hatten? Das durfte auf keinen Fall geschehen. Natürlich verstand Roman, dass die deutschen Behörden zumindest zum Schein auf die Forderungen eingehen mussten, um nicht noch mehr Menschenleben zu riskieren, aber warum ging es nicht schneller?

Die Geiseln sahen erschrocken auf, als nun Issa zusammen mit Tony in die Wohnung stürzte. Hektisch gab Issa Anweisungen, dann rannten Tony und er wieder hinaus. Weitere Geiselnehmer, die in dem anderen Zimmer gewesen waren, folgten ihnen. Es ging so schnell, dass Roman nicht mitzählen konnte, wie viele genau die Wohnung verließen, aber viele konnten nicht mehr im Nebenraum sein. Neben Salah, der auf Issas Befehl hin genickt hatte und noch immer an der Tür saß und sie bewachte, waren dort wohl nur noch einer, höchstens zwei. Wäre jetzt ein geeigneter Zeitpunkt, einen Fluchtversuch zu wagen? Dieser Denawi, der zusammen mit Salah für ihre Bewachung zuständig war, war weg, das hatte Roman genau gesehen. Ein Glück, denn Denawi machte einen überaus nervösen Eindruck, und Roman konnte sich des Gefühls nicht erwehren, dass er einer von denen war, die erst schossen und dann fragten.

Salah wirkte ganz anders auf ihn. Sehr viel ruhiger, besonnener, vor allem aber glaubte Roman, so etwas wie Bedauern in seinem Blick gesehen zu haben, als dieser Tony ihnen verboten hatte, dem langsam verblutenden Josef zu helfen. Auch vorhin, als Roman Salah um die Uhrzeit gebeten hatte, war Denawi sogleich dazwischengegangen und hatte seine Kalaschnikow warnend hochgerissen, woraufhin Salah verstummte.

Was aber war nun geschehen, was die Terroristen derart in Aufruhr versetzt hatte? Ging es endlich los? Würde dieser Albtraum gleich zu Ende und sie wieder frei sein? Was würde er dann tun? Auf jeden Fall würde er als Erstes versuchen, seine Mutter anzurufen, um ihr zu sagen, dass es ihm gut ging. Die Vorstellung, dass seine Familie von den Vorkommnissen hier erfahren haben könnte, ließ ihn sich elendig fühlen. Seine Mutter hatte schon so viel Angst in ihrem Leben erdulden müssen, nur weil sie Jüdin war. Und nur weil sie Juden waren, waren seine Teamkollegen und er zu Opfern geworden.

Gestern noch hatte er geglaubt, dass die Zeit der Kriege, des Zwangs und des Drucks hinter ihnen lag, dass die Zukunft durch ein demokratisches Miteinander geprägt wäre und die Welt dadurch mehr und mehr zusammenrückte. Heute sah er das anders. Es waren nicht länger die Deutschen, die ihren Hass auf das jüdische Volk schürten und ihnen nach dem Leben trachteten. Jetzt waren es die Palästinenser, doch Roman begriff nicht, wie genau es dazu hatte kommen können. Dass zwischen Israelis und den Palästinensern ein Krieg tobte, war ihm bewusst, denn die Palästinenser hatten damals den Israelis das weggenommen, was ihnen gehörte. Sie hatten Galiläa gestohlen und Israelis getötet. Doch diese hatten sich ihr Eigentum zurückerobert und die Diebe aus ihrem Land vertrieben. War es also nicht an der Zeit, dass der Frieden zurückkehren konnte? Was wollten die Palästinenser nun noch von ihnen? Ihr Diebesgut zurückbekommen? Sie, die Israelis, dafür bestrafen, dass sie sich nicht hatten wegnehmen lassen, was ihnen gehörte? Beschwerte sich etwa der Bankräuber, wenn die Polizei ihm die Beute wieder abnahm, und forderte diese dreist zurück, nur weil es ihm irgendwann möglich gewesen war, sie an sich zu bringen? Was für ein absurder Gedanke. Roman spürte, wie alles in seinem Kopf durcheinanderging. Das Ganze hier war einfach zu viel für ihn.

Er hob den Blick und sah Salah an. »Darf ich dich etwas fragen?«, hörte er sich selbst auf Deutsch sagen.

»Nein«, entgegnete dieser barsch.

»In Ordnung. Entschuldige«, sagte Roman, ohne jedoch den Kopf zu senken.

Salah hielt seinem Blick stand. »Was?«, fragte er dann zu Romans Überraschung.

Aus dem Nebenraum war außer den Geräuschen des Fernsehers nichts zu hören.

»Was wollt ihr von uns?«, fragte Roman leise.

»Von euch?« Salah schüttelte den Kopf. »Nichts. Ihr seid nur ein paar Juden ohne Macht und habt nichts, was ihr uns geben könntet.«

»Und warum sitzen wir dann hier, und weshalb ist er tot?« Roman deutete mit einer Kopfbewegung auf Josef Romano.

»Er hat uns angegriffen. Wir haben uns nur verteidigt.«

»Nein, das ist nicht wahr. Ihr habt uns überfallen und mit Waffen bedroht, genau wie ihr es jetzt noch tut.«

David Berger stieß Roman an.

Zwar konnte er nicht verstehen, was Roman sagte, doch offenbar wollte er ihm zu verstehen geben, dass er lieber den Mund halten sollte.

»Halt die Klappe, sonst bist du der Nächste.« Salahs Stimme war gefährlich leise.

»Und weshalb? Weil ich mit dir spreche? Nennst du das auch einen Angriff?«

»Wir haben eine Mission«, stellte Salah nun fest. »Und die werden wir beenden. Es liegt an euch, ob ihr dabei draufgeht oder nicht. Wir sind keine Feiglinge, die einfach Menschen erschießen. Nicht einmal Juden. Wir sind Soldaten.«

»Soldaten?« Roman spürte, dass Wut in ihm aufstieg. Er ignorierte David Bergers neuerliches Kopfschütteln und entgegnete fest: »Ein Soldat kämpft für sein Land gegen die Soldaten eines anderen Landes. Ihr aber überfallt eine Gruppe unbewaffneter Sportler, von denen ihr zwei einfach erschießt!«

»Wir kämpfen für unser Land!«, begehrte Salah laut auf. »Wir lassen uns nicht länger gefallen, dass wir unserer Heimat beraubt und vertrieben wurden von dreckigen Juden wie dir!«

Nun wurde auch Roman laut. »Niemand hat euch eures Landes vertrieben. Es war unser Land, das ihr gestohlen habt!«

Aus dem Nebenraum schallte eine unwirsche Stimme zu ihnen herüber. Salah rief etwas zurück, dann sah er Roman kopfschüttelnd an. »Und wenn du dir das wieder und wieder vorbetest«, behauptete er, »wird es doch nicht wahr.«

Einen Moment schwieg Roman. Dann fragte er: »Und jetzt? Was wollt ihr erreichen? Dass ihr mit neun israelischen Geiseln ein Land in die Knie zwingt?« Er zuckte die Schultern. »Ihr könnt doch nicht ernsthaft denken, dass das funktioniert.«

»Nein«, sagte Salah, und seine Stimme klang traurig. »Nein, das glaube ich auch nicht.« Er sah Roman an. »Nicht mehr. Wahrscheinlich wird man keine einzige unserer Forderungen erfüllen. Das Wichtigste jedoch ist bereits geschehen«, stellte er dann nachdenklich fest. »Die Welt weiß jetzt, dass es uns gibt. Wir haben sie sehen lassen, dass wir nicht länger schweigen zu dem Unrecht, das an uns begangen wird.« Er hob den Kopf. »Ich glaube, ich werde heute für Palästina sterben«, fügte er leise hinzu. »Und ich freue mich, dass es mein Blut sein wird, das in den Boden sickert und so den Nährboden für neues, würdiges Leben schafft.«

Roman schwieg. Was hätte er darauf auch erwidern sollen? Salahs Worte waren von so tiefer Trauer getragen, dass es Roman fast unmöglich war, nicht so etwas wie Mitleid mit dem Gleichaltrigen zu empfinden. Dabei waren doch er und seine Kollegen diejenigen, die hier saßen und leiden mussten! Er sah zu David Berger, dann zu Zeev Friedman ihm gegenüber und schließlich wieder zu dem am Boden liegenden Josef Romano. Wenn dieser Salah bereit war, heute zu sterben, und sein Hass auf die Israelis offenbar größer war als die Angst vor dem Tod, würde er keinen Grund haben, sie zu verschonen.

Übelkeit stieg in ihm auf.

»Heute wäre mein erster Wettkampf bei diesen Olympischen Spielen«, flüsterte er und spürte, wie Tränen in seine Augen stiegen. »Ich will noch nicht sterben.«

Salah schüttelte den Kopf. »Du musst nicht sterben. Keiner von euch. Nicht heute.«

Roman wusste nicht, ob er ihn nur beruhigen wollte, damit er nichts Unüberlegtes tat, doch er meinte, Mitgefühl aus Salahs wenigen Worten herausgehört zu haben.

»Danke«, sagte Roman leise und senkte wieder den Kopf. Hoffentlich kam bald Hilfe, damit dieser Albtraum endlich ein Ende fand.

MÜNCHEN

Dienstag, 05. September 1972, 15.50 Uhr

Ich darf nicht nachlassen in meiner Überzeugung, das Richtige zu tun. Es sind genau diese Schwäche und das Mitgefühl, derentwegen uns alles genommen werden konnte.

DJAMAL RAHMAN

Djamal wusste nicht, wie der junge Mann hieß, der ihn angesprochen hatte, und er wollte es auch nicht wissen. Er hatte ihn durch die wenigen Worte, die sie gewechselt hatten, ohnehin schon viel zu nah an sich herangelassen. Schließlich war der Kerl ein Jude, ein dummer, dreckiger Jude. Zumindest redete Djamal sich das ein. Wieder und wieder. Doch etwas in ihm sträubte sich, den jungen Mann so zu sehen.

Er schätzte, dass sie etwa gleich alt waren, höchstens zwei oder drei Jahre auseinander. Doch während Djamal schon so viel erlebt hatte, was ihn schneller hatte reifen lassen, hatte dieser Sportler wahrscheinlich eine schöne Kindheit verbracht, in der er seinem Sport nachgehen und sein Leben genießen konnte, während Djamal ein jämmerliches Dasein hatte fristen müssen, das Tag für Tag seinen Hass auf die Juden genährt hatte. Doch seit heute Morgen hatte sich vieles verändert, auch wenn er es nicht zulassen wollte. Es fiel ihm schwer, in den Männern, die dort aufgereiht und nur mit Unterwäsche bekleidet saßen, die Feinde zu erkennen, die die Israelis zeitlebens für ihn gewesen waren.

Vor allem der junge Mann, mit dem er auf Deutsch gesprochen hatte, kam ihm fast noch vor wie ein Kind, das nicht verstehen konnte, was überhaupt vorging. Kurz kam ihm der Gedanke, dass sie alle Opfer waren. Opfer der gleichen Sache – nur auf verschiedenen Seiten.

Djamal fragte sich, was draußen gerade vorging. Vor nicht langer Zeit war Luttif hereingestürzt und hatte ihnen mitgeteilt, dass sich draußen etwas tat und er beobachtet hätte, dass Polizisten mit Metallgittern den Bereich um das Gebäude weiter absperrten. Irgendetwas war also im Gange, doch keiner von ihnen wusste, was. Würde man versuchen, das Gebäude zu stürmen?

Djamal hob den Kopf, um zu prüfen, ob er womöglich eine Bewegung auf dem Balkon ausmachte. Falls die Deutschen oder wer auch immer versuchen würden, über das Dach in die Wohnung zu gelangen, hatte er Befehl, die Geiseln sofort zu erschießen. Die Welt sollte sehen, dass sie fest entschlossen waren, diese Mission durchzuziehen – ganz gleich, was dies für ihr eigenes Überleben bedeutete. Denn das, so hatte Luttif es ihnen gestern Abend beim Essen im Bahnhofsrestaurant mit klaren Worten verdeutlicht, machte die wahre Schwäche ihrer Gegner aus. Anders als die Palästinenser waren die Israelis nicht bereit, ihr Leben für die Sache zu opfern. Schon aus diesem Grund konnten die anderen nur verlieren, während sie siegen würden, ganz gleich, was heute geschah.

Ohne die Gefangenen aus den Augen zu lassen, nahm Djamal den Zeigefinger vom Abzug und ballte die Hand zur Faust, um die Durchblutung in seinen starr gewordenen Fingern anzuregen. Anschließend nahm er die Waffe wieder auf und legte den Zeigefinger erneut an den Abzug.

Kurz darauf hörte Djamal die Stimmen der anderen im Hausflur, dann wurde die Wohnungstür geöffnet. Luttif, Yusuf und Adnan traten ein.

»Und?«, fragte Djamal.

»Die Polizei sperrt nur weiträumiger ab«, klärte Luttif ihn auf. »Die anderen sind unten geblieben und haben sich auf die Zugänge verteilt. Wenn etwas vorgeht, werden sie schießen.« Er sah zu Adnan. »Denawi, du übernimmst für Salah.«

»Geht klar, Issa.« Adnan wartete, bis Djamal aufgestanden war, und nahm dessen Platz ein.

Erleichtert, sich endlich wieder bewegen zu können, streckte sich Djamal, dann folgte er Luttif ins Nebenzimmer, wo Yusuf den Fernsehapparat lauter drehte.

»Seht euch das an«, forderte Yusuf sie auf.

Luttif und Djamal verfolgten, was soeben gesendet wurde. Der Nachrichtensprecher teilte mit, dass der IOC-Präsident gerade die Unterbrechung der Olympischen Spiele angeordnet hatte. Die Wettkämpfe sollten erst wieder aufgenommen werden, wenn die Geiselnahme beendet war.

»Deshalb sperren sie weiter ab. Sie haben Angst, dass die Menschen aus dem Stadion herkommen und sie so vollends die Kontrolle verlieren.«

»Möglich«, stimmte Yusuf Luttif zu. »Oder sie planen etwas und wollen nicht riskieren, dass Schaulustige dabei verletzt werden.« Er schüttelte den Kopf. »Als ob sie irgendetwas verhindern könnten, was wir vorhaben. Stellt euch vor, wir würden über das Dach laufen und wahllos Menschen erschießen«, sagte er verächtlich. »Keiner könnte etwas dagegen tun. Es stirbt nur deshalb niemand, weil wir es nicht wollen.«

Luttif sah ihn an. »Nicht mehr lange, dann werden sie unsere Forderungen erfüllen, und wir können als Helden in unsere Heimat zurückkehren und mit denen, die wir befreit haben, den großen Angriff planen. Für ein freies Palästina.« Luttif berührte Yusufs Arm, dann sah er Djamal an. »Deine Mutter wird stolz auf dich sein. Bei deiner Heimkehr wird der ganze Libanon – ach was, ganz Vorderasien – deinen Namen kennen und wissen, dass du einer jener Männer warst, die unser Volk befreit haben.«

Djamal überkam ein Glücksgefühl bei den Worten des Anführers. Ja, genau das war es, was er wollte. Er war nur ein unbedeutender Flüchtling, doch durch das, was er heute tat, wurde er für seine Leidensgenossen zum Symbol der Hoffnung.

»Ich werde dich nicht enttäuschen, Issa«, versprach Djamal, und ein Gefühl des Stolzes durchströmte seinen ganzen Körper.

»Das weiß ich, mein Freund.« Luttif legte ihm die Hand auf die Schulter und sah ihm fest in die Augen. »Wir sind unserem Ziel ganz nah.« Er beugte sich noch näher an Djamal heran. »Wir werden siegen und unserem Land die Freiheit zurückgeben. Ganz gleich, welches Opfer wir dafür bringen müssen.«

Djamal nickte entschlossen. »Ganz gleich, welches Opfer wir dafür bringen müssen«, gab er mit stolzgeschwellter Brust zurück.

MÜNCHEN

Dienstag, 05. September 1972, 16.08 Uhr

Es ist ein gigantischer medialer Wahnsinn geworden.

MANFRED HOFMANN

Manfred hatte zusammen mit seinen Kollegen die Mitteilung des Nachrichtensprechers verfolgt, dass die Spiele bis zur Klärung der Angelegenheit und Beendigung der Geiselnahme unterbrochen wurden. Zwar hatten sie diese Mitteilung schon erhalten, bevor sie im Fernsehen bekannt gegeben worden war, doch nach dem, was Manfred seit heute Morgen an Fehlmeldungen und Pannen mitbekommen hatte, glaubte er inzwischen nur noch dann etwas, wenn es offiziell kommuniziert wurde.

»Das wurde aber auch Zeit«, kommentierte sein Kollege Volker, der neben ihm stand.

»Das kann man wohl sagen«, befand Manfred und sah zum Einsatzleiter hinüber, der ihm mit einer Handbewegung bedeutete, zum Konferenzraum zu kommen. Manfred ging auf ihn zu.

»Wo ist Ihr Kollege?«, erkundigte sich Heinz Hohensinn, als Manfred näher kam.

Noch bevor dieser fragen konnte, welchen Kollegen der Einsatzleiter meinte, ergänzte dieser: »Den anderen Präzisionsschützen meine ich.«

»Sie meinen Lothar, Lothar Klingenbeil«, stellte Manfred fest und machte dann eine Kopfbewegung in Richtung Toiletten. »Der ist nur kurz austreten gegangen.«

Hohensinn schickte sich an, in den Konferenzraum zurückzukehren. »Geben Sie ihm Bescheid«, sagte er über die Schulter. »Einsatzbesprechung in fünf Minuten.«

»Jawohl«, antwortete Manfred nur, machte kehrt und ging in Richtung Sanitärraum. Lothar kam genau in dem Moment heraus, als Manfred die Türklinke hinunterdrücken wollte.

»Komm mit, Lothar«, sagte er zu seinem Kollegen. »Hohensinn ruft die Leute zusammen. In fünf Minuten ist Besprechung.« Er drängte sich an Lothar vorbei. »Ich gehe auch noch mal eben. Wer weiß, wann ich wieder dazu komme.«

»Ich warte auf dich«, sagte Lothar. »Hab nicht die geringste Lust, allein da reinzugehen und mir womöglich irgendein Sonderkommando einzufangen.«

»Das könnte bei diesem Chaos hier glatt passieren«, stellte Manfred kopfschüttelnd fest, verschwand im Waschraum der Toilette und ging weiter zu den Pissoirs. Als er wieder herauskam, lehnte Lothar nur ein Stück entfernt von der Tür an der Wand. Er stieß sich ab, als er Manfred sah.

»Dann wollen wir mal.«

Die beiden gingen zusammen zum Konferenzraum, in dem sich schon mehrere Kollegen versammelt hatten. Als sie eintraten, fiel Manfreds Blick auf die Bekleidungsstapel, die auf einem Aktenschrank an der Wand lagen. Er warf Lothar einen kurzen, fragenden Blick zu, dann nahmen sie Platz.

Die Tür des Konferenzraums wurde geschlossen. »Kollegen«, begann Heinz Hohensinn sofort. »Zusammengefasst hat sich die Situation so gut wie gar nicht geändert, so dass uns keine andere Wahl bleibt, als die Initiative zu ergreifen und zu handeln.«

»Wird auch Zeit«, kommentierte ein Polizist, den Manfred noch nie zuvor gesehen und der sich ihnen eingangs mit »Michael Leutner, ihr könnt mich Michi nennen« vorgestellt hatte. Überhaupt waren jetzt einige Kollegen im Raum, die er nicht kannte.

»Das durch die Geiselnehmer gesetzte Ultimatum läuft um

siebzehn Uhr ab, und es ist nicht mit einer weiteren Verlängerung zu rechnen. Es würde ohnehin nichts daran ändern, dass wir die Forderungen der Geiselnehmer weder erfüllen können noch wollen. Die Weigerung der israelischen Regierung ist eindeutig. Unter keinen Umständen wird man mit Terroristen verhandeln.« Hohensinn atmete geräuschvoll aus. »Und das sollten wir auch nicht tun. Unsere Politiker haben alles versucht, doch es scheint keine andere Lösung zu geben als die, dass wir die Geiseln mit Gewalt befreien. Aus diesem Grund sind die Kollegen vom Streifendienst in diesem Moment dabei, das Gelände rund um die Connollystraße 31 noch weiträumiger abzusperren, damit während einer möglichen Erstürmung keine Schaulustigen verletzt werden.«

»Wir stürmen also wirklich?«, fragte Lothar, dessen Worten eine gewisse Skepsis anzuhören war.

»Ja«, antwortete der Einsatzleiter knapp. »Dort drüben liegen Trainingsanzüge, die Sie anziehen werden, damit man Sie nicht sofort als Polizisten erkennt. Ihre Bewaffnung mit G3-Sturmgewehren erfolgt anschließend im Nebenraum.« Er sah in die Runde. »Sie werden darüber hinaus mit Funkgeräten ausgestattet. Sobald Sie die Durchsage ›Die Sonne bricht durch‹ hören, startet die Operation.« Er rollte einen Bauplan auf dem Tisch aus und beschwerte ihn rechts und links mit einem Locher und einer halb leeren Tasse. »Wenn Sie bitte hersehen würden«, bat er und wartete, bis die Polizisten sich erhoben hatten und so um ihn herumstellten, dass sie auf die Karte blicken konnten. »Wir befinden uns hier.« Er tippte auf den Plan. »Eine Gruppe von acht Männern wird sich, als Sportler verkleidet, über den Hof dem hinteren Bereich der Connollystraße nähern und über das Dach bis zum Balkon der Nummer 31 vorarbeiten. Wichtig ist, dass Sie sich in Zweiergruppen von verschiedenen Positionen aus nähern und nach eigenem Ermessen zuschlagen, sobald sich Ihnen die Gelegenheit dazu bietet.«

»Wir sollen in Trainingsanzügen mit G3-Gewehren in der Hand über das Dach auf den Balkon klettern und schießen, wenn wir glauben, es würde gerade passen?«, fasste Manfred das Gehörte ungläubig zusammen. »Verstehe ich das richtig, Herr Hohensinn?«

»Haben Sie einen besseren Plan, Kollege Hofmann? Dann immer raus damit.«

»Bei allem Respekt, doch das Ganze scheint mir ein ziemlich waghalsiger Plan zu sein, schon im Hinblick darauf, dass kaum Zeit für eine Abstimmung mit den Kollegen bleibt«, gab Manfred zu bedenken. »Ganz abgesehen davon, dass wir das Leben der Geiseln gefährden, sollten die Kerle uns bemerken.«

»Die Terroristen gefährden das Leben der Geiseln«, stellte der Einsatzleiter klar. »*Sie* versuchen, es zu retten. Das ist ja wohl ein Unterschied.«

Manfred lag eine Erwiderung auf den Lippen, doch er behielt sie für sich. Seit diese ganze Misere angefangen hatte, war es ein ständiges Abwägen, was man überhaupt aussprechen durfte, um nicht direkt mit Disziplinarstrafen rechnen zu müssen. Dabei lag es zumindest für ihn auf der Hand, dass der vermeintliche Plan alles andere als ausgeklügelt war.

»Noch Fragen?« Heinz Hohensinn sah in die Runde. »Nicht? Gut. Dann ziehen Sie sich jetzt um und holen Ihre Gewehre und Funkgeräte. Viel Erfolg, meine Herren.«

Der Einsatzleiter verließ als Erster den Konferenzraum, dann folgten, nachdem sie sich umgezogen hatten, nach und nach die Polizisten. Im Nebenraum lagen wie angekündigt die Gewehre und Funkgeräte bereit. Als sie fertig ausgestattet waren, tauschten die Kollegen Blicke, aus denen Unschlüssigkeit sowie Unverständnis sprachen. Dann sagte Michi Leutner: »Also, Männer, los geht's«, und machte sich auf den Weg zum Ausgang. Die anderen folgten ihm.

Manfred trabte neben Lothar her und ersparte sich einen Kommentar, wie hemdsärmelig ihm das gesamte Vorgehen erschien. Es konnte doch nicht sein, dass seine Vorgesetzten nicht sahen, dass hier etwas gewaltig schieflief. Oder wollten sie es nur nicht sehen? Kopfschüttelnd verließ er mit seinen sieben Kollegen das Gebäude. Sie waren in ihren Trainingsanzügen womöglich nicht besonders auffällig, mit den Gewehren in der Hand jedoch, die sie nirgendwo verstecken konnten, wirkten sie ganz sicher nicht wie Sportler, sondern einfach wie Polizisten in Trainingsanzügen. Der Sinn, weshalb sie diese Anzüge dann überhaupt hatten anziehen sollen, erschloss sich Manfred nicht.

Sie folgten dem Weg zum Hintereingang des Nebengebäudes und arbeiteten sich bis aufs Dach vor. Dort angekommen, warteten sie auf ihren Einsatzbefehl. Um Punkt 16.35 Uhr knarzte das Funkgerät, dann hörten sie den Satz: »Die Sonne bricht durch.«

»Also dann, Männer, befreien wir die Geiseln und knipsen diese Terroristen aus«, sagte Michi, der schon in der Einsatzzentrale die Führung übernommen hatte. Die Gruppe schlich in geduckter Haltung über das Dach und teilte sich dort in vier Zweiergruppen auf. Manfred und Lothar bildeten eines der Teams, und Manfred ging vor und beugte sich so weit über das Geländer, dass er den Balkon darunter gut einsehen konnte.

»Ich gehe zuerst«, flüsterte er Lothar zu, reichte diesem das Gewehr und kletterte an der Seite hinunter, bis er auf dem Balkon sicheren Stand fand. Dann ließ er sich von Lothar die Gewehre herunterreichen und half dem Kollegen.

»Und jetzt?«, fragte Lothar.

»Es ist der da vorn«, stellte Manfred fest und deutete auf den Balkon der Israelis. Sie sahen, wie sich auch die anderen Kollegen auf drei weitere Balkone verteilten. Darum bemüht, keine Geräusche zu machen, arbeiteten sie sich langsam Stück für Stück vor. Kollege Michi Leutner war mit seinem Partner am weitesten zu dem Balkon der Geiselnehmer vorgedrungen.

Plötzlich wurde die Balkontür geöffnet, und einer der Geiselnehmer trat heraus. So rasch sie konnten, duckten sich die Polizisten weg, während der Terrorist nach oben und unten und auch zu den Balkonen hinübersah, auf denen sich die Einsatzkräfte näherten.

»Bleibt weg, oder wir erschießen die Geiseln!«, brüllte er und feuerte mehrere Schüsse ab. Dann verschwand er wieder im Innern der Wohnung.

»Abbruch!«, schallte es aus dem Funkgerät. »Einsatz sofort abbrechen. Rückzug!«

Manfred und Lothar tauschten einen kurzen Blick, dann kletterten sie auf dem gleichen Weg zurück aufs Dach. Hatte der Kerl sie gesehen, oder wie war er darauf gekommen, dass sie da waren? Vielleicht hatte er Geräusche gehört oder war einfach einer Intuition gefolgt.

Sie überquerten das Dach und trafen im Treppenhaus wieder mit den anderen zusammen. »Schöne Scheiße«, entfuhr es einem der Kollegen. Angespannt und gleichzeitig bedrückt, weil sie den Geiseln nicht hatten helfen können, machten sie sich auf den Rückweg zur Einsatzzentrale.

Dort angekommen, wurden sie bereits vom Einsatzleiter erwartet. »Ich danke Ihnen, meine Herren«, sagte Hohensinn. »Auch wenn die Rettungsmission nicht erfolgreich war, so haben Sie doch Ihr Bestes gegeben und es versucht.«

»Der Kerl schien geahnt zu haben, dass wir kommen«, stellte Lothar fest. »Hat er vielleicht einen Informanten?«

Hohensinn schüttelte den Kopf. »Er hat den Einsatz vermutlich im Fernsehen verfolgt.«

»Was?«, fragte Manfred fassungslos.

»Ja. Was ich zutiefst bedauere. Wir alle konnten die Übertragungsbilder, die jeden Ihrer Schritte gezeigt haben, direkt über die Bildschirme mitverfolgen.« Der Einsatzleiter ballte die Hand zur Faust. »Sie halten sich weiter bereit«, ordnete er nun an. »Die

Panzerwagen bleiben ebenfalls vor Ort. Wir werden in Kürze entscheiden, wie wir weiter vorgehen. Genscher, Tröger und Merk sind bereits unterwegs zum Gebäude, um mit den Geiselnehmern zu verhandeln. Das Ergebnis bleibt zunächst abzuwarten. Sobald ich etwas höre, kommen wir wieder im Konferenzraum zusammen.« Er seufzte grimmig. »Es ist eine einzige Farce«, fügte er hinzu, machte kehrt und ließ die Männer mit ihren G3-Gewehren einfach stehen.

Nach kurzem Zögern ging Manfred zusammen mit den anderen in den Konferenzraum. Nach einer Weile kam Susanne herein und brachte ihnen Kaffee. Kaum jemand sagte ein Wort. Niemand schien zu wissen, was zu tun war, alle warteten auf weitere Anweisungen.

Die Tür wurde geöffnet, ein Kollege steckte den Kopf in den Raum. »Das müsst ihr euch ansehen!«, rief er aufgeregt, woraufhin Manfred und die anderen Polizisten aufsprangen und ihm ins Nebenzimmer folgten.

Der Fernsehapparat lief. Die Live-Bilder zeigten Bundesinnenminister Hans-Dietrich Genscher, außerdem Bruno Merk und Walther Tröger, die mit Issa, dem Anführer der Geiselnehmer, zu verhandeln schienen. Genscher wirkte aufgewühlt, die Spannung, die während des Gesprächs zu herrschen schien, war selbst über den Fernseher deutlich zu spüren. Genscher gestikulierte, dann drehte er sich um und entfernte sich ein Stück weit. Tröger und Merk sprachen weiter mit Issa, dann trat Genscher wieder zu ihnen.

»Wir können natürlich nicht verstehen, was gesprochen wird«, erklärte der Moderator, »doch der Bundesinnenminister scheint aufgebracht zu sein. Soeben haben wir beobachtet, wie einer der Geiselnehmer auf dem Balkon erschien und etwas hinunterrief, bevor er wieder in der Wohnung verschwand. Nun ist erneut Bewegung zu verzeichnen … und … warten Sie, meine Damen und Herren … ja, der Geiselnehmer führt offenbar drei der Geiseln auf den Balkon heraus. Der Bundesinnenminister steht zusammen mit dem Anführer direkt unterhalb des Balkons. Offenbar spricht er mit den gefesselten Geiseln, denen während der Unterhaltung ein Gewehr an den Kopf gehalten wird. Womöglich ist das die entscheidende Wendung.« Der Sprecher verstummte, und die Polizisten verfolgten angespannt, was sich vor Ort tat.

»Der Bundesinnenminister kehrt jetzt mit dem Anführer zurück zu Tröger und Merk, und … einen Augenblick … ja … wenn ich es richtig sehe, gehen nun Hans-Dietrich Genscher und Walther Tröger zusammen mit dem Geiselnehmer ins Haus.« Die Stimme des Reporters überschlug sich. »Leider können wir von hier aus nicht mitverfolgen, wie es drinnen weitergeht«, fuhr der Moderator fort. Die Kamera blieb auf die nun geschlossene Haustür gerichtet.

»Verdammte Scheiße«, entfuhr es Lothar. »Der Genscher bietet denen einen Austausch gegen die Geiseln an. Jetzt haben die Schweine unseren Minister in ihrer Gewalt!«

Manfred antwortete nicht, starrte nur wie gebannt auf den Fernsehapparat. Es dauerte etwa zehn Minuten, während derer der Moderator unaufhörlich weiter darüber berichtete, dass sich derzeit nicht das Geringste tat, dann endlich öffnete sich die Tür erneut. Tröger, Genscher und Issa traten heraus. Letzterer blieb vor der Tür stehen, während Genscher und Tröger zusammen mit Merk den Rückweg zur Einsatzzentrale antraten.

Die Anspannung im Raum war greifbar. Ob es womöglich zu einer Übereinkunft mit den Geiselnehmern gekommen war?

Die Polizisten verfolgten, wie die Politiker die Wache betraten, und warteten auf weitere Instruktionen. Nach einer Weile betrat Einsatzleiter Heinz Hohensinn den Raum.

»Meine Herren. Unser Bundesinnenminister hat sich nunmehr selbst davon überzeugt, dass es den Geiseln den Umständen entsprechend gut geht. In dem Apartment werden neun Geiseln gefangen gehalten, ein Mann ist tot. Der tote Israeli liegt mitten im Raum zu Füßen der anderen. Die Geiselnehmer lehnen es ab, uns die Leiche zu übergeben.« Er räusperte sich. »Mittlerweile gehen wir von insgesamt fünf Geiselnehmern aus.«

»Weiß man, wer der Tote ist?«, fragte einer der Polizisten.

»Der Name ist uns nicht bekannt«, antwortete Hohensinn. »Die Geiselnehmer fordern weiterhin die Freilassung der inhaftierten Palästinenser, außerdem wollen sie nach wie vor Andreas Baader, Ulrike Meinhof und diesen Japaner freipressen. Und jetzt kommt auch noch ein Düsenjet dazu! Zunächst sollte der die Geiselnehmer mit den Geiseln in Richtung östliches Mittelmeer fliegen, wo nach der Freilassung der Palästinenser auch die Geiseln auf freien Fuß gesetzt werden sollten.«

»Warum ›sollten‹?«, wollte Lothar wissen. »Wird es nun dazu kommen oder nicht?«

»Nein«, stellte Hohensinn unmissverständlich fest. »Die israelische Regierung bleibt bei ihrer Haltung, nicht mit Terroristen zu verhandeln. Die Palästinenser bleiben in Haft. Ebenso wie Baader, Meinhof und Okamoto.«

»Und wie sieht die Lösung aus?«, fragte Manfred nun.

»Der Bundesinnenminister hat die Geiselnehmer darüber informiert, dass eine Freilassung durch die israelische Regierung abgelehnt wurde und wir Deutschen keinerlei Möglichkeit haben, in irgendeiner Art und Weise auf diese Entscheidung Einfluss zu nehmen. Offenbar hatte man von Seiten der Geiselnehmer aus damit gerechnet, denn sie haben umgeschwenkt und verlangen nun, nach Kairo ausgeflogen zu werden, wo sie die Israelis freilassen werden.«

»Aber dann hätten sie ja nichts weiter erreicht, als zwei Sportler erschossen zu haben und wieder von der Bildfläche verschwunden zu sein«, meldete sich Michi zu Wort. »Ich kann mir kaum vorstellen, dass sie die Geiseln einfach so gehen lassen.«

»Das ist unmöglich für uns einzuschätzen«, stellte der Einsatzleiter fest. »Bundesinnenminister Genscher hat die Israelis gefragt, ob sie bereit wären, mit den Terroristen in die Maschine zu steigen und nach Kairo zu fliegen. Dies wurde durch André Spitzer, den Trainer des Fechtteams, bejaht.«

»Was soll er auch anderes sagen, wenn ihm eine Kalaschnikow an den Kopf gehalten wird?«, fragte Lothar. »War auf den Bildern im Fernsehen gut zu erkennen.«

»Mag sein«, sagte der Einsatzleiter. »Doch für uns bietet diese Situation die Möglichkeit zu einem Zugriff, der nun geplant wird. Das Ultimatum wurde vorerst bis neunzehn Uhr verlängert. Wir haben demnach eine gute Stunde Zeit, das Ganze durchzuplanen. Also, meine Herren, holen Sie sich noch einen Kaffee, und dann machen Sie sich an die Arbeit. Entwickeln Sie einen Einsatzplan«, wies Hohensinn die Polizisten an. »Ich bin in einer halben Stunde zurück und erwarte dann Ergebnisse.«

Nachdem der Einsatzleiter den Raum verlassen hatte, warf Lothar Manfred einen skeptischen Blick zu.

»Er erwartet Ergebnisse«, wiederholte Lothar mit Spott in der Stimme. Dann fragte er laut: »Hat einer von euch Erfahrung damit, wie man Geiseln auf einem Flughafen befreit, damit sie nicht ins Ausland fliegen müssen, um sich dort erschießen zu lassen?«

Die anderen starrte ihn verdutzt an.

»Dachte ich mir«, sagte Lothar dann an Manfred gewandt. »Das ist doch hier echt der letzte Scheiß.«

MÜNCHEN

Dienstag, 05. September 1972, 17.36 Uhr

Wenn ich mich umsehe, fehlt mir in den Augen der Menschen das Entsetzen über das, was hier geschieht.

ROBERT GOLDMANN

Das Ultimatum war über den Tag wieder und wieder verlängert worden, und Robert wusste nicht, ob das ein gutes oder ein schlechtes Zeichen war. Das endlose Warten zermürbte ihn. Mittlerweile hieß es, das Ultimatum sei bis neunzehn Uhr verlängert worden, doch wer wusste schon, ob sich bis dahin etwas tat. Zwar begrüßte Robert es wie alle anderen, dass die Verhandlungen weitergeführt wurden, um das Leben der neun Geiseln nicht zu gefährden, doch er fürchtete, dass nach so vielen Stunden die Nerven der Terroristen womöglich blank lagen und es dadurch zu Kurzschlusshandlungen kommen könnte. In Gedanken war er bei dem israelischen Team, das in der Wohnung in der Connollystraße um sein Leben bangen musste.

»Robert!«, hörte er jemanden seinen Namen rufen. Er drehte sich um und sah Alfons Zeisel, der mit einer Handbewegung auf sich aufmerksam zu machen versuchte. Robert bahnte sich einen Weg durch die dicht gedrängte Menge von Reportern aus aller Welt zu ihm, während Zeisel seinerseits zu ihm zu kommen versuchte.

»Alfons«, sagte Robert, als er endlich vor ihm stand. »Gibt es was Neues?«

»Ja, es tut sich was. Beim Bundesgrenzschutz wurden Hubschrauber angefordert. Offenbar will man den Geiselnehmern freies Geleit ermöglichen, wenn sie aufgeben. Auf dem Flughafen Fürstenfeldbruck soll etwas vorbereitet werden.«

Robert wäre skeptisch über derart konkrete Aussagen gewesen, hätte er nicht inzwischen in Erfahrung gebracht, wer Zeisels Quelle bei der Polizei war. Er hatte ihn mehrfach mit Susanne Lerbs, der Polizeisekretärin, reden sehen, und vorhin hatte sich Zeisel mit einem Kuss von Susanne verabschiedet. Es war klar, in welcher Beziehung die beiden standen.

»Sag mal«, begann Zeisel nun, »kannst du mir ein Interview mit deinem Redakteur vermitteln? Ich habe zwar auch meine Quellen, aber die kann ich nicht vor die Kamera holen.«

»Du willst mit Joachim Koch reden? Warum das denn?«

»Na, wegen seines Artikels in der Abendausgabe. Ich weiß ja, dass es stimmt, was er schreibt. Die Verantwortlichen wurden davor gewarnt, dass genau dieser Fall eintreten könnte, haben es aber als Unsinn abgetan. Dieser ganze Wahnsinn muss im Nachhinein aufgearbeitet werden, und da brauche ich ein Gesicht zur Story, wenn du verstehst, was ich meine.«

»Alfons, von welchem Artikel in der Abendausgabe sprichst du?«, fragte Robert, der spürte, wie sein Herz plötzlich schneller zu schlagen begann.

»Ja, hast du den noch nicht gelesen? Scheinst dich ja nicht besonders für die Zeitung zu interessieren, für die du arbeitest!«

Alfons bedeutete Robert mit einer Kopfbewegung, ihm zu folgen. Er schlängelte sich durch die Menschenmenge zurück zu seinem Kamerateam.

»Günter!«, sagte er zu einem Mann, der Robert vom Aussehen an den britischen Schauspieler Roger Moore erinnerte. »Hast du die Abendausgabe noch, die ich dir vorhin gegeben habe?«

Der Angesprochene öffnete die Tasche, die er bei sich trug, und zog das zusammengefaltete Blatt hervor. »Klar, hier.«

Robert klappte die Zeitung auf, die der Mann ihm reichte. Auf der Titelseite prangte in Großbuchstaben:

GEISELNAHME IM OLYMPISCHEN DORF – UND DIE BEHÖRDEN WUSSTEN ES!
Von Joachim Koch

Robert überflog die ersten Zeilen, und ein Gefühl zwischen Wut und Fassungslosigkeit stieg in ihm auf. Sein Redakteur hatte fast eins zu eins Roberts Artikel genommen, diesen ein wenig umgestellt und dann seinen eigenen Namen als Verfasser angegeben. Robert konnte es nicht glauben.

»Das ist mein Artikel«, sagte er kopfschüttelnd zu Alfons. »Mein Artikel, den mein Chefredakteur nicht drucken wollte, weil er nicht in das Bild der heiteren Olympischen Spiele passte.«

»Ist nicht dein Ernst?« Zeisel hob die Augenbrauen. »So ein Mistkerl.«

»Was mache ich denn jetzt?«, fragte Robert, noch immer fassungslos über Joachim Kochs Verhalten.

»Ist nicht das erste und bestimmt auch nicht das letzte Mal, dass einer vom anderen klaut«, gab der BR-Reporter mit einem Schulterzucken zurück. »Ich denke mal, du wirst mir nicht helfen, ihn vor die Kamera zu holen?«

Robert sah Alfons verständnislos an. »Begreifst du denn nicht? Der Artikel ist nicht von ihm. Er ist von mir. Wenn du mit jemandem darüber sprechen willst, dann solltest du es mit mir tun!«

Alfons sah ihn nachdenklich an, dann sagte er: »Ich gebe dir jetzt mal einen Rat als Freund, Robert. Wir kennen uns nun schon länger, und ich habe dich während der Zeit hier gern mit Informationen versorgt, weil ich mir gut vorstellen kann, was in dir vorgehen muss, da du die Geiseln persönlich kennst und selber Jude bist. Aber hierbei«, er tippte auf Roberts Artikel, »ist für dich der Zug abgefahren. Egal, ob du dir jetzt deinen Chefredakteur schnappst, ihn zur Rede stellst oder ihm sogar eine aufs Maul gibst – für die Leute da draußen ist das ein Beitrag von Joachim Koch. Basta. Das solltest du besser kapieren.«

Roberts Kopf hämmerte. Er konnte kaum einen klaren Gedanken fassen. Das durfte doch nicht wahr sein!

»Du wirst andere Geschichten aufdecken und deinen Weg als Journalist gehen«, versuchte Alfons, ihn zu beschwichtigen. »Typen wie diesen Koch gibt es immer. Was glaubst du wohl, warum die da oben sind und du und ich hier?«

»Ich soll das einfach so hinnehmen?«

Alfons zuckte die Schultern. »Es ist deine Sache, wie du damit umgehst. Ich sage dir nur, dass ich das während meiner Zeit in diesem Business schon wer weiß wie oft erlebt habe. Es ist immer gleich ausgegangen. Wenn du groß auffährst mit Anwalt und allem Pipapo, kriegst du vielleicht in ein paar Wochen einen klitzekleinen Hinweis irgendwo ganz unten auf der letzten Seite, den man nur mit Lupe erkennen kann. Da steht dann, dass du eventuell einen winzigen Anteil an dem Artikel hattest und dies beim ersten Abdruck versehentlich zu erwähnen vergessen wurde.« Er klopfte Robert freundschaftlich auf den Oberarm. »Mach es, wenn es dir wichtig ist, aber vergiss nicht: Deine Karriere bei der Zeitung kannst du anschließend auf jeden Fall in den Wind schreiben.«

In Robert brodelte es. Wütend schleuderte er die Zeitung zu Boden.

»Hey, hey«, beschwerte sich Günter. »Die wollte ich noch lesen.«

Robert brummelte eine Entschuldigung, nickte den Männern zu und suchte sich einen Weg aus der Menge hinaus. Ein wenig abseits blieb er stehen und überlegte, was er tun sollte. Innerlich verfluchte er seinen Chef. Dieser verdammte, verlogene Mistkerl. Wahrscheinlich hatte Alfons recht, und es würde überhaupt nichts nützen, gegen ihn vorgehen. Und ebenso wahrscheinlich lag Alfons auch mit seiner Überlegung richtig, dass Robert einpacken konnte, wenn er etwas unternahm. Doch sollte er das wirklich einfach so schlucken?

Er war so in Gedanken, dass er gar nicht bemerkte, wie Linda an seine Seite trat.

»Robert«, sagte sie mit einem angespannten Lächeln. »Guten Tag. Auch wenn es alles andere als das ist.«

»Linda, hallo. Entschuldige, ich war in Gedanken.«

»Kein Wunder«, erwiderte sie. »Wie geht es dir? Ich meine, du kennst die Männer ja sehr gut, die dort festgehalten werden.«

In diesem Moment schämte Robert sich. Er hatte sich so sehr über das Verhalten seines Chefredakteurs und den Diebstahl seines Artikels geärgert, dass dadurch das Drama, das sich nur wenige Meter von ihnen entfernt abspielte, für ihn in den Hintergrund gerückt war. Wie konnte er nur so selbstsüchtig sein, sich über eine derartige Banalität aufzuregen, wo Menschen, die für ihn Freunde geworden waren, um ihr Leben zitterten? Verlegen blickte er zu Boden. »Ich kann einfach nicht glauben, was hier geschieht«, sagte er leise.

»So geht es wohl den meisten von uns«, stellte sie fest und schüttelte den Kopf. »Ich versuche schon seit Stunden, Kontakt zu Manfred aufzunehmen. Vorhin habe ich im Fernsehen gesehen, wie er und seine Kollegen vom Dach auf die Balkone geklettert sind. Mir ist fast das Herz stehen geblieben. Weißt du, was genau sie dort vorhatten?«

»Nein. Ich habe auch nur mitbekommen, dass die Aktion von der Polizei abgeblasen wurde. Unfassbar, dass so etwas live im Fernsehen übertragen wurde.«

»Das geht nun schon seit Stunden so. Es muss doch endlich eine Lösung her«, sagte Linda mit besorgter Miene. »Ich weiß, es ist egoistisch, aber ich hoffe inständig, dass Manfred sich nicht in Gefahr bringt. Bis vorhin wusste ich nicht einmal, dass er in diesen Einsatz eingebunden ist!«

»Mach dir keine Sorgen, Linda.« Robert legte der jungen Dolmetscherin tröstend den Arm um die Schultern. »Manfred ist ein guter Polizist, er wird auf sich aufpassen. Genau deshalb ist er ja mitten im Geschehen.«

Sie nickte, doch wirklich beruhigt wirkte sie nicht. Plötzlich entstand Tumult am Eingang der Einsatzzentrale. Robert nahm den Arm von Lindas Schultern, fasste sie am Oberarm und zog sie hinter sich her durch die Meute der Presse und Schaulustigen. Ein Stück weiter vorn blieben sie stehen. Einige der Polizisten, die sich vorhin den Zutritt über das Dach verschafft hatten, kamen aus dem Gebäude und liefen auf mehrere bereitstehende Polizeifahrzeuge zu. Manfred war einer von ihnen. Linda hob die Hand, aber Manfred blickte nicht einmal auf. Nur einen Augenblick später fuhren sie los.

»Was kann das bedeuten?«, fragte Linda und warf Robert einen ängstlichen Blick zu.

»Bestimmt, dass jetzt Bewegung in die Sache kommt.« Robert sah auf die Uhr. Es war fast sechs. Noch eine Stunde bis zum Ablauf des Ultimatums. Womöglich waren Manfred und seine Kollegen losgeschickt worden, um den Abzug der Geiselnehmer vorzubereiten. Robert hoffte es. Dann würde die Sache endlich ein Ende finden.

M Ü N C H E N

Dienstag, 05. September 1972, 18.10 Uhr

Es muss uns einfach gelingen, der Sache ein Ende zu setzen, ohne dass noch jemand verletzt wird.

MANFRED HOFMANN

Die fünf Präzisionsschützen – einer pro Geiselnehmer – waren auf zwei Fahrzeuge verteilt worden, deren Fahrer nun über die Autobahn in Richtung Fürstenfeldbruck rasten. Polizeipräsident Manfred Schreiber hatte seinem Stellvertreter Georg Wolf den Auftrag erteilt, alles für die Befreiung der Geiseln am dortigen Flughafen vorzubereiten. Wie genau diese Befreiungsaktion aussehen sollte, hatte man Manfred und seinen Kollegen bisher nicht mitgeteilt. Er wusste nur, dass die Mitglieder des Krisenstabes per Hubschrauber nach Fürstenfeldbruck gebracht wurden. Weitere Anweisungen würden die Polizisten vor Ort erhalten.

In dem Auto, in dem Manfred saß, sprach keiner ein Wort. Alle waren angespannt und in ihren eigenen Gedanken gefangen.

Als sie das Flughafengelände erreichten, wurden sie von einem Wachmann mit eiligen Handbewegungen durchgewinkt. Offenbar erwartete man sie bereits.

Im Laufschritt eilten sie in den Tower, wo Polizeivizepräsident Wolf sie in Empfang nahm und mit dem Plan vertraut machte, der vom Krisenstab festgelegt worden war. Man würde eine Maschine für die Terroristen und Geiseln bereitstellen, die diese nach Kairo ausfliegen sollte. Bisher stand jedoch weder die Maschine bereit, noch hatte Bundeskanzler Willy Brandt von Ägyptens Premierminister Aziz Sidky die Landegenehmigung für Kairo erhalten. Vielmehr hatte Brandt vorhin von Sidky eine klare Absage bekommen, im Anschluss jedoch versucht, den ägyptischen Staatspräsidenten Anwar as-Sadat zu erreichen – bisher offenbar ohne Erfolg.

»Wieso sind wir hier, wenn uns von Seiten der ägyptischen Regierung weiterhin die Landung in Kairo verwehrt wird?«, fragte einer der Polizisten.

»Der Bundeskanzler versucht alles, um die ägyptische Regierung zum Umdenken zu bewegen«, formulierte Wolf. »Für den Fall jedoch, dass dies nicht gelingen sollte, werden wir die Crew gegen Polizisten austauschen, die die Terroristen überwältigen und schließlich die Geiseln befreien sollen. Ihre Aufgabe als Präzisionsschützen wird es sein, die Geiselnehmer aus sicherer Entfernung anzuvisieren und auszuschalten, sobald diese den Tausch bemerken. Der Angriff gegen die Terroristen erfolgt also von innen und außen gleichzeitig.«

»Und die Geiseln?«, fragte Manfred mit einem unguten Gefühl. »Sobald die Kerle merken, dass wir gelogen haben und sie gar nicht wegfliegen können, werden sie ihren Zorn an den gefangenen Israelis auslassen!«

»Das werden Ihre Kollegen in der Maschine zu verhindern wissen. Wir müssen alles in unserer Macht Stehende tun, um das Leben der Geiseln zu retten. Ihre Sicherheit hat für uns höchste Priorität.«

Manfred nickte nur, doch das Gefühl, eine Antwort auf seine Frage erhalten zu haben, hatte er nicht.

»Männer«, setzte Wolf erneut an. »Wir müssen uns darauf einstellen, dass diese Kerle nicht einfach klein beigeben werden. Unseren Erkenntnissen nach sind sie bis an die Zähne bewaffnet, und wie wir wissen, scheuen sie sich nicht, die Waffen auch einzusetzen.« Er blickte die Polizisten der Reihe nach an. »Nicht viele von uns waren schon einmal in einer solchen Situation. Die Möglichkeit, dass wir selbst unter Beschuss geraten, ist durchaus gegeben. Ich weiß, dass Sie trotz Ihrer Ausbildung bei der Polizei nicht auf eine solche Ausnahmesituation vorbereitet sind, dennoch müssen wir nun handeln. Jeder von Ihnen wird eine feste Position mit guter Deckung haben. Und jeder von Ihnen wird aus dieser gesicherten Position heraus einen der fünf Terroristen ausschalten. Das wäre für den Moment alles. Halten Sie sich bereit. Der Krisenstab wird in Kürze hier eintreffen, und ich werde Sie sofort unterrichten, sobald sich etwas tut. Das wäre für den Moment alles.«

Sie warteten im Tower bis kurz nach halb acht. Die Sonne war bereits untergegangen, als auf dem Vorfeld des Flugplatzes ein Hubschrauber des Bundesgrenzschutzes landete. Manfred stand auf und ging ans Fenster. Er konnte den Polizeipräsidenten Manfred Schreiber, Bundesinnenminister Hans-Dietrich Genscher und Bayerns Innenminister Bruno Merk erkennen, die aus dem Hubschrauber stiegen und zum Gebäude eilten.

»Ich glaube, es geht bald los«, sagte Manfred an die Kollegen gewandt.

»Kann es kaum erwarten.« Peter, einer der fünf Präzisionsschützen, stand auf und reckte sich. Lothar war für diesen hoffentlich finalen Einsatz nicht ausgewählt worden, sodass Manfred und Peter von den fünfen die Ältesten waren. Peter kannte er noch am besten, die anderen drei, Torsten, Axel und Jürgen, nur flüchtig vom Sehen. Erst heute, seit sie als Präzisionsschützen für die Aufgabe, die Geiselnehmer auszuschalten, ausgewählt worden waren, hatte er das erste Mal wirklichen Kontakt zu ihnen.

Manfred blieb noch einen Moment am Fenster stehen, dann ging er im Raum auf und ab.

»Kannst du dich nicht setzen?«, fragte Axel. »Du machst mich nervös.«

»Wo bleiben die denn?«, gab Manfred zurück, ohne der Bitte des Kollegen nachzukommen. »Es kann doch eigentlich nicht so kompliziert sein, den Raum hier zu finden.«

»Ist doch klar: Die Herren tagen ohne uns«, stellte Jürgen fest. »Wir sollen ja auch nur die Terroristen für sie ausknipsen und uns ansonsten ruhig verhalten.«

»Bei alldem, was da heute schon schiefgelaufen ist, wäre es aber vielleicht ganz klug, auch mal die nach ihrer Meinung zu fragen, die es am Ende richten sollen«, gab Manfred kopfschüttelnd von sich.

»Schön wär's«, sagte Peter. »Aber darauf können wir wohl lange warten. Also machen wir einfach, was die da oben uns sagen, und halten den Mund.«

Manfred zuckte die Achseln, dann ging er wieder zum Fenster und sah hinaus. Zwischendurch warf er einen Blick auf die Uhr – es war inzwischen fast Viertel nach acht. Jetzt sah er, wie Schreiber, Merk und Genscher das Gebäude verließen, zum Hubschrauber zurückkehrten und einstiegen. Nur zwei Minuten später hoben sie ab.

»Und weg sind sie wieder«, murmelte er, dann wandte er sich ab, ging zum Tisch und setzte sich zu den anderen.

»Hat vielleicht einer von euch Karten dabei? Dann können wir Schafkopf spielen.« Axel sah die anderen an. »Einer setzt pro Runde aus.«

Keiner antwortete.

»Dann eben nicht.« Axel hob abwehrend die Hände. »Ich meine ja nur. Ob wir nun einfach hier rumsitzen und vor uns hin brüten oder ob wir uns ablenken, spielt ja wohl für unseren Einsatz keine Rolle.«

Wieder ließen die anderen die Bemerkung unkommentiert. Kurz darauf wurde die Tür geöffnet, Wolf trat ein und nahm am Tisch der Polizisten Platz.

»Der Befreiungsplan wurde mit unserem Bundesinnenminister und dem weiteren Krisenstab besprochen«, erklärte er. »Dieser ist nun auf dem Rückweg ins olympische Dorf, um den Geiselnehmern den Ablauf mitzuteilen. Sobald dies geschehen ist, erhalten wir von dort Nachricht.«

»Gibt es inzwischen Neues aus Ägypten?«, fragte Peter.

Wolf schüttelte den Kopf. »Nein, bisher nicht. Der Bundeskanzler hat erneut eine Kontaktaufnahme versucht, doch Präsident Anwar as-Sadat lässt sich offenbar verleugnen.« Er atmete geräuschvoll aus. »Das geforderte Flugzeug wird laut Bundesverkehrsministerium etwa gegen einundzwanzig Uhr hier eintreffen.«

»Also warten wir jetzt ab, ob es dann auch nach Ägypten ausfliegen kann, und machen davon unser weiteres Handeln abhängig?«, fragte Manfred.

Wolf nickte. »Richtig. Ihre Kollegen sind so weit vorbereitet und werden die Uniformen der Fluglinie anziehen, damit sie nicht sofort erkannt werden.«

»Das hat ja auch mit den Trainingsanzügen schon so wunderbar funktioniert«, spottete Axel.

»Hier sind zum Glück keine Kamerateams, die die Geiselnehmer auf dem Laufenden halten, was um sie herum geschieht.« Schreibers Stellvertreter sah Axel einen Moment lang nachdenklich an, dann sagte er: »Machen wir uns nichts vor: Keiner von uns war auf das vorbereitet, was sich heute ereignet hat.«

Am liebsten hätte Manfred widersprochen, sie wären sehr wohl darauf vorbereitet gewesen, hätte man die Sicherheitsbedenken des eigens zu diesem Zweck engagierten Polizeipsychologen Georg Sieber ernst genommen und die von ihm detailliert entworfenen Sicherheitslagen durchgespielt, vor allem das Szenario 21, das genau so eingetreten war, wie er es vorhergesagt hatte. Aber nein, man hatte Sieber verlacht, und das stand jetzt sogar in der Zeitung. Als Manfred in der Wache zur Toilette gegangen war, hatte eine aktuelle Ausgabe auf einem Stuhl im Gang gelegen. Die Schlagzeile war nicht zu übersehen gewesen. Doch er behielt den Gedanken für sich. Es würde noch früh genug dazu kommen, dass der Polizeipräsident den ermittelnden Behörden und vor allem der Öffentlichkeit erklären musste, was genau geschehen war. Hier und jetzt hieß es, sich auf die Sache zu konzentrieren und diese elenden Terroristen auszuschalten. Es war genug Blut vergossen und Leid über die Sportler und deren Angehörige gebracht worden. Zwei Tote waren genau zwei zu viel, ganz abgesehen von deren Familien, die darauf gehofft hatten, dass ihre Lieben mit Medaillen und stolz geschwellter Brust nach Hause zurückkehrten. Nun konnten sie nur deren leblose Hülle in Särgen in Empfang nehmen.

»Sobald ich von der Einsatzzentrale aus dem olympischen Dorf etwas höre, gebe ich Ihnen Bescheid. Ich lasse Ihnen etwas zu essen bringen, meine Herren. Schließlich wissen wir nicht, wie lange sich das alles noch hinzieht.« Damit stand Wolf auf, schob seinen Stuhl an den Tisch und ging hinaus.

»Dem geht auch ganz schön die Muffe«, stellte Jürgen fest.

»Mir auch, wenn du's genau wissen willst«, antwortete Axel. »Und ich hoffe, das gilt für jeden von uns. Zwar soll hier keiner vor Angst zittern, doch die Sache wurde schon viel zu lange auf die leichte Schulter genommen.«

»Da stimme ich dir zu«, sagte Manfred, stand auf und nahm sich eine Pepsi Cola aus einer Kiste, die an der Wand stand. »Will noch einer von euch?«

Peter und Axel bejahten.

»Ein Bier wäre mir lieber«, stellte Jürgen fest.

»Du hast sie wohl nicht alle«, gab Manfred in schroffem Tonfall zurück.

»He, war doch nur Spaß. Ich bin im Dienst, Kollege. Da wird nicht gesoffen.«

»Das will ich auch meinen.« Manfred verdrehte die Augen, dann ging er mit den Flaschen zurück an den Tisch. Nach einer

Weile trat er wieder ans Fenster und sah hinaus in die Dunkelheit, während er in kleinen Schlucken seine Cola trank. Wäre dieser Tag doch bloß endlich vorbei!

MÜNCHEN

Dienstag, 05. September 1972, 21.08 Uhr

Die ganze Welt sieht nun nach Palästina.
Heute ist ein großer Tag.

DJAMAL RAHMAN

Eine eigenartige Ruhe war über Djamal gekommen, nachdem nun klar war, dass die Forderungen, die sie gestellt hatten, nicht erfüllt wurden. Luttif hatte ihnen vorhin mitgeteilt, dass die israelische Regierung sich nach Angaben der Deutschen weigerte, die palästinensischen Brüder aus den Gefängnissen freizulassen, wogegen die Regierung der BRD anscheinend nicht das Geringste tun konnte.

Djamal hatte aus tiefstem Herzen gehofft, dass sie ihr großes Ziel erreichen würden, dabei hatten ihn insgeheim längst Zweifel beschlichen. Nun, da klar war, dass dies nicht der Fall wäre, fiel die innere Anspannung von ihm ab. Sie würden sich damit zufriedengeben müssen, dass man ihren Ruf nach Gerechtigkeit gehört hatte und sie nicht mehr die stimmenlosen, in den Dreck getretenen Flüchtlinge waren, vor deren Schicksal und Leid die ganze Welt Augen und Ohren verschloss. Nein, sie hatten ihrer Sache gedient, und niemand würde den Tag während der zwanzigsten Olympischen Spiele vergessen, der den Menschen die Augen geöffnet hatte. Selbst wenn sie namenlos blieben, so wussten seine Brüder und er doch, dass sie dem Volk der Palästinenser eine Stimme gegeben hatten, die bis in alle Ewigkeit nachhallen würde.

Die Tür wurde aufgestoßen. Djamal riss seine Kalaschnikow hoch, ließ sie jedoch wieder sinken, als er sah, dass es Luttif war, der wütend hereingestürmt kam.

»Was bilden sich diese Dummköpfe ein?«, rief er aufgebracht und berichtete, dass er mit dem Polizeichef und dem Minister die Strecke zu den für sie bereitstehenden Hubschraubern abgeschritten hatte, um sich zu vergewissern, dass man ihnen keine Falle stellte. Die Strecke war nicht lang, doch Luttif behauptete, er hätte geradezu spüren können, dass sich hinter den Säulen der Parkgarage, durch die der Weg führte, Männer versteckten. Als er Genscher und Wolf daraufhin warnte, sie sollten ja nichts Falsches versuchen, hätte der Polizeipräsident laut gerufen, es handele sich nur um einen Probegang, niemand solle schießen. Luttif war wutentbrannt in die Unterkunft zurückgekehrt. Für wie dumm hielten diese einfältigen Deutschen ihn, dass sie es wagten, ihn derart plump hintergehen zu wollen?

Auf Afifs Frage, wie es denn nun weitergehen solle, erklärte Luttif seinen Männern, er habe einen Bus verlangt, der sie mit den Geiseln zu den Hubschraubern bringen sollte. Man wolle ihnen Bescheid geben, sobald dieser bereitstand.

Nach einer knappen halben Stunde trat Luttif auf den Balkon hinaus, um nachzusehen, ob der Bus schon bereitstand.

»Sie haben mir das Zeichen gegeben«, teilte er ihnen mit, als er wieder hereinkam. »Ich werde nach unten gehen und mir die Sache ansehen. Denawi, du begleitest mich. Wenn alles in Ordnung ist, warte ich unten, und Denawi wird euch Bescheid geben. Erst dann kommt ihr mit den Geiseln runter.«

Alle bedeuteten dem Anführer, verstanden zu haben, der daraufhin zusammen mit Adnan die Wohnung verließ. Es dauerte nicht lange, bis die beiden zurückkamen.

»Der Bus war zu klein«, erklärte Luttif. »Ich glaube, die Deutschen mögen uns. Sie wollen wohl, dass wir noch ein bisschen bleiben.« Er lachte, dann wurde er wieder ernst. »Sie schicken gleich einen größeren Bus.«

Djamal nickte Luttif zu, dann konzentrierte er sich wieder auf die Geiseln. Seine Augen schmerzten, weil er nun schon seit Stunden, abgesehen von kurzen Unterbrechungen, nichts anderes tat, als die Kalaschnikow in den Händen zu halten und auf die Geiseln zu starren. Der Tag war gekommen und wieder gegangen, so wie Hunderte andere. Und doch würde am Ende dieses Tages nichts mehr so sein wie zuvor.

Luttif ging erneut auf den Balkon und sah hinunter. Offenbar tat sich dort noch nichts, denn er kam wieder herein und schüttelte nur kurz den Kopf.

Djamal lehnte den Hinterkopf an den Türrahmen. Er war müde, doch er hielt sich mit dem Gedanken aufrecht, dass es jetzt nicht mehr lange dauern konnte. Er musste nur noch ein wenig durchhalten, dann würde es so weit sein. Und wenn sie dann erst einmal im Flugzeug auf dem Weg nach Kairo waren, könnte er sich ablösen lassen und ein wenig schlafen.

Es wunderte Djamal, dass die Deutschen nicht versucht hatten, die Unterkunft zu stürmen. Bis auf den lächerlichen Versuch, die mit Trainingsanzügen bekleideten Polizisten über das Dach zu ihnen zu schicken, was sie im Fernsehen hatten verfolgen können, hatten sie nichts unternommen. Nur einmal war dieser Politiker mit dem anderen Mann gekommen und hatte nach den Geiseln gesehen. Das war alles. Mit so wenig Gegenwehr hatte wohl keiner von ihnen gerechnet. Und nun würde es noch leichter werden. Sie mussten nur erst im Flieger sein und abheben. Dann könnte er schlafen. Endlich.

Luttif trat ein weiteres Mal auf den Balkon hinaus. »Es ist so weit«, verkündete er, als er wieder hereinkam. »Bindet die Geiseln aneinander und haltet euch bereit. Wenn alles in Ordnung ist, kommt Denawi hoch und gibt euch Bescheid.« Damit verließen Luttif und Afif erneut die Wohnung. Djamal erhob sich von seinem Stuhl und drückte seinen Rücken durch. Er schmerzte. Die Kalaschnikow auf die Zimmerdecke gerichtet, verzichtete er darauf, sich wieder hinzusetzen. Wenn Adnan kam und das Zeichen gab, wollte er bereit sein.

Es dauerte nur wenige Minuten, bis dieser die Wohnung betrat. *»Stand up!«,* befahl er in Richtung der Geiseln. *»Hands on your back.«*

Die Geiseln erhoben sich und legten ihre Hände auf den Rücken. Adnan und Ahmed fesselten sie und banden sie schließlich so zusammen, dass sie nur in kleinen Schritten hintereinander hergehen konnten. Als sie fertig waren, gaben sie Djamal ein Zeichen.

Gemeinsam gingen sie die Stufen hinunter, sechs Geiselnehmer und neun Geiseln. Die Geiseln stolperten mit ihren engen Fesseln und wären fast die Stufen hinuntergefallen. Es gelang Djamal, den jungen Mann festzuhalten, mit dem er ein paar Worte auf Deutsch gewechselt hatte. Wäre er zu Boden gegangen, hätte er unweigerlich die anderen mit sich gerissen.

Djamal blickte zu allen Seiten, als sie die Straßenebene erreichten. Er sah Luttif, der ihm kurz zunickte, woraufhin er die Geiseln mit seinem Gewehr anstieß, damit sie sich beeilten. Afif deutete auf den bereitstehenden Bus. Yusuf stieg zuerst ein, dann Adnan, danach folgten die Geiseln und schließlich Djamal und die anderen drei. Luttif betrat den Bus als Letzter. Kaum dass alle drin waren, ließ der Fahrer auch schon den Motor an.

Es dauerte keine zehn Minuten, bis sie die beiden Hubschrauber erreichten, die sie zu dem Flugplatz bringen sollten, wo das Flugzeug nach Kairo auf sie wartete. Djamal spürte, wie das Blut in seinen Adern pulsierte.

Jetzt dauerte es nicht mehr lange, dann hatten sie es geschafft.

FÜRSTENFELDBRUCK

Dienstag, 05. September 1972, 22.05 Uhr

Ich werde nicht zögern, diese Kerle auszuschalten.

MANFRED HOFMANN

Manfred lag hinter einer Abmauerung auf dem Boden und hielt sein Gewehr im Anschlag. Es war keines der Präzisionsgewehre, mit denen er sonst schoss. Das Steyr SSG 69, mit dem er bereits geübt hatte, wäre ihm lieber gewesen. Warum hatten sie den Schützen Sturmgewehre gegeben, mit denen sie nicht ansatzweise so genau schießen konnten? Er hätte gern ein paar Probeschüsse abgegeben, doch das war natürlich ausgeschlossen. Er konnte nichts anderes tun, als abzuwarten, bis es losging und die beiden Hubschrauber an den für sie vorgesehenen Plätzen landeten. Hoffentlich, denn nur so hatten sie ein freies Schussfeld.

Alles war genau vorbereitet, und Manfred hatte zum ersten Mal seit Beginn der Geiselnahme das Gefühl, dass es zumindest einen Plan gab. Und er war Teil davon, denn er sollte zusammen mit seinen vier Kollegen von verschiedenen, genau festgelegten Standpunkten aus die fünf Geiselnehmer gezielt ins Visier nehmen und ausschalten. Es war ein gezieltes Tötungskommando, und Manfred war sich seit einer Stunde bewusst, dass heute der Tag sein würde, an dem er vermutlich das erste Mal einem Menschen das Leben nahm. Er war bereit dazu.

Vor etwa einer halben Stunde war die Boeing 727 mit vier Mann Besatzung auf dem Militärflugplatz gelandet, nachdem sie einen Linienflug von London nach München-Riem absolviert hatte. Auf dem Militärflugplatz Fürstenfeldbruck hatte die Besatzung die Maschine verlassen und ihre Uniformen vier Zivilpolizisten überlassen. Acht weitere Zivilpolizisten waren in Mechanikeroveralls gesteckt worden. Sie sollten den Eindruck erwecken, sie würden die Maschine für den Start vorbereiten. Das Gewehr im Anschlag, warteten Manfred und die anderen Präzisionsschützen darauf, dass die Zivilkollegen das Flugzeug bestiegen.

Im Moment hoffte er nur, dass die ihnen zugesagten Funkgeräte rechtzeitig eintrafen, denn erst vorhin war aufgefallen, dass niemand daran gedacht hatte, welche mitzubringen. So waren er und seine Kollegen mehr oder weniger taub, konnten sich weder untereinander verständigen noch Befehle von der Führungsspitze entgegennehmen. Während sein Kollege Peter sich lauthals darüber beschwert hatte, passte es für Manfred ins Bild. Ja, die Vorbereitung auf die Olympischen Spiele war gründlich schiefgelaufen, und das machte sich heute in aller Deutlichkeit bemerkbar. Ein Versagen, das tödliche Folgen für zahlreiche unschuldige Menschen nach sich ziehen könnte. Und nicht nur für die. Doch er wollte jetzt nicht weiter darüber nachdenken. Wolf würde Jürgen, der sich auf dem Dach des Towers befand, den Befehl zum Schießen geben. Sobald er abgedrückt hatte, sollten auch die anderen feuern. Auf fünf Terroristen, die neun Geiseln in ihrer Gewalt hatten und die es auszuschalten galt. Fünf Männer würden gleich ihr Leben verlieren, doch nur so würden die Geiseln überleben. Und das war alles, was in diesem Moment zählte.

Gleich sollte der Hubschrauber mit dem Krisenstab sowie Tzwi Zamir und Victor Cohen von der israelischen Regierung landen, die Hubschrauber mit den Terroristen würden kurz darauf eintreffen.

Jetzt sah Manfred die Polizisten in den Uniformen der Lufthansa zusammen mit den als Mechaniker verkleideten Kollegen über das

Rollfeld zur Boeing hinübergehen. Es waren zwölf. Alles lief wie geplant. Wenige Minuten später hörte er Rotorengeräusche. Manfred blickte nach oben. Ein Hubschrauber war im Anflug. Der Krisenstab, stellte er erleichtert fest, waren die Terroristen und ihre Geiseln doch in zwei Helikoptern untergebracht.

Die Männer des Krisenstabs stiegen aus und eilten zum Tower. Manfreds Blick schweifte zur Boeing. Die Polizisten waren in der Maschine verschwunden. Es konnte also losgehen. Sie waren bereit. Manfred schloss kurz die Augen und besann sich auf seine Atmung. Er musste ganz ruhig sein, sich konzentrieren und sich ganz auf seine Aufgabe fokussieren. Egal, was geschah, er würde ruhig bleiben, zielen, schießen. Nur darum ging es jetzt.

Er blickte kurz zum hell erleuchteten Tower. Die Männer des Krisenstabes waren gut zu erkennen. Manfred konnte nur hoffen, dass sie daran denken würden, das Licht auszumachen, wenn die Sache losging. Doch auch darüber wollte er jetzt nicht nachdenken. Er lauschte, ob er bereits einen der Hubschrauber hören konnte. Nichts. Doch es musste bald so weit sein.

Im Tower schien sich jetzt etwas zu tun. Er konnte den Polizeipräsidenten sehen, der offenbar über ein Funkgerät mit jemandem sprach und dabei heftig gestikulierte. War etwas mit den Hubschraubern? Was mochte Schreiber soeben erfahren haben, was ihn derart aus der Fassung brachte? Warum nur gab es verdammt noch mal keine Funkgeräte?

Auf einmal sah Manfred, wie die zwölf Polizisten einer nach dem anderen aus der Maschine herauskamen und im Eilschritt über das Rollfeld in Richtung Tower liefen. Irritiert richtete Manfred sich auf. Peter, der auf der anderen Seite des Rollfeldes in Position war, hatte sich ebenfalls aus seinem Versteck bewegt und war aufgestanden. Er blickte zu Manfred und hob die Arme, als wollte er fragen, was geschehen war. Manfred erwiderte seine Geste. War die Mission abgebrochen worden? Sollten auch sie zum Tower zurückkehren? In diesem Moment hörte Manfred

Rotorengeräusche und gab Peter ein Zeichen, sich wieder in Deckung zu begeben. Er selbst ließ sich zu Boden fallen und verschwand hinter der halbhohen Mauer.

Die Lichtkegel der beiden zur Landung ansetzenden Hubschrauber kreisten über dem Rollfeld. Manfreds Herz raste. Es ging los. Doch was hatte es mit den Polizisten auf sich, die die Maschine so fluchtartig verlassen hatten? Hatten sie eine Bombe im Flieger entdeckt? Nein, das konnte nicht sein. Von wem denn auch? Oder steckte etwa die echte Besatzung der Lufthansa mit drin? Doch warum? Nein. Das war doch alles Unsinn. Manfred versuchte, einen kühlen Kopf zu bewahren, und legte das Gewehr wieder an. Er musste ruhig werden, atmen. Ganz ruhig. Immer tief ein und wieder aus. Womöglich kam gleich jemand vom Krisenstab und sprach mit den Geiselnehmern. Vielleicht war etwas schiefgelaufen, was vorher nicht abzusehen gewesen war. Vielleicht …

Manfred brachte den Gedanken nicht zu Ende. Die Hubschrauber setzten zur Landung an. Verdammt! Sie gingen an der falschen Stelle runter. Sie mussten weiter nach rechts! Unbedingt. Wenn sie so landeten, hätte Manfred kaum eine Schussmöglichkeit. Vor allem aber, und das besorgte ihn noch mehr, würde er selbst genau in Axels Schusslinie liegen, wenn dieser auf die aussteigenden Terroristen feuerte. Manfred brach der Schweiß aus. So eine verdammte Scheiße. Er sah sich vorsichtig um. Axel schien den gleichen Gedanken zu haben, denn er gab Manfred hektisch Zeichen, dort wegzugehen. Doch wo sollte er sich sonst verstecken? Die Mauer war nicht groß. Er hatte einen Spielraum von einem, vielleicht zwei Metern, was kaum etwas an der Situation ändern würde.

Die Helikopter waren mittlerweile gelandet. Die Seitentür des Hubschraubers, der näher bei Manfred runtergegangen war, wurde aufgeschoben. Zwei Terroristen, Issa und Tony, stiegen aus. Manfred zielte. Er hatte keine freie Schussmöglichkeit. Wieso hatten sie eigentlich keine Zielfernrohre bekommen?

Die beiden gingen hinüber zur Boeing, die Kalaschnikows im Anschlag. Wieder und wieder sahen sie sich um. Von den anderen drei Terroristen war nichts zu sehen. Sie waren wohl bei den Geiseln geblieben. Manfred konnte kaum atmen. Was, wenn die Anführer das Flugzeug bestiegen und feststellten, dass keine Besatzung an Bord war? Er konnte aus diesem Winkel nicht mal einen der drei anderen Terroristen in den Hubschraubern ausschalten. Die Geiseln waren ihnen also hilflos ausgeliefert.

Manfred sah wieder zur Boeing. Issa und Tony waren verschwunden. Wenige Sekunden später stürmten sie wieder heraus und riefen den anderen etwas zu. Im selben Moment fiel ein Schuss, der sein Ziel jedoch verfehlte. Im nächsten Moment feuerten Manfred und seine Kollegen auf Issa und Tony, die ihrerseits wild um sich schossen. Die anderen Terroristen sprangen aus den Hubschraubern und eröffneten nun ebenfalls das Feuer. Manfred behielt Tony im Visier und feuerte mehrere Male hintereinander, bis dieser zuckend zu Boden ging. Issa konnte sich hinter einen der Hubschrauber flüchten. Manfred schoss auf einen weiteren Terroristen, der vom Hubschrauber weg auf das Rollfeld gelaufen war. Ein weiterer folgte, dann noch einer. Mit Schrecken stellte Manfred fest, dass die Meldung, die sie erhalten hatten, falsch gewesen war. Er zählte jetzt sieben Geiselnehmer, nein acht, nicht fünf. Ohne zu überlegen, feuerte er weiter, lud nach, feuerte. Einer der Terroristen schoss mit seiner Kalaschnikow direkt in Manfreds Richtung. Er ließ sich zu Boden fallen, kam wieder hoch und schoss zurück. Von allen Seiten flogen Kugeln durch die Luft. Die Fensterscheiben des Towers zersprangen mit einem donnernden Klirren in tausend Stücke. Manfred feuerte weiter in Richtung des Rollfeldes, duckte sich wieder, schoss erneut, in der Hoffnung, nicht selbst von den Terroristen oder sogar seinen eigenen Kollegen getroffen zu werden.

Es war ein einziges Chaos.

F Ü R S T E N F E L D B R U C K

Mittwoch, 06. September 1972, 00.10 Uhr

Ich glaube, ich werde hier sterben.
Wir alle werden hier sterben.

ROMAN GAGARIN

Roman hielt sich die Ohren zu, so gut dies mit den gefesselten Händen möglich war. Er saß mit den anderen im Hubschrauber, während um sie herum geschossen wurde. Es hatte einen kurzen Moment der Hoffnung gegeben. Das Feuer war eingestellt und die Terroristen durch ein Megafon von den Behörden zum Aufgeben aufgefordert worden. Niemand von ihnen würde hier wegkommen, hatten die Deutschen den Geiselnehmern zugerufen. Niemand!

Roman war überzeugt, dass die Behörden recht behielten. Dieses Feuergefecht würden die Palästinenser verlieren. Er selbst hatte durch die Hubschrauberscheibe gesehen, wie einige von ihnen getroffen auf dem Rollfeld zusammengebrochen waren. Doch zwei oder drei lebten noch, und Roman wusste nicht, was sie tun würden, wenn ihnen die Aussichtslosigkeit ihrer Situation endgültig klar wurde. Würden sie tatsächlich aufgeben? Was hatte er während der Stunden, die sie nun schon in ihrer Gewalt waren, in ihren Augen lesen können? Angst war es nicht gewesen, auch nicht die Angst vor dem Tod. Was also könnte sie dazu bewegen, die Waffen niederzulegen und sich zu ergeben? Und sollten er und seine Teamkollegen nicht wenigstens versuchen, aus dem Hubschrauber herauszukommen und sich in Sicherheit zu bringen? Oder warteten ihre Geiselnehmer nur darauf, sie dann genau wie Mosche und Josef zu erschießen? Roman kamen die Tränen. Er wollte nicht sterben. Nicht so, nicht hier, nicht ohne einmal in seinem Leben bei den Olympischen Spielen für sein Land angetreten zu sein.

Wie schon in den Stunden zuvor musste er an seine Mutter denken. Es tat ihm so leid, welche Ängste sie seinetwegen auszustehen hatte. Er sah zu den anderen, doch keiner von ihnen erwiderte seinen Blick. Alle waren völlig mit sich selbst beschäftigt. Nein, dachte er erneut, so durfte er nicht sterben. Es würde seiner Mutter das Herz brechen. Er musste sich zusammennehmen, durfte nicht zulassen, dass er die Hoffnung verlor. Ein kleiner Funke war noch da, wenn auch fast nicht mehr wahrnehmbar.

Es konnte nicht mehr lange dauern. Irgendwann würde den Terroristen die Munition ausgehen. »Nicht mehr lange, nicht mehr lange«, murmelte er leise vor sich hin. Dann, ganz plötzlich, sah er Salah, der wie aus dem Nichts neben dem Hubschrauber auftauchte, während draußen weitergeschossen wurde. Sein Gesicht war wutverzerrt. Für den Bruchteil einer Sekunde trafen sich ihre Blicke. Dann riss Salah die Kalaschnikow in die Höhe und legte an.

Roman schloss die Augen in dem Wissen, dass er sie nie wieder würde öffnen können.

MÜNCHEN

Mittwoch, 06. September 1972, 06.32 Uhr

Ich kann nicht mehr atmen – und ich will es auch nicht.

ANGELIKA NOWAK

Angelika blinzelte. Sie war irgendwann am frühen Morgen vor dem Fernseher eingeschlafen, nachdem sie während der Stunden zuvor die Dauerübertragung rund um die Geiselnahme verfolgt hatte. Zwischendurch war die Meldung gekommen, alle Geiseln wären befreit worden, woraufhin sie Viktor, der die ganze Zeit über bei ihr geblieben war, weinend vor Freude um den Hals gefallen war. Doch dann hatte es geheißen, dass die Befreiung der Geiseln noch nicht offiziell bestätigt worden war. Anscheinend bestand die Möglichkeit, dass es doch Verletzte gegeben hatte.

Sie war aufgewacht, weil sie Viktors Hand auf ihrer Schulter gespürt hatte, und musste sich erst einmal in Erinnerung rufen, wo sie sich befand und was genau geschehen war.

Sie sah zum Fernseher, der jetzt nicht mehr lief.

»Ist alles vorbei?«, fragte sie und blinzelte erneut. »Sind die Geiseln in Sicherheit?«

Viktor räusperte sich.

Angelika schaute ihn an. Ihr Magen krampfte, als sie den Ausdruck in seinen Augen bemerkte. Sie presste die Lippen aufeinander und schluckte schwer, sah sie doch genau, dass Viktor ihr gleich etwas sehr Unangenehmes sagen würde.

»Ist Roman etwas geschehen? Ist er verwundet?«, stammelte sie mit Tränen in den Augen.

»Er ist«, Viktor räusperte sich erneut, um überhaupt ein Wort hervorbringen zu können. »Er ist tot, Angelika. Alle Geiseln sind tot.«

Sie hörte, was er sagte, doch es war ihr nicht möglich, seine Worte zu begreifen. Fassungslos starrte sie Viktor an, unfähig, auch nur einen Laut von sich zu geben, unfähig zu verstehen, unfähig weiterzuatmen.

»Nein«, flüsterte sie nach einer ganzen Weile kopfschüttelnd. »Nein, Viktor. Sag mir, dass das nicht wahr ist. Es gibt nur noch keine sichere Meldung, dass sie leben, nicht wahr?«

»Es tut mir so leid.« Er zog sie in seinen Arm. »Es tut mir wirklich schrecklich leid.«

Angelika wollte ihn wegdrücken, wollte nicht zulassen, dass es wahr war. Er log, er log sie an, damit sie sich nicht mehr mit Roman traf. Er war eifersüchtig, er wollte diese Geiselnahme für seine eigenen Zwecke nutzen. Ja, genau das war es. Mit aller Kraft schob sie ihn von sich.

»Nein!« Sie schüttelte den Kopf. »Nein!«, schrie sie dann.

Viktor saß nur da und sah sie an. Seine Augen spiegelten ihren Schmerz.

Angelika sprang auf, rannte zum Balkon, versuchte, Luft zu bekommen. Viktor trat hinter ihr ins Freie, stützte sie und half ihr, sich aufrecht zu halten. Wieder und wieder schrie Angelika ihren Schmerz hinaus, bis sie das Gefühl hatte, keinen Laut mehr von sich geben zu können. Viktor hielt sie fest, während sie weinte und weinte. Die Stunden der Angst, die nun einer so grausamen Realität wichen, hatten sie alle Kraft gekostet.

Nach einer scheinbaren Ewigkeit wollte Viktor sie wieder hineinführen, doch sie fürchtete, drinnen nicht atmen zu können. Also ließ sie sich einfach auf den Balkonboden fallen und lehnte sich mit dem Rücken an die Betonmauer. Viktor holte ihr Taschentücher und Wasser, das sie nach und nach in kleinen Schlucken trank, dann verließ er das Apartment.

Angelika spürte, dass sie nicht einen einzigen klaren Gedanken fassen konnte. Irgendwann, sie wusste nicht, wie viel Zeit vergangen war, kamen auch Monika und Nicole heraus. Ohne ein Wort setzten sie sich links und rechts neben sie und nahmen ihre Hände. Angelika hatte das Gefühl, alles wie durch ein Rauschen wahrzunehmen. Das Zwitschern der Vögel, die Stimmen der Menschen, die unten vorbeigingen und deren Gespräche zu ihnen heraufdrangen. Sie verstand nicht ein einziges Wort, saß nur da und sah Romans Gesicht vor sich, sein Lächeln. Er war ein so fröhlicher Mensch gewesen, viel fröhlicher noch als Angelika. Es konnte nicht sein, durfte nicht sein, dass sie ihn nie wiedersah. Noch vor zwei Tagen hatten sie sich unterhalten, hatten einander von ihrem Leben erzählt, miteinander gescherzt und gelacht. Hatten einander wiedersehen wollen. Roman war bereit gewesen, ihr zu helfen, hatte so viel für sie riskieren wollen, und nun hatte sie ihn einfach im Stich gelassen. Sie – genau wie der Rest der Welt. Keiner hatte ihm geholfen, ihm nicht und auch nicht dem Rest der israelischen Gefangenen. Alle hatten nur zugesehen.

Sie wusste nicht, wie viel Zeit vergangen war, als Viktor wieder auf den Balkon trat und die drei Frauen bat, hineinzukommen und eine Kleinigkeit zu essen. Monika und Nicole standen auf, doch Angelika blieb einfach sitzen, bis Viktor sie unterfasste und auf die Beine zog.

»Komm«, sagte er. »Wir helfen dir.«

Angelika sah ihn blicklos an. »Ich muss mal«, flüsterte sie tonlos und ging, mechanisch einen Fuß vor den anderen setzend, zur Toilette. Als sie ins Wohnzimmer zurückkehrte, fiel ihr Blick auf das Tablett, das Viktor ihr bereitgestellt hatte.

»Ich habe keinen Hunger«, sagte sie.

»Morgen ist dein Wettkampf«, widersprach Viktor. Angelika

bemerkte, dass sich seine Stimme verändert hatte. »Ich verstehe dich, doch du kannst nichts tun gegen das, was geschehen ist. Niemand kann das. Iss etwas. Das wird dir guttun.«

Angelika wollte aufbegehren, doch sie spürte, dass ihr dafür die Kraft fehlte. Sie sah Viktor an. Er war so lieb zu ihr gewesen während der Zeit der Geiselnahme, so bemüht, ihr zu helfen, an Informationen zu kommen und sie dadurch ein wenig zu beruhigen. In diesem Moment nun wurde ihr klar, dass es ihm dabei nie um sie gegangen war. Es war darum gegangen, dass sie ihre Leistung beim Wettbewerb abrufen konnte. Das war alles, was für ihn zählte.

Angelika nickte, setzte sich an den Tisch und nahm sich ein Brötchen.

»So ist es gut«, lobte Viktor, als wäre sie ein kleines Kind. »Deine Mutter hat vorhin angerufen, sie wollte dich sprechen.«

»Ich rufe sie zurück, sobald ich kann«, erwiderte Angelika. Sie hatte längst mit ihren Eltern telefonieren wollen, doch wegen der Geiselnahme hatte sie es schlichtweg vergessen.

»Wir müssen jetzt los«, sagte Monika und strich ihr über die Wange. »Es tut mir wirklich leid. Ich weiß, wie gern du ihn hattest.«

Nicole drückte ihre Schulter, dann verließen die beiden die Wohnung. Viktor blieb bei ihr.

»Können wir den Fernseher wieder anmachen?«, fragte Angelika. »Ich würde gern hören, was genau geschehen ist.«

Viktor zögerte, stand dann aber auf und schaltete das Gerät ein. Schweigend verfolgten sie die Berichterstattung über das Geiseldrama, die in Dauerschleife lief. Dabei nahm Angelika die Einzelheiten dessen, was geschehen war, kaum wahr. Sie musste immer nur an Roman denken und daran, was er hatte erleiden müssen. Was war wohl das Letzte, woran er in seinem Leben gedacht hatte? Angelika wusste es nicht.

Sie wusste einfach gar nichts mehr.

MÜNCHEN

Mittwoch, 06. September 1972, 07.01 Uhr

Von diesem Tag an ist die Welt für mich eine andere.

ROBERT GOLDMANN

Als die Nachricht kam, war Robert wie erstarrt. In den Stunden zuvor hatte es viele unterschiedliche Meldungen gegeben, die immer wieder korrigiert worden waren. Erst hieß es, alle Geiseln hätten überlebt und alle Terroristen seien erschossen worden. Anschließend war die Rede davon, dass womöglich eine der Geiseln schwer verletzt worden war und mindestens zwei der Terroristen noch vor Ort verstarben, dann wiederum wurde behauptet, dass nur ein Teil der Geiseln und zwei der Terroristen überlebt hätten. Letztere waren Robert egal. Sollten diese Kerle doch allesamt zur Hölle fahren. Er hoffte inständig, dass keine weitere Geisel ihr Leben gelassen hatte. Als nun die bestätigte Mitteilung kam, dass drei der Terroristen festgenommen worden und alle Geiseln tot waren, musste Robert sich setzen. Tot. Sie waren alle tot.

Er wusste nicht, was er tun sollte. Wohin sollte er gehen? Zum olympischen Dorf? Sollte er dort zu den noch verbliebenen Mitgliedern des israelischen Teams stoßen, um mit ihnen gemeinsam zu trauern? Er fühlte sich allein, ja vollkommen isoliert.

Das, was gestern geschehen war, war wie ein Albtraum an ihm vorbeigezogen. Nichts davon hatte sich real angefühlt. Er spürte, dass er unter Schock stand. Für ihn war es, als wäre seine Welt seit gestern nicht mehr die gleiche.

Er schleppte sich ins Bad, machte sich fertig und warf einen Blick in den Spiegel. Seine Haut wirkte fahl, und er fühlte sich um Jahre gealtert.

Er trank drei Tassen Kaffee, starrte vor sich hin. Als er gegen Viertel nach acht die Wohnung verließ und in seinen Audi 80 stieg, war er sich noch immer nicht sicher, wohin er fahren würde. Fest stand für ihn nur, dass er auf keinen Fall weiter in seiner Wohnung bleiben wollte.

Ohne nachzudenken, schlug er den Weg zur Redaktion ein, parkte seinen Wagen und betrat das Gebäude. An Beates Miene konnte er ablesen, dass sie sich alles andere als wohlfühlte.

»Morgen, Beate«, begrüßte ihn die Redaktionsassistentin.

»Hallo, Robert. Wie geht's dir? Das Ganze ist einfach nur furchtbar.«

Er nickte. Ohne auf ihre Frage einzugehen, deutete er auf die Tür zu Joachim Kochs Büro. »Ist er da?«

»Ja, schon seit Stunden. Er hat hier übernachtet, du solltest also besser nicht …«

Weiter kam sie nicht, denn Robert ging bereits an ihrem Schreibtisch vorbei und den Flur entlang. Er klopfte und trat ein, ohne Kochs »Herein« abzuwarten.

»Morgen, Goldmann«, sagte der Chefredakteur. »Eine ganz schöne Scheiße, die da passiert ist.« Er deutete auf den Stuhl vor seinem Schreibtisch. »Setzen Sie sich doch. Haben Sie schon mit den anderen Mitgliedern der israelischen Delegation gesprochen?«

»Nein«, antwortete Robert, ohne Kochs Gruß zu erwidern. »Bisher nicht. Und danke, ich stehe lieber.«

»Wenn die anderen sich äußern, machen Sie mir einen Artikel daraus«, forderte der Chefredakteur ihn auf. »Persönliche Sichtweisen sind gut, aber am besten ohne Polemik. Die Situation ist ohnehin schon aufgeladen genug.«

»Ich soll Ihnen also einen Artikel dazu liefern, ja?« Robert lächelte sarkastisch. »Apropos Artikel«, fuhr er fort. »Haben Sie mir nicht etwas zu sagen?«

»Na ja, Goldmann, Sie werden verstehen, dass wir Ihren Artikel von wegen ›heitere Olympische Spiele‹ und so weiter nicht mehr bringen können. Das dürfte doch wohl klar sein.«

»Sehr witzig.«

Koch sah ihm direkt in die Augen. »Wenn Sie mir etwas sagen wollen, Goldmann, dann spucken Sie es aus, bevor es Ihnen noch im Hals stecken bleibt.« Kochs Blick wurde provokant.

Robert verschränkte die Arme. »Ich hatte erwartet, dass Sie sich rausreden würden, Koch, dass Sie behaupten würden, irgendwer hätte einen Fehler gemacht und Ihren Namen unter meinen Artikel gesetzt. Etwas in der Art. Aber so dreist? Damit hätte ich nicht gerechnet.«

»Was wollen Sie damit sagen, Goldmann? Ich will da mal etwas klarstellen: Sie haben einen Artikel geschrieben, den ich nicht angenommen und nicht gedruckt habe, weil zu dem Zeitpunkt die Ereignisse noch gar nicht eingetreten waren. Ich hingegen habe einen Artikel geschrieben, der die Öffentlichkeit darüber informiert hat, dass man diesen furchtbaren Überfall und die Geiselnahme hätte verhindern können, wenn man auf den Polizeiexperten gehört hätte.«

»Polizeipsychologen«, korrigierte Robert. »Ihre Behauptung ist an den Haaren herbeigezogen, das wissen wir beide. Sie haben meinen Artikel geklaut und grinsen mir noch frech ins Gesicht. So sieht's aus.«

»Vorsicht, Herr Kollege. Sie sollten sich Ihre nächsten Worte gut überlegen, wenn Sie vorhaben, weiter für unser Blatt zu schreiben.«

Robert machte einen Schritt nach vorn und beugte sich über den Schreibtisch. »Wir beide sind keine Kollegen. Ich bin ein Journalist mit Überzeugungen, festen Standpunkten und Werten.

Sie sind …«, er zögerte, dann fuhr er mit verächtlicher Stimme fort: »Sie sind es vor allem nicht wert, dass ich einen weiteren Gedanken an Sie verschwende.« Damit drehte er sich um.

»Sie können nicht beweisen, was Sie da behaupten, Goldmann. Rennen Sie ruhig zum Anwalt. Mit einem wie Ihnen werde ich noch mit links fertig!«, rief Koch ihm nach.

Ohne eine Erwiderung verließ Robert das Büro. Die letzte Bemerkung hatte ihm verraten, dass es offenbar nicht das erste Mal war, dass der Chefredakteur so eine Nummer abgezogen hatte und vermutlich auch schon mindestens einmal dafür belangt worden war. Wenn er jedoch glaubte, damit auch bei ihm durchzukommen, dann hatte er sich geschnitten. Robert würde weder zum Anwalt gehen noch sonst etwas in dieser Richtung unternehmen. Das Leben war zu kurz, um sich mit Menschen abzugeben, die es nicht verdienten. Das war ihm spätestens gestern mehr als nur bewusst geworden.

Statt ins olympische Dorf zu fahren, wie er es zunächst vorgehabt hatte, durchquerte er nach seinem Abstecher in die Redaktion die Stadt und ging auf direktem Weg zu Manfred. Er hatte ihn gestern aufbrechen und die Polizeifahrzeuge davonrasen sehen. Womöglich war er auch bei dem Einsatz in Fürstenfeldbruck dabei gewesen. In jedem Fall aber würde er weit besser informiert sein über das, was wirklich geschehen war, als die Nachrichtensender, die mit sensationell aufgebauschten Gerüchten nur so um sich warfen.

Manfreds Wohnung lag im zweiten Stock eines Vier-Familien-Hauses. Robert klingelte, doch die Tür blieb geschlossen. Womöglich war sein Polizistenfreund schon wieder im Dienst. Robert wollte sich gerade abwenden, als Frau Wenholz, die im zweiten Stock die Wohnung direkt gegenüber von Manfred hatte, aus dem Haus trat. Robert hatte sie schon des Öfteren gesehen.

»Guten Morgen, Frau Wenholz«, begrüßte er sie. »Wissen Sie, ob Herr Hofmann zu Hause ist?«

»Ich glaube schon. Ich habe in den frühen Morgenstunden Geräusche im Treppenhaus gehört, da ist er wahrscheinlich heimgekommen. Polizeibeamte haben ja zu den unmöglichsten Zeiten Dienst.« Sie zog den Griff ihrer rollbaren Einkaufstasche heraus und hielt ihm mit der anderen Hand die Tür auf. »Wollen Sie vielleicht hochgehen und es direkt oben an der Wohnung versuchen? Klopfen Sie doch mal, er stellt nach einer Nachtschicht öfter mal die Klingel ab.«

»Ja, gern.« Robert betrat das Haus und wünschte Frau Wenholz einen guten Tag. Dann ging er, immer zwei Stufen nehmend, die Treppen hinauf und drückte auf den Klingelknopf neben Manfreds Tür. Nichts rührte sich. Vielleicht hatte er wirklich die Klingel abgestellt.

»Manni, bist du da?« Er klopfte mehrfach. »Manni?« Robert legte das Ohr ans Türblatt und horchte. Als die Tür von innen geöffnet wurde, wäre er beinahe in den Flur gestolpert.

Manfreds Haare standen wirr vom Kopf ab, und wenn Robert sich nicht täuschte, hatte sein Freund eine Schnapsfahne.

»Du siehst genauso aus, wie ich mich fühle«, sagte Robert mitleidig, trat ein und folgte Manfred, der kein einziges Wort gesagt hatte, in die Küche.

»Willst du einen Kaffee?«, fragte Manfred mit rauer Stimme.

»Gern.« Robert setzte sich an den Tisch. »Tut mir leid, wenn ich dich geweckt habe«, entschuldigte er sich.

»Hast du nicht. Ich hab wach im Bett gelegen und konnte nicht schlafen. Hab sogar ein paar Schnäpse gekippt, aber das hat auch nichts genützt.« Manfred schaltete die Kaffeemaschine ein und drehte sich zu Robert um. Sein Blick wurde starr, als blickte er auf ein Geschehen, das nur er sehen konnte. »Sie haben sie umgebracht, Robert«, sagte er tonlos, »und wir konnten nichts dagegen tun. Ich hab's versucht, das schwöre ich bei

Gott. Ich habe alles getan, was ich konnte. Doch es hat nicht gereicht.«

Robert senkte den Blick, als er bemerkte, dass Manfred Tränen in die Augen traten.

»Wie sind sie ums Leben gekommen?«, fragte er leise.

Manfred zog die Kanne heraus, schenkte zwei Tassen Kaffee ein und stellte sie nacheinander auf den Tisch. Erst jetzt fiel Robert auf, dass sein Freund die rechte Hand nicht benutzte.

»Bist du verletzt?«

»Ist nicht weiter wild. Ich habe eine Kugel abbekommen.« Manfred deutete auf seinen rechten Oberarm. »Ich musste ins Krankenhaus, hab mich dann aber selbst entlassen. Ich wollte nur noch allein sein.« Er setzte sich an den Tisch, umschloss die Tasse mit der linken Hand und blies über die dampfende Flüssigkeit, dann hob er den Blick. »Sie haben die Geiseln abgeknallt«, sagte er. »Wie ein Wahnsinniger hat einer der Kerle mit der Kalaschnikow in einen der beiden Hubschrauber gefeuert, während ein anderer eine Handgranate in den zweiten geworfen hat. Die Israelis hatten keine Überlebenschance. Es war total chaotisch – vielleicht haben sogar einige Querschläger von uns die Geiseln getroffen.«

Robert wusste nicht, was er erwidern sollte. Bei der Vorstellung, was sich zugetragen hatte, wurde ihm übel.

Manfred trank einen Schluck Kaffee.

»Ich werde aufhören, Robert.«

»Aufhören?«

»Bei der Polizei. Ich werde meinen Dienst quittieren.«

»Das macht diese Menschen auch nicht wieder lebendig«, gab Robert zu bedenken.

»Nein, das nicht. Nichts wird sie je wieder lebendig machen. Doch ich kann und will nicht damit leben, dass die Menschen denken, ich könnte ihnen helfen, obwohl ich nichts, aber auch gar nichts ausrichten kann.«

»Ist das nicht ein sehr drastischer Gedanke?«, fragte Robert. »Das, was geschehen ist, liegt doch nicht in deiner Verantwortung!«

»Doch, Robert, das tut es. Denn ich bin Polizeibeamter in einem System, das absolut handlungsunfähig ist, wenn es drauf ankommt. Als ich zur Polizei gegangen bin, dachte ich wirklich, ich könnte den Menschen Sicherheit und Ordnung schenken, doch das hat sich als Irrglaube erwiesen.« Er drehte seine Tasse mit der linken Hand auf dem Tisch, dann sah er Robert an. »Kann ich dir etwas anvertrauen, ohne dass ich es morgen in der Zeitung lese?«

»Sicher.« Robert nickte. Jetzt war nicht der richtige Zeitpunkt, seinem Freund mitzuteilen, dass er gar nicht mehr bei der Zeitung beschäftigt war.

»Alles, was geschehen ist, war von vorn bis hinten dilettantisch. Wir hatten keine Funkgeräte, keine Nachtsichtgeräte, weder Helme noch kugelsichere Westen. Nichts. Man hat uns Sturmgewehre – keine Präzisionswaffen – und zig Schuss Munition in die Hand gedrückt, dann hat man uns losgeschickt nach dem Motto: Macht mal! Es war ein Spiel Bundesliga gegen Bolzplatztruppe. Und genauso haben sie uns auch aussehen lassen. Die haben uns fertiggemacht, Robert, und deshalb sind jetzt alle Geiseln tot. Alle.«

Robert presste die Lippen aufeinander und legte seine Hand auf Manfreds Arm. »Es tut mir leid, was du erlebt hast.«

Manfred rieb sich mit Zeigefinger und Daumen die Augen. Als er Robert wieder ansah, waren diese gerötet.

»Weißt du, was man uns gesagt hat? Dass es fünf Geiselnehmer wären. Fünf.«

Robert erinnerte sich an die Bilder, die er im Fernsehen verfolgt hatte. Die Terroristen waren mit den Geiseln in den Bus gestiegen, der sie zu den Hubschraubern gebracht hatte. »Aber es war doch zu sehen, dass es acht Geiselnehmer waren«, wunderte er sich.

»Ja. Danke für die Nachricht. Leider wurde uns das nicht mitgeteilt. Wir waren zu dem Zeitpunkt bereits in Fürstenfeldbruck und auf unseren Positionen: fünf Präzisionsschützen, die fünf Terroristen erwarteten. Mit acht Geiselnehmern haben wir nicht gerechnet.« Sein Gesicht war rot vor Wut.

»Das darf doch nicht wahr sein.« Robert schüttelte fassungslos den Kopf.

»Für mich hat sich letzte Nacht alles verändert«, sagte Manfred nachdenklich. »Wusstest du, dass es einen meiner Kollegen erwischt hat?«

»Nein. Wen?«

»Anton Fliegerbauer«, antwortete Manfred heiser. »Er war mit den Leuten vom Krisenstab im Tower und hat einen direkten Kopfschuss abgekommen. Er war wohl sofort tot.« Er wischte sich mit dem Handrücken über die Augen und räusperte sich. Nach einer ganzen Weile fuhr er fort: »Ich wollte den Sportlern unbedingt helfen«, fuhr Manfred nun fort. »Nicht um als Held dazustehen, sondern weil es in meinen Augen einfach nicht geht, dass je wieder ein Jude in Deutschland Angst um sein Leben haben muss.«

»Da stimme ich dir zu«, sagte Robert. »Deshalb sind wir gestern mit der jüdischen Flagge vorweg von der Synagoge in der Reichenbachstraße bis zum Odeonsplatz gegangen.«

»Wir?«

»Die jüdische Gemeinde«, erklärte Robert. »Nicht nur für dich hat sich gestern etwas geändert, Manni, sondern auch für uns.«

Manfred schwieg und wischte sich erneut über die Augen.

»Ich habe meinen Job gekündigt«, sagte Robert in die Stille hinein und erzählte dem Freund von dem Artikel, den sich sein Chefredakteur unter den Nagel gerissen hatte.

»Und du willst ihn wirklich nicht dafür drankriegen?«, fragte Manfred ungläubig. »Ist das nicht Diebstahl geistigen Eigentums oder so ähnlich?«

»Ja, so ähnlich«, stimmte Robert zu. »Doch es ist nur ein einziger Beitrag, und ich werde noch viele andere in meinem Leben schreiben. Als der Artikel erschien, hatte es im Grunde sowieso keine Bedeutung mehr, von wem er war: Ich wollte damit auf die Gefahrenlage aufmerksam machen, doch dafür war es zu spät. Szenario 21 war längst eingetreten.« Nachdenklich trank er einen Schluck Kaffee. »Ich wüsste gern, wie sich der Polizeipsychologe jetzt fühlt, den man so schnöde verlacht hat, dieser Sieber …«

Manfred zuckte nur die Achseln. »Hier sitzen wir nun, arbeitslos und ziemlich am Boden.«

»Na ja, noch bist du nicht arbeitslos«, gab Robert zu bedenken. »Du solltest noch mal in Ruhe darüber nachdenken, ob du wirklich kündigst.« Er leerte seinen Kaffee und stellte die Tasse zurück auf den Tisch. »Was meinst du? Kriegst du es hin, dass wir zusammen zum olympischen Dorf fahren und sehen, ob wir etwas tun können?«

»Eigentlich wollte ich heute lieber von dort fernbleiben«, sagte Manfred.

»Na, komm. Lass uns das zusammen durchziehen. Vielleicht begegnest du Linda. Das würde dir bestimmt guttun.«

Manfred überlegte, dann nickte er. »Du hast recht. Gib mir einen kleinen Moment, ich mache mich bloß ein wenig frisch.« Damit verschwand er in den Flur in Richtung Bad.

»Ich warte hier.« Robert stand auf und schenkte sich Kaffee nach.

Als Manfred wiederkam, trug er frische Kleidung und hatte sich auch sonst in einen weit annehmbareren Zustand gebracht.

»Von mir aus können wir«, erklärte er.

Robert half ihm in die Jacke und nahm seinen Autoschlüssel. Dann verließen die beiden die Wohnung und fuhren auf direktem Weg zum olympischen Dorf.

MÜNCHEN

Mittwoch, 06. September 1972, 09.30 Uhr

Ich fühle mich vollkommen leer.

ANGELIKA NOWAK

Zusammen mit sämtlichen Sportlern, die die Olympischen Spiele nicht vorzeitig verlassen hatten, war auch das Team der DDR ins Stadion gekommen, in dem um zehn Uhr die Gedenkfeier für die elf ermordeten israelischen Sportler und den Polizisten stattfinden sollte, der gestern auf dem Flughafen in Fürstenfeldbruck ebenfalls ums Leben gekommen war. Es war ein eigenartiges Gefühl. Noch vor wenigen Tagen, als sie beim Einzug der Nationen ins Olympiastadion gekommen war, hatten die Menschen auf den Rängen begeistert gejubelt, und auch danach hatte im Stadion und im olympischen Dorf eine ausgelassene Stimmung geherrscht. Von allen Seiten waren Lachen, Lärmen, Rufe und Klatschen zu hören gewesen, nun war es trotz der vielen Menschen im wahrsten Sinne des Wortes totenstill.

Angelika musste daran denken, wie sie mit ihrem grünen Ensemble durch den Stadiongang paradiert und wie aufgeregt sie gewesen war, all das erleben zu dürfen. Elf Tage war das jetzt her. Nur elf Tage, doch für Angelika fühlte es sich an, als läge ein ganzes Leben dazwischen. Alles hatte sich seitdem verändert.

Sie sah Romans Gesicht vor sich, sah, wie er ihr zugewinkt hatte, als er mit stolz geschwellter Brust an ihr vorbeigegangen war. Er war so glücklich gewesen, sein Land in München vertreten zu dürfen. Sie lächelte bei der Erinnerung an diesen Moment, auch wenn sie gleichzeitig einen schmerzhaften Stich verspürte. Roman lebte nicht mehr, über die heiteren Spiele hatte sich auf ewig ein schwarzer Schatten gesenkt. Es war ein einziges Elend.

Die Gedenkfeier begann mit einem Trauermarsch von Ludwig van Beethoven, gespielt von den Münchner Philharmonikern. Dann trat der Präsident des Nationalen Olympischen Komitees, Willi Daume, ans Mikrofon und richtete das Wort an die Menschen.

»Und? Geht es?«, fragte Viktor, der sich in diesem Moment neben Angelika stellte.

»Ja.« Sie nickte ihm zu und sah, wie sich von der anderen Seite ihr Trainer Wolfgang näherte.

»Ist wirklich ein Trauerspiel, das da passiert ist«, sagte er. »Wir wissen, dass du den Jungen gernhattest.«

Angelika nickte stumm. Die Worte des Trainers drückten nicht das aus, was sie für Roman empfunden hatte, aber seine Anteilnahme war aufrichtig, das spürte sie.

»Danke, Wolfgang«, sagte sie deshalb leise, dann richtete sie den Blick wieder auf die Leinwand. Darauf war zu sehen, wie jetzt der Vorsitzende der israelischen Olympiamannschaft ans Mikrofon trat. Sichtlich um Fassung ringend, hielt er eine bewegende Ansprache. Danach folgten der Bundespräsident Gustav Heinemann und schließlich Avery Brundage, der Präsident des IOC, der sich Angelikas Meinung nach viel zu lange dagegen gesperrt hatte, die Spiele zu unterbrechen.

»Alle zivilisierten Menschen«, schallte es durch das Mikrofon, »verurteilen den verbrecherischen Überfall von Terroristen auf die friedlichen Olympischen Spiele. Wir beklagen unsere israelischen Freunde, die Opfer dieses brutalen Angriffs wurden. Es ist eine traurige Tatsache, dass in unserer unvollkommenen Welt auch die sportlichen Wettkämpfe, je größer und bedeutender sie werden, in zunehmendem Maße wirtschaftlichem und politischem Druck ausgesetzt sind. Im Fall von Rhodesien haben wir den Kampf gegen die politische Erpressung verloren, die Sportler durften nicht antreten. Nun kommt offenbar verstärkt der Druck von Kriminellen hinzu, die die Spiele für ihre Zwecke zu instrumentalisieren versuchen – ein Druck, dem wir uns nicht beugen dürfen.

Wir verfügen über nicht mehr als die Kraft eines großen Ideals, und genau deshalb dürfen wir es nicht zulassen, dass eine Handvoll Terroristen den Kern internationaler Zusammenarbeit und guten Willens zerstört, den die Olympischen Spiele darstellen. Ich bin überzeugt, die Weltöffentlichkeit stimmt mit mir überein, dass die Spiele fortgesetzt werden müssen, dass wir in unseren Bemühungen fortfahren sollten, sie rein und ehrlich zu erhalten, genau wie wir versuchen sollten, die sportliche Haltung der Athleten auf andere Bereiche zu übertragen.

Aus diesem Grund erklären wir den heutigen Tag zum Tag der Trauer und werden alle Veranstaltungen einen Tag später als ursprünglich geplant fortsetzen.«

Applaus brandete auf, nicht euphorisch, sondern eher erleichtert. Angelika hörte nicht weiter zu. Es sollte, ja es musste diese Gedenkfeier geben, doch irgendwie fühlte es sich falsch an. Irgendwie konnte sie sich des Eindrucks nicht erwehren, dass alle nur wollten, dass diese Gedenkstunde ein Ende fand, damit man anschließend zur Tagesordnung übergehen konnte.

»Ich würde mich gern ein wenig hinlegen«, flüsterte sie Viktor zu.

Der Co-Trainer nickte. »Ich bringe dich zur Unterkunft.«

»Mach, was du willst. Ich will hier nur weg.«

Viktor zögerte, dann sagte er: »Geh ruhig allein. Wir sehen uns später.«

Wolfgang, der den kurzen Wortwechsel verfolgt hatte, trat hinzu. »Die Wettkämpfe sind alle um einen Tag nach hinten verschoben, du trittst also erst am Achten an. Am besten, du legst heute Nachmittag noch eine Trainingseinheit ein.«

Angelika sah ihn fassungslos an. Sie sollte nachher trainieren? Heute, nicht einmal einen Tag nachdem all das geschehen war? Das durfte doch nicht wahr sein!

»Hast du mich verstanden?«, fragte Wolfgang, der ihren ungläubigen Blick bemerkte, und fasste ihren Arm.

»Ich habe dich verstanden.« Sie zog den Arm weg. »Aber jetzt ruhe ich mich erst einmal aus.« Damit schob sie sich etwas unsanft durch die wartenden Sportler und machte sich auf den Weg. Sie war sich nicht sicher, ob Viktor ihr folgte oder nicht, aber heute war es ihr tatsächlich egal. Sollte er ruhig den Aufpasser spielen, es störte sie nicht länger.

Sie hatte den Ausgang fast erreicht, als sie plötzlich hörte, dass jemand ihren Namen rief. Angelika blieb stehen und entdeckte Manfred Hofmann. Der Polizist hob kurz die Hand.

Angelika schaute sich prüfend um, aber Viktor folgte ihr anscheinend tatsächlich nicht. Zumindest konnte sie ihn nirgendwo sehen. Also ging sie zu Manfred, der zusammen mit einem anderen Mann auf sie wartete. Auch ihn hatte sie schon einmal gesehen, doch zuordnen konnte sie ihn nicht.

»Angelika, das ist mein Freund Robert Goldmann. Eigentlich ist er freier Journalist, aber momentan arbeitet er als Betreuer für das israelische Team. Robert, das ist Angelika Nowak, sie ist Bogenschützin im Team der DDR«, stellte Manfred die beiden einander vor.

Angelika und Robert reichten sich die Hand.

»Wie geht es dir?«, erkundigte sich Manfred mitfühlend.

Angelika sah sich erneut um.

»Es geht«, antwortete sie dann.

»Du warst mit Roman befreundet, nicht wahr?«, fragte Robert. »Ich habe euch einige Male zusammen gesehen.«

Angelika legte den Kopf schräg und sah ihn skeptisch an.

»Wie Manfred schon gesagt hat: Ich bin einer der Betreuer des israelischen Teams«, fügte er hinzu, als er Angelikas misstrauischen Blick bemerkte.

»Ach, daher kommst du mir bekannt vor.« Sie warf erneut einen Blick über die Schulter.

»Ist dein Trainer in der Nähe?«, fragte Manfred und nickte in die Richtung, in die Angelika immer wieder blickte.

»Möglich. Ich weiß es nicht genau.«

»Wir könnten zum Parkplatz gehen und mit Roberts Auto in die Stadt fahren, um uns in einem Café in Ruhe zu unterhalten«, schlug Manfred vor. »Selbstverständlich können wir auch bei Robert oder mir reden. Da wird Viktor dich bestimmt nicht suchen.«

Angelika blieb abrupt stehen. Sie selbst wäre gar nicht auf die Idee gekommen, sich vom Gelände zu entfernen. Doch wenn sie es täte, da hatte Manfred vollkommen recht, würde sie in Ruhe mit ihm sprechen können, und sei es nur, um sich darüber klar zu werden, wie es weitergehen sollte.

»Ja. Das wäre gut«, befand sie daher.

»Na, dann komm. Zum Parkplatz geht es hier entlang.«

Sie beeilten sich, Roberts Audi zu erreichen. Als sie einstiegen, sagte Robert: »Ich fahre, wohin ihr wollt. Aber wenn wir da sind, dann erklärt ihr mir, was hier los ist, in Ordnung?«

»Versprochen«, sagte Manfred. »Doch jetzt lass uns abhauen, bevor wir noch eine böse Überraschung erleben. Wir fahren zu mir.«

Robert ließ den Motor an und gab Gas.

Während der Fahrt sprachen sie kaum ein Wort. Gelegentlich teilte Manfred Angelika wie ein Touristenführer mit, wo sie sich gerade befanden und welche Sehenswürdigkeit in der Nähe war. Irgendwann hielt Robert an, und sie stiegen aus.

»So, hier ist es«, sagte Manfred und deutete auf das Mehrfamilienhaus.

Angelika nickte beklommen. War es möglich, dass sie soeben

eine nicht wiedergutzumachende Dummheit beging? Sie folgte gerade zwei Männern, die sie kaum kannte, in eine Wohnung fernab des Olympiageländes – allein die Vorstellung wäre ihr noch vor wenigen Tagen absolut absurd erschienen. Im zweiten Stock angekommen, schloss Manfred eine Wohnungstür auf und ließ sie zuerst eintreten.

»Bitte sehr«, sagte er und deutete mit dem Arm den Flur entlang. »Zur Küche geht es geradeaus.«

Wortlos ging Angelika in die entsprechende Richtung.

»Alles in Ordnung?«, fragte Manfred und bot ihr einen Stuhl an. Als sie Platz genommen und auch Robert sich gesetzt hatte, ging er zur Anrichte und befüllte die Kaffeemaschine.

»Ich überlege gerade, was ich sagen soll, wenn ich zurückkomme und Viktor womöglich nach mir gesehen hat«, brach Angelika das Schweigen.

»Willst du lieber direkt zurück?«, fragte Robert.

Angelika schüttelte den Kopf. »Nein«, entschied sie dann. »Hier können wir wenigstens in Ruhe reden.«

»Es tut mir leid wegen Roman, Angelika«, sagte Manfred und starrte auf die Glaskanne der Kaffeemaschine, in die Tropfen für Tropfen tiefbrauner, aromatisch duftender Kaffee lief. »Wenn ich weiter so viel von dem Zeug in mich hineinschütte, schlafe ich bald gar nicht mehr«, hörte sie ihn vor sich hin murmeln. Nach einem kurzen Moment straffte er die Schultern und sah sie an. »Es tut mir leid mit Roman. Ich mochte den jungen Mann, und ich weiß, dass ihr euch nahestandet. Das Gefühl der Hilflosigkeit, das ich seit Beginn der Geiselnahme verspürt habe, bringt mich fast um. Es ist schrecklich, wenn man feststellt, dass man nichts, aber auch gar nichts tun kann.«

Angelika musterte ihn aufmerksam. Sie war überrascht, wie nahe ihm das Ganze ging, hatte sie doch gedacht, Polizisten wären für derartige Situationen trainiert. Gab es nicht sogar Psychologen, die sie nach einem misslungenen Einsatz betreuten?

»Bevor das alles passiert ist«, erklärte Manfred nun an Robert gewandt, »hatten Angelika und ich Kontakt über einen stillen Briefkasten.« Er sah zu Angelika. »Es ist doch in Ordnung für dich, wenn ich Robert ins Bild setze? Glaub mir, er hat mit der DDR und dem Regime dort nichts am Hut. Du kannst uns vertrauen.«

»Sicher.« Angelika nickte. Sie spürte, wie gut es ihr tat, dass sie eine gewisse Ablenkung erfuhr von dem, was sich gestern ereignet hatte. Natürlich überwog die Trauer, und sie musste immer wieder an Roman denken. Doch da war auch das Gefühl, ihr Leben, so wie es war, nicht weiter hinnehmen zu wollen.

»Ich weiß, dass ich euch vertrauen kann«, sagte Angelika. »Und ich bin euch sehr dankbar dafür.« Nachdenklich sah sie Robert an. »Robert, du bist doch Journalist, oder? Hast du vielleicht mal etwas über die Aktion ›Flamme‹ gehört?«

»Aktion ›Flamme‹? Nein, das sagt mir gar nichts. In welchem Zusammenhang steht dieser Begriff?«

»Das kann ich dir leider auch nicht sagen. Ich weiß nur, dass er etwas mit den Spielen zu tun hat und vermutlich mit der DDR. Ich habe ihn zufällig in einem Gespräch zwischen meinem Co-Trainer und einem Journalisten aufgeschnappt. Mehr weiß ich nicht.«

»Wie heißt der Journalist? Vielleicht kenne ich ihn.«

»Claus Adler.«

Robert schüttelte den Kopf. »Bedaure, der Name sagt mir nichts. Ich kann mich bei Gelegenheit mal umhören. Nun wüsste ich aber wirklich gern, worum es hier eigentlich geht.«

»Kurz gesagt: Angelika will weg aus der DDR«, antwortete Manfred für sie. »Oder hat sich daran etwas geändert?« Er warf ihr einen fragenden Blick zu.

»Offen gesagt, ich weiß es nicht«, gestand Angelika ein. »Ich habe im Augenblick keine Ahnung, wie mein Leben weitergehen könnte.«

»Na ja, wir würden dir natürlich helfen, hier Fuß zu fassen, doch wie dein Leben in der BRD konkret aussehen würde, kann ich leider nicht vorhersagen. Eines jedoch muss dir klar sein: Wenn du diesen Schritt wagst, gibt es kein Zurück.« Manfreds Stimme war ernst.

Angelika tippte mit dem Finger in ein Häufchen verschütteten Zucker auf der Tischplatte und zog gedankenverloren ein Muster. »Ja, ich weiß«, sagte sie nach einer Weile. »Und ich zermartere mir den Kopf deswegen. Ich kann einfach nicht mehr sagen, was richtig oder falsch ist.«

»Verständlich«, befand Robert. »Ich glaube, in einer solchen Situation gibt es auch eigentlich nur falsch und weniger falsch.«

»Du bringst es auf den Punkt«, pflichtete Manfred ihm bei.

»Sag mal, hast du ein Telefon?«, fragte Angelika plötzlich.

»Klar. Es steht im Wohnzimmer.«

»Könnte ich es mal benutzen? Ich würde gern meine Eltern anrufen. Ich kann dir auch das Geld dafür geben«, versicherte sie ihm.

»Nun hör aber auf.« Manfred schüttelte den Kopf. »Die rechte Tür, hinten links auf dem kleinen Tischchen. Allerdings ...«

»Ja?« Angelika stand auf.

»Allerdings musst du damit rechnen, dass jemand mithört. Nicht bei mir, aber bei deinen Eltern.«

Angelika nickte. »Ich weiß.« Sie lächelte freudlos. »Das ist jedem Bürger der DDR jederzeit bewusst.«

Robert hob die Augenbrauen, doch er sagte nichts.

»Bin gleich wieder da.« Angelika verschwand im Wohnzimmer. Sie wollte gerade anfangen zu wählen, als sie sah, dass Manfred ihr gefolgt war und nun die Wohnzimmertür von außen schloss. Was für eine nette Geste. Ob wohl alle Menschen in der BRD so waren, oder bildeten die, die sie bisher getroffen hatte, eine Ausnahme?

Angelika wählte die Nummer ihrer Eltern und überlegte. Wenn

sie richtig zurückrechnete, hatte ihr Vater vor zwei Wochen Spätschicht gehabt. Demnach müsste er auch heute erst um vierzehn Uhr seinen Dienst antreten. Die Chance, dass er um diese Zeit noch zu Hause war, stand also gut.

»Nowak«, hörte sie nun seine Stimme.

»Papa, hier ist Angelika. Wie geht's dir?«

»Geli. Wie schön, dass du anrufst. Gut geht's mir. Doch was ist denn da bei euch bloß los? Wir haben das mit der Geiselnahme mitbekommen. Ist ja furchtbar so was.«

»Ja, es ist schrecklich.« Angelika kamen die Tränen. Womöglich lag es aber auch daran, dass sie sich so sehr freute, die Stimme ihres Vaters zu hören, die ihr stets ein Gefühl von Sicherheit verlieh.

»Und wann findet nun dein Wettkampf statt? Hat sich ja alles verschoben.«

»Morgen, glaube ich. Oder übermorgen?« Angelika konnte keinen klaren Gedanken fassen. »Ich muss Viktor noch mal fragen.«

»Und wie geht es dir sonst, meine Kleine?«

»Gut.« Sie zögerte. Wie sollte sie ihrem Vater sagen, was sie umtrieb, ohne zu viel zu verraten, sollten sie wirklich abgehört werden?

»Weißt du noch, als wir mal darüber gesprochen haben, ob ich nicht noch eine andere Sportart ausprobieren will?«

Ihr Vater zögerte. »Hilf mir mal auf die Sprünge«, sagte er dann.

»Ihr habt doch immer gesagt, ich müsste meinen eigenen Weg gehen.« Sie schluckte. »Und wenn das Bogenschießen eines Tages nicht mehr alles für mich wäre, könnte ich auch eine andere Sportart ausprobieren.«

Am anderen Ende der Leitung entstand eine Pause. »Natürlich«, sagte ihr Vater dann, »aber bist du dir sicher, dass du im Bogenschießen nicht mehr weiterkommst?«

»Nein«, stieß Angelika unter Tränen hervor. »Mir ist durchaus bewusst, dass alles, was mir sonst noch wichtig ist, dann nicht mehr möglich ist.« Sie schluchzte auf.

»Ach, meine Geli.« Er seufzte. »Wir wussten doch beide tief in uns drinnen, dass dieser Moment eines Tages kommen würde und dir das Bogenschießen nicht mehr reicht. Und wer weiß, ob die Zeiten sich nicht irgendwann ändern …« Er brach ab.

Angelikas Magen krampfte, weil sie hören konnte, dass ihr Vater ein Schluchzen unterdrückte.

»Ich könnte auch einfach weitermachen, wenn euch das lieber ist, Papa«, brachte sie gequält hervor.

Ihr Vater hielt den Hörer offenbar weg und schnäuzte in ein Taschentuch. »Du musst deinen Weg gehen, Geli. Und egal, was du tust, Mama und ich respektieren deine Entscheidung. So und nicht anders haben wir dich erzogen.«

»Danke, Papa. Ich muss jetzt Schluss machen, aber ich melde mich wieder, ja?«

»Mach das, mein Schatz. Mama ist noch bei der Arbeit. Ich sage ihr, dass du angerufen hast.«

»Danke«, sagte sie noch einmal. »Bis bald. Ich hab dich lieb, Papa.«

»Bis bald, Geli. Ich hab dich auch lieb.« Ein Klicken in der Leitung verriet, dass ihr Vater aufgelegt hatte.

Angelika legte den Hörer zurück auf die Gabel, stand auf und atmete mehrmals tief durch. Anschließend wischte sie sich die Tränen ab und ging zurück in die Küche.

»Ich habe mit meinem Vater gesprochen«, erklärte sie, als sie eintrat. »Er weiß Bescheid und versteht meine Entscheidung.«

Robert sah sie verwundert an. »Einfach so?«

»Wir haben schon einmal darüber gesprochen, die DDR zu verlassen, wenn auch in einem ganz anderen Zusammenhang. Damals hat mir mein Vater klargemacht, dass ich meinen eigenen Weg gehen muss und dass dies auch im Sinne meiner Mutter wäre. Eben am Telefon habe ich ihm mitgeteilt, dass ich vorhabe, die Sportart zu wechseln. Er wusste, was ich ihm damit sagen wollte. Wir haben ein sehr enges Verhältnis.« Sie spürte, wie ihr erneut die Tränen in die Augen schossen, doch sie drängte sie entschlossen zurück.

»Dann steht deine Entscheidung nun fest?« Robert sah sie durchdringend an.

Angelika schniefte leise.

»Du kannst hierbleiben, wenn du möchtest«, bot Manfred an. »Damit stellen wir sicher, dass sie dich nicht einfach in einen Bus verfrachten und in die DDR zurückschicken, falls sie etwas ahnen sollten.«

Angelika schluckte schwer. »Denkst du wirklich, das könnte passieren?«

Manfred zuckte die Achseln. »Ich weiß es nicht, aber ich halte es für durchaus vorstellbar.«

Angelika hob den Kopf. »Ich muss auf jeden Fall noch mal zurück. Zum einen wegen meiner Papiere und dann auch wegen Roman.«

»Wegen Roman?«, fragte Robert verständnislos.

Angelika nickte. »Ja. Als wir uns das letzte Mal gesehen haben, hat er mir erzählt, dass er seiner Mutter in Tel Aviv einen Brief geschrieben hat. Er wollte ihn gestern einwerfen, aber dazu ist er wohl nicht mehr gekommen.« Sie lächelte gequält. »Ich möchte unbedingt dafür sorgen, dass sie ihn erhält.«

»Das kann ich erledigen«, bot Robert an.

»Danke«, sagte Angelika. »Allerdings würde ich gern einen Brief von mir dazulegen, in dem ich ihr all das schreibe, worüber Roman und ich in den letzten Tagen gesprochen haben. Sie soll wissen, wie er die Zeit hier bis zu der unfassbaren Geiselnahme erlebt hat.«

»Das verstehe ich gut«, sagte Manfred. »Ich würde vorschlagen, du überlegst dir genau, was du willst, und gibst mir dann über Briefe, die du hinter dem Feuerlöscher versteckst, Bescheid.

Ich werde viermal am Tag dort nachsehen. Morgens um zehn, dann um eins, um vier und um sieben.«

»Danke.« Sie sah zwischen den beiden hin und her. »Ich bin so froh, dass ihr mir helfen wollt, auch wenn ich die Entscheidung nicht in diesem Augenblick treffen kann.«

»Das verstehen wir«, versicherte ihr Robert. »Du musst in aller Ruhe darüber nachdenken. Diese Entscheidung könnte dein ganzes Leben verändern.«

Manfred nickte. »Das stimmt. Allzu viel Zeit darfst du dir allerdings nicht lassen. Wenn die Spiele erst vorbei sind, ist es womöglich zu spät.«

»Ich gebe euch spätestens übermorgen Bescheid«, versprach Angelika.

»Gut. Dann sollten wir dich jetzt so schnell wie möglich ins olympische Dorf zurückbringen.«

Sie standen auf und gingen zur Tür, doch plötzlich blieb Angelika stehen. »Mein Reisepass«, sagte sie und schlug erschrocken die Hand vor den Mund.

»Was ist damit?«, fragte Manfred.

Angelika schluckte. »Viktor hat ihn. Nach der Einreise in die BRD mussten wir ihm unsere Pässe geben.«

Manfred stieß einen leisen Pfiff aus. »Mist. Das könnte ein Problem werden.«

MÜNCHEN

Mittwoch, 06. September 1972, 11.38 Uhr

Ich verstehe nicht, warum ich noch lebe.

DJAMAL RAHMAN

Fünf seiner Brüder waren tot, er dagegen zählte zu den drei Überlebenden. Die Polizei hatte sie auf dem Rollfeld überwältigt und sie anschließend ins Erdgeschoss des Towers gebracht, wo sie sich bis auf die Unterhosen hatten ausziehen müssen. Die Deutschen wollten sichergehen, dass sie keine versteckten Waffen bei sich trugen. Anschließend hatte man sie in Handschellen gelegt. Sie hatten keinen Widerstand mehr geleistet.

Djamal hatte einen Schuss in die Hand bekommen und war überrascht gewesen, als ein Notarzt die Wunde versorgte. Wozu der Aufwand? Was bezweckten die Deutschen damit?

Nachdem er und seine beiden überlebenden Brüder verarztet waren, hatten sie sich in Unterhosen nebeneinander an die Wand stellen müssen. Ein Polizist befahl Djamal vorzutreten. Er machte einen Schritt nach vorn und ließ sich dann auf die Knie sacken. Er wusste, was nun kam, also schloss er die Augen und sprach ein stilles Gebet. Dann wartete er. Doch der Schuss fiel nicht.

»He, was soll das werden, wenn's fertig ist? Steh auf«, blaffte der Polizist, der ihm befohlen hatte vorzutreten.

Djamal öffnete die Augen und sah zu ihm auf. Der Deutsche hielt keine Waffe in der Hand. Djamal drehte sich zu seinen Brücern um, dann rappelte er sich hoch – mit Handschellen kein leichtes Unterfangen.

»Ich werde jetzt die Handschellen aufschließen, und dann ziehst du das hier an«, befahl der Polizist und deutete auf einen Stapel Kleidung, den sein Kollege in der Hand hielt. »Danach sind deine Freunde dran.«

Djamal erwiderte nichts. Wortlos streckte er dem Deutschen die Hände entgegen, damit er ihm die Fesseln abnehmen konnte, und schlüpfte in die bereitgelegte Kleidung, dann wurden ihm die Hände erneut gefesselt. Danach mussten seine Brüder das gleiche Prozedere über sich ergehen lassen.

»Ich weiß nicht, ob ihr alle mich verstehen könnt«, sagte der Polizist nun. »Doch du schon.« Er deutete auf Djamal. »Ich weiß, dass du Deutsch verstehst und auch sprichst. Also, wir werden euch jetzt zur Befragung an einen anderen Ort bringen. Ihr werdet getrennt in drei verschiedenen Fahrzeugen von hier weggeschafft, damit niemand auf die Idee kommt, euch zu befreien, sollten da draußen noch welche von eurer Sorte herumlaufen.« Er sah Djamal direkt in die Augen. »Ihr habt die Geiseln und einen von unseren Kollegen getötet. Deshalb verspreche ich euch: Solltet ihr auch nur den kleinsten Versuch unternehmen, euch zu befreien oder uns anzugreifen, werden wir nicht zögern, euch abzuknallen.«

Djamal nickte. »Ich verstehe.«

»Gut.« Der Polizist verließ den Tower. Kurz darauf kamen neun Polizisten, die sich in drei Dreiergruppen aufteilten und sie einzeln abführten. Djamal wusste nicht, ob die Befragung, die der Polizist angekündigt hatte, wirklich stattfinden würde. Er verstand nicht, warum die Deutschen sich so verhielten. Warum und wozu wollte man sie befragen? Die Mission war vorbei. Warum also ließ man sie am Leben?

MÜNCHEN

Mittwoch, 06. September 1972, 14.04 Uhr

Es sind schwere Tage. Ich werde erleichtert sein, wenn diese Spiele endlich enden.

ROBERT GOLDMANN

Robert hatte Angelika direkt vor dem Eingang zum Olympiadorf aussteigen lassen, dann war er mit Manfred weitergefahren, um das Auto auf dem Parkplatz abzustellen. Sie hofften inständig, dass niemand sie dabei beobachtet hatte, denn sollte das der Fall sein, würde Angelika in echte Erklärungsnot geraten.

Vor der Einsatzzentrale der Polizei hatte sich Robert von seinem Freund verabschiedet, der ihm versprach, ihn auf dem Laufenden zu halten. Er war wirklich gespannt und auch ein wenig nervös, wie es mit Angelika weitergehen würde. Die junge Frau war ihm ausgesprochen sympathisch, und es tat ihm leid, dass das Leben, das sie bisher gekannt hatte, in dieser Form nicht mehr existierte. Die Olympischen Spiele würden sie für immer verändern, und das nicht nur wegen des Verlusts ihres israelischen Sportlerfreunds.

»He, Robert!«, riss ihn eine Stimme aus seinen Gedanken. Er drehte sich um und sah Alfons Zeisel, der ihm zuwinkte. Robert winkte zurück und ging zu ihm.

»Na, schon wieder im Zentrum des sportlichen Geschehens? Kehren wir doch einfach alle so schnell wie möglich zurück zur Tagesordnung«, stellte er mit sarkastischer Stimme fest.

»Selbstverständlich. Wir wollten gerade rübergehen zur Mehrzweckhalle und die Wettkämpfe live übertragen. Hier vor der Wache dürfte ja nicht mehr viel passieren.« Sein Ton stand Roberts in nichts nach.

»Weißt du was? Ich komme mit. Für mich gibt's eh nichts mehr zu berichten – und von dem Team, das ich betreuen wollte, ist ja kaum noch jemand übrig«, brachte er bitter hervor.

Alfons bedeutete seinen Leuten, ihm zu folgen. Eine Weile gingen sie schweigend nebeneinander her, dann fragte er: »Hast du dich entschieden, ob du in der Sache mit dem Zeitungsartikel etwas unternehmen willst?«

»Schon passiert«, sagte Robert. »Gleich heute Morgen. Ich habe gekündigt.«

»Das dachte ich mir. Und genau deshalb hab ich mit einem Freund gesprochen, der für die *Süddeutsche* arbeitet. Ich hab ihm gesteckt, was passiert ist, und er hat angebissen. Wusste sofort, wovon ich rede. Er würde dich gern kennenlernen. Die sind für gute Leute immer offen.«

»Mensch, das ist echt nett von dir. Du hast was bei mir gut, Alfons. Danke.«

»Keine Ursache. Ich find's selbst zum Kotzen, wie sich manche von uns mit fremden Federn schmücken.«

Kurz vor der Mehrzweckhalle blieb Alfons stehen und wechselte ein paar Worte mit seinem Team. Robert hörte, wie er dem Kameramann sagte, er käme gleich nach. Sein Blick schweifte über die merklich kleiner gewordene Menschenmenge. Gestern noch hatte man hier kaum einen Fuß auf den Boden bekommen vor lauter Schaulustigen, Presseleuten und Sicherheitsbeamten, jetzt dagegen war alles wieder recht überschaubar.

Alfons fasste ihn am Arm und zog ihn zu einem Mann, den Robert glatt für einen der Sportler gehalten hätte: auffallend groß, durchtrainiert, lässig gekleidet mit Jeans und Sakko.

»Uli«, sprach er den Riesen an, »das ist Robert Goldmann,

von dem ich dir vorhin erzählt habe. Robert, Ulrich Müller«, stellte er die beiden Journalisten einander vor.

»Freut mich, Ulrich«, sagte Robert und sah zu Müller auf.

»Bitte nur Uli. Ulrich nennt mich nur meine Mutter.« Er schob seine dicke Schildpattbrille hoch.

Robert grinste. Dieser Uli war ihm sympathisch.

»Du stellst dich nun also auch in der Reihe derer an, die von Joachim Koch beklaut worden sind?«, wollte Müller wissen.

»Das ist also allgemein bekannt?«, fragte Robert überrascht.

Müller nickte. »Das kann man wohl sagen.« Er schnaubte abschätzig. »So ist das eben, wenn man selbst kein Talent zum Schreiben hat. Man klaut sich das zusammen, was da ist, und setzt seinen Namen drunter.«

»Es wundert mich, dass Koch sich trotzdem auf seinem Posten hält.«

»Wo kein Kläger, da kein Richter«, befand Müller. »Alfons sagt, du hast das israelische Team betreut?«

Robert atmete tief durch. »Das ist richtig.«

»Dann muss dich das alles ja ganz schön mitnehmen.«

»Tut es auch. Vor allem fühlt es sich eigenartig an, dass anscheinend schon jetzt zur Tagesordnung übergegangen wird.«

»Erwarte lieber nicht zu viel von den Menschen«, riet Müller. »Nichts ist so alt wie die Zeitung von gestern. Gerade noch ist etwas interessant, dann ist es auch schon wieder vergessen, und alle machen weiter, als wäre nichts passiert. Ich hoffe sehr, dass das diesmal anders ist.«

»Ich weiß nicht, ob ich darauf hoffen soll.« Robert räusperte sich und strich sich mit der Hand über das Gesicht. »Es wird wohl noch eine ganze Weile dauern, bis ich wirklich begreife, was da geschehen ist«, fügte er leise hinzu.

»Alfons, wir sind so weit!«, rief jemand Zeisel zu.

»Ich muss los.« Der Fernsehreporter wandte sich zum Gehen. »Macht's gut, Jungs. Wir sehen uns.«

»Mach's besser«, rief Robert ihm nach. »Und danke noch mal, dass du uns bekannt gemacht hast!«

Bevor Robert sich auf den Weg zu den Unterkünften des israelischen Teams machte, tauschten Müller und er die Telefonnummern aus. Der *SZ*-Journalist schlug Robert vor, einen Artikel zu einem Thema seiner Wahl einzureichen, damit er sehen konnte, ob dieser in die Redaktion passte.

»Schreib frei von der Leber weg, Robert, ohne irgendwelche Befindlichkeiten. Nur hieb- und stichfest recherchiert muss es sein, mit reißerisch aufgebauschten Worthülsen kann man bei uns nichts anfangen.«

»Du kannst dich auf mich verlassen, Uli. Das ist eine Aufgabe genau nach meinem Geschmack.«

MÜNCHEN

Mittwoch, 06. September 1972, 14.05 Uhr

Im Grunde weiß ich nicht mal, was ich hier will.

MANFRED HOFMANN

»Hofmann? Was machen Sie denn hier?« Polizeihauptkommissar Ludwig Perl trat auf Manfred zu. »Sie müssen doch hier heute keinen Dienst tun. Mensch, gehen Sie nach Hause und ruhen Sie sich aus!«

»Kann ich kurz mit Ihnen sprechen?«, fragte Manfred.

»Sicher.« Perl deutete auf einen der Besprechungsräume. »Kommen Sie. Da drinnen sind wir ungestört.«

»Danke.«

»Setzen Sie sich«, bot Perl Manfred an und schloss die Tür. »Kaffee?«

»Nein danke«, lehnte Manfred ab und nahm an einem runden Tisch mit vier Stühlen Platz.

Perl setzte sich ebenfalls.

»Wie geht's Ihnen, Hofmann?«

Manfred schnaubte. »Wie wohl? Wahrscheinlich so wie uns allen hier.«

»War ein verdammter Mist, wirklich«, stellte der Polizeihauptkommissar fest.

»Es war weit mehr als das.« Manfred atmete tief durch. »Ich will gar nicht damit anfangen, alles aufzuzählen, was schiefgelaufen ist, denn das wird die Öffentlichkeit in nächster Zeit ohnehin zur Genüge tun.« Er machte eine kurze Pause, dann fuhr er fort: »Ich bin hier, weil ich meinen Dienst quittieren möchte. Die schriftliche Kündigung reiche ich in den nächsten Tagen nach.«

»Wie bitte? Mensch, Hofmann, machen Sie doch keinen Quatsch! Das ist eine Kurzschlussreaktion. Sie schmeißen einen sicheren Job weg!«

»Mag sein. Dennoch kann ich nicht länger für eine Polizei arbeiten, die die Augen so fest vor der Realität verschließt. Alle Warnungen wurden vorher in den Wind geschossen. Und dann, als klar war, womit wir es zu tun haben, gab es keinen einzigen vernünftigen Plan. Wir Polizisten wurden uns selbst überlassen nach dem Motto: Macht mal, was ihr meint. Wir hatten in Fürstenfeldbruck keine Funkgeräte«, er zählte an den Fingern ab, »keine Helme, keine Sicherheitswesten, keine Zielfernrohre. Noch dazu hat man schlichtweg vergessen, uns mitzuteilen, dass wir es mit acht Geiselnehmern zu tun haben, nicht nur mit fünf. Aber hey, das kann schon mal passieren. Was ist auch dabei?« Er schüttelte den Kopf. »Waren ja nur Menschenleben, die in unseren Händen lagen, von unserer eigenen Sicherheit ganz zu schweigen. Also sei's drum.«

Der Polizeihauptkommissar schüttelte den Kopf. »Ich weiß, dass nicht alles glattgelaufen ist.«

»Das dürfte die Untertreibung des Jahrhunderts sein«, brauste Manfred auf und konnte sich gerade noch bremsen, die linke Faust auf die Tischplatte zu donnern.

»Dennoch halte ich es für einen Fehler, wenn Sie deshalb hinschmeißen wollen«, fuhr Perl unbeeindruckt fort. »Tun Sie mir einen Gefallen, Hofmann: Schreiben Sie die Kündigung, aber warten Sie noch drei Tage, bis Sie sie abschicken. Lassen Sie den Brief einfach bei sich liegen, und wenn Sie sich nach Ablauf der drei Tage nicht anders besonnen haben, dann geben Sie ihn ab. Bis dahin stelle ich Sie vom Dienst frei, wegen der besonderen Situation, der Sie ausgesetzt waren.«

Beinahe hätte Manfred abgelehnt, doch er widerstand seinem ersten Impuls und willigte ein. »Gut. Drei Tage. Auch wenn ich nicht glaube, dass ich meine Meinung ändern werde.«

Beide erhoben sich und schüttelten sich die Hände. »Es wäre schade, jemanden wie Sie zu verlieren«, sagte Perl, als Manfred das Besprechungszimmer verließ.

MÜNCHEN

Freitag, 08. September 1972, 07.30 Uhr

Ich habe das Gefühl, jemandem helfen zu können,
und ich darf nicht noch einmal versagen.

MANFRED HOFMANN

Die drei Tage, um die Polizeihauptkommissar Perl ihn gebeten hatte, waren noch nicht um, doch Manfred wusste auch so, dass er ebenso gut drei Monate daraus machen könnte, ohne dass dies etwas an seiner Entscheidung änderte. Am Montag würde er das Kündigungsschreiben persönlich bei seinem Vorgesetzten abgeben und lediglich die Details für sein Ausscheiden mit diesem besprechen. Und das wäre es dann. Fast fünfzehn Jahre bei der Polizei ins Nichts geschossen, aus und vorbei.

Angelika hatte nicht einmal einen Tag gebraucht, um eine Entscheidung zu treffen, denn als er gestern wie vereinbart um sechzehn Uhr hinter dem Feuerlöscher nachgesehen hatte, war dort ein Brief für ihn deponiert gewesen. Die junge Bogenschützin teilte ihm darin mit, dass sie nicht in die DDR zurückwolle, und bat ihn um Hilfe. Aus diesem Grund hatte er noch gestern versucht, seinen Kollegen Martin Langreder über die Dienststelle zu kontaktieren, was ihm jedoch nicht gelungen war. Also hatte er sich an Susanne Lerbs gewandt, die ihm mitteilte, dass Martin heute ab sieben Uhr in der Einsatzzentrale eingeteilt war, und genau deshalb war Manfred nun hier.

»Guten Morgen, Manni. Du kannst dich wohl gar nicht trennen, was?«, begrüßte Susanne ihn.

Manfred grinste. »Der Kaffee schmeckt eben nirgendwo so gut wie bei dir.«

Prompt stand Susanne auf und füllte an der Anrichte an der Wand hinter ihr einen Becher für ihn. »Martin ist dort hinten«, sagte sie und drückte ihm den dampfenden Kaffee in die Hand.

»Danke.« Manfred blies über den Becherrand und trank vorsichtig einen Schluck. »Hm, köstlich wie immer. Aber Spaß beiseite: Wie ist die Stimmung, Susanne?«

»Du kannst es dir ja vorstellen, alle sind nach wie vor sehr angespannt. Das wird uns bestimmt noch eine Weile beschäftigen.«

Manfred lag die Erwiderung auf den Lippen, dass er dann nicht mehr dabei sein würde, doch er nahm sich zurück. Bisher wusste nur Polizeihauptkommissar Perl, dass er vorhatte, seinen Dienst zu quittieren. Die anderen würden es noch früh genug erfahren, also nickte er nur und sagte dann: »Dann gehe ich mal zu Martin.«

»Mach das. Und wenn du nachher noch einen Kaffee willst, weißt du ja, wo du mich findest.«

»Danke. Das ist nett von dir.«

Manfred schlenderte den Korridor entlang und klopfte an eine Bürotür. Als Martin von drinnen »Herein!« rief, trat er ein. Der Kollege saß zusammen mit zwei Polizisten an den Schreibtischen.

»Guten Morgen, zusammen.«

»Guten Morgen«, gaben die anderen zurück.

»Martin, kann ich dich kurz sprechen?«

»Sicher.« Langreder erhob sich von seinem Stuhl und folgte Manfred hinaus in den Gang.

»Lass uns am besten draußen reden«, schlug Manfred vor, der nicht riskieren wollte, dass irgendwer das Gespräch mitbekam.

»Aha. Na, dann mache ich direkt eine Runde.« Martin öffnete die Tür und gab seinen Kollegen Bescheid, dass er zusammen mit Manfred eine Inspektionsrunde durchs olympische Dorf drehen würde. Zusammen verließen sie das Gebäude.

Erst als sie schon ein Stück gegangen waren, sagte Martin: »Ich vermute mal, dein Freund hat endgültig beschlossen, der DDR auf Wiedersehen zu sagen, richtig?«

»So ist es. Nur dass es sich nicht um einen Freund handelt, sondern um eine Freundin. Genau genommen nicht mal das.«

»Verstehe. Und nun möchtest du ihr helfen, damit sie nicht zurückmuss.«

»Genau. Doch es gibt ein Problem. Ihr wurde der Pass abgenommen, sie kann sich also nicht einmal ausweisen.«

»Das überrascht mich nicht. Soweit ich weiß, wurden allen DDR-Sportlern die Pässe abgenommen. Das bedeutet für uns zwar mehr Schreibarbeit, aber sie ist ja bei Olympia als Sportlerin gemeldet – wir haben also etwas in der Hand, was ihre Identität belegt.«

Sie schlugen den Weg zu dem Zaun ein, der das Olympiadorf umgab. Manfred musste daran denken, wie er bei seinem letzten Gespräch mit Martin Langreder genau diesen Zaunabschnitt betrachtet und seinen Entschluss gefasst hatte, Angelika zu helfen. Manche Zäune oder Mauern versprachen Sicherheit – die sich für die Israelis als trügerisch erwiesen hatte –, manche dienten dazu, andere einzusperren oder auszugrenzen. »Und wie geht das Ganze jetzt vonstatten?«, fragte er und zwang sich, sich auf sein Vorhaben zu konzentrieren.

»Kommt drauf an. Willst du es schon vorher offiziell machen oder sie einfach verstecken, bis ein bisschen Gras über die Sache gewachsen ist?«

»Wozu rätst du mir?«

»Wenn es eine Wahl gibt, dann auf jeden Fall zu Letzterem. Wenn du höflich bei den Behörden anfragst und um Unterstützung bittest, fängst du dir wahrscheinlich ein Nein ein. Deshalb würde ich lieber keine Fragen stellen, sondern Tatsachen schaffen.«

»Verstehe.«

»Hilf ihr dabei, sich in Luft aufzulösen, erst mal für ein Vierteljahr. Anschließend geht es in erster Linie um den Papierkram.«

»Klingt einfach.«

»Ist es auch. Du darfst dich nur nicht erwischen lassen.«

Sie verließen das Dorf und schlugen den Weg ein, der am Ufer des Olympiasees entlangführte. Hier ging Manfred oft mit Linda spazieren, bevor sie in einem der Lokale in der Nähe zu Mittag aßen. Auch heute wollten sie sich wieder um zwölf Uhr an der üblichen Stelle treffen. Manfred wusste, dass Linda darauf brannte zu erfahren, wie es mit Angelika weitergehen würde, und auch er musste sie dringend sprechen. Gemeinsam mit Robert hatte er einen Plan ausgearbeitet, wie sie der jungen Bogenschützin zur Flucht verhelfen wollten, und bei diesem Plan spielte Linda eine wichtige Rolle. Er hoffte nur, dass sie mitmachen würde.

In den vergangenen beiden Tagen hatte er immer wieder mit ihr telefoniert, vor allem am Abend, wenn es für sie etwas ruhiger wurde. Nach den schrecklichen Ereignissen war ihr Kalender noch voller als zuvor, und sie brauchte etwas Zeit für sich, um Kraft für die nächsten Termine zu sammeln.

Sie hatte alles wissen wollen, wollte nachempfinden, wie er sich während der Stunden der Ungewissheit gefühlt hatte – und vor allem, wie er nun mit der Situation umging.

Linda die Frustration über seine Hilflosigkeit anzuvertrauen, aber auch seine Wut über das Unvermögen der Behörden, hatte ihm sehr geholfen, allerdings hatte er gespürt, wie sehr es ihr zu schaffen machte, ihn, den ausgeglichenen, stets zuversichtlichen Polizisten, so tief in seinen Überzeugungen erschüttert zu erleben.

Nun würde er sie erneut in Aufruhr versetzen, indem er sie bat, ihn bei Angelikas Flucht zu unterstützen – ein Plan, der ihm half, sich von der aus dem Ruder gelaufenen Geiselnahme abzulenken, und einen winzigen Funken der Hoffnung in ihm entflammte, zumindest diesmal das Richtige zu tun, indem er einem Menschen die Chance gab, ein Leben in Freiheit zu führen.

»Ich glaube, ich habe es dir beim letzten Mal schon gesagt«, riss Martin ihn aus seinen Gedanken. »Das Schwierige ist, die Leute aus der DDR rauszuschmuggeln. Ich will nicht behaupten, dass kein Hahn mehr nach ihnen kräht, wenn sie erst einmal hier sind, doch der Ehrgeiz der Leutchen von drüben lässt dann für gewöhnlich gewaltig nach.«

»Besteht die Gefahr, dass sie versuchen werden, Angelika zurückzuholen?«

»Kommt drauf an, wie wichtig sie für die ist. Vor allem aber, wie das Ganze nach außen hin dargestellt wird.«

Manfred sah seinen Kollegen fragend an.

»Die dortigen Behörden können es gar nicht leiden, dumm dazustehen«, fuhr Martin fort. »Wenn deine Freundin also für eine Weile untertaucht und nach einer gewissen Zeit bei uns ihren Sport wieder aufnimmt, könnte sie behaupten, im Einvernehmen mit den Behörden der DDR in die Bundesrepublik übergesiedelt zu sein, weil sie hier irgendwas ganz Bestimmtes machen will. So was zieht, vor allem wenn die Medien davon Wind bekommen. Sie soll sich was ausdenken. Dann ist sie auf der sicheren Seite, weil die DDR gut dasteht und das Bild, das der Westen vom dortigen Regime zeichnet, Lügen gestraft wird.«

»Verstehe.« Manfred nickte nachdenklich. »Ich kläre das mit ihr.« Sie blieben stehen. »Sag mal«, wollte Manfred wissen, »kannst du was mit dem Begriff Aktion ›Flamme‹ anfangen?«

Martin grinste. »Na klar. Das ist genau das, worüber wir gerade gesprochen haben. Nur eben ohne Flucht.« Martin steckte sich eine Zigarette an und hielt auch Manfred die Packung hin, der jedoch dankend ablehnte.

»Für die Stasi bedeuten die Olympischen Spiele hier einen riesigen Überwachungsaufwand. Es ist genau festgelegt, was die DDR-Bürger zu sehen kriegen und was nicht. Schließlich«, seine Stimme wurde spöttisch, »müssen ja die Bürger der Deutschen Demokratischen Republik vor der schmutzigen Propaganda des Westens geschützt werden. Die Vorbereitungen dazu laufen schon seit über einem Jahr. Ist im Grunde nichts anderes, als alles umfangreich zu kontrollieren, damit die Athleten ja nichts machen, was am Ende Papa Erich Honecker nicht gefällt.«

»Meine Bekannte fühlt sich vor allem von ihren Trainern beobachtet«, sagte Manfred.

»Das wird sie auch. Und zwar mit hundertprozentiger Sicherheit. Sie kann fest darauf vertrauen, dass jeder, und damit meine ich wirklich jeder, aus ihrem Umfeld in ihre Überwachung mit eingebunden ist.«

Manfred spürte, wie er fröstelte. Was für eine grauenhafte Vorstellung, Tag und Nacht überwacht zu werden und niemandem trauen zu können. »Sagt dir der Name Claus Adler was?«, fragte er.

Martin grinste. »Also dafür, dass deine Bekannte so gar nichts von alldem weiß, weiß sie aber eine ganze Menge.« Sie kamen am Coubertinplatz mit der kleinen Schwimmhalle vorbei. »Adler ist das, was man einen klassischen Spitzel nennt. Wenn deine Freundin um zwölf darüber nachdenkt, Adler etwas zu erzählen, hat er es schon fünf Minuten zuvor an die Stasi übermittelt. So einer ist er.« Wieder blieb er stehen. »In drei Tagen ist das Ganze hier zu Ende. Wenn ich du wäre, würde ich mich beeilen. Die da drüben werden von Stunde zu Stunde nervöser, dass doch noch was passiert. Wenn die auch nur den leisesten Verdacht schöpfen, sitzt deine Bekannte im nächsten Auto zurück über die Grenze.«

»Sie hat ihren Wettkampf noch vor sich«, gab Manfred zu bedenken.

»Dann ist die Wahrscheinlichkeit groß, dass sie so lange

abwarten. Trotzdem. Wenn ihr das wirklich durchziehen wollt, dürft ihr nicht länger zögern.«

Manfred überlegte. Angelikas Wettkampf sollte heute Nachmittag stattfinden. Um zwölf wollte er sich mit Linda treffen, aber er fürchtete, dass die Zeit knapp werden würde. Nein, er würde vorher mit ihr sprechen müssen, aber dazu musste er sie erst einmal finden. Er wusste, dass sie heute Vormittag drei Termine hatte, aber wann genau und vor allem wo, wusste er nicht. Außerdem musste er dringend Angelika über sein Vorhaben informieren.

Entschlossen streckte er Martin die Rechte entgegen. »Danke, Kollege. Du hast mir sehr geholfen. Sobald sie in Sicherheit ist, melde ich mich wegen der Papiere bei dir.«

»Mach das.« Martin schüttelte ihm die Hand. »Und viel Glück!«

»Danke. Das können wir brauchen!«

Im Laufschritt eilte er über das Gelände, in der Hoffnung, eine von Lindas Dolmetscherkolleginnen zu entdecken. Und tatsächlich, in der Nähe eines der Brotzeitstandl sah er Sibille stehen.

»Sibille!«, rief er laut. »Sibille!«

Sie drehte sich um. »Was ist denn?«, fragte sie überrascht, als sie sah, wie Manfred auf sie zustürmte.

»Weißt du, wo Linda gerade ist?«

»Keine Ahnung. Ich habe sie heute noch nicht gesehen, weil sie erst etwas später Termine hat. Warte mal«, sie krauste nachdenklich die Stirn, »ich glaube, sie hat gestern gesagt, sie wolle sich mit Jutta zum Frühstück treffen. Vielleicht ist sie in der Kantine.«

»Danke.« Manfred rannte erneut los. Als er die Kantine erreichte, war er vollkommen außer Atem. Er sah sich um, konnte Linda aber nirgendwo entdecken. Doch er sah Jutta, die sich soeben einen Kaffee holte. Als er auf sie zuging, erblickte er an einem der hinteren Tische Linda, die soeben ihr Gedeck vom Tablett nahm.

»Manfred.« Linda war die Freude über die unvermutete Begegnung deutlich anzusehen.

Manfred beugte sich zu ihr, schloss sie in die Arme und gab ihr einen Kuss. »Ich muss unbedingt mit dir reden, Linda. Es ist wichtig. Kommst du kurz mit mir raus?«

»Und das ging nicht gestern am Telefon?«, wollte Linda leicht erstaunt wissen. Sie sah Jutta, die mit ihrem Tablett zu ihnen getreten war, fragend an.

»Geh ruhig«, sagte ihre Kollegin. »Aber glaub ja nicht, dass ich auf dich warte, ich hab nämlich einen Bärenhunger.« Damit stellte Jutta ihr Tablett ab, setzte sich Linda gegenüber und griff beherzt nach einer Semmel, die sie dick mit Marmelade bestrich.

Linda wünschte ihr einen guten Appetit, stand auf und folgte Manfred, der ihre Hand genommen hatte, lachend zum Ausgang.

Draußen setzten sie sich auf eine freie Bank, und Manfred erklärte Linda, warum er sie so dringend hatte sprechen müssen. Jetzt ging es nicht länger um die Geiselnahme, daran konnten sie nichts mehr ändern, wohl aber an Angelikas Schicksal. Martin Langreders Worte hatten ihm mehr als deutlich gemacht, unter welchem Zeitdruck sie standen. Eilig setzte er Linda ins Bild und erklärte ihr, welche Rolle für sie in dem Plan vorgesehen war, den Robert und er ausgearbeitet hatten.

»Hast du alles verstanden?«, fragte er atemlos, als er geendet hatte.

»Meine Güte.« Linda atmete tief durch. »Ja, ich habe verstanden. Ich bin um Punkt halb drei dort. Du kannst dich auf mich verlassen.«

»Gut. Ich werde jetzt Angelika einen Brief zukommen lassen. Dann können wir nur noch hoffen, dass alles glattläuft.« Er warf einen Blick auf die Uhr.

Bis halb drei war weit weniger Zeit, als er es sich gewünscht hätte.

MÜNCHEN

Freitag, 08. September 1972, 14.26 Uhr

Ich hoffe, Manfred weiß, was er tut.

ROBERT GOLDMANN

Robert saß ein Stück entfernt von den Sanitäranlagen auf einer Mauer und hatte die *Süddeutsche Zeitung* aufgeschlagen, damit er unauffällig den Eingang zu den WCs im Blick behalten konnte. Am liebsten hätte er die Zeitung sinken lassen, um zu beiden Seiten hin einen besseren Blick zu haben, doch dann wäre die Wahrscheinlichkeit zu groß gewesen, dass man ihn bemerkt hätte. Stattdessen schielte er über den oberen Rand der *SZ* hinweg auf den Weg, doch noch konnte er Angelika nicht ausmachen. Nervös blickte er auf die Uhr. Drei Minuten vor halb drei. Es musste gleich so weit sein, vorausgesetzt, es war der Bogenschützin gelungen, sich an den von Manfred vorgegebenen Zeitplan zu halten. Hoffentlich war sie nicht von Viktor oder jemand anderem aufgehalten worden!

Er begegnete Manfreds Blick. Der Polizist, der seine hellblaue Oly-Uniform trug, damit er Angelikas Co-Trainer, der ihn nur in Zivil kannte, auf keinen Fall ins Auge stach, ging in der Nähe auf und ab. Ein Stück weiter entfernt stand eine junge Frau in einem bunten Sommerkleid mit einem breitkrempigen Hut und Sonnenbrille. Sie zog eine Packung Zigaretten aus ihrer großen Handtasche und steckte sich eine an.

Im selben Moment sah er sie kommen. Angelika ging zusammen mit Viktor, der ihren Bogen trug, nur wenige Meter vor Robert vorbei. Vor den sanitären Anlagen blieb sie stehen. Robert hörte sie sagen, dass sie sicherheitshalber noch rasch zur Toilette gehen wolle, so nervös, wie sie war. Viktor lachte und bat sie, sich zu beeilen. Es wäre besser, sie würde sich vor dem Wettkampf noch ein wenig einschießen.

Robert schluckte. Der Moment war gekommen. Er nickte Manfred zu, der die Geste kaum merkbar erwiderte. Die junge Frau in dem bunten Kleid warf ihre Zigarette weg, trat sie aus und schlenderte auf die Sanitäranlagen zu. Robert hätte Linda niemals erkannt, hätte er nicht gewusst, dass sie unter der Verkleidung steckte. Sie war auffällig wie ein Pfau und zog so manchen Blick auf sich, als sie Tür zu den WC-Räumen öffnete und dahinter verschwand. Robert ließ die Zeitung so weit sinken, dass er einen Blick auf Viktor werfen konnte, dann stand er auf und ging ein Stück weiter nach links, um Angelikas Trainer besser im Auge behalten zu können.

Viktor ging ungeduldig auf und ab, wobei er abwechselnd auf den Eingang zu den Sanitäranlagen und auf seine Uhr schaute. Die Frau mit dem bunten Kleid, dem breitkrempigen Hut und der großen Tasche kam wieder heraus, wandte sich nach links und schlenderte gemächlich den Weg entlang, bis sie ihre Schritte ein wenig beschleunigte. Robert ließ sie erst aus den Augen, als sie aus seinem Blickwinkel verschwunden war, dann schaute er zu der Stelle, an der Manfred zuvor gestanden hatte. Sein Freund war nicht mehr zu sehen. Viktor wurde immer nervöser. In diesem Moment kam Linda in ihrer Hostessenuniform zur Tür heraus und wäre fast mit dem Co-Trainer zusammengestoßen.

Viktor entschuldigte sich, dann lächelte er gezwungen und sagte: »Verzeihung, ich warte auf meine Sportlerin. Eine schlanke, große Frau mit blonden Haaren. Sie trägt einen Trainingsanzug in den Farben der DDR. Wissen Sie zufällig, ob sie in der Damentoilette ist?«

Linda schüttelte den Kopf. »Leider nein. Eine Frau in einem solchen Trainingsanzug habe ich nicht gesehen. Es ist allerdings durchaus möglich, dass sie noch dort ist, denn es waren mehrere Türen verschlossen.«

Viktor bedankte sich nervös, worauf Linda ihm einen schönen Tag wünschte und dann ebenfalls die Richtung einschlug, in die Angelika in dem bunten Kleid und Manfred verschwunden waren. Robert folgte Linda in einigem Abstand und sah mehrere Male über die Schulter, um sich zu vergewissern, dass Viktor keinen Verdacht geschöpft hatte. Doch das schien nicht der Fall zu sein. Am Ausgang des olympischen Dorfes blieb Linda stehen und wartete, bis Robert sie erreicht hatte.

»Das war ja ein Kinderspiel«, stieß sie etwas atemlos hervor. Die Erleichterung war ihr deutlich anzusehen.

»Du warst toll! Das Kleid solltest du übrigens ruhig öfter tragen.« Robert lachte.

»Vergiss es«, prustete Linda und warf einen Blick auf die Uhr. »In etwas schlichteren Sachen fühle ich mich deutlich wohler. Ich muss dann los. Sag Manfred, dass ich mich auf heute Abend freue. Du bist doch auch sicher dabei, oder?«

»Klar. Wenn ich schon James Bond spiele, dann will ich wenigstens einen Wodka-Martini zischen.«

Linda kicherte. »Gerührt oder geschüttelt?«

Robert grinste. »Das ist mir im Augenblick ziemlich gleich. Hauptsache, für Angelika stimmt das Motto: *Man lebt nur zweimal.*«

TRIPOLIS

Sonntag, 29. Oktober 1972, 21.03 Uhr

Wir haben etwas bewirkt. Nie wieder werde ich unsichtbar sein.

DJAMAL RAHMAN

Es war stockdunkel, doch die Lichter der Stadt überzogen Tripolis wie ein warmes Band. Djamal hatte das Gefühl, sie strahlten nur für ihn.

Er wusste nicht genau, was geschehen war. Man hatte es ihnen nicht erklärt, hatte ihnen nur mitgeteilt, dass sie freigelassen und nach Tripolis ausgeflogen würden. Dass es den Wachen, die sie hierherbegleitet hatten, nicht gefiel, konnte er ihnen an den Augen ablesen.

Es war noch keine zwei Monate her, dass sie ihre Mission in München absolviert hatten und festgenommen worden waren. Und nun waren er und seine Brüder wieder frei und konnten gehen, wohin immer sie wollten. Es war wie ein Wunder.

Er sah, dass die Treppe an das Flugzeug herangefahren wurde, dann öffnete ein Crewmitglied die Tür. Herrlich frische Luft strömte herein, und Djamal nahm einen tiefen Zug, bevor er mit langsamen Schritten die Stufen hinunterstieg. Einen kurzen Moment glaubte er, es wäre womöglich eine Falle, und rechnete beinahe damit, dass gleich Schüsse fielen. Doch nichts geschah. Zusammen mit seinen Brüdern und den Wachleuten ging er über das Rollfeld und betrat das Flughafengebäude. Man führte sie durch einen Gang auf eine Tür zu. Mit jedem Schritt wurden die Geräusche dahinter lauter. Dann wurde die Tür geöffnet, und Djamal blieb stehen. Fassungslos. Er konnte nicht begreifen, was er sah. Dort standen Hunderte, vielleicht auch Tausende Menschen, die ihre Ankunft erwartet hatten und ihnen nun frenetisch zujubelten. Fäuste wurden zum Zeichen des Sieges in die Luft gestreckt, und der Beifall derer, die sie erwartet hatten, wurde immer lauter. Djamal genoss den Anblick, der ihn mit Stolz erfüllte. Ja! Er hatte es geschafft und war als Held heimgekehrt. Und irgendwann, da war er sich sicher, würde er auch den Blick des jungen Mannes vergessen, der so gern bei den Olympischen Spielen hatte siegen wollen. Irgendwann. Doch nicht heute.

MÜNCHEN

Montag, 30. Oktober 1972, 07.43 Uhr

Mir wird eine neue Chance gegeben,
und ich werde sie ergreifen.

MANFRED HOFMANN

»Sieh dir das an.« Manfred schob Linda die aufgeschlagene Zeitung hin. »Das muss ihm erst mal einer nachmachen.«

Linda nahm die *Süddeutsche* und las laut die Überschrift vor: »Denn jüdisches Leben zählt nicht – von Robert Goldmann.« Mit einem kleinen Jubelschrei drehte sie sich zu Manfred um.

»Die Titelseite!«, rief sie begeistert. »Ich würde mal sagen, sein früherer Chefredakteur beißt sich gerade irgendwo hin, wenn er gelenkig genug dafür ist.« Sie gab Manfred einen Kuss und sah dann auf die Uhr. »Oh, jetzt muss ich aber los.«

»Oder wir gehen noch einmal dort hinein.« Grinsend deutete Manfred in Richtung Schlafzimmer.

Linda schüttelte den Kopf. »Ganz sicher nicht. Einer von uns beiden hat einen Job, mein Lieber, und lebt nicht nur von seinen Ersparnissen.«

Es klingelte. Die beiden tauschten einen überraschten Blick.

»So früh?«, wunderte sich Linda und stand auf, um zu öffnen. Manfred folgte ihr.

Vor der Wohnungstür stand ein Mann, den er nicht kannte. »Guten Morgen. Könnte ich bitte Herrn Manfred Hofmann sprechen?«

»Guten Morgen«, erwiderte Linda den Gruß und sah Manfred fragend an.

»Ich gehe dann jetzt«, sagte Linda und gab Manfred einen Kuss. »Bis heute Abend.«

»Ja, bis heute Abend.«

Als sie weg war, sagte er: »Ich bin Manfred Hofmann. Was kann ich für Sie tun?«

»Mein Name ist Oberstleutnant Ulrich Wegener. Könnte ich vielleicht reinkommen?«

»Wenn Sie mir verraten, worum es geht«, sagte Manfred, gab die Tür frei und führte den unbekannten Besucher in die Küche.

»Bitte«, bot er ihm einen Platz an. »Einen Kaffee?«

»Gern. Danke.« Der Oberstleutnant setzte sich, während Manfred zwei Tassen füllte und dann den Stuhl ihm gegenüber unter dem Tisch hervorzog.

»Was führt Sie zu mir?«, fragte Manfred und reichte dem Oberstleutnant das Milchkännchen.

»Sie waren nach meinen Unterlagen während der Geiselnahme bei den Olympischen Spielen dabei?«

»Das stimmt.«

»Anschließend haben Sie Ihren Dienst quittiert, weil Sie ›die schlechte Arbeit der Polizei‹ für ›nicht hinnehmbar‹ hielten?«

»Korrekt.« Manfred verschränkte die Arme.

»Damit zählen Sie genau zu der Sorte Männer, die ich haben will. Wir bauen eine Grenzschutzgruppe auf, eine Sondereinheit, nur die besten Leute, die speziell für Einsätze wie diesen ausgebildet werden. Was meinen Sie? Wäre das was für Sie?«

Manfred entspannte sich. Interessiert beugte er sich vor. »Reden Sie weiter. Das klingt so, als wäre es genau das Richtige für mich.«

Epilog

TEL AVIV

Samstag, 06. September 1975

Heute war es auf den Tag drei Jahre her, dass Roman sein Leben verloren hatte. Drei Jahre, doch Angelika sah ihn immer noch so deutlich vor sich, als wären seitdem erst wenige Wochen vergangen. Dabei hatte sich seit der Zeit, die sie im olympischen Dorf verlebt hatte, alles für sie verändert. Sie war nachdenklicher geworden und auch reifer. Vor allem aber lebte sie in Freiheit.

Immer wieder musste sie daran denken, wie Linda, die inzwischen ihre beste Freundin war, damals in dem grellbunten Sommerkleid in den Sanitärraum gekommen war. Sie hatten sich eilig in zwei nebeneinanderliegende Kabinen eingeschlossen, und Linda hatte Angelika ihre Sachen unter der Abtrennung hindurchgeschoben, inklusive Schuhe, Sonnenbrille und Hut. Zum Schluss kam die Tasche, in der Linda ihre blau-weiße Dirndl-Uniform verstaut hatte. Den DDR-Anzug hatte Angelika nebst Turnschuhen in einen Müllbeutel gestopft und in der Kabine gelassen. Linda wollte ihn heimlich in der letzten Kabine der scheinbar endlos langen Reihe verstauen, in der die Putzkolonne ihre Utensilien aufbewahrte. Mit rasendem Herzen hatte sie die Sanitäranlage verlassen, war ganz dicht an Viktor vorbeigegangen, der sie kurz angesehen hatte, nur um den Blick sofort wieder auf den Eingang zu den WCs zu heften.

Als sie, immer noch mit wild galoppierendem Herzen, langsam den Weg entlanggeschlendert war, war ein überwältigendes Gefühl der Genugtuung in ihr aufgestiegen. Nur noch wenige Schritte, und sie wäre frei! Frei von einem Regime, das Misstrauen säte, kontrollierte und die Menschen daran hinderte, das zu tun, was sie sich im Leben wünschten. Am liebsten wäre sie vor Freude gehüpft.

Manfred war ihr gefolgt, hatte sie dann überholt und war ihr voran zum Parkplatz gegangen, wo er Roberts Audi 80 aufsperrte und sie in seine Wohnung brachte. Vier Tage war sie dort geblieben, dann hatte Linda ihr über Beziehungen in einem anonymen Wohnblock im Südosten der Stadt ein kleines Ein-Zimmer-Apartment besorgt. Die Hochhäuser standen eng und wirkten mitunter erschlagend, aber alles war neu, und es gab wie im olympischen Dorf einen frisch angelegten Park mit einem schönen See, der Anfang nächsten Jahres eröffnet werden sollte. Vor allem aber kannte hier keiner keinen, so dass Angelika unbehelligt ihr neues Leben in der BRD beginnen konnte. In einem Lokal gleich in der Nähe der Trambahn hatte sie eine Anstellung als Kellnerin gefunden, dann hatte sie abgewartet, bis Manfred ihr mit Martin Langreders Unterstützung Papiere besorgte.

Kurz darauf hatte sie in dem Wissen, dass das Telefon ihrer Eltern abgehört wurde, bei den beiden angerufen und behauptet, sie wolle in der BRD wieder offiziell als Bogenschützin aktiv werden. Sie würde allen hier erzählen, dass sie auf eigenen Wunsch aus der DDR ausgereist wäre und man ihr von Seiten des Regimes keinerlei Steine in den Weg gelegt hätte. Robert hatte eine große Story für die *Süddeutsche* daraus gemacht, da ihr der Fokus der Öffentlichkeit zusätzlichen Schutz bot. Wie hatte er es noch gleich formuliert? Man müsse nur dreist genug lügen, und schon hielten die Menschen die Lüge für die Wahrheit. Er hatte recht behalten.

Und so führte sie inzwischen tatsächlich ein freies Leben, hatte eine Arbeit als Sekretärin gefunden, eine schöne Wohnung und konnte sogar ihrem Sport nachgehen. Nur verliebt hatte sie sich bisher nicht, doch auch das würde hoffentlich noch kommen.

Heute jedoch, drei Jahre nach den Olympischen Spielen, wollte sie das tun, was sie schon lange vorgehabt hatte, weshalb sie die weite Reise auf sich genommen hatte.

Langsam ging sie auf das Haus in Tel Aviv zu und atmete noch einmal tief durch. Sie hatte sich angekündigt in einem der vielen Briefe, die Romans Mutter Rachel und sie seit Jahren wechselten, und doch wusste sie nicht, ob es vermessen war, diesen letzten Schritt zu tun. Hatte sie, die sie Roman nur ein paar Tage gekannt hatte, überhaupt das Recht dazu, hier zu sein? Wie sollte sie auch nur im Ansatz das Leid ermessen können, das mit seinem Tod über die Menschen hier hereingebrochen war?

Sie selbst wollte sich erinnern, konnte endlich wieder mit einem Lächeln an ihn denken, denn sie hatte seinen Tod inzwischen akzeptiert. Doch galt das auch für seine Familie?

Die Tür wurde geöffnet, und eine Frau, die vermutlich nicht einmal einen Meter sechzig groß war, trat heraus. Roman sah seiner Mutter so unglaublich ähnlich, und in dem Moment, da sie sie anlächelte, glaubte Angelika für einen kurzen Augenblick, ihn wieder vor sich zu haben, auch wenn das Strahlen in Rachels Augen vor drei Jahren erloschen war.

Die beiden Frauen fassten einander bei den Händen. So blieben sie minutenlang stehen und sahen sich einfach nur an, während ihnen die Tränen über die Wangen liefen.

»Komm, mein Kind«, brach Romans Mutter schließlich das Schweigen. »Lass uns seiner gedenken.«

Zusammen gingen sie ins Haus. Rachel bot Angelika eine Minzlimonade an, dann holte sie eine Platte mit verschiedenen, fremd aussehenden Süßspeisen aus der Küche und bat Angelika zu probieren.

Zögernd streckte diese die Hand nach einem blättrigen Gebäckstück aus und kostete. Ein unbekannter Geschmack explodierte auf ihrer Zunge, und sie nahm gern nach. Vor ihr inneres Auge trat die Erinnerung an Roman, mit dem sie in München so oft über die ulkigen Speisen mit den noch ulkigeren Namen gelacht hatte, die ihnen so gut geschmeckt hatten. Inzwischen gehörten Spezialitäten wie Auszogne oder Saurer Presssack zu ihrem Alltag, doch die israelische Küche war ihr fremd.

Sie sah, wie Rachel einen der vielen Silberrahmen zur Hand nahm und zärtlich mit den Fingerspitzen über das Foto darin strich, das ihren Sohn zusammen mit der Ringermannschaft zeigte. Es musste kurz vor dem Abflug zu den Olympischen Spielen entstanden sein.

Und dann war plötzlich alles wieder ganz nah. Angelika sah das olympische Dorf vor sich, sah Roman lachen und scherzen, sah ihn an ihrem letzten gemeinsamen Abend in ihrer Unterkunft. Wie von allein fing sie an zu reden. Romans Mutter schenkte ihr immer wieder Limonade nach, und sie erzählte und erzählte, über zwei Stunden.

Als sie geendet hatte, stand Rachel vom Sofa auf und zog Angelika erneut in ihre Arme.

»Ich danke dir, mein Kind«, sagte sie zutiefst bewegt. »Es hilft mir sehr zu wissen, dass er in den letzten Tagen seines Lebens glücklich war.« Dann brachen sie auf, denn sie hatten ein Ziel.

Sie ließen sich mit einem Taxi zum Meer fahren, zu dem Ort, den Roman so sehr geliebt hatte. Und als sie dort saßen, sich an den Händen hielten und zusahen, wie die Sonne im Wasser versank, waren ihre Herzen erfüllt von ihm und seinem Lachen, von der Freude, die Roman in ihr Leben gebracht hatte.

Noch lange nach Sonnenuntergang blieben sie sitzen. Zwei Frauen, so unterschiedlich in ihrem Aussehen und Glauben und doch verbunden durch die Erinnerung an einen Menschen, der ihnen so viel geschenkt hatte und noch immer schenkte: Hoffnung.

Im Gedenken an die Opfer des Olympia-Attentats 1972 und ihre Hinterbliebenen:

MOSCHE WEINBERG (AUCH WEINBERGER)

Trainer des israelischen Ringerteams
Geboren am: 19. September 1939 in Haifa, Israel
Gestorben am: 5. September 1972 in München, Deutschland

ZEEV FRIEDMAN

Israelischer Gewichtheber
Geboren am: 10. Juni 1944 in Prokopjewsk, Sibirien
Gestorben am: 6. September 1972 in Fürstenfeldbruck, Deutschland

JOSEF ROMANO

Israelischer Gewichtheber
Geboren am: 15. April 1940 in Bengasi, Libyen
Gestorben am: 5. September 1972 in München, Deutschland

YOSSEF GUTFREUND

Israelischer Kampfrichter
Geboren am: 1. November 1931 in Chișinău, damals Rumänien
Gestorben am: 6. September 1972 in Fürstenfeldbruck, Deutschland

DAVID MARK BERGER

Amerikanisch-israelischer Gewichtheber
Geboren am: 24. Juni 1944 in Shaker Heights, Ohio
Gestorben am: 6. September 1972 in Fürstenfeldbruck, Deutschland

ANDRÉ SPITZER

Trainer des israelischen Fechtteams
Geboren am: 4. Juli 1945 in Timișoara, Rumänien
Gestorben am: 6. September 1972 in Fürstenfeldbruck, München

ELIEZER HALFIN

Israelischer Ringer

Geboren am: 18. Juni 1948 in Riga, Lettland

Gestorben am: 6. September 1972 in Fürstenfeldbruck, Deutschland

AMITZUR SHAPIRA

Trainer des israelischen Leichtathletikteams

Geboren am: 9. Juli 1932 in Tel Aviv, damals Palästina

Gestorben am: 6. September 1972 in Fürstenfeldbruck, Deutschland

YAKOV SPRINGER

Israelischer Kampfrichter

Geboren am: 10. Juni 1921 in Kalisz, Polen

Gestorben am: 6. September 1972 in Fürstenfeldbruck, Deutschland

KEHAT SHORR

Trainer des israelischen Sportschützenteams

Geboren am: 21. Februar 1919 in Rumänien

Gestorben am: 6. September 1972 in Fürstenfeldbruck, Deutschland

MARK SLAVIN

Israelischer Ringer

Geboren am: 31. Januar 1954 in Minsk, Weißrussland

Gestorben am: 6. September 1972 in Fürstenfeldbruck, Deutschland

ANTON FLIEGERBAUER

Deutscher Polizeibeamter

Geboren am: 5. März 1940 in Westerndorf, Deutschland

Gestorben am: 5. September 1972 in Fürstenfeldbruck, Deutschland

Nachwort

Es war für mich nicht leicht, diesen Roman zu schreiben. Wenngleich ich als Autorin historischer Romane weiß, wie aufwendig sich Quellenarbeit nicht selten gestaltet, sah ich mich diesmal einem bisher ungekannten Maß an Dokumenten gegenüber, die es durchzuarbeiten galt, um Fehler zu vermeiden. Dabei war es mir besonders wichtig, ein starkes historisches Fundament für den Roman zu schaffen.

Um eine ganz klare Grenze zwischen Fakt und Fiktion zu ziehen, lege ich nachfolgend offen, welche Figuren ganz oder zumindest teilweise erfunden sind und was sich real zugetragen hat.

Dazu vorab: Nicht alle Quellen stimmen in ihren Angaben überein, so findet man zum Beispiel unterschiedliche Aussagen über die Anzahl der palästinensischen Terroristen, die freigepresst werden sollten (zwischen 232 und 236). Auch die Informationen über Georg Siebers Szenario bezüglich des Angriffs palästinensischer Terroristen sind nicht einheitlich. Ich musste daher selbst entscheiden, welche Quellen in meinen Augen über die größte Glaubwürdigkeit verfügen.

Angelika Nowak ist frei erfunden. Ich habe ihre Figur bewusst so angelegt, weil es bei den Olympischen Spielen 1972 keine Bogenschützen aus der DDR gab. Belegt ist jedoch, dass zum ersten Mal seit zweiundfünfzig Jahren wieder Wettbewerbe im Bogenschießen bei der Olympiade ausgetragen wurden.

Angelikas Eltern sind ebenfalls frei erfunden, die volkseigenen

Betriebe gab es jedoch tatsächlich. Sie waren fester Bestandteil der Planwirtschaft.

Angelikas Ansichten beruhen auf wahren Grundlagen, denn es gibt berühmte Beispiele für die Flucht aus der DDR, gerade bei Sportlern. Ein Beispiel für einen Leistungssportler, der aus der DDR geflohen ist, ist der Eisschnellläufer Horst Freese. Ein bekannter Fall für eine Flucht während der Olympischen Spiele – wenn auch bei den Olympischen Winterspielen 1976 – ist der von Claus bzw. Klaus Tuchscherer. Er ist in online einsehbaren DDR-Dokumenten ausführlich dokumentiert und diente meiner Schilderung von Angelikas Flucht aus der DDR als Vorbild, wenn auch viele Einzelheiten völlig anders sind.

Ebenfalls belegt ist die Aktion »Flamme«, das systematische Beobachten von Athletinnen und Athleten sowie weiteren Repräsentanten während der Olympischen Spiele 1972. Ziel dieser Aktion war es sicherzustellen, dass die DDR-Delegation mit den sportlichen und politischen Ansprüchen konform ging. Zu diesem Zweck wurden zudem ausschließlich Zuschauerinnen und Zuschauer aus der DDR für die Spiele ausgewählt, die die »richtigen« Werte vertraten. Vor den Spielen wurde bereits von Seiten der Parteiführung veranlasst, dass Geschenke, die als »kapitalistisch« eingestuft und als verführerisch für DDR-Sportlerinnen und -Sportler angesehen wurden, nicht per Post zugeschickt werden konnten. Eine genaue Liste, um welche Produkte es sich dabei handelte, ist einsehbar.

Das systematische Beobachten durch inoffizielle Mitarbeiter (IMs) und geheime Mitarbeiter (GMs) war jedoch nicht auf die Olympischen Spiele beschränkt. Insgesamt gab es viele, die Freunde und Familie beobachteten (entweder aus Überzeugung oder für den eigenen Vorteil, wie es bei Angelikas Co-Trainer Viktor Kramann der Fall ist). Nach Offenlegung dieser Daten kam es zu Scheidungen, Trennungen und Zerwürfnissen unter Freunden, wenn herauskam, dass diese einander bespitzelt hatten.

Die Mode bei den Olympischen Spielen ist belegt wie beschrieben. Generell galt Mode in der DDR als schwieriges Thema, denn auch in der Planwirtschaft sollte modische, schicke Kleidung gerade für die aufbegehrende Jugend verfügbar sein, war jedoch meist sehr schnell ausverkauft. In Angelikas Aufbegehren spiegeln sich die Gedanken von vielen Jugendlichen der DDR wider.

Die Kleidung bei den Olympischen Spielen, zum Beispiel beim Einlaufen der Athletinnen und Athleten, ist durch diverse Aufnahmen belegt, genau wie die Abläufe während der Spiele (zum Beispiel Joachim Fuchsberger als Ansager, die Architektur der Stadien, die Gebäude, die Wettkämpfe etc.).

Roman Gagarin ist dem israelischen Ringer Mark Slavin nachempfunden. Mark Slavin wurde im sowjetischen Minsk geboren. Er wuchs privilegiert auf, da sich sein Großvater im Zweiten Weltkrieg in der Roten Armee ausgezeichnet hatte. Die Flucht von Roman Gagarins Mutter in die Sowjetunion ist frei erfunden.

Mark Slavin wurde an einer Sport-Eliteschule zum Ringer ausgebildet und 1971 Jugendmeister der Sowjetunion. Trotz seiner sportlichen Erfolge litt Slavin unter dem Antisemitismus. Er überzeugte seine Familie, gemeinsam mit ihm nach Israel zu emigrieren.

Drei Monate vor den Olympischen Spielen 1972 gelang die Ausreise, er wurde eingebürgert und konnte mit dem israelischen Team nach München fahren. Tatsächlich wäre der 5. September sein erster Wettkampftag gewesen, und tatsächlich starb Mark Slavin in einem der Hubschrauber in Fürstenfeldbruck durch mehrere Schüsse der Terroristen.

Auch Roman Gagarins Aussehen ist dem von Mark Slavin angeglichen, der Charakter ist jedoch frei erfunden, ebenso die Freundschaft mit Angelika.

Der Journalist **Robert Goldmann** ist Richard C. Schneider nachempfunden. Richard C. Schneider begleitete tatsächlich als junger Mann die israelische Mannschaft und zeigte ihr München. Allerdings war er damals noch kein Journalist, hatte auch keinen Freund bei der Polizei, und er fand nicht vor allen anderen heraus, dass die israelische Mannschaft in Gefahr schwebte. Wie dargestellt ging Richard C. Schneider, als er von der Geiselnahme erfuhr, in die Synagoge zu seinem Vater, wo sie sich entschieden, für das jüdische Volk zu protestieren und mit der jüdischen Flagge durch die Straßen zu ziehen.

Joachim Koch und die Zeitung, für die Robert Goldmann arbeitet, sind ebenso frei erfunden. Georg Sieber gibt es jedoch wirklich. Wie beschrieben wurde er 1968 vom damaligen Polizeipräsidenten Manfred Schreiber als psychologischer Berater eingestellt. Er entwickelte im Vorfeld der Olympischen Spiele sechsundzwanzig Einsatzlagen, wobei es Szenario 21 war, das erschreckend genau eintraf. Siebers Sicherheitsbedenken wurden jedoch ignoriert.

Der Zeitungsartikel, den Robert von seinem Kollegen Hartmut Juncker liest, stammt aus meiner Feder, die Wettkampfergebnisse um Heide Rosendahl, Bernd Kannenberg, Mark Spitz und alle weiteren im Artikel erwähnten entsprechen den Tatsachen.

Die Berichterstattung der Geiselnahme ist sehr gut belegt und wurde ebenfalls genau beschrieben. So gibt es beispielsweise Dokumente von den DDR-Journalisten Martin Kramer, Dieter Wales und Wolfgang Gitter, die ausführlich von der Entwicklung der Geiselnahme berichten. Auch diese sind einsehbar. Die von mir beschriebenen Journalisten, darunter auch Claus Adler, einer der IMs, sind frei erfunden, ebenso wie Alfons Zeisel.

An dieser Stelle möchte ich mich sehr herzlich bei Richard C. Schneider bedanken, der mir seine Erfahrungen schilderte und mich mit vielen Details unterstützen konnte!

Manfred Hofmann ist frei erfunden. Die bereits beschriebenen Sicherheitsbedenken durch Georg Sieber und die Abläufe für die eingesetzten Polizisten sind jedoch belegt, so zum Beispiel die hellblauen Anzüge mit den weißen Käppchen, die sie zu tragen hatten. Um den Spielen den gewünschten »heiteren« Anstrich zu verleihen, durften die »Olys« tatsächlich keine Waffen tragen, überhaupt wurden kaum Sicherheitsvorkehrungen getroffen.

Die Planlosigkeit und völlige Überforderung der Polizei ist belegt, die diversen Versäumnisse sind hinlänglich beschrieben, zum Beispiel, dass der Bundesgrenzschutz nicht angefordert wurde oder dass Nachrichtenteams live übertragen konnten. Anneliese Graes, die mehr oder weniger durch einen Zufall die Verhandlungen mit Terroristen übernimmt, gab es tatsächlich.

Die Angaben über die Anzahl der Terroristen, welche die Streifenpolizisten bei der missglückten Rettungsaktion in Fürstenfeldbruck eliminieren sollten, stimmen nicht überein. Genauso wenig ist gesichert, dass die Gewehre keine Zielfernrohre hatten, nur dass es sich nicht um Präzisionsgewehre handelte. Fest steht dagegen, dass Funkgeräte und Nachtsichtgeräte fehlten. Ebenfalls belegt ist, dass sich die Polizisten teilweise gegenseitig verwundeten, weil sie im Schussfeld ihrer Kollegen lagen.

Wie beschrieben war eine der Reaktionen auf das totale Desaster der Rettungsaktion die Gründung einer deutschen Antiterroreinheit, mit der Oberstleutnant Ulrich Wegener vom Bundesgrenzschutz von dem damaligen Bundesinnenminister Hans-Dietrich Genscher beauftragt wurde. Am 26. September 1972 stellte dieser die Grenzschutzgruppe 9 auf, die im April 1973 ihre Einsatzbereitschaft meldete.

Der Terrorist **Djamal Rahman** ist frei erfunden, er ist jedoch dem jungen Terroristen Chalid/Khalid Jawad nachempfunden, der tatsächlich zwei Jahre mit seinem Bruder Farud in Westberlin lebte und als fußballverrückt galt. Er wuchs tatsächlich im

Shatila-Flüchtlingslager auf, das noch heute existiert und immer wieder im Diskurs steht, weil es große Kritikpunkte an der Verwaltung gibt.

Alle Namen und Spitznamen der Terroristen sind belegt: Luttif Afif (»Issa«), Yusuf Nazzal (»Tony«), Afif Ahmed Hamid (»Paolo«), Chalid/Khalid Jawad (»Salah«), Ahmed Chic Thaa (»Abu Halla«), Mohammed Safady (»Badran«), Adnan Al-Gashey (»Denawi«), Jamal Al-Gashey (»Samir«).

Auch die Abläufe, zum Beispiel die Vorbereitungen, die Treffen mit DDR-Sportlern oder Luttif, der am Bau des Olympiadorfes beteiligt war, sind belegt.

Die Schreibweise des Namens des ermordeten Trainers der israelischen Ringermannschaft dagegen ist in den Quellen uneinheitlich, mal findet man »Mosche Weinberger«, dann »Mosche Weinberg«.

Mir war wichtig, auch die Hintergründe zu beschreiben, denn der Konflikt in Israel ist keineswegs beendet, und es gibt Aggressoren auf beiden Seiten. Erwähnt werden sollten in diesem Zusammenhang palästinensische Terrorgruppen, aber auch die israelische Regierung, die durch ihr Verhalten gegenüber Minderheiten immer wieder Anstoß zu Streitereien provoziert.

Khalid Jawad wurde während der Schießerei in Fürstenfeldbruck getötet. Um die weiteren Abläufe zu beschreiben, wurden Teile von Jamal Al-Gasheys Geschichte übernommen, zum Beispiel seine Verletzung an der Hand, die Freipressung, die Befreiung und der Flug nach Tripolis.

Jamal Al-Gashey, sein Onkel Adnan Al-Gashey und Mohammed Safady sind die einzigen Überlebenden und wurden alle drei freigepresst. Adnan Al-Gashey und Mohammed Safady wurden von der Mossad-Sondereinheit Caesarea als Teil der Operation »Zorn Gottes« getötet. Hierbei sollten systematisch palästinensische Terrorstrukturen zerschlagen werden, besondere Aufmerksamkeit galt dabei den Drahtziehern des

Anschlags in München. Tatsächlich wurden dabei auch viele Unbeteiligte zu Opfern.

Es ist mir sehr wichtig zu betonen, dass meine Beschreibung nur einen kleinen Bruchteil dieses überaus komplexen Konflikts zeigt, der bis heute anhält. Ich möchte mich hierbei keinesfalls auf eine Seite schlagen, da ich persönlich jegliche Art von Gewalt verurteile und darauf hoffe, dass dieser Konflikt möglichst bald zum Wohle aller beigelegt werden kann.

Für alle, die sich eine erste Erklärung für den Konflikt wünschen, kann ich MrWissen2go empfehlen, der meiner Meinung nach einen guten und neutralen Blick auf das Thema wirft: https://youtu.be/2HjRnr3AfFo.

Ich möchte noch ein paar letzte Worte zu dem Vorgehen der deutschen Regierung schreiben: Meiner Meinung nach ist das absolute Versagen, das 1972 aufgezeigt wurde, nicht zu entschuldigen. Die weitreichenden Fehler wurden jedoch zumindest an einigen Stellen zugegeben und aufgearbeitet. Was jedoch eine absolute Pietätlosigkeit gegenüber allen Hinterbliebenen der Opfer darstellt, ist der Umstand, dass bis heute, fünfzig Jahre nach diesem Versagen, immer noch nicht alle Akten offengelegt wurden und somit die Hinterbliebenen nach wie vor im Unklaren sind, was damals genau geschehen ist.

Danksagung

Ich bin während der Recherche zu einem anderen Projekt über die Geschehnisse zu den Olympischen Spielen 1972 »gestolpert« – und aus irgendeinem Grund ließ mich das Thema nicht mehr los. Ich wollte dieses Buch schreiben, unbedingt, und zwar genau so, wie ich es jetzt getan habe. Und vom ersten Gedanken bis zum fertigen Buch waren wie immer Menschen um mich herum, die mir viel bedeuten.

Deshalb geht mein erster Dank an Nicole Geismann, meiner Hauptansprechpartnerin bei meinem Verlag Blanvalet. Ich weiß noch genau, dass meine erste Mail in dieser Sache an dich kurz war: »Hast du kurz Zeit für ein Telefonat?«

Deine Antwort kam prompt, natürlich hättest du Zeit. Ich weiß genau, dass das nicht stimmt. Du hast nur selten Zeit – aber die nimmst du dir, wofür ich dir von Herzen danke. Dafür und dass du mir die Chance gegeben hast, dieses für mich so wichtige Projekt machen zu können. Und als ich dann noch dein Feedback erhielt, wie begeistert du warst, als du das fertige Manuskript gelesen hast, war ich wirklich überglücklich. Die Zusammenarbeit mit dir ist einfach wunderbar. Vielen Dank, dass du so sehr an meiner Seite bist!

Mein weiterer Dank geht an meine wunderbare Freundin und Agentin Lianne Kolf, mit der ich das Hin- und Wider dieses nun wahrlich nicht einfachen Stoffes besprochen habe. Du hilfst mir so sehr, liebe Lianne, gibst mir Sicherheit und das Vertrauen in meine Arbeit. Danke für deine Freundschaft und Unterstützung!

Des Weiteren danke ich Richard C. Schneider, dem Mann, der als Vorlage für den Journalisten Richard Goldmann gedient hat. Richard C. Schneider, der damals tatsächlich Betreuer des israelischen Teams war, hat mir aus seiner Sicht die Geschehnisse vor, während und nach der Geiselnahme geschildert und mir einen sehr persönlichen Einblick gewährt. Vielen Dank für so viel Vertrauen und Unterstützung, lieber Herr Schneider!

Ebenso herzlich wie dankbar möchte ich dich erwähnen, liebe Kristina Lake-Zapp. Wir wurden seinerzeit von Nicole für die *Grand-Hotel*-Reihe zusammengebracht – und inzwischen sind wir sehr gute Freundinnen geworden. Ich möchte dich nicht mehr aus meinem Leben und meinem Arbeiten wegdenken, liebe Kristina! Wann immer mir die Worte fehlen, leihst du mir deine. Danke schön!

Ich möchte meinem Verlag Blanvalet danken für die wunderbare Möglichkeit, das schreiben zu können, was ich möchte. Das gesamte Verlagsteam stand von Anfang an hinter mir, und es tut gut, euch so fest an meiner Seite zu wissen. Sei es nun meine Verlegerin Britta Egetemeier, meine Veranstaltungsplanerin Berit Böhm, Katharina Schleicher, Franziska »Fränzi« Salzer, Astrid von Willmann, Andrea Vetterle oder Johannes »Jojo« Schöffmann. Ihr alle und eben ganz persönlich Nicole Geismann schafft ein Verlagsumfeld, in dem ich mich rundum wohlfühle. Ihr seid toll! Danke schön!

Zu guter Letzt danke ich meinem Mann und meinen Kindern, die mich stets in meiner Arbeit unterstützt haben und immer für mich da sind. Speziell in diesem Buch hat mein Sohn Uli so viel recherchiert und mitgearbeitet, dass ich einfach nur froh sein kann, einen so begabten jungen Mann herangezogen zu haben, der meine Leidenschaft für Figuren, Storys und Texte auf eine unvergleichliche Art teilt. Danke schön, meine Schätze und hier besonders Uli. Ohne euch würden meine Romane nicht, wie sie sind.

Wenn Sie mehr erfahren wollen, hier ein paar Quellen, auf die ich bei meiner Recherche gestoßen bin:

Offizieller Bericht

https://digital.la84.org/digital/collection/p17103coll8/id/24656/rec/1
https://digital.la84.org/digital/collection/p17103coll8/id/25279/rec/2
https://digital.la84.org/digital/collection/p17103coll8/id/25060/rec/3

Rund um die Spiele

https://olympics.com/de/olympic-games/munich-1972
https://www.lra-ffb.de/fileadmin/user_upload/2012-09-05_Dokumentation_Olympia_72_Endversion_Web.pdf

Kannenberg

https://www.mdr.de/geschichte/stoebern/damals/video51248.html

Ablauf Geiselnahme

https://www.welt.de/politik/deutschland/article108480206/Muenchen-1972-das-Protokoll-einer-Katastrophe.html
https://www.br.de/themen/sport/inhalt/olympia-1972/zeitstrahl-olympia-1972-das-attentat-100.html

Georg Sieber

https://www.dw.com/de/m%C3%BCnchner-olympia-attentat-1972-vermeidbares-blutbad/a-40366228

Olympia 1972 DDR

https://www.stasi-mediathek.de/geschichten/olympia-1972/sheet/1-0/type/intro/

Aktion Flamme

https://www.stasi-unterlagen-archiv.de/informationen-zur-stasi/themen/beitrag/aktion-flamme/#c25141

Ablauf 05. September

https://www.stasi-mediathek.de/medien/dokumentation-ueber-die-ereignisse-des-5-septembers-im-olympischen-dorf/blatt/68/

Inoffizielle Mitarbeiter

https://www.stasi-mediathek.de/themen/schlagwort/Inoffizieller%20Mitarbeiter/

Mode DDR

https://www.ddr-museum.de/de/blog/archive/der-jugend-neue-kleider-jumo-68-kess-und-farbenfroh

https://www.spiegel.de/geschichte/ddr-mode-schrilles-aus-der-grauzone-a-946440.html

https://www.ndr.de/geschichte/schauplaetze/Mode-in-der-DDR,ddrmode100.html

Flucht aus der DDR

https://www.stasi-mediathek.de/geschichten/fluchtpunkt-olympia/sheet/0-0/type/cover/

https://de.wikipedia.org/wiki/Horst_Freese

https://de.wikipedia.org/wiki/Flucht_aus_der_Sowjetischen_Besatzungszone_und_der_DDR

https://de.wikipedia.org/wiki/Ausreiseantrag

Berichterstattung

Brüggemann, Marc: *Der Sechstagekrieg und seine Folgen. Die Berichterstattung über palästinensischen Terrorismus gegen Israel und das Münchener Olympia-Attentat.* Unter: http://www.medaon.de/pdf/medaon_19_Brueggemann.pdf

Viten Opfer

https://www.km.bayern.de/lehrer/erziehung-und-bildung/erinnerungsort-olympia-attentat-muenchen-1972/elf-sportler-und-ein-polizist.html

Zusätzliche Informationen

Shatila Refugee Camp: https://en.wikipedia.org/wiki/Shatila_refugee_camp

Hinterbliebene – Schadensersatz: https://www.sueddeutsche.de/politik/olympia-attentat-1972-hinterbliebene-schadenersatz-1.5474339

Hinterbliebene – Aktenfreigabe: https://www.sueddeutsche.de/muenchen/muenchen-1972-attentat-gedenken-ankie-spitzer-1.5502050

Bücher

Reeve, Simon und Freinhart, Franka: *Ein Tag im September: Die Geschichte des Geiseldramas bei den Olympischen Spielen in München 1972.* Heyne, München 2006

Deininger, Roman und Ritzer, Uwe (Übersetzer): *Die Spiele des Jahrhunderts: Olympia 1972, der Terror und das neue Deutschland.* dtv, München 2021

Filme

Arthur Cohn (Produzent)/Kevin Macdonald (Regisseur), Ein Tag im September, BBC, Schweiz, Deutschland, Vereinigtes Königreich 1999